ANDY WEIR

ARTEMIS

ANDY WEIR

ARTEMIS

ROMAN

Aus dem Amerikanischen übersetzt
von Jürgen Langowski

HEYNE

Die amerikanische Originalausgabe erscheint bei
Crown Publishing Group, a division of Penguin Random House LLC,
New York unter dem Titel:
ARTEMIS

3. Auflage

Neumarkter Straße 28, 81673 München
produktsicherheit@penguinrandomhouse.de
(Vorstehende Angaben sind zugleich Pflichtinformationen nach GPSR.)

Redaktion: Ralf Dürr
Karten: David Lindroth, Inc.
Umschlaggestaltung: Das Illustrat GbR, München,
unter Verwendung von Unusual Corporation / Will Staehle
und Shutterstock / kovalto1
Satz: Schaber Datentechnik, Austria
Druck und Bindung: CPI books GmbH, Leck
Printed in the EU

ISBN: 978-3-453-27167-8

www.diezukunft.de

Für Michael Collins, Dick Gordon,
Jack Swigert, Stu Roosa, Al Worden,
Ken Mattingly und Ron Evans.

Euch kann man gar nicht genug loben.

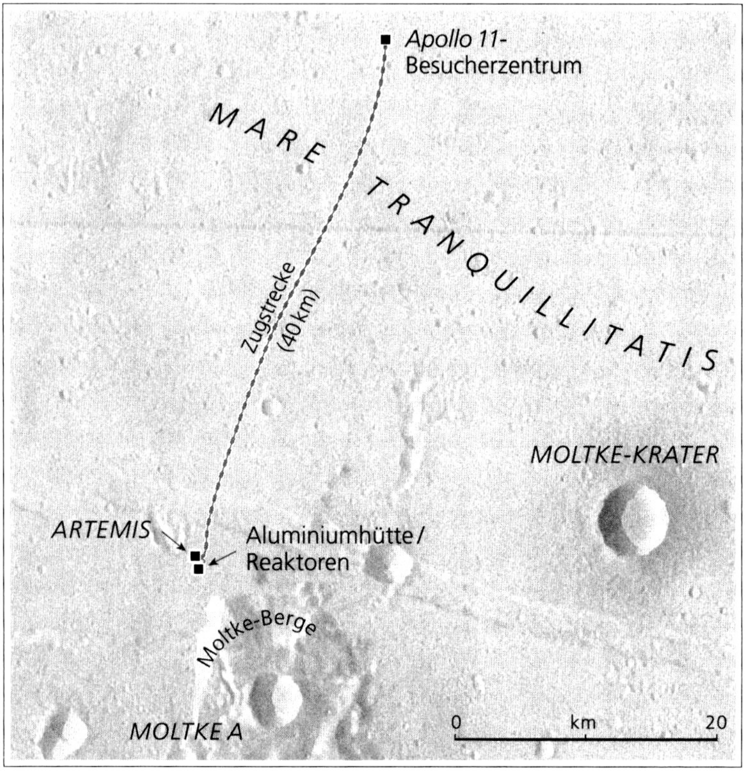
Apollo 11-
Besucherzentrum
MARE TRANQUILLITATIS
Zugstrecke
(40 km)
MOLTKE-KRATER
ARTEMIS
Aluminiumhütte/
Reaktoren
Moltke-Berge
MOLTKE A
0
km
20

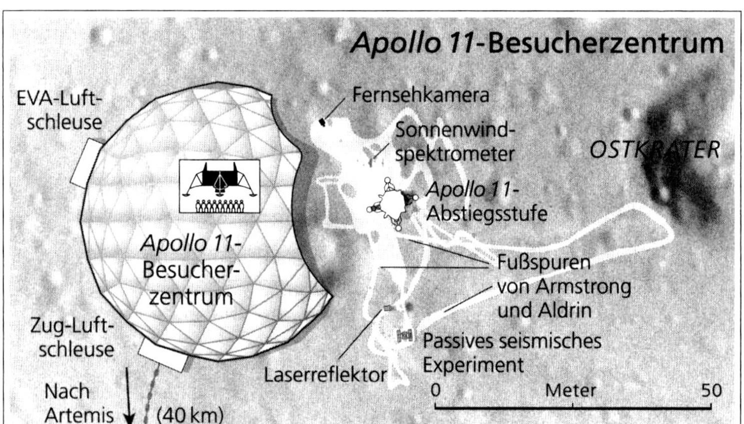
Apollo 11-Besucherzentrum
EVA-Luft-
schleuse
Fernsehkamera
Sonnenwind-
spektrometer
OSTKRATER
Apollo 11-
Abstiegsstufe
Apollo 11-
Besucher-
zentrum
Fußspuren
von Armstrong
und Aldrin
Zug-Luft-
schleuse
Passives seismisches
Experiment
Laserreflektor
0
Meter
50
Nach
Artemis
(40 km)

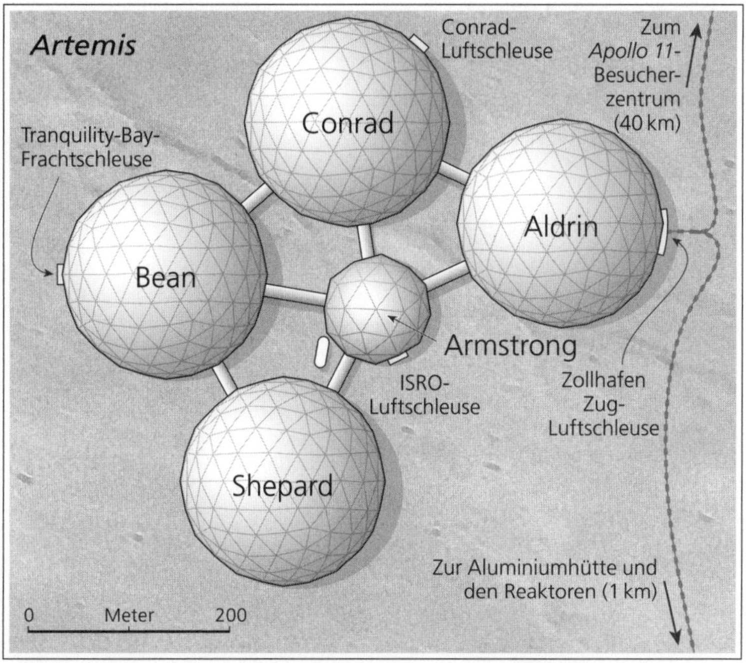
Artemis
Conrad-
Luftschleuse
Zum
Apollo 11-
Besucher-
zentrum
(40 km)
Conrad
Tranquility-Bay-
Frachtschleuse
Aldrin
Bean
Armstrong
ISRO-
Luftschleuse
Zollhafen
Zug-
Luftschleuse
Shepard
Zur Aluminiumhütte und
den Reaktoren (1 km)
0 Meter 200

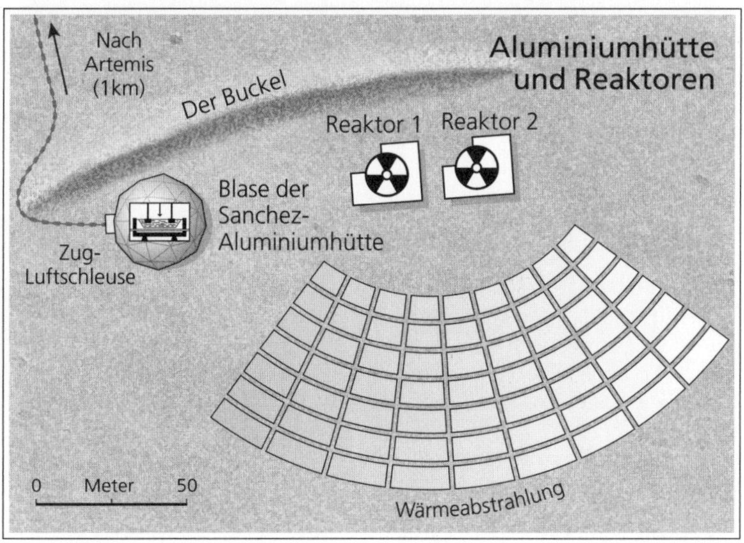
Nach
Artemis
(1km)
Aluminiumhütte
und Reaktoren
Der Buckel
Reaktor 1
Reaktor 2
Blase der
Sanchez-
Aluminiumhütte
Zug-
Luftschleuse
0 Meter 50
Wärmeabstrahlung

1

Ich sprang über das graue, staubige Gelände zur riesigen Wölbung der Conrad-Blase. Die von roten Lichtern eingerahmte Luftschleuse war beunruhigend weit weg.

Selbst in der geringen Mondschwerkraft ist es gar nicht so einfach, mit hundert Kilo Gerätschaften am Körper zu rennen. Aber Sie würden staunen, wie schnell Sie flitzen können, wenn Ihr Leben in Gefahr ist.

Bob rannte neben mir her. Über Funk hörte ich seine Anweisung: »Lass mich meine Druckflaschen mit deinem Anzug verbinden.«

»Dann bringst du auch noch dich selbst um.«

»Du hast ein riesiges Leck«, schnaufte er. »Ich kann sogar sehen, wie das Gas aus deinen Druckflaschen entweicht.«

»Danke für die Aufmunterung.«

»Ich bin hier der EVA-Meister«, beharrte Bob. »Bleib sofort stehen, und lass mich die Verbindung herstellen!«

»Negativ.« Unbeirrt eilte ich weiter. »Direkt vor dem Unterdruckalarm hat etwas geknackt. Ein Ermüdungsbruch. Es muss die Ventilbaugruppe sein. Wenn du die Verbindung einrichtest, reißt du dir den eigenen Schlauch an einer scharfen Kante auf.«

»Das Risiko gehe ich gern ein.«

»Das lasse ich nicht zu«, wehrte ich ab. »Vertrau mir, Bob. Mit Metall kenne ich mich aus.«

Nun wechselte ich zu langen, gleichmäßigen Hüpfern. Es kam mir vor wie ein Wettlauf in Zeitlupe, aber dies war die beste Möglichkeit, mit all dem Gewicht voranzukommen. Das Helmdisplay verriet mir, dass die Luftschleuse noch zweiundfünfzig Meter entfernt war. Ich blickte auf die Anzeigen am Ärmel. Meine Sauerstoffreserve verflüchtigte sich so schnell, dass ich dabei zusehen konnte. Also sah ich nicht mehr hin.

Die langen Sprünge zahlten sich aus, jetzt kam ich wirklich in die Gänge und ließ sogar Bob hinter mir zurück, obwohl er der beste EVA-Meister auf dem Mond war. Der Trick geht so: Jedes Mal, wenn man den Boden berührt, legt man noch etwas an Tempo zu. Das bedeutet aber auch, dass jeder Sprung eine heikle Angelegenheit ist. Falls man es vermasselt, landet man mit dem Gesicht voran auf dem Boden und rutscht über das Geröll. EVA-Anzüge sind stabil, aber man schleift sie besser nicht über Regolith.

»Du bist zu schnell! Wenn du stürzt, könntest du mit dem Visier aufkommen!«

»Lieber das, als das Vakuum einzuatmen«, gab ich zurück. »Mir bleiben höchstens noch zehn Sekunden.«

»Ich bin weit hinter dir«, erklärte er. »Warte nicht auf mich.«

Erst als die dreieckigen Platten von Conrad mein ganzes Gesichtsfeld ausfüllten, wurde mir bewusst, wie stark ich beschleunigt hatte. Sie kamen *sehr* schnell heran.

»Verdammt!« Zum Abbremsen blieb mir keine Zeit mehr. Ein letzter Sprung, und ich rollte mich ab. Ich hatte den Zeitpunkt richtig gewählt – was aber eher Glück als Geschicklichkeit war – und prallte mit den Füßen voran gegen die Wand. Na gut, Bob hatte recht. Ich war wirklich viel zu schnell unterwegs.

Sobald ich auf den Boden hinabgerutscht war, rappelte ich mich wieder auf und packte das Handrad der Luke.

Es knackte in den Ohren, im Helm plärrten Warnsignale. Mein Sauerstofftank war so gut wie leer und konnte den Druckverlust durch das Leck nicht mehr ausgleichen.

Ich stieß die Luke auf und stürzte hinein. Alles verschwamm mir vor den Augen, ich schnappte hektisch nach Luft. Mit einem Tritt schloss ich die Luke, griff nach dem Notvorrat und riss den Sicherungsstift heraus.

Der Verschluss flog weg, und die Luft strömte in die kleine Kammer. Es ging so schnell, dass die Hälfte kondensierte und als Dampf in der Schleuse schwebte, weil die rasche Ausdehnung mit einer starken Abkühlung einherging. Beinahe ohnmächtig sank ich zu Boden.

Ich keuchte in meinem Anzug und kämpfte den Brechreiz nieder. Das war viel anstrengender gewesen, als ich es gewohnt war. Schon machten sich die Kopfschmerzen bemerkbar, die der Sauerstoffmangel ausgelöst hatte. Sie würden mich mindestens noch ein paar Stunden plagen. Ich hatte es geschafft, auf dem Mond die Höhenkrankheit zu bekommen.

Das Zischen wurde leiser und brach schließlich ab.

Inzwischen war auch Bob vor der Schleuse angekommen und spähte durch das kleine Bullauge der Luke herein.

»Status?«, funkte er.

»Bei Bewusstsein«, röchelte ich.

»Schaffst du das? Oder soll ich Hilfe rufen?«

Bob konnte nicht hereinkommen, ohne mich umzubringen, denn ich lag mit kaputtem Anzug in der Luftschleuse. Aber irgendeiner der zweitausend Menschen in der Stadt konnte im Notfall die innere Schleusentür öffnen und mich nach drinnen ziehen.

»Nicht nötig.« Ich stützte mich auf Hände und Knie, dann kam ich auf die Füße, hielt mich am Steuerpult fest und startete die Reinigungsprozedur. Aus allen Richtungen trafen mich Luftstrahlen mit hohem Druck. Der graue Mondstaub wirbelte durch die Kammer und wurde von den Lüftungsschlitzen in der Wand abgesaugt.

Nach der Reinigung ging die innere Schleusentür automatisch auf.

Ich trat in den Vorraum, verschloss die innere Luke und ließ mich auf eine Sitzbank fallen.

Kurz danach ging Bob auf ganz normale Weise durch die Luftschleuse. Den Notluftbehälter, der jetzt übrigens ersetzt werden musste, brauchte er nicht. Bei ihm lief mit den Pumpen und Ventilen alles wie gewohnt. Nach der Reinigungsprozedur kam er zu mir in den Vorraum.

Wortlos half ich ihm, den Helm und die Handschuhe abzulegen, und er machte das Gleiche bei mir. Man sollte niemanden den Anzug allein ablegen lassen. Klar, das ist möglich, aber es ist ausgesprochen nervig. Die Tradition gebietet, dass man sich gegenseitig hilft.

»Mann, das war blöd«, sagte ich, als er mir den Helm abnahm.

»Du wärst fast gestorben.« Er stieg aus dem Anzug. »Du hättest dich an meine Anweisungen halten sollen.«

Ich streifte meine Montur ab, betrachtete die Rückseite und deutete auf das gezackte Stück Metall, das einmal ein

Ventil gewesen war. »Das Ventil ist kaputt. Genau wie ich es gesagt habe. Materialermüdung.«

Er beäugte das zerstörte Anzugteil und nickte. »Na gut, es war richtig, dass du die Verbindung nicht einrichten wolltest. Gut gemacht. Aber das hier hätte trotzdem nicht passieren dürfen. Verdammt, woher hast du diesen Anzug?«

»Ich habe ihn gebraucht gekauft.«

»Warum kaufst du einen gebrauchten Anzug?«

»Weil ich mir keinen neuen leisten kann. Ich hatte kaum genug Geld für den gebrauchten, und ihr Ärsche lasst mich nicht in die Gilde, solange ich keinen Anzug habe.«

»Du hättest sparen und dir einen neuen kaufen sollen.« Bob Lewis war ein absolut humorloser ehemaliger US-Marine. Noch wichtiger war, dass er als Cheftrainer für die EVA-Gilde arbeitete. Er war dem Gildenmeister verantwortlich, aber Bob und nur Bob allein entschied, ob man geeignet war, ein Mitglied zu werden. Und wenn man kein Mitglied war, durfte man keine EVAs unternehmen und Touristengruppen über die Oberfläche führen. So funktionierten die Gilden nun mal. Diese Korinthenkacker.

»Und? Wie habe ich mich gemacht?«

Er schnaubte. »Soll das ein Witz sein? Du bist durchgefallen, Jazz. Du bist mit Pauken und Trompeten durchgerasselt.«

»Warum?«, wollte ich wissen. »Ich habe alle erforderlichen Manöver durchgeführt und alle Aufgaben erledigt. Ich habe den Hindernisparcours in weniger als sieben Minuten absolviert. Und als ein beinahe tödliches Problem entstand, habe ich darauf verzichtet, meinen Partner zu gefährden, und bin wohlbehalten in die Stadt zurückgekehrt.«

Er öffnete einen Spind und verstaute die Handschuhe und den Helm. »Du bist für deinen Anzug verantwortlich. Er hat versagt. Das heißt, *du* hast versagt.«

»Wie kannst du mir dieses Leck vorwerfen? Als wir hinausgegangen sind, war noch alles in Ordnung.«

»Dieser Beruf ist ergebnisorientiert. Luna ist eine fiese alte Schlampe. Es ist ihr egal, warum dein Anzug versagt. Sie bringt dich einfach um, wenn es passiert. Du hättest deine Ausrüstung vorher gründlicher überprüfen sollen.« Er hängte den Rest seines Anzugs an den Haken im Spind.

»Komm schon, Bob.«

»Jazz, du wärst da draußen beinahe draufgegangen. Wie kann ich dich da bestehen lassen?« Er schloss den Spind und wandte sich zum Gehen. »In sechs Monaten kannst du die Prüfung wiederholen.«

Ich versperrte ihm den Weg. »Das ist lächerlich! Warum muss ich wegen einer willkürlichen Gildenregel in der Warteschleife hängen?«

»Du musst deine Ausrüstung sorgfältiger überprüfen.« Er wich mir aus und verließ den Vorraum. »Und zahl den vollen Preis, wenn du das Leck reparieren lässt.«

Ich sah ihm nach und sank wieder auf die Bank.

»So ein verfluchter Mist!«

Kurz darauf tappte ich durch das Labyrinth der Aluminiumkorridore nach Hause. Wenigstens hatte ich es nicht weit. Die ganze Stadt misst nur einen halben Kilometer im Durchmesser.

Ich lebe in Artemis, der ersten und bislang einzigen Siedlung auf dem Mond. Sie besteht aus fünf riesigen Kugeln, die wir »Blasen« nennen. Die Hälfte der Kugeln liegt unter der

Oberfläche, wodurch Artemis exakt so aussieht wie eine Mondstadt in den alten Science-Fiction-Romanen: eine Reihe von Kuppeln. Die unterirdischen Teile kann man eben nicht sehen.

Die Armstrong-Blase befindet sich in der Mitte, ringsherum sind Aldrin, Conrad, Bean und Shepard angeordnet. Die Kugeln sind durch Tunnel mit den Nachbarn verbunden. Ich weiß noch, wie ich einmal als Hausaufgabe in der Grundschule ein Modell von Artemis anfertigen musste. Es war ganz einfach: nur ein paar Kugeln und Stäbe. Es dauerte zehn Minuten.

Es ist teuer, hierherzukommen und unglaublich teuer, hier zu leben. Aber eine Stadt kann nicht allein aus reichen Touristen und exzentrischen Milliardären bestehen. Sie braucht auch Angehörige der Arbeiterklasse. Von J. Stinkreich Raffzahn III. erwartet man schließlich nicht, dass er seine Toilette selbst putzt, oder?

Einer dieser kleinen Leute bin ich.

Meine Bleibe ist auf Conrad Minus 15, einer schäbigen Gegend, die ein Weinkenner als »beschissen, mit einer Note von Versagen und falschen Entscheidungen im Abgang« beschreiben würde.

Ich wanderte an der Reihe eng gesetzter quadratischer Türen entlang, bis ich meine eigene erreichte. Wenigstens bewohnte ich eine »untere« Koje. Dort konnte man leichter ein- und aussteigen. Ich strich mit meinem Gizmo über das Schloss, worauf die Tür mit einem Klicken aufsprang, dann kroch ich hinein und sperrte hinter mir ab.

Als ich auf der Koje lag, starrte ich die Decke an, die sich knapp einen Meter über meinem Gesicht befand.

Offiziell war dies eine »Kapselunterkunft«, aber alle nannten so etwas nur »Sarg«. Es war lediglich eine Koje in einem winzigen Raum mit einer abschließbaren Tür. Diese Särge konnte man nur zu einem einzigen Zweck benutzen: zum Schlafen. Nun ja, es gab noch eine weitere Möglichkeit, bei der die horizontale Position eine Rolle spielte, aber Sie verstehen schon, was ich meine.

Ich habe ein Bett und ein Regal. Das ist alles. Auf dem Gang gibt es eine öffentliche Toilette, ein paar Blocks entfernt ist eine Dusche. Mein Sarg wird wohl nie in *Schönes Heim und Mondlandschaften* besprochen werden, aber mehr kann ich mir nicht leisten.

Ein Blick auf das Gizmo verriet mir, wie spät es war. »Ach herrje.«

Keine Zeit zum Brüten. Der KSC-Frachter sollte am Nachmittag landen, und ich hatte zu tun.

Um es deutlich zu machen: Die Sonne definiert für uns nicht, was ein Nachmittag ist. Wir erleben alle achtundzwanzig Erdtage einen »Mittag«, den wir allerdings gar nicht sehen können. Die Blasen haben zwei jeweils sechs Zentimeter dicke Hüllen, zwischen denen sich ein Meter gemahlener Stein befindet. Man könnte mit einer Haubitze auf die Stadt schießen, ohne dass sie ein Leck bekommt. Sonnenlicht dringt da bestimmt nicht durch.

Wie bestimmen wir also die Tageszeit? Nach der Ortszeit von Kenia. In Nairobi war gerade Nachmittag, daher war es auch in Artemis Nachmittag.

Ich war verschwitzt und fühlte mich niedergeschlagen, nachdem ich bei der EVA beinahe gestorben wäre. Zeit zum Duschen hatte ich nicht, aber ich konnte mich wenigstens umziehen. Also legte ich mich flach hin, zog die kühlende EVA-Unterwäsche aus und schlüpfte in den blauen Overall.

Als ich den Gürtel umgeschnallt hatte, richtete ich mich im Schneidersitz auf und band mir die Haare zu einem Pferdeschwanz. Dann nahm ich mein Gizmo und ging hinaus.

In Artemis gibt es keine Straßen. Wir haben Korridore. Es kostet eine Menge Geld, auf dem Mond ein Grundstück bewohnbar zu machen, und diesen Platz will man natürlich nicht auf Straßen verschwenden. Wer will, kann einen Elektrobuggy oder einen Roller benutzen, aber die Korridore sind für Fußgänger ausgelegt. Auf dem Mond herrscht nur ein Sechstel der irdischen Schwerkraft. Das Gehen erfordert nicht viel Energie.

Je mieser das Viertel, desto schmaler die Gänge. In den Korridoren von Conrad Minus kann man Beklemmungen bekommen. Sie sind gerade breit genug, damit zwei Menschen einander passieren können, ohne sich zur Seite drehen zu müssen.

Durch diese Korridore lief ich zum Zentrum von Minus 15. Dort in der Nähe gibt es keinen Aufzug, also sprang ich die Treppen hinauf. Ich nahm immer drei Stufen auf einmal. Im Zentrum sehen die Treppen so aus wie auf der Erde: eine Reihe kleiner Absätze von einundzwanzig Zentimetern Höhe. So haben es die Touristen bequemer. In den Gegenden, in die sich keine Touristen verirren, sind die Stufen einen halben Meter hoch. Das ist dank der Mondschwerkraft kein Problem. Wie auch immer, ich hüpfte die Touristentreppen hinauf, bis ich die Null-Ebene erreichte. Es mag anstrengend klingen, fünfzehn Etagen hinaufzusteigen, aber auf dem Mond ist das keine große Sache. Ich geriet nicht einmal außer Atem.

Auf der Null-Ebene laufen die Tunnel zusammen, die zu den anderen Blasen führen. Natürlich befinden sich dort auch alle Geschäfte, Boutiquen und die anderen touristischen

Unternehmen, die vom Fußgängeraufkommen profitieren wollen. In Conrad sind dies hauptsächlich Restaurants, die Gunk an die Touristen verkaufen, die sich kein richtiges Essen leisten können.

Eine kleine Menschenmenge schob sich in die Richtung des Aldrin Verbindungstunnels. Das war der einzige Weg, um von Conrad nach Aldrin zu gelangen, sofern man nicht einen Umweg machen und durch Armstrong laufen wollte. Deshalb war es eine wichtige Verkehrsader. Ich kam an dem riesigen runden Stopfen vorbei. Wenn der Tunnel brach, warf die aus Conrad entweichende Luft diese dicke Tür automatisch zu. Alle, die sich in Conrad befanden, wären in Sicherheit. Falls man gerade im Tunnel war … tja, dumm gelaufen.

»Also, wenn das mal nicht Jazz Bashara ist!«, rief ein Wichser in der Nähe. Er tat so, als wären wir Freunde. Das traf keineswegs zu.

»Dale«, sagte ich und ging weiter.

Eilig schloss er zu mir auf. »Da kommt bestimmt bald ein Frachter rein. Sonst kann dich nichts dazu bewegen, deinen faulen Arsch in ordentliche Arbeitskleidung zu stecken.«

»He, weißt du noch, wie mich mal gekümmert hat, was du abgesondert hast? Ach, nein, warte, das war ein Irrtum. Das ist ja nie passiert.«

»Wie ich gehört habe, bist du heute bei der EVA-Prüfung durchgefallen.« Er machte »ts-ts« und tat so, als sei er enttäuscht. »Das ist hart. Ich habe beim ersten Versuch bestanden, aber es kann ja nicht jeder so gut sein wie ich, was?«

»Verpiss dich.«

»Ja, ich muss schon sagen, die Touristen bezahlen eine Menge Geld, um nach draußen zu kommen. Mann, ich gehe jetzt gleich zum Besucherzentrum und biete eine Tour an. Da kommt ein Haufen Kohle rein.«

»Vergiss nicht, auf die wirklich spitzen Felsen zu springen, wenn du draußen bist.«

»Nö«, gab er zurück. »Wer die Prüfung bestanden hat, weiß genau, dass man das nicht tun sollte.«

»War nur Spaß«, erwiderte ich unbeeindruckt. »EVA-Touren sind ja sowieso keine richtige Arbeit.«

»Ja, da hast du recht. Ich hoffe, ich werde eines Tages auch ein Liefermädchen wie du.«

»Trägerin«, grollte ich. »Es heißt ›Trägerin‹«.

Er grinste auf eine Weise, die meine Fäuste zucken ließ. Glücklicherweise hatten wir inzwischen die Aldrin-Blase erreicht. Ich drängte mich an ihm vorbei und verließ den Durchgang. Die Stopfentür von Aldrin hielt Wache, genau wie ihr Pendant in Conrad. Ich beeilte mich und bog scharf rechts ab, um aus Dales Gesichtsfeld zu entkommen.

Aldrin ist in jeder Hinsicht das Gegenstück zu Conrad. In Conrad sind vor allem Klempner, Glasbläser, Metallarbeiter, Schlosser, Schweißereien, Reparaturwerkstätten ansässig … die Liste ist lang. Aber Aldrin ist tatsächlich ein Urlaubsort. Dort gibt es Hotels, Casinos, Bordelle, Theater und sogar einen richtigen Park mit echtem Gras. Von der ganzen Erde kommen reiche Touristen hierher und bleiben zwei Wochen.

Ich wanderte durch die Arkaden. Es war nicht der schnellste Weg zu meinem Ziel, aber ich mochte die Gegend.

New York hat die Fifth Avenue, London hat die Bond Street, und Artemis hat die Arkaden. In den Läden hier gibt es nicht einmal Preisschilder. Wenn man fragen muss, kann man es sich nicht leisten. Das Ritz-Carlton Artemis belegt einen ganzen Block und erstreckt sich jeweils fünf Stockwerke aufwärts und abwärts. Eine einzige Übernachtung kostet zwölftausend Motten – mehr als mein Monatslohn als Trägerin. Zum Glück habe ich noch andere Einkommensquellen.

Obwohl der Urlaub auf dem Mond so teuer ist, übersteigt die Nachfrage immer das Angebot. Erdbewohner, die der Mittelschicht angehören, gönnen es sich als unvergessliches Erlebnis, das sie sich einmal im Leben erlauben können, sofern sie das Geld auftreiben. Sie wohnen in den schäbigen Absteigen der mieseren Blasen wie Conrad. Aber die reichen Leute kommen jedes Jahr und belegen die guten Hotels. Und, du meine Güte, sie kaufen ein!

Mehr als jeder andere Ort ist Aldrin die Stelle, wo die Motten nach Artemis fließen.

In den Geschäften gab es nichts, was ich mir leisten konnte. Aber eines Tages würde ich genug haben, um dazuzugehören. Das war jedenfalls mein Plan. Nach einem letzten langen Blick in die Runde ging ich zum Zollhafen.

Aldrin liegt der Landezone am nächsten. Man wollte doch nicht, dass sich die reichen Gäste schmutzig machten, während sie durch verarmte Viertel wanderten, oder? Nein, sie wurden geradewegs zum angenehmeren Bereich gelotst.

Ich schlenderte durch das große Tor am Hafen. Der riesige Luftschleusenkomplex ist der zweitgrößte Raum in der ganzen Stadt, nur der Aldrin-Park ist noch größer. Hier summte es vor Betriebsamkeit. Ich mischte mich unter die Arbeiter, die zielstrebig hin und her eilten. In der Stadt muss man langsam gehen, um die Touristen nicht umzurennen, aber am Hafen halten sich nur Profis auf. Wir beherrschen alle den Artemis-Hüpfschritt und können ordentlich Tempo machen.

Nördlich des Hafens warteten einige Pendler an der Luftschleuse des Zuges. Die meisten wollten zu den Kraftwerken und zur Sanchez-Aluminiumhütte, die sich einen Kilometer südlich der Stadt befinden. Die Hütte braucht wahnwitzige Mengen an Wärmeenergie und verwendet äußerst hässliche Chemikalien, weshalb jeder der Ansicht ist, sie sollte möglichst weit entfernt sein. Und was die Stromversorgung angeht … nun ja, es sind Atomkraftwerke. Auch die sollten möglichst weit weg sein.

Dale eilte zum Bahnsteig. Er wollte zum *Apollo 11*-Besucherzentrum. Die Touristen lieben es. Die halbstündige Zugfahrt bietet den Fahrgästen atemberaubende Ausblicke auf die Mondlandschaft, und das Besucherzentrum ist ein guter Ort, um den Landeplatz zu betrachten, ohne den unter Druck stehenden Bereich zu verlassen. Wer sich wirklich nach draußen wagen und es sich noch genauer ansehen will, muss Dale und die anderen EVA-Meister in Anspruch nehmen und eine Tour buchen.

Direkt vor der Zugschleuse hing eine riesige kenianische Flagge, unter der stand: SIE BETRETEN JETZT DIE KENIANISCHE OFFSHORE-PLATTFORM ARTEMIS. DIESE PLATTFORM IST DAS EIGENTUM DER KENYA SPACE CORPORATION. HIER GILT INTERNATIONALES SEERECHT.

Meine Blicke hätten Dale durchbohren können. Er bemerkte es nicht einmal. Verdammt, jetzt hatte ich einen wirklich guten tödlichen Blick verschwendet!

Auf dem Gizmo überprüfte ich den Ankunftsplan. Heute war keine Fleischdose fällig (so nennen wir die Passagierschiffe). Sie kommen meistens nur einmal in der Woche. Die nächste sollte in drei Tagen landen. Gott sei Dank! Es gibt nichts Langweiligeres als verwöhnte reiche Jungs, die eine »Mondschnecke« aufgabeln wollen.

Ich ging zur Südseite, wo sich die Frachtschleuse befand. Sie kann auf einen Schlag fünfzehntausend Kubikmeter Ladung aufnehmen, aber es dauert lange, sie zu füllen. Die Frachtrakete war schon vor Stunden eingetroffen. Die EVA-Meister hatten mittlerweile den Frachtbehälter in die Luftschleuse bugsiert und mit Druckluft gereinigt.

Wir tun alles, was wir nur können, um den Mondstaub aus der Stadt herauszuhalten. Mann, noch nicht einmal nach dem Erlebnis mit dem kaputten Ventil hatte ich die Reinigungsprozedur ausgelassen. Warum geben wir uns so viel Mühe? Weil es ausgesprochen ungesund ist, Mondstaub einzuatmen. Er besteht aus winzigen Krümelchen, und es gibt keine Witterung, die sie abschleifen könnte. Jedes Staubkörnchen ist ein gezackter, mit Widerhaken versehener Albtraum, der nur darauf wartet, jemandem die Lunge zu zerfetzen. Lieber eine Packung Asbestzigaretten rauchen als diesen Dreck einatmen.

Als ich die Frachtschleuse erreichte, stand die riesige innere Luke schon offen, und der Container wurde entladen. Ich schlich zu Nakoshi, dem Ersten Schauermann. Er saß an seinem Inspektionstisch und untersuchte den Inhalt einer Frachtkiste. Sobald er sich überzeugt hatte, dass sie kein Schmuggelgut enthielt, schloss er sie wieder und stempelte das Artemis-Symbol darauf: ein großes A, dessen rechte Seite einem stilisierten Pfeil und Bogen nachgebildet ist.

»Guten Morgen, Mr. Nakoshi«, grüßte ich fröhlich. Er und Dad waren seit meiner Kindheit gut befreundet. Für mich war er wie ein Verwandter, ein geliebter Onkel.

»Stell dich bei den anderen Trägern an, du kleines Miststück.«

Na gut, vielleicht eher wie ein entfernter Cousin.

»Kommen Sie schon, Mr. N.«, bettelte ich. »Seit Wochen warte ich auf dieses Schiff. Wir haben doch darüber gesprochen.«

»Hast du die Zahlung angewiesen?«

»Haben Sie das Paket abgestempelt?«

Er hielt den Blickkontakt und griff unter den Tisch, zog eine versiegelte Kiste hervor und schob sie zu mir rüber.

»Ich sehe keinen Stempel«, sagte ich. »Müssen wir es wirklich jedes verdammte Mal so machen? Wir haben uns mal sehr nahegestanden. Was ist denn nur passiert?«

»Du bist erwachsen und ein hinterhältiger Sargnagel geworden.« Er legte sein Gizmo auf die Schachtel. »Dabei hattest du so viel Potenzial. Das hast du alles vertändelt. Dreitausend Motten.«

»Sie meinen doch eher zwei fünf, wie wir es abgesprochen haben, oder?«

Er schüttelte den Kopf. »Dreitausend. Rudy schnüffelt herum. Höheres Risiko, höhere Preise.«

»Das scheint mir eher ein Nakoshi-Problem als ein Jazz-Problem zu sein«, erwiderte ich. »Wir hatten uns auf zwei fünf geeinigt.«

»Hm«, machte er. »Vielleicht sollte ich diese Kiste doch noch einer gründlichen Inspektion unterziehen. Mal sehen, ob da nicht etwas drin ist, das nicht drin sein sollte …«

Ich schürzte die Lippen. Dies war nicht der richtige Moment, erbittert Widerstand zu leisten. Ich rief die Bankingsoftware im Gizmo auf und veranlasste den Geldtransfer. Die

Gizmos vollzogen die Magie, mit der die Computer einander identifizierten und verifizierten.

Nakoshi nahm sein Gerät in die Hand, überprüfte den Eingang, nickte zufrieden und stempelte die Schachtel ab. »Was ist da eigentlich drin?«

»Überwiegend Pornos. Mit Ihrer Mutter als Hauptdarstellerin.«

Er schnaubte und setzte seine Inspektionen fort.

So schmuggelt man Konterbande nach Artemis. Es ist im Grunde ganz einfach. Man braucht nur einen korrupten Beamten, den man seit dem Alter von sechs Jahren kennt. Die Ware bis nach Artemis zu bringen … nun ja, das ist eine andere Geschichte. Später mehr dazu.

Natürlich hätte ich noch mehr Päckchen zum Ausliefern mitnehmen können, aber dieses hier war etwas Besonderes. Ich ging zu meinem Buggy und stieg auf der Fahrerseite ein. Eigentlich brauchte ich keinen Buggy – Artemis ist nicht für Fahrzeuge gebaut –, aber damit kam ich schneller ans Ziel und konnte mehr Sendungen ausliefern. Da ich pro Lieferung entlohnt wurde, zahlte sich die Investition aus. Der Buggy war furchtbar schwierig zu steuern, aber gut geeignet, um schwere Lasten zu transportieren – deshalb war ich der Ansicht, er sei männlich. Ich nannte ihn Trigger.

Ich zahlte eine monatliche Gebühr, damit ich Trigger am Hafen parken durfte. Wo sollte ich ihn sonst lassen? Zu Hause habe ich weniger Platz als ein gewöhnlicher Häftling auf der Erde.

Einen Schlüssel oder so etwas gab es nicht. Nur einen Knopf, mit dem ich Trigger einschalten konnte. Warum sollte jemand einen Buggy stehlen? Was sollte man damit tun? Ihn verkaufen? Damit wäre man nicht durchgekommen. Artemis ist klein. Niemand stiehlt etwas. Nun ja, manchmal wurde in den Geschäften geklaut. Aber niemand stiehlt einen Buggy.

Ich fuhr aus dem Hafen heraus.

Wenig später steuerte ich Trigger durch die wohlhabenden Gänge der Shepard-Blase. Diese Gegend sieht ganz anders aus als mein heruntergekommenes Viertel. Die Korridore von Shepard sind geschmackvoll mit Holz vertäfelt und mit schalldämpfenden Teppichen ausgelegt. Alle zwanzig Meter ist ein Lüster aufgehängt und spendet Licht. Allerdings ist diese Art Beleuchtung keineswegs sündhaft teuer – wir haben viel Silicium auf dem Mond und können Glas selbst herstellen. Angeberisch wirkt es trotzdem.

Wenn Sie glauben, ein Urlaub auf dem Mond sei kostspielig, dann wollen Sie gar nicht wissen, was man bezahlen muss, um in der Shepard-Blase zu leben. In Aldrin gibt es überteuerte Ferienanlagen und Hotels, aber in Shepard leben die wirklich reichen Artemisier.

Und ich war zum Anwesen eines der stinkendsten Stinkreichen in der Stadt unterwegs: Trond Landvik. Er hatte in der norwegischen Telekommunikationsbranche ein Vermögen verdient. Sein Heim in der Shepard-Blase nahm einen beachtlichen Teil der Null-Ebene ein. Die Wohnung war eine riesengroße Dummheit, denn schließlich lebten nur er, seine Tochter und ein Hausmädchen in dem Komplex. Aber was kümmerte es mich, es war ja sein Geld. Wenn er auf dem Mond ein großes Anwesen unterhalten wollte, wer war ich, dass ich über ihn urteilen wollte? Ich brachte ihm einfach nur die illegalen Sachen, die er bei mir bestellte.

Nachdem ich Trigger neben dem Eingang des Anwesens (genauer gesagt, neben einem von mehreren Eingängen) geparkt hatte, klingelte ich. Die Tür ging auf, und vor mir dräute eine muskulöse Russin. Irina stand seit Anbeginn aller Zeiten in Landviks Diensten.

Schweigend starrte sie mich an. Ich starrte zurück.

»Lieferung«, sagte ich schließlich. Irina und ich hatten uns schon eine Milliarde Mal gesehen, aber sie zwang mich immer wieder, ausdrücklich zu erklären, warum ich aufkreuzte.

Schnaubend drehte sie sich um und ging hinein. Das war die Einladung, ihr nach drinnen zu folgen.

Hinter ihrem Rücken schnitt ich ein paar Grimassen, während sie mich durch das Foyer der Villa führte. Sie deutete einen Flur hinunter und entfernte sich wortlos in die andere Richtung.

»Es ist mir immer ein Vergnügen, Irina!«, rief ich ihr hinterher.

Jenseits des Bogengangs lümmelte Trond in Sweatshirt und Bademantel auf einem Sofa und plauderte mit einem Asiaten, den ich noch nie gesehen hatte.

»Wie auch immer, damit kann man eine Menge Geld …« Als er mich bemerkte, setzte er ein strahlendes Lächeln auf. »Jazz! Wie schön, dich zu sehen!«

Neben Tronds Gast stand eine offene Schachtel. Der Mann lächelte höflich und schloss sie eilig. Normalerweise hätte ich mich nicht dafür interessiert, aber die Heimlichtuerei machte mich neugierig.

»Ebenfalls.« Ich legte die Schmuggelware auf das Sofa.

Trond zeigte auf seinen Gast. »Das ist Jin Chu aus Hongkong. Jin, das ist Jazz Bashara. Sie ist ein Mädchen von hier. Sie ist auf dem Mond aufgewachsen.«

Jin nickte rasch und sagte mit amerikanischem Akzent: »Freut mich, Sie kennenzulernen, Jazz.« Das verblüffte mich, und ich glaube, man sah es mir an.

Trond lachte. »Ja, Jin ist das Produkt einer erstklassigen amerikanischen Privatschule. Hongkong, Mann! Das ist ein magischer Ort.«

»Aber nicht so magisch wie Artemis!« Jin strahlte. »Dies ist mein erster Besuch auf dem Mond. Hier fühle ich mich wie ein Kind im Bonbonladen. Ich bin ein großer Science-Fiction-Fan und habe in meiner Jugend immer *Star Trek* gesehen. Jetzt erlebe ich es selbst!«

»*Star Trek?«,* fragte Trond. »Ehrlich? Das ist doch hundert Jahre her.«

»Qualität vergeht nicht«, erwiderte Jin. »Das Alter ist irrelevant. Über die Shakespeare-Fans regt sich ja auch niemand auf.«

»Das ist wahr. Aber hier gibt es keine heißen Alienbräute, die man verführen könnte. Also können Sie Kirk doch nicht so ganz nacheifern.«

»Genau genommen …« Jin Chu hob einen Finger. »Kirk hatte in der ganzen klassischen Serie nur mit drei Alienfrauen Sex. Und diese Zahl unterstellt, dass er auch mit Elaan von Elas geschlafen hat, was angedeutet, aber niemals offen ausgesprochen wurde. Vielleicht waren es also nur zwei.«

Trond verneigte sich ehrfürchtig. »Nie wieder werde ich Ihr Wissen über *Star Trek* infrage stellen. Wollen Sie auch den Landeplatz von *Apollo 11* besuchen, während Sie hier sind?«

»Unbedingt«, entgegnete Jin. »Wie ich hörte, gibt es sogar EVA-Touren. Meinen Sie, ich sollte einen Ausflug buchen?«

»Nein«, schaltete ich mich ein. »Man darf sich dem Gelände nur bis zu einem bestimmten Punkt nähern. Von der Aussichtshalle im Besucherzentrum ist der Ausblick genauso gut.«

»Oh, verstehe. Dann wäre es wohl sinnlos.«

Leck mich, Dale!

»Möchte jemand Tee oder Kaffee?«, bot Trond an.

»Ja, bitte«, antwortete Jin. »Schwarzen Kaffee, wenn Sie welchen haben.«

Ich ließ mich auf einem Stuhl nieder. »Für mich schwarzen Tee.«

Trond sprang über die Rückenlehne des Sofas (was angesichts der geringen Schwerkraft lange nicht so aufregend war, wie es klingen mag). Dann schlitterte er weiter zu der Anrichte und griff nach einem Weidenkorb. »Ich habe gerade einen ausgezeichneten türkischen Kaffee bekommen. Sie werden ihn mögen.« Er drehte sich zu mir um. »Jazz, du magst ihn vielleicht auch.«

»Kaffee ist nur eine Art schlechter Tee«, entgegnete ich. »Schwarzer Tee ist das einzige Heißgetränk, das zu trinken sich lohnt.«

»Ihr Saudis seid ganz verrückt nach eurem schwarzen Tee«, meinte Trond.

Ja, genau genommen bin ich eine Bürgerin von Saudi-Arabien. Aber seit meinem sechsten Lebensjahr bin ich nicht mehr dort gewesen. Einige Gewohnheiten und Überzeugungen hatte ich von Dad übernommen, aber auf der Erde hätte ich mich nicht mehr zurechtgefunden. Ich bin Artemisierin.

Trond bereitete unsere Getränke zu. »Unterhaltet euch nur, es dauert noch einen Moment.« Warum ließ er das nicht

Irina machen? Ich hatte keine Ahnung. Ehrlich gesagt wusste ich nicht, wozu sie überhaupt da war.

Jin legte den Arm auf die geheimnisvolle Schachtel. »Wie ich hörte, ist Artemis ein beliebtes Ziel für Romantikreisen. Gibt es hier viele Frischvermählte?«

»Eher nicht«, erwiderte ich. »Die meisten können es sich nicht leisten. Aber manchmal kommen ältere Paare, die wieder etwas Leben in die Bude bringen wollen.«

Verwirrt sah er mich an.

»Die Schwerkraft«, erklärte ich. »Bei einem Sechstel g ist der Sex völlig anders. Das ist schön für Paare, die schon lange verheiratet sind. Sie entdecken zusammen den Sex, als hätten sie sich gerade erst kennengelernt.«

»Daran habe ich noch gar nicht gedacht«, räumte Jin ein.

»Falls Sie es herausfinden wollen, es gibt in Aldrin eine Menge Prostituierte.«

»Oh, äh, nein. Nein, das liegt mir nicht.« Er hatte wohl nicht damit gerechnet, dass eine Frau ihm Nutten empfahl. Die Leute von der Erde waren in dieser Hinsicht recht verklemmt. Den Grund habe ich nie verstanden. Das war eine Dienstleistung, die gegen Bezahlung angeboten wurde. Warum so viel Aufhebens?

Ich zuckte mit den Achseln. »Falls Sie es sich noch anders überlegen sollten, es kostet so etwa zweitausend Motten.«

»Bestimmt nicht.« Er lachte nervös und wechselte das Thema. »Aber … warum heißt das Geld in Artemis eigentlich ›Motten‹?«

Ich legte die Füße auf den Kaffeetisch. »MOTE. Das ist die Abkürzung für eine Mond-Transporteinheit. Dank der KSC kostet es eine Motte, ein Gramm Fracht von der Erde nach Artemis zu befördern.«

»Genau genommen ist es keine Währung«, warf Trond ein, der noch an der Anrichte beschäftigt war. »Wir sind kein eigenständiges Land und haben keine eigene Währung. Motten sind die Prepaid-Frachtgebühren der KSC. Man zahlt in Dollar, Euro, Yen oder was auch immer und darf dafür eine bestimmte Masse nach Artemis befördern. Sie müssen nicht das ganze Guthaben auf einmal aufbrauchen, denn die Firma verwaltet Ihr Konto.« Er kam mit dem Tablett zum Kaffeetisch. »Es stellte sich aber heraus, dass dies eine sehr praktische Einheit für den Handel ist. Deshalb fungiert die KSC hier als Bank. Auf der Erde käme man mit so was nicht durch, aber wir sind ja in Artemis.«

Jin beugte sich vor und nahm den Kaffee. In diesem Moment konnte ich einen Blick auf die Schachtel erhaschen. Sie war weiß und mit dicken schwarzen Blockbuchstaben beschriftet: DAGL-PROBE – NUR FÜR BEFUGTE.

»Dann wurde dieses Sofa von der Erde importiert?«, überlegte Jin. »Wie viel hat es gekostet, es herzuschaffen?«

»Es wiegt dreiundvierzig Kilogramm«, antwortete Trond. »Die Fracht hat also dreiundvierzigtausend Motten gekostet.«

»Was verdient ein durchschnittlicher Arbeiter hier?«, fragte Jin. »Sofern es Ihnen nichts ausmacht, natürlich.«

Ich nahm den Tee und genoss die Wärme der Tasse in den Händen. »Ich verdiene als Trägerin knapp zwölftausend im Monat. Es ist ein schlecht bezahlter Job.«

Jin nippte am Kaffee und schnitt eine Grimasse. Das sah ich nicht zum ersten Mal. Die Erdleute hassen unseren Kaffee. Die Physik verlangt, dass er beschissen schmeckt.

Auf der Erde enthält die Luft zwanzig Prozent Sauerstoff. Der Rest besteht aus Sachen, die der menschliche Körper nicht braucht, wie etwa Stickstoff und Argon. In Artemis benutzen wir dagegen reinen Sauerstoff bei zwanzig Prozent des irdischen Drucks. Damit bekommen wir das richtige Maß an Sauerstoff und vermindern den Druck auf die Hüllen. Neu ist diese Idee nicht – sie kam schon bei den *Apollo*-Flügen zum Einsatz. Das Problem ist nur, dass der Siedepunkt von Wasser sinkt, je niedriger der Druck ist. Hier kocht das Wasser schon bei einundsechzig Grad Celsius; heißer können Tee oder Kaffee deshalb nicht werden. Wer nicht daran gewöhnt ist, empfindet dies als widerlich kalt.

Jin stellte die Tasse diskret ab. Er würde sie nicht wieder anrühren.

»Was führt Sie denn nach Artemis?«, fragte ich.

Er trommelte mit den Fingern auf die DAGL-Schachtel. »Wir verhandeln schon seit Monaten über einen geschäftlichen Abschluss. Jetzt kommen wir endlich voran, und nun wollte ich Mr. Landvik persönlich kennenlernen.«

Trond ließ sich auf dem Sofa nieder und nahm die Konterbande in die Hand. »Ich sagte Ihnen doch schon, nennen Sie mich Trond.«

»Wie Sie wünschen, Trond«, willigte Jin ein.

Trond riss die Verpackung auf und zog ein dunkles Holzkästchen heraus. Er hielt es ins Licht und betrachtete es aus verschiedenen Blickwinkeln. Mit Ästhetik konnte ich noch nie viel anfangen, aber sogar ich begriff, dass es ein schönes Objekt war. Alle Flächen waren mit komplizierten Schnitzereien bedeckt, und die Schachtel trug ein geschmackvolles spanisches Etikett.

»Was haben wir denn da?«, fragte Jin.

Trond schenkte ihm ein breites Grinsen und öffnete das Kästchen. Darin lagen vierundzwanzig Zigarren, jede in einer eigenen Papierhülle. »Dominikanische Zigarren. Die meisten Leute glauben, kubanische seien die besten, aber sie irren sich. Die dominikanischen sind eindeutig besser.«

Jeden Monat schmuggelte ich ihm eine Zigarrenkiste herein. Es zahlt sich immer aus, Stammkunden zu haben.

Er deutete auf die Tür. »Jazz, könntest du die bitte schließen?«

Hinter der schönen Wandvertäfelung verbarg sich eine nüchterne, rein funktionelle Luke. Ich schob sie zu und kurbelte am Verschluss. In teuren Häusern sind solche Luken recht verbreitet. Wenn die Blase Druck verliert, kann man das Haus versiegeln und stirbt nicht. Manche Leute sind sogar so paranoid, dass sie in der Nacht das Schlafzimmer luftdicht versiegeln. Meiner Ansicht nach ist das reine Geldverschwendung. In der ganzen Geschichte von Artemis gab es noch nie einen Druckverlust.

»Ich habe hier ein spezielles Luftfiltersystem einbauen lassen«, erklärte Trond. »Der Rauch kommt auf keinen Fall aus dem Raum heraus.«

Er wickelte eine Zigarre aus, biss das Ende ab und spuckte es in einen Aschenbecher. Dann steckte er sich die Zigarre in den Mund und zündete sie mit einem goldenen Feuerzeug an. Er paffte einige Male und seufzte. »Gutes Zeug, wirklich gutes Zeug.«

Nun bot er Jin die Schachtel an, der jedoch höflich ablehnte. Anschließend hielt er sie mir hin.

»Gern.« Ich nahm mir eine und steckte sie in meine Brusttasche. »Ich rauche sie nach dem Essen.«

Das war gelogen. Aber warum sollte ich so ein Geschenk ablehnen? Wahrscheinlich bekam ich hundert Motten dafür.

Jin runzelte die Stirn. »Entschuldigen Sie, aber … sind Zigarren denn nicht illegal?«

»Ja, das ist ziemlich lächerlich«, sagte Trond. »Ich habe einen luftdicht versiegelten Raum! Mein Rauch stört niemanden! Das ist wirklich sehr ungerecht.«

»Oh, du bist so ein Arsch.« Ich wandte mich Jin zu. »Es geht um den Brandschutz. Ein Feuer in Artemis wäre ein Albtraum. Wir können ja nicht einfach nach draußen gehen. Brennbare Stoffe sind verboten, sofern es nicht einen wirklich triftigen Grund gibt, sie hier zu haben. Das Letzte, was wir wollen, ist, dass ein Trupp Idioten mit Feuerzeugen herumrennt.«

»Also … ja, das stimmt natürlich.« Trond spielte mit seinem Feuerzeug. Ich hatte es ihm schon vor Jahren hereingeschmuggelt. Alle paar Monate brauchte es Gas. Wieder etwas Geld für mich.

Ich trank noch einen Schluck warmen Tee, dann zückte ich mein Gizmo. »Trond?«

»Ah ja, richtig.« Er zog sein eigenes Gerät heraus und hielt es neben meines. »Immer noch viertausend Motten?«

»Hm, ja, aber ich muss dich warnen. Beim nächsten Mal muss ich viereinhalb nehmen. Meine Unkosten sind gerade gestiegen.«

»Kein Problem«, sagte er und tippte. Ich wartete einen Moment, dann erschien die Bestätigung auf meinem Bildschirm. Ich akzeptierte, und die Transaktion war vollzogen.

»Alles in Ordnung.« Ich sah Jin an. »War schön, Sie kennenzulernen, Mr. Jin. Stürzen Sie sich ins Vergnügen, solange Sie hier sind!«

»Danke, das werde ich machen.«

»Lass es dir gut gehen, Jazz«, meinte Trond lächelnd.

Ich verließ die beiden Männer, damit sie tun konnten, was immer sie tun wollten. Natürlich wusste ich nicht, worum es ging, aber astrein war es mit Sicherheit nicht. Trond betrieb alle möglichen zwielichtigen Geschäfte. Deshalb mochte ich ihn. Wenn er einen Mann zu sich auf den Mond holte, war etwas viel Interessanteres im Spiel als nur ein »geschäftlicher Abschluss«.

Ich bog um die Ecke und ging durch das Foyer hinaus. Als ich das Anwesen verließ, warf Irina mir einen hässlichen Blick zu. Daraufhin zeigte ich ihr die gerümpfte Nase. Sie schloss die Tür hinter mir, ohne sich zu verabschieden.

Gerade wollte ich in Trigger springen, da piepste mein Gizmo. Es war ein neuer Trägerjob. Da ich zu den erfahrenen Trägern gehörte und in der Nähe war, bot das System den Job zuerst mir an.

ABHOLPOSITION: AN-5250. MASSE: ~100 kg.
LIEFERORT: NOCH NICHT FESTGELEGT.
LOHN: 452 µ.

Mann! Vierhundertzweiundfünfzig Motten. Etwa ein Zehntel von dem, was ich gerade mit der Kiste Zigarren eingenommen hatte.

Ich akzeptierte. Schließlich musste ich ja irgendwie mein Geld verdienen.

Lieber Kelvin Otieno!
Hallo, ich bin Jasmine Bashara, aber die Leute nennen mich Jazz. Ich bin neun Jahre alt und lebe in Artemis.

Miss Teller ist meine Lehrerin. Sie ist eine gute Lehrerin, aber sie hat mir mein Gizmo weggenommen, als ich im Unterricht damit gespielt habe. Sie hat uns eine Hausarbeit aufgegeben. Wir sollen einem Kind im KSC-Komplex in Kenia eine E-Mail schreiben. Mir hat sie deine Adresse gegeben. Sprichst du Englisch? Ich kann auch Arabisch. Was sprecht ihr in Kenia?

Ich mag amerikanische Serien und esse am liebsten Ingwereiscreme. Aber normalerweise esse ich Gunk. Ich hätte gern einen Hund, aber wir können uns keinen leisten. Ich habe gehört, dass auf der Erde auch arme Leute einen Hund haben können. Ist das wahr? Hast du einen Hund? Wenn du einen Hund hast, dann erzähle mir bitte von ihm.

Gibt es in Kenia einen König?

Mein Dad ist Schweißer. Was macht dein Dad?

Liebe Jazz Bashara!
Hallo, ich bin Kelvin, und ich bin auch neun. Ich wohne bei meiner Mom und meinem Dad. Ich habe noch drei Schwestern. Die sind aber blöd, und die beiden älteren verhauen mich immer. Aber ich werde ja stärker, und irgendwann kann ich sie verhauen. Nein, war ein Witz. Jungs dürfen keine Mädchen verhauen.

Wir Kenianer sprechen Englisch und Suaheli. Wir haben keinen König, sondern einen Präsidenten und eine Nationalversammlung und einen Senat. Die Erwachsenen stimmen dort ab, und dann machen sie die Gesetze.

Wir haben keinen Hund, aber wir haben zwei Katzen. Eine kommt nur zum Fressen rein, aber die andere ist lieb und schläft immer auf dem Sofa.

Mein Dad ist Wachmann bei der KSC. Er arbeitet am Tor 14 und passt auf, dass nur Leute hineinkommen, die eine Erlaubnis haben. Wir wohnen in einer Firmenwohnung, und meine Schule ist ganz in der Nähe. Jeder, der für die KSC arbeitet, kann die Kinder kostenlos zur Schule schicken. Die KSC ist sehr großzügig, und wir sind alle dankbar.

Meine Mom geht nicht arbeiten. Sie passt auf uns Kinder auf. Sie ist eine gute Mutter.

Am liebsten esse ich Hotdogs. Was ist Gunk? Das habe ich noch nie gehört.

Ich mag auch amerikanische Serien, am liebsten die Soap Operas. Die sind so spannend, aber meine Mom will nicht, dass ich sie sehe. Wir haben hier gutes Internet, deshalb sehe ich sie mir an, wenn sie nicht aufpasst. Sag es ihr bitte nicht. Haha. Was macht deine Mom?

Was willst du machen, wenn du groß bist? Ich will Raketen bauen. Jetzt baue ich Modelle. Gerade bin ich mit der KSC 209-B fertig geworden. Sie steht in meinem Zimmer und sieht richtig schön aus. Später will ich richtige Raketen bauen. Die anderen Kinder wollen Piloten für die Raketen werden, aber das will ich nicht.

Bist du weiß? Ich habe gehört, in Artemis sind alle weiß. Hier in der Werkssiedlung gibt es viele Weiße. Sie kommen aus der ganzen Welt her, um hier zu arbeiten.

Lieber Kelvin,

schade, dass du keinen Hund hast. Ich hoffe, du wirst eines Tages Raketen bauen. Richtige Raketen und keine Modelle.

Gunk ist das Essen für arme Leute. Es besteht aus getrockneten Algen und Geschmacksstoffen. Sie züchten es hier in Artemis in Bottichen, weil das Essen von der Erde so teuer ist. Gunk ist widerlich. Die Zusatzstoffe sollen den Geschmack verbessern, aber damit schmeckt es nur auf andere Weise widerlich. Ich muss es jeden Tag essen. Ich mag das nicht.

Ich bin nicht weiß, ich bin Araberin. Also irgendwie hellbraun. Hier sind nur die Hälfte der Leute Weiße. Meine Mom lebt irgendwo auf der Erde. Sie ist weggegangen, als ich noch ein Baby war. Ich kann mich nicht an sie erinnern.

Soap Operas sind ätzend. Aber es ist okay, wenn du ätzende Sachen magst. Wir können trotzdem Freunde sein.

Habt ihr hinter dem Haus einen Hof? Könnt ihr immer nach draußen gehen, wenn ihr wollt? Ich kann erst nach draußen, wenn ich sechzehn bin, weil das für die EVAs so vorgeschrieben ist. Später mache ich die EVA-Lizenz, dann kann ich so oft rausgehen, wie ich will, und niemand kann es mir verbieten.

Raketen bauen ist bestimmt großartig. Hoffentlich bekommst du den Job.

Ich will keinen Job. Wenn ich groß bin, will ich reich sein.

2

Armstrong ist beschissen. Es ist eine Schande, dass ein so erbärmlicher Teil der Stadt nach einem so tollen Typ benannt wurde.

Das Knirschen und Dröhnen der Maschinen drang durch die Wände der alten Korridore, durch die ich Trigger bugsierte. Obwohl die schweren Produktionsanlagen fünfzehn Stockwerke entfernt standen, leiteten die Wände den Lärm weiter. An der Lebenserhaltung bremste ich ab und parkte direkt vor der schweren Tür.

Die Lebenserhaltung war einer der wenigen Orte in der Stadt, wo es echte Sicherheitsmaßnahmen gab. Man wollte eben vermeiden, dass dort einfach jeder hineinspazierte. Um hineinzukommen, musste man das Gizmo über die Sensorfläche ziehen, aber ich stand natürlich nicht auf der Mitarbeiterliste. Deshalb musste ich draußen warten.

Der Lieferauftrag bezog sich auf ein Paket von rund hundert Kilogramm Gewicht. Das war kein Problem für mich. Ich kann doppelt so viel heben, ohne dass mir der Schweiß ausbricht. Das können nicht viele Mädchen auf der Erde von sich behaupten. Sie müssen natürlich auch die sechsfache Schwerkraft überwinden, aber das ist ihr Problem.

Abgesehen von der Masse verrieten mir die Auftragsdaten nicht viel. Keinerlei Informationen über den Inhalt oder das Ziel. Das würde mir der Kunde selbst mitteilen.

Die Lebenserhaltung von Artemis ist einzigartig in der Geschichte der Raumfahrt. Dort wird nicht etwa Kohlendioxid in Sauerstoff zurückverwandelt. Natürlich haben sie die nötige Ausrüstung, um so etwas zu tun, und genug Batterien, um es im Notfall monatelang durchzuhalten, aber sie bekommen einen viel billigeren und nahezu unbegrenzten Sauerstoffvorrat aus einer ganz anderen Quelle: von der Aluminiumhütte.

Im Schmelzofen von Sanchez Aluminium außerhalb der Stadt entsteht während der Erzverarbeitung auch Sauerstoff. Darum geht es in einer Erzhütte im Grunde: Man entfernt den Sauerstoff, um das reine Metall zu bekommen. Die meisten Menschen wissen es nicht, aber auf dem Mond gibt es eine geradezu lächerlich große Menge an Sauerstoff. Man braucht nur teuflisch viel Energie, um an ihn heranzukommen. Sanchez wirft als Abfallprodukt so viel Sauerstoff ab, dass sie nicht nur nebenbei Raketentreibstoff herstellen, sondern auch die Stadt mit Atemluft versorgen können und immer noch eine Menge Überschuss einfach ablassen müssen.

Also haben wir tatsächlich mehr Sauerstoff, als wir benötigen. Die Lebenserhaltung steuert den Zufluss und sorgt dafür, dass der Zustrom aus der Sanchez-Pipeline ungefährlich ist. Aus der verbrauchten Luft wird das CO_2 herausgefiltert, und sie regeln die Temperatur, den Druck und alle anderen Sachen, die dazugehören. Das CO_2 verkaufen sie an die Gunkfarmen, wo sie die Algen züchten, die wir essen. Es geht doch immer um die Wirtschaftlichkeit, nicht wahr?

»Hallo, Bashara«, hörte ich hinter mir eine vertraute Stimme.

Mist.

Ich setzte mein allerfalschestes Lächeln auf und drehte mich um. »Rudy! Man hat mir nicht gesagt, dass du den Auftrag erteilt hast. Hätte ich das gewusst, dann wäre ich nicht gekommen.«

Na gut, ich will nicht lügen. Rudy DuBois ist ein echt gut aussehender Mann. Zwei Meter groß und blond wie Hitlers feuchter Traum. Vor zehn Jahren hatte er bei der Royal Canadian Mounted Police aufgehört und war der Sicherheitschef von Artemis geworden, aber er trug die Uniform immer noch jeden Tag. Und sie stand ihm gut. Wirklich gut. Ich mochte den Mann nicht, aber … Sie wissen schon … wenn ich es tun könnte, und es hätte keine Konsequenzen …

Jedenfalls verkörperte er das, was in der Stadt als Gesetz galt. Klar, jede Gesellschaft braucht Gesetze und Ordnungshüter. Aber Rudy gab sich dabei besonders dienstbeflissen.

»Keine Sorge.« Er zückte sein Gizmo. »Ich habe nicht genug Beweise, um dich der Schmuggelei zu überführen. Noch nicht.«

»Schmuggel? Ich? Du meine Güte, Mr. Rechtschaffenheit, du hast aber komische Ideen.«

Was für eine Nervensäge. Er hatte mich seit einem Vorfall im Visier, der sich ereignet hatte, als ich siebzehn war. Glücklicherweise konnte er die Missetäter nicht einfach abschieben lassen. So etwas konnte nur die Administratorin von Artemis anordnen, und sie tat es nicht, solange Rudy nicht etwas wirklich Überzeugendes vorbrachte. Also gab es doch noch so etwas wie eine Kontrolle der Macht. Auch wenn sie nicht immer wirkungsvoll war.

Ich sah mich um. »Wo ist denn das Paket?«

Er strich mit dem Gizmo über das Lesegerät, und die feuerfeste Tür ging auf. Rudys Gizmo war wie ein Zauberstab, damit konnte man in Artemis buchstäblich jede Tür öffnen. »Komm mit.«

Wir betraten die Lebenserhaltung. Einige Techniker bedienten verschiedene Apparate, während die Ingenieure die großen Statusanzeigen an einer Wand beobachteten.

Mit Ausnahme von mir und Rudy befanden sich ausschließlich Vietnamesen im Raum. So sieht es eben in Artemis aus. Ein paar Leute, die einander kennen, wandern aus, gründen eine Firma und stellen ihre Freunde ein. Natürlich heuern sie vor allem die Leute an, die sie kennen. So läuft das schon seit einer Ewigkeit.

Die Arbeiter beachteten uns nicht, als wir uns zwischen den Maschinen und einem Gewirr aus Hochdruckleitungen durchschlängelten. Mr. Đoàn saß auf seinem Platz mitten vor den Wandbildschirmen. Er suchte Rudys Blick und nickte langsam.

Rudy blieb hinter einem Mann stehen, der einen Lufttank säuberte, und tippte ihm auf die Schulter. »Pham Binh?«

Binh drehte sich um und grunzte. Das wettergegerbte Gesicht zeigte eine fest eingebrannte finstere Miene.

»Mr. Binh, Ihre Frau Tâm war heute Morgen bei Doc Roussel.«

»Ja«, erwiderte Binh. »Sie ist immer so ungeschickt.«

Rudy drehte sein Gizmo herum. Der Bildschirm zeigte eine Frau mit Prellungen im Gesicht. »Die Ärztin sagt, Ihre Frau hätte ein blaues Auge, einen Bluterguss auf der Wange, zwei geprellte Rippen und eine Gehirnerschütterung.«

»Ja, sie ist immer so ungeschickt.«

Rudy gab mir das Gizmo und versetzte Binh einen Faustschlag mitten ins Gesicht.

Während meiner jugendlichen Gangsterlaufbahn hatte ich mehrere Zusammenstöße mit Rudy. Er war ein echt kräftiger Bursche. Mich hat er nie geschlagen oder so, aber einmal hielt er mich mit einer Hand fest, während er mit der anderen etwas ins Gizmo tippte. Ich bemühte mich wirklich sehr, ihm zu entkommen, aber sein Griff war fest wie ein Schraubstock. Manchmal muss ich nachts daran denken.

Binh sank zu Boden. Er versuchte, sich mit Händen und Knien hochzudrücken, schaffte es aber nicht. Wenn man in der Mondschwerkraft nicht mehr auf die Beine kommt, ist man wirklich ziemlich erledigt.

Rudy kniete nieder und zog Binhs Kopf an den Haaren hoch. »Mal sehen … ja, die Wange schwillt schön an. Jetzt zu dem blauen Auge …« Er drosch dem fast ohnmächtigen Mann die Faust auf das Auge und ließ den Kopf los.

Binh zog sich zusammen und stöhnte. »Aufhören …«

Rudy richtete sich auf und nahm mir sein Gizmo wieder ab. Er hielt es schräg, damit wir es beide sehen konnten. »Dann wären da noch zwei geprellte Rippen, oder? Die vierte und die fünfte auf der linken Seite.«

»So sieht es aus«, stimmte ich zu.

Er versetzte dem liegenden Mann einen Tritt in die Seite. Binh wollte schreien, bekam aber keine Luft mehr.

»Ich nehme zu seinen Gunsten an, dass einer der Schläge gegen den Kopf eine Gehirnerschütterung nach sich zieht«, überlegte Rudy. »Ich will es ja nicht übertreiben.«

Die anderen Techniker hatten die Arbeit unterbrochen und sahen zu. Einige lächelten. Đoàn saß weiter an seinem Platz und deutete fast unmerklich sein Einverständnis an.

»Es läuft jetzt folgendermaßen, Binh«, erklärte Rudy. »Was immer ihr passiert, das passiert ab sofort auch Ihnen. Ist das klar?«

Binh lag keuchend am Boden.

»Ist das klar?«, fragte Rudy etwas lauter.

Binh nickte eifrig.

»Gut.« Rudy lächelte. Dann wandte er sich an mich. »Da ist deine Lieferung, Jazz. Schätzungsweise einhundert Kilogramm, abzuliefern bei Doc Roussel. Stell es dem Sicherheitsdienst in Rechnung.«

»Alles klar«, sagte ich.

So funktioniert hier die Justiz. Es gibt keine Gefängnisse oder Geldstrafen. Wer ein schweres Verbrechen begeht, wird auf die Erde verbannt. Für alles andere ist Rudy zuständig.

Nach dieser speziellen Lieferung erledigte ich ein paar alltäglichere Transporte und Zustellungen. Meist ging es vom Hafen zu Privatadressen. Außerdem gelang es mir, einen Auftrag für einen Haufen Kisten von einer Wohneinheit zurück zum Hafen zu ergattern. Ich half den Leuten gern beim Umzug, normalerweise gaben sie anständige Trinkgelder. Dieser Umzug war allerdings eher bescheiden – ein junges Paar, das auf die Erde zurückkehren wollte.

Die Frau war schwanger. In der Mondschwerkraft kann man kein Kind austragen – das führt zu Geburtsfehlern. Und man kann hier auch kein Kind aufziehen. Das hätte schreckliche Auswirkungen auf die Entwicklung der Knochen und Muskeln. Ich war mit sechs Jahren umgezogen, damals das Mindestalter für ständige Bewohner. Später wurde das Mindestalter auf zwölf Jahre erhöht. Musste ich mir Sorgen machen?

Ich war gerade zum nächsten Auftrag unterwegs, als mein Gizmo kreischte. Es war nicht das Klingeln eines Anrufs, auch nicht das Piepsen einer Nachricht, sondern ein wahrhaftiger Alarmschrei. Ich zog es aus der Tasche.

FEUER: CP12-3270 LOCKDOWN AUSGEFÜHRT. ALLE FREIWILLIGEN IN DER NÄHE ERFORDERLICH.

»Scheiße«, schimpfte ich.

Sofort legte ich den Rückwärtsgang ein und setzte zurück, bis ich einen Abschnitt im Gang fand, wo ich Trigger wenden konnte. Dann beschleunigte ich und fuhr in Richtung der Rampen.

»Jazz Bashara ist unterwegs«, sagte ich in mein Gizmo. »Augenblicklicher Standort: Conrad Plus 4.«

Der zentrale Sicherheitscomputer registrierte meine Meldung und zeigte mir eine Karte von Conrad. Ich war einer von vielen Punkten, die sich alle CP12-3270 näherten.

In Artemis gibt es keine Feuerwehr. Wir haben Freiwillige. Rauch und Feuer sind hier allerdings so gefährlich, dass jeder Freiwillige wissen muss, wie man mit einem Atemschutzgerät umgeht. Die EVA-Meister und die Auszubildenden gelten automatisch als Freiwillige. Ich weiß, darin liegt eine gewisse Ironie.

Der Brand war auf Conrad Plus 12 ausgebrochen, acht Stockwerke über mir.

Mit quietschenden Reifen fuhr ich die Rampen hinauf und immer weiter hinauf, bis ich CP12 erreichte, dann raste ich durch die Gänge zum dritten Ring. Von dort aus musste ich die Parzelle finden, die sich ungefähr zweihundertsiebzig Grad von der nördlichen Richtung entfernt befand. Es war nicht weit, und eine Gruppe von EVA-Meistern war bereits vor Ort.

An der betreffenden Adresse blinkte ein rotes Licht über der massiven Tür. Auf dem Schild stand: QUEENSLAND GLAS.

Auch Bob war schon da. Da er hier vor Ort den höchsten Rang bekleidete, trug er die Verantwortung. Mit einem knappen Nicken begrüßte er mich.

»Also, Leute, hört zu!«, rief er. »In der Glasfabrik hat es einen größeren Brand gegeben, und der im Raum verfügbare Sauerstoff ist verbraucht. Dort drinnen sind vierzehn Menschen, alle haben es bis zum Schutzraum geschafft. Es gibt keine Verletzten, und der Schutzraum funktioniert wie vorgesehen.« Er postierte sich vor der Tür. »In diesem Fall können wir nicht wie sonst abwarten, bis sich der Raum abkühlt. Die Fabrik stellt mittels einer Reaktion zwischen Silicium und Sauerstoff Glas her, deshalb gibt es da drin große Druckbehälter mit Sauerstoff. Wenn die Tanks explodieren, fängt der Raum zwar die Explosion ab, aber die eingeschlossenen Menschen haben keine Chance. Wenn wir von außen frischen Sauerstoff einführen, fliegt ebenfalls alles in die Luft.« Er scheuchte uns von der Tür weg zu einem freien Bereich. »Wir brauchen hier ein Zelt, das luftdicht mit der Wand rings um die Tür abschließt. Innerhalb des Zelts benötigen wir einen aufblasbaren Ziehharmonikatunnel. Und wir brauchen vier Rettungshelfer.«

Die gut ausgebildete Freiwillige Feuerwehr machte sich sofort an die Arbeit. Aus Leerrohren bauten sie ein würfelförmiges Gerüst, dann klebten sie rings um die feuerfeste Tür Plastikplanen an die Wand, zogen sie über das Gerüst und verklebten die Ränder miteinander. Die hintere Klappe blieb offen.

Schließlich hievten sie einen Ziehharmonikatunnel in das Zelt. Das war keine leichte Aufgabe, denn im Gegensatz zu dem improvisierten Zelt waren aufblasbare Tunnel dazu gedacht, einem höheren Druck standzuhalten. Sie waren dick und schwer und dienten dazu, Menschen aus Schutzräumen zu retten, vor denen völliges Vakuum herrschte. Das schien in diesem Fall ein wenig übertrieben, aber das war eben die Ausrüstung, die wir hatten.

Das Zelt war nicht sehr groß, und der Tunnel nahm den größten Teil davon ein. Bob deutete auf die vier kleinsten Freiwilligen. »Sarah, Jazz, Arun und Marcy, ihr geht da rein.«

Wir vier traten vor. Die anderen setzten uns Luftflaschen auf den Rücken und gaben uns Atemschutzmasken und Schutzbrillen für die Augen. Nacheinander überprüften wir die Ausrüstung und zeigten Bob den erhobenen Daumen.

Dann drängelten wir uns in das Zelt. Es war eng. Bob stellte noch einen Metallzylinder hinein. »Der Schutzraum ist an der Westseite. Dort drinnen sind vierzehn Menschen.«

»Verstanden, vierzehn«, erwiderte Sarah. Als voll lizenzierte EVA-Meisterin hatte sie den höchsten Rang und befehligte das Rettungskommando. Die anderen Freiwilligen klebten von außen das Zelt zu und ließen nur eine Ecke ein wenig offen.

Als Nächstes öffnete Sarah das Ventil des Zylinders, worauf sich im Zelt ein Nebel aus Kohlendioxid ausbreitete. Das war ein recht unsauberer Weg, den Sauerstoff zu verdrängen, aber wir mussten nicht besonders gründlich vorgehen. Es reichte aus, den prozentualen Anteil so weit wie möglich zu drücken. Nach einer Minute schloss sie das Ventil wieder, und die Leute draußen versiegelten auch die letzte Ecke des Zelts.

Sarah tastete die Tür ab. »Heiß«, sagte sie. Kein Wunder, wir wollten eine Tür zu einem Raum öffnen, der kurz vor der Explosion stand. Zwar brachten wir keinen frischen Sauerstoff hinein, aber es war trotzdem beunruhigend.

An der Schalttafel der Tür gab Sarah den Entsperrcode der Feuerwehr ein. Ja, es war ein Code. Sobald in einem feuerfesten Raum ein Alarm anschlägt, werden die Türen und Lüftungen sofort verriegelt. Wer drinnen ist, kommt nicht mehr heraus. Die Leute müssen in den Schutzraum, andernfalls sterben sie. Finden Sie das brutal? Das ist es nicht. Ein Feuer, das sich in der Stadt ausbreitet, wäre viel schlimmer als der Tod einiger Menschen in einem versiegelten Raum. Beim Brandschutz macht Artemis keine halben Sachen.

Auf Sarahs Befehl ging die Tür auf, und die Hitze aus dem Raum schlug ins Zelt. Mir brach sofort der Schweiß aus.

»Jesus«, stöhnte Arun.

In der Fabrik hing dichter Rauch. Einige Ecken glühten rot vor Hitze. Wäre noch Sauerstoff in dem Raum gewesen, dann hätten sie lichterloh gebrannt. An der hinteren Wand konnte ich den Umriss eines industriellen Schutzraums erkennen.

Sarah verschwendete keine Sekunde. »Jazz, du kommst mit. Arun und Marcy, ihr bleibt hier und haltet das hintere Ende fest.«

Ich folgte ihr. Vorne nahm sie eine Seite des Nottunnels, ich die andere. Arun und Marcy taten das Gleiche am hinteren Ende. Sarah ging los, ich hielt mit ihr Schritt. Der wie eine Ziehharmonika geformte Tunnel entfaltete sich, da Arun und Marcy hinten stehen blieben.

Wenn Silicium mit Sauerstoff reagiert, entsteht eine Menge Wärme. Deshalb war der Raum feuerfest. Warum sie nicht einfach Sand schmolzen, wie man es auf der Erde tut? Weil es auf dem Mond keinen Sand gibt. Jedenfalls nicht genug, um nützlich zu sein. Aber es gibt reichlich Silicium und Sauerstoff, die beide als Nebenprodukte der Aluminiumherstellung anfallen. Deshalb können wir so viel Glas herstellen, wie wir wollen. Es ist nur etwas schwieriger.

Direkt vor uns war die primäre Reaktionskammer. Um die eingeschlossenen Arbeiter zu befreien, mussten wir diesen Bereich umgehen. »Da ist es bestimmt heiß«, sagte ich.

Sarah nickte und führte uns in einem weiten Bogen darum herum. Wir wollten ja kein Loch in den Rettungstunnel schmelzen.

Als wir den Schutzraum erreicht hatten, klopfte ich an das kleine runde Fenster. Sofort war jemand zur Stelle – ein Mann mit tränenden Augen, das Gesicht mit Asche verschmiert. Wahrscheinlich der Vorarbeiter, der den Schutzraum als Letzter betreten hatte. Er zeigte mir den hochgestreckten Daumen, und ich erwiderte die Geste.

Sarah und ich stiegen in den Tunnel und setzten den Dichtungsring um die Luke des Schutzraums. Wenigstens das ging leicht. Genau dazu war der Tunnel ja da. Im Zelt pressten Arun und Marcy ihr Ende des Tunnels gegen die Plastikplane und klebten es dort fest. So hatten wir einen Fluchtweg für die Arbeiter geschaffen, der jedoch im Moment noch mit der nicht atembaren Luft aus dem Raum gefüllt war.

»Können wir ausblasen?«, rief Sarah.

»Versiegelt und bereit!«, rief Arun zurück.

Die Leute draußen schnitten einen Schlitz ins Plastik. Der Rauch aus dem Tunnel quoll in den Gang hinaus, doch die Retter hatten schon Ventilatoren und Filter aufgebaut, damit sich der Dreck möglichst nicht ausbreitete.

»Das Zelt ist offen! Ausblasen!«, rief Arun.

Sarah und ich wechselten einen Blick, um uns zu vergewissern, dass wir beide bereit waren. Dann holten wir tief Luft und öffneten die Auslassventile unserer Luftbehälter. Das entweichende Gas trieb den Rauch vor sich her durch den Tunnel und in den Gang hinaus. Kurz darauf befand sich im Nottunnel wieder atembare Luft. Conrad Plus 12 würde allerdings noch einige Tage lang nach Ruß riechen.

Wir mussten husten, als wir die Luft einatmeten, aber allzu schlimm war es nicht. Es musste auch nicht angenehm sein. Es reichte aus, wenn es nicht giftig war. Als wir sicher waren, dass es die Arbeiter nicht umbringen würde, öffnete Sarah mit dem Handrad die Luke des Schutzraums.

Man musste anerkennen, dass die Arbeiter schnell und diszipliniert der Reihe nach herauskamen. Meine Achtung vor Queensland Glas stieg ein wenig. Sie hatten das Personal gut auf Notfälle vorbereitet.

»Eins! Zwei! Drei …« Sarah zählte die Leute, die an uns vorbeigingen. Ich zählte zur Sicherheit mit.

Sobald sie bei vierzehn war, rief ich: »Vierzehn! Bestätigt!«

Sie blickte in den Schutzraum. »Der Schutzraum ist leer!«

Ich tat das Gleiche. »Der Schutzraum ist leer! Bestätigt!«

Wir folgten den hustenden, würgenden Arbeitern durch den Tunnel in den sicheren Korridor.

»Gut gemacht«, lobte uns Bob. Die anderen Helfer rüsteten die versengten Arbeiter schon mit Sauerstoffmasken aus. »Jazz, wir haben drei Leichtverletzte mit Verbrennungen zweiten Grades. Fahr sie zu Doc Roussel. Ihr anderen baut das Zelt und den Tunnel ab und verschließt die Brandschutztür.«

Zum zweiten Mal an diesem Tag dienten Trigger und ich als Krankenfahrzeug.

Am Ende flogen die Sauerstofftanks nicht in die Luft. Trotzdem war Queensland Glas zerstört. Eine Schande – sie hatten immer großen Wert auf Brandschutz gelegt. Es hatte nie Unregelmäßigkeiten gegeben. Sie hatten wohl einfach Pech gehabt. Jetzt mussten sie alles von Grund auf neu einrichten.

Immerhin, der gut gewartete Schutzraum und die Brandschutzübungen hatten den Mitarbeitern das Leben gerettet. Eine Fabrik kann man ersetzen, die Menschen nicht. Also war es gut gelaufen.

Am Abend suchte ich meine bevorzugte Tränke auf: Hartnell's Pub. Ich saß auf dem gewohnten Platz, der vorletzte am Ende des Tresens. Der letzte hatte früher Dale gehört, aber diese Zeiten waren vorbei.

Das Hartnell's war kaum mehr als ein Loch in der Wand. Keine Musik, keine Tanzfläche. Nur der Tresen und ein paar wacklige Tische. Das einzige Zugeständnis an die Behaglichkeit war der schallschluckende Schaum an den Wänden. Billy wusste, was seine Gäste schätzten: Alkohol und Ruhe. In dieser Bar herrschte eine absolut asexuelle Stimmung. Im Hartnell's baggerte man keine Leute an. Wenn man das wollte, ging man in die Nachtclubs in Aldrin. Das Hartnell's war da, um etwas zu trinken. Und man konnte jeden Drink bekommen, den man haben wollte – solange es sich um Bier handelte.

Ich mochte den Laden. Teilweise, weil Billy ein angenehmer Barkeeper war, aber hauptsächlich, weil es von meinem Sarg aus die nächstgelegene Bar war.

»'n Abend, Schätzchen«, sagte Billy. »Hab gehört, dass es heute einen Brand gab. Du bist anscheinend da rein.«

»Queensland Glas«, erklärte ich. »Ich bin klein, also bin ich freiwillig gemeldet worden. Die Fabrik ist kaputt, aber wir haben alle Arbeiter wohlbehalten rausgeholt.«

»Gut so. Das Erste geht auf mich.« Er schenkte mir mein deutsches Lieblingsbier ein. Die Touristen sagen, es schmeckt beschissen, aber es ist das einzige Bier, das ich kenne, und für mich ist es in Ordnung. Irgendwann kaufe ich mir mal ein echtes deutsches Bier, um zu sehen, was ich da verpasse. Er stellte das Glas vor mir ab. »Danke für deinen Einsatz, Schätzchen!«

»He, da sage ich nicht Nein.« Ich nahm das spendierte Bier und trank einen Schluck. Angenehm und kalt. »Danke.«

Billy nickte freundlich und ging ans andere Ende des Tresens, um einen weiteren Gast zu bedienen.

Ich aktivierte mein Gizmo, rief einen Webbrowser auf und suchte nach DAGL. Es gab absolut keine Sprache, in der dies etwas bedeutete. DAGL wurde allerdings groß geschrieben, wahrscheinlich handelte es sich also um eine Abkürzung. Aber wofür? Ich bezweifelte stark, dass Mr. Jin aus Hongkong ein Päckchen vom italienischen Justizministerium mitgebracht hatte.

Was es auch war, online konnte ich keine Erklärung dafür finden. Das bedeutete, dass es ein Geheimnis war, und jetzt wollte ich erst recht wissen, worum es sich handelte. Ich bin nun mal ein neugieriges kleines Biest. Aber in diesem Moment hatte ich keine weitere Spur, die ich verfolgen konnte, also ließ ich die Sache vorerst auf sich beruhen.

Ich habe die schlechte Angewohnheit, jeden Tag mein Konto zu überprüfen, als wüchse das Guthaben schneller, wenn ich die Zahlen zwanghaft anstarrte. Aber die Banksoftware interessierte sich nicht für meine Träume, sondern übermittelte mir die traurige Wahrheit:

KONTOSTAND: 11 916 µ

Mein gesamtes Vermögen belief sich auf etwa 2,5 Prozent von meinem Ziel: 416 922 µ. So viel wollte ich haben. Ich *brauchte* es. Nichts war wichtiger als das.

Wenn ich nur in die bescheuerte EVA-Gilde aufgenommen würde! Dann würde ich wirklich gutes Geld verdienen. Mit den Touren konnte man reich werden. Acht Kunden pro Tour, 1500 µ pro Nase. Das machte 12 000 µ pro Tour. Nun ja, 10 800 µ, nachdem man der Gilde zehn Prozent überwiesen hatte.

Ein EVA-Meister darf nur zwei Touren pro Woche durchführen – diese Beschränkung wird von der Gilde überwacht. Sie sind vorsichtig, damit die Mitglieder nicht zu oft der harten Strahlung ausgesetzt werden.

Trotzdem würde ich mehr als achtzigtausend Motten im Monat verdienen. Und das allein mit den Touren. Außerdem wollte ich versuchen, einen Job als Containerführer zu bekommen. Das waren die EVA-Meister, die die Frachtbehälter zur großen Schleuse bugsierten und entluden. Dann hätte ich Zugang zu den Lieferungen, ehe Nakoshi sie inspizierte. Ich konnte die Konterbande nach Artemis schmuggeln oder verstecken und später holen, wenn ich mitten in der Nacht heimlich eine EVA unternahm. Je nachdem, was besser funktionierte. Der entscheidende Punkt war, dass ich Nakoshi komplett umgehen konnte.

Ich würde weiter wie ein armer Schlucker leben, bis ich das Geld gespart hatte, das ich brauchte. Abzüglich meines Lebensunterhalts würde ich es wahrscheinlich in sechs Monaten schaffen. Vielleicht sogar in fünf.

Mit meinem Einkommen als Trägerin und ein wenig Schmuggelei als Nebenjob würde es dagegen eine Ewigkeit dauern.

Verdammt, wie wünschte ich mir, ich hätte die Prüfung bestanden!

Und sobald ich die 416 922 µ zusammenhatte, würde ich weiter gutes Geld verdienen. Dann konnte ich mir eine schöne Unterkunft leisten. Mein dreckiger Sarg kostete nur achttausend im Monat, aber dort konnte ich nicht einmal aufrecht stehen. Und ich wollte ein eigenes Bad. Das mag alltäglich klingen, aber auf dem Mond ist das etwas Besonderes. Zum hundertsten Mal hielt ich mir vor Augen, dass ich nachts zum

Pinkeln im Schlafanzug durch einen öffentlichen Gang laufen musste.

Für fünfzigtausend im Monat – was ich mir mit meinem zukünftigen Einkommen leicht erlauben konnte – bekam ich ein Apartment in der Bean-Blase. Eine schöne Wohnung mit Wohnzimmer, Schlafzimmer, Bad und eigener Dusche. Keine Gemeinschaftsräume mehr. Ich konnte mir sogar eine Kochnische leisten. Keine richtige Küche, das wäre unverschämt teuer gewesen; eine Küche musste in einen eigenen Brandschutzraum eingebaut werden. Aber der Herd in einer Kochnische durfte eine Mikrowelle bis fünfhundert Watt haben und bis zu achtzig Grad heiß werden.

Ich schüttelte den Kopf.

Eines Tages vielleicht.

Offenbar war mein schmerzlicher Gesichtsausdruck auch am anderen Ende des Tresens gut zu erkennen. Billy kam herüber. »He, Jazz, warum so betrübt?«

»Geld«, antwortete ich. »Das Geld reicht nie.«

»Das kannst du laut sagen, Schätzchen.« Er beugte sich vor. »Hör mal … weißt du noch, wie ich für etwas reines Ethanol deine Dienste in Anspruch genommen habe?«

»Klar«, antwortete ich. Als Zugeständnis an die menschliche Natur erlaubt Artemis Schnaps, obwohl er brennbar ist. Bei reinem Ethanol zieht man allerdings eine Grenze, weil es *äußerst leicht* brennbar ist. Ich hatte es auf die übliche Weise hereingeschmuggelt und Billy nur zwanzig Prozent Aufschlag berechnet. Das ist mein Satz für Freunde und Verwandte.

Er sah sich nach links und rechts um. Ein paar Stammgäste kümmerten sich um ihren eigenen Kram. Abgesehen davon waren wir allein. »Ich will dir was zeigen.«

Er griff unter den Tresen, holte eine Flasche mit braunem Schnaps hervor und schenkte ein Pinnchen ein. »Hier, probier mal.«

Ich konnte den Fusel aus einem Meter Entfernung riechen. »Was ist das?«

»Bowmore Single Malt Whisky. Fünfzehn Jahre alt. Probier mal, das geht aufs Haus.«

Einen kostenlosen Drink habe ich noch nie ausgeschlagen. Ich nahm einen Schluck.

Dann spuckte ich das Gebräu angewidert aus. Es schmeckte wie Satans brennende Rosette. »Das ist garantiert kein Scotch!«

Mit gerunzelter Stirn betrachtete Billy die Flasche. »Äh … ich habe jemanden auf der Erde gebeten, die Flüssigkeit zu verdampfen und mir den Extrakt zu schicken. Dann habe ich das Pulver mit Wasser und Ethanol wieder aufgegossen. Es müsste genau das Gleiche sein wie vorher.«

»Ist es nicht«, keuchte ich.

»Also, gerade bei Scotch muss man sich erst mal an den Geschmack gewöhnen …«

»Billy, ich habe schon angenehmere Sachen geschluckt, die aus Menschen herausgekommen sind.«

»Hm, schade.« Er stellte die Flasche wieder weg. »Daran muss ich wohl noch arbeiten.«

Ich stürzte mein zweites Bier hinunter, um den üblen Geschmack aus dem Mund zu spülen.

Mein Gizmo piepste. Eine Nachricht von Trond.

Bist du gerade frei? Kannst du vorbeikommen?

Hoppla. Ich hatte doch gerade erst mit dem Feierabendbier begonnen.

Es ist schon spät. Kann das nicht warten?

Es wäre besser, es sofort zu erledigen.

Ich sitze gerade beim Abendessen …

Das Abendessen kannst du später trinken. Ich verspreche dir, es ist der Mühe wert.

Klugscheißer.

»Anscheinend muss ich noch mal los«, sagte ich zu Billy.

»Du hattest doch erst ein Glas, wenn man meins abzieht.«

»Die Pflicht ruft.« Ich gab ihm mein Gizmo.

Er nahm es mit zur Kasse. »Das ist die niedrigste Zeche, die du je gemacht hast.«

»Ich lasse es nicht zur Gewohnheit werden«, versprach ich ihm.

Er strich mit meinem Gizmo über die Kasse und gab es mir wieder zurück. Damit war die Transaktion erledigt, denn ich hatte das Hartnell's schon vor langer Zeit als Bezahlpunkt eingerichtet, bei dem die Verifizierung überflüssig war. Ich steckte das Gerät in die Tasche und ging hinaus. Die anderen Gäste sagten nicht Lebewohl, sie nahmen mich nicht einmal zur Kenntnis. Gott, ich liebe das Hartnell's.

Irina öffnete die Tür und sah mich mit gerunzelter Stirn an, als hätte ich ihr gerade in den Borschtsch gepinkelt. Wie üblich ließ sie mich nicht vorbei, solange ich nicht mein Anliegen vorgetragen hatte.

»Hallo, ich bin Jazz Bashara«, erklärte ich. »Wir sind uns schon hundertmal begegnet. Ich bin hier, weil Trond mich eingeladen hat.«

Sie führte mich zum Eingang des Esszimmers. Ein köstlicher Bratengeruch hing in der Luft. Irgendetwas mit Fleisch, dachte ich. Roastbeef? Eine seltene Delikatesse, wenn die nächste Kuh vierhunderttausend Kilometer entfernt ist.

Ich spähte hinein und sah Trond Schnaps aus einem Wasserglas trinken. Wie üblich trug er seinen Bademantel und schwatzte mit jemandem, der auf der anderen Seite des Tisches saß. Ich konnte nicht erkennen, wer es war.

Neben ihm saß Lene und beobachtete hingerissen und fasziniert ihren Vater. Die meisten sechzehnjährigen Mädchen hassen ihre Väter. Ich war in diesem Alter für meinen Vater eine gewaltige Nervensäge. Inzwischen habe ich mich zu einer allgemeinen Enttäuschung gemausert. Lene jedoch blickte zu Trond auf, als hätte er die Erde am Himmel aufgehängt.

Sie bemerkte mich und winkte lebhaft. »Jazz! Hi!«

Trond winkte mich herein. »Jazz, komm rein! Darf ich dich der Administratorin vorstellen?«

Ich trat ein und – wow! Dort saß Administratorin Ngugi. Sie … sie war einfach da und hockte gemütlich am Tisch.

Fidelis Ngugi war, vereinfacht ausgedrückt, der Grund dafür, dass Artemis überhaupt existierte. Als Kenias Finanzministerin hatte sie aus dem Nichts die ganze Raumfahrtindustrie des Landes erschaffen. Kenia hatte dieser Industrie eine – und wirklich nur eine – natürliche Ressource zu bieten: den Äquator. Ein Raumschiff, das man von dort aus startete, konnte die Erdrotation nutzen, um Treibstoff zu sparen. Aber Ngugi war von Anfang an bewusst gewesen, dass ihr Land noch mehr vorzuweisen hatte: eine nachsichtige Gesetzgebung. Westliche Länder hatten die Raumfahrtunternehmen mit ihrer Bürokratie erstickt. Ngugi dagegen hatte gesagt: »Zum Teufel damit! Können wir das nicht einfach sein lassen?«

Das ist natürlich eine arg verkürzte Darstellung.

Gott allein weiß, wie sie fünfzig Firmen aus vierunddreißig Ländern überzeugt hatte, Milliarden Dollar auszugeben und die KSC zu gründen, aber es war ihr gelungen. Und sie hatte dafür gesorgt, dass Kenia Steuererleichterungen und Gesetze erließ, die es dem neuen Megakonzern besonders leicht machten.

Was denn, wenden Sie jetzt vielleicht ein – es ist nicht fair, eine einzelne Firma mit speziellen Gesetzen zu fördern? Sagen Sie das mal der East India Tea Company. Wir reden hier über die Weltwirtschaft, und die ist kein Ponyhof.

Und natürlich, als die KSC jemanden brauchte, der in Artemis die Leitung übernahm, entschieden sie sich für … Fidelis Ngugi. So kriegt man die Dinge geregelt. Sie beschaffte Geld aus dem Nichts, erschuf in ihrem ehemaligen Drittweltland eine riesige Industrie und wurde zur Herrin des Mondes befördert. Sie leitete Artemis seit mehr als zwanzig Jahren.

»Ähm …«, machte ich beredt. »Das …«

»Ja, schon klar«, sagte Lene.

Ngugis traditionelles Dhuku bildete einen ziemlichen Kontrast zu der ansonsten modischen westlichen Kleidung. Sie stand höflich auf, kam auf mich zu und sagte: »Hallo, meine Liebe.« Sie sprach mit einem Suaheli-Akzent, und die Worte rollten ihr so bezaubernd über die Zunge, dass ich sie am liebsten auf der Stelle als Großmutter adoptiert hätte.

»J-Jasmine«, stammelte ich. »Ich bin Jasmine Bashara.«

»Ich weiß«, erwiderte sie.

Wie bitte?

Sie lächelte. »Wir sind uns schon einmal begegnet. Ich habe früher einmal Ihren Vater beauftragt, in meiner Wohnung einen

Schutzraum einzurichten. Er hat Sie mitgebracht. Damals war der Wohnsitz des Administrators noch in der Armstrong-Blase.«

»Mann … daran kann ich mich überhaupt nicht erinnern.«

»Sie waren noch ganz klein. So ein bezauberndes kleines Kind, und Sie haben förmlich an den Lippen Ihres Vaters gehangen. Wie geht es Ammar heute?«

Ich blinzelte zweimal. »Äh … Dad geht es gut. Danke. Ich sehe ihn aber nicht so oft. Er hat seine Werkstatt, und ich habe meine Arbeit.«

»Ihr Vater ist ein guter Mann«, erklärte sie. »Ein ehrbarer Geschäftsmann, der hart arbeiten kann. Und einer der besten Schweißer in der Stadt. Zu schade, dass ihr euch so zerstritten habt.«

»Warten Sie mal, woher wissen Sie, dass wir …«

»Lene, es war schön, dich mal wiederzusehen! Du bist so erwachsen geworden.«

»Danke, Administratorin!«, strahlte Lene.

»Und Trond, vielen Dank für das köstliche Essen!«

»Gern geschehen, Administratorin.« Er stand auf. Ich konnte nicht glauben, dass er immer noch den Bademantel trug. Er hatte mit der wichtigsten Person auf dem Mond gespeist und trug immer noch den Bademantel? Dann schüttelte er Ngugi die Hand, als wären sie Gleichgestellte oder so. »Danke, dass Sie vorbeigeschaut haben.«

Irina tauchte auf und begleitete Ngugi hinaus. Entdeckte ich da im Gesicht der alten Russin einen Anflug von Bewunderung? Nun, wahrscheinlich hatte sogar Irina ihre Grenzen. Man konnte nicht jeden hassen.

»Du meine Güte, Mann«, sagte ich zu Trond.

»Nicht übel, was?« Er wandte sich an seine Tochter. »So, mein kleiner Wonneproppen, es wird Zeit, dass du dich verdrückst. Jazz und ich haben etwas Geschäftliches zu besprechen.«

Lene stöhnte, wie es nur junge Mädchen konnten. »Du schickst mich immer weg, wenn es interessant wird.«

»Nun hab es nicht so eilig. Du wirst schon bald eine gerissene und gemeine Halsabschneiderin sein.«

»Genau wie mein Dad.« Sie strahlte, bückte sich und hob ihre Krücken auf. Sie gehörten zu der Sorte, die am Oberarm verankert wurde. Mühelos brachte Lene sie in die richtige Position und drückte sich hoch. Die Beine pendelten frei in der Luft. Sie küsste Trond auf die Wange und stakste auf den Krücken hinaus, ohne mit den Füßen den Boden zu berühren.

Der Autounfall, bei dem ihre Mutter gestorben war, hatte Lene dauerhaft gelähmt. Trond hatte Geld wie Heu, aber nichts konnte seiner Tochter die Fähigkeit geben, wieder zu gehen. Oder doch? Auf der Erde hätte Lene im Rollstuhl gesessen. Auf dem Mond konnte sie sich problemlos mit den Krücken bewegen.

Also hatte Trond Geschäftsführer angeheuert, die sich um den größten Teil seiner Angelegenheiten kümmerten, und war nach Artemis umgezogen. Und nun konnte Lene Landvik wieder laufen.

»Mach's gut, Jazz«, sagte sie, als sie ging.

»Mach's gut, Mädchen.«

Trond ließ seinen Drink im Glas kreisen. »Setz dich.«

Der Esstisch war riesig, also entschied ich mich für einen Stuhl, der ein paar Plätze von Trond entfernt war. »Was ist in dem Glas?«

»Scotch. Möchtest du einen?«

»Vielleicht probiere ich mal«, überlegte ich.

Er schob das Glas über den Tisch. Ich trank einen Schluck.

»O jaaaaaa …«, sagte ich. »Schon besser.«

»Ich wusste gar nicht, dass du Scotch magst«, bemerkte er.

»Normalerweise nicht, aber ich habe vorhin einen grässlichen Fehlversuch probiert und brauche eine Erinnerung, wie er wirklich schmecken sollte.« Ich schob das Glas zurück.

»Behalte es.« Er ging zur Hausbar, schenkte sich ein neues Glas ein und kehrte zu seinem Platz zurück.

»Warum war die Administratorin hier?«, fragte ich.

Er legte die Füße auf den Tisch und lehnte sich bequem zurück. »Ich würde gern Sanchez Aluminium kaufen und wollte ihren Segen dafür haben. Sie hat damit keine Probleme.«

»Was willst du mit einer Aluminiumfabrik?«

»Ich mag es, neue Geschäftsfelder zu erobern.« Theatralisch breitete er die Arme aus. »Das ist mein Ding.«

»Aber Aluminium? Ich meine … ist das nicht langweilig? Ich habe den Eindruck, das ist eine untergehende Branche.«

»Das ist richtig«, stimmte Trond zu. »Früher war Aluminium der Hit – der Bau jeder Blase erforderte vierzigtausend Tonnen. Aber die Bevölkerung wächst nicht mehr, und wir bauen keine neuen Blasen. Ehrlich gesagt, hätte die Hütte schon längst Pleite gemacht, wäre da nicht der auf Aluminium beruhende Raketentreibstoff. Und nicht einmal der wirft besonders viel Profit ab.«

»Anscheinend hast du den günstigsten Zeitpunkt verpasst. Warum steigst du jetzt ein?«

»Ich glaube, ich kann den Laden wieder profitabel machen.«

»Wie denn?«

»Das geht dich nichts an.«

Beschwichtigend hob ich beide Hände. »Mann, du bist aber empfindlich. Schon gut, du willst also Aluminium herstellen. Warum gründest du keine eigene Firma?«

Er schnaubte. »Wenn das mal so einfach wäre. Es ist unmöglich, mit Sanchez zu konkurrieren. Wirklich unmöglich. Was weißt du über die Aluminiumproduktion?«

»So gut wie nichts«, gab ich zu und machte es mir ebenfalls bequem. Trond schien an diesem Abend ausnehmend gesprächig zu sein. Es war das Beste, ich ließ ihn einfach reden, denn solange er sprach, bekam ich etwas zu trinken.

»Erst holen sie das Anorthit. Das ist einfach. Sie müssen nur die richtigen Steine aufklauben. Die automatischen Sammler laufen Tag und Nacht. Dann schmelzen sie das Erz mit einem chemischen und elektrolytischen Prozess, was eine ungeheure Menge Strom erfordert. Ich meine, wirklich eine ungeheure Menge. Sanchez Aluminium verbraucht achtzig Prozent der Reaktorleistung.«

»Achtzig Prozent?« Darüber hatte ich noch nie nachgedacht, aber zwei Atomkraftwerke mit je siebenundzwanzig Megawatt Leistung waren tatsächlich ein bisschen viel für eine Stadt mit zweitausend Einwohnern.

»Genau, und das wirklich Interessante daran ist, wie sie dafür bezahlen.« Er zog einen Stein aus der Tasche. Besonders aufregend war er nicht – einfach nur ein gezackter grauer Brocken, der nicht anders aussah als all das andere Mondgestein, das ich schon kannte. Er warf ihn zu mir herüber. »Da. Ich schenke dir etwas Anorthit.«

»Ja, ein Stein.« Ich fing ihn in der Luft auf. »Danke.«

»Er besteht aus Aluminium, Sauerstoff, Silicium und Calcium. Das Schmelzen zerlegt ihn in seine Bestandteile. Das Aluminium verkaufen sie – genau darum geht es ihnen ja. Das Silicium geht an die Glashersteller, und das Calcium bekommen die Elektriker fast kostenlos. Die Hütte ist froh, wenn sie das Zeug überhaupt loswird. Aber es gibt noch ein ausgesprochen wertvolles Nebenprodukt: Sauerstoff.«

»Richtig, und den atmen wir. Ich weiß.«

»Ja, aber wusstest du auch, dass Sanchez im Austausch für den Sauerstoff den Strom kostenlos bekommt?«

Jetzt hatte er mich überrascht. »Wirklich?«

»Genau. Der Vertrag wurde schon in den ersten Tagen von Artemis geschlossen. Sanchez produziert unsere Luft, und Artemis gibt Sanchez so viel Energie, wie sie brauchen, und berechnet nichts dafür.«

»Dann haben sie also wirklich noch nie für den Strom bezahlt?«

»Solange sie Sauerstoff für die Stadt liefern, bleibt es auch so. Und die Energie ist der teuerste Faktor, wenn man das Erz schmelzen will. Damit kann ich nicht konkurrieren. Das ist einfach unfair.«

»Oh, du armer Milliardär«, spottete ich. »Vielleicht solltest du dir ein paar Sklaven kaufen, denen du etwas vorjammern kannst.«

»Jaja, reiche Leute sind böse, blabla.«

Ich trank mein Glas aus. »Danke für den Scotch. Warum bin ich hier?«

Er legte den Kopf schief und sah mich an. Wollte er seine Worte mit Bedacht wählen? Das tat Trond eigentlich nie.

»Wie ich hörte, bist du bei der EVA-Prüfung durchgefallen.«

Ich stöhnte. »Weiß das inzwischen jeder hier? Trefft ihr euch alle und redet über mich, wenn ich nicht dabei bin?«

»Jazz, das ist hier eine kleine Stadt, und ich habe meine Ohren überall.«

Ich schob mein Glas zu ihm hinüber. »Wenn wir über meine Misserfolge reden wollen, brauche ich noch einen Scotch.«

Er überließ mir sein volles Glas. »Ich will dich anheuern und dir eine Menge dafür bezahlen.«

Jetzt merkte ich auf. »Also gut. Warum hast du das denn nicht gleich gesagt? Was willst du hereinschmuggeln? Etwas Großes?«

Er beugte sich vor. »Es geht nicht um Schmuggelware. Es handelt sich um eine ganz andere Aufgabe. Ich weiß nicht einmal, ob du dich überhaupt auf so etwas einlässt. Du warst immer ehrlich, jedenfalls mit mir. Könntest du mir versprechen, dass das unter uns bleibt? Auch, wenn du den Job ablehnst?«

»Natürlich.« Das war eine Sache, die ich von Dad gelernt hatte: Halte dich stets an die Abmachungen. Er arbeitete legal und ich nicht, aber das Prinzip war das Gleiche. Die Menschen vertrauen einem zuverlässigen Verbrecher eher als einem zwielichtigen Geschäftsmann.

»Dieses Tauschgeschäft von Energie gegen Sauerstoff ist das Einzige, was zwischen mir und der Aluminiumindustrie steht. Wenn Sanchez keinen Sauerstoff mehr liefert, brechen sie den Vertrag. Dann schreite ich ein und biete an, den Laden zu übernehmen. Die Abmachung bliebe die gleiche: kostenloser Sauerstoff gegen kostenlosen Strom.«

»Woher bekommst du den Sauerstoff?«, fragte ich. »Du hast keine Aluminiumhütte.«

»Niemand sagt, dass er dort entstehen muss. Es ist der Stadt völlig egal, woher der Sauerstoff kommt, solange er nur geliefert wird.« Er legte die Finger beider Hände wie ein Spitzdach zusammen. »In den letzten vier Monaten habe ich Sauerstoff gesammelt und eingelagert. Ich habe genug, um die ganze Stadt mehr als ein Jahr lang zu versorgen.«

Ich zog eine Augenbraue hoch. »Du kannst doch nicht einfach der Stadt die Luft wegnehmen und sie behalten. Das ist unglaublich illegal.«

Geringschätzig wedelte er mit der Hand. »Bitte, ich bin kein Idiot. Ich habe den Sauerstoff ganz legal gekauft. Ich habe Verträge mit Sanchez, die mir regelmäßige Lieferungen garantieren.«

»Du kaufst Sauerstoff von Sanchez, damit du den Sauerstoffvertrag von Sanchez übernehmen kannst?«

Er grinste selbstgefällig. »Sie stellen mehr Sauerstoff her, als die ganze Stadt überhaupt verbrauchen kann. Den Überschuss verkaufen sie billig an jeden, der ihn haben will. Im Laufe der Zeit habe ich über verschiedene Tarnfirmen – damit es nicht auffällt, dass ich ihn horte – langsam meinen Vorrat aufgestockt.«

Ich massierte mir das Kinn. »Sauerstoff ist so ziemlich das Schlimmste, was man unter Brandschutzaspekten überhaupt lagern kann. Wie hast du die Stadt überzeugt, dass du so viel einlagern darfst?«

»Das habe ich nicht. Ich habe außerhalb der Armstrong-Blase große Lagertanks bauen lassen. Sie stehen im Dreieck zwischen den Verbindungstunnels von Armstrong, Bean und Shepard. Absolut sicher vor idiotischen Touristen, und im

Notfall entlassen wir den Sauerstoff einfach ins Vakuum. Die Behälter sind mit dem Lebenserhaltungssystem verbunden, aber an der Außenseite durch ein Ventil getrennt. Der Stadt kann nichts passieren.«

»Aha.« Ich drehte das Glas auf dem Tisch hin und her. »Und ich soll für dich die Sauerstoffproduktion von Sanchez sabotieren?«

»Genau.« Er stand auf und ging wieder zur Bar. Dieses Mal entschied er sich für eine Flasche Rum. »Die Stadt wird eine schnelle Lösung anstreben, und ich bekomme den Vertrag. Sobald das passiert, muss ich keine eigene Hütte mehr bauen. Sanchez wird einsehen, dass es sinnlos ist, Aluminium ohne kostenlose Energieversorgung herzustellen, und mich den Laden kaufen lassen.«

Er schenkte sich den Drink ein und kehrte zum Tisch zurück. Dort öffnete er eine Klappe, unter der sich ein Steuerpult befand.

Das Licht im Raum wurde abgedunkelt, und an der hinteren Wand schaltete sich ein Bildschirm ein.

»Bist du ein Superschurke oder so etwas?« Ich deutete auf den Bildschirm. »Ich meine, das ist doch irre.«

»Gefällt es dir? Ich habe es gerade erst installieren lassen.«

Der Bildschirm zeigte eine Satellitenaufnahme unserer näheren Umgebung im Mare Tranquillitatis. Artemis war eine winzige Ansammlung von Kreisen, die von der Sonne hell angestrahlt wurden.

»Wir sind im Tiefland«, erläuterte Trond. »Hier gibt es reichlich Olivin und Ilmenit. Beides ist gut geeignet, um Eisen herzustellen, aber wenn du Aluminium produzieren willst, brauchst du Anorthit. Das ist in dieser Gegend selten, doch das Hochland ist voll davon. Deshalb arbeiten die Sammler drei Kilometer südlich von hier in den Moltke-Bergen.«

Er schaltete den Laserpointer seines Gizmos an und zeigte auf eine Region südlich der Stadt.

»Die Sammler sind fast völlig autonom. Sie kommen nur nach Hause, um neue Anweisungen zu holen, oder wenn sie feststecken und nicht mehr weiterwissen. Sie sind ein wesentlicher Teil der Operationen der Firma, sie befinden sich alle an einem Ort, und sie sind gänzlich unbewacht.«

»Na gut«, sagte ich. »Ich sehe schon, wohin das führt.«

»Ja«, bestätigte er. »Du sollst die Sammler sabotieren. Schalt sie alle gleichzeitig aus. Und sorg dafür, dass sie nicht repariert werden können. Sanchez braucht mindestens einen Monat, um von der Erde Ersatz kommen zu lassen. In dieser Zeit erhalten sie kein neues Anorthit. Ohne Anorthit können sie keinen Sauerstoff herstellen, und wenn sie das nicht mehr tun, habe ich gewonnen.«

Ich verschränkte die Arme vor der Brust. »Trond, ich bin nicht sicher, ob ich dabei mitmachen will. Sanchez hat so etwa einhundert Mitarbeiter, oder? Ich will die Leute nicht arbeitslos machen.«

»Keine Sorge«, gab Trond zurück. »Ich will die Firma kaufen und nicht ruinieren. Die Leute werden ihre Jobs behalten.«

»Gut, aber von diesen Sammlern verstehe ich nichts.«

Seine Finger tanzten auf der Steuerung, und der Bildschirm zeigte eine Maschine. Es sah aus wie ein Werbefoto aus einem Hochglanzprospekt. »Die Sammler sind Toyota Tsukurumas. Ich habe vier davon im Lagerhaus. Sie können jederzeit eingesetzt werden.«

Oh, Mann. Also gut, eine Maschine von der Größe eines Sammlers musste in Einzelteilen geschickt und hier zusammengebaut werden. Außerdem musste man es insgeheim tun, damit niemand dumme Fragen à la »Hör mal, Trond, warum baut deine Firma Sammler zusammen?« stellte. Offenbar verfolgte er diesen Plan schon ziemlich lange.

Anscheinend sah er, wie sich die Rädchen in meinem Kopf drehten. »Ja, ich arbeite schon eine ganze Weile daran. Du kannst dir meine Sammler gern gründlich ansehen. Natürlich unter dem Siegel der Verschwiegenheit.«

Ich stand auf und ging zum Bildschirm. Mensch, die Maschinen waren riesig. »Dann besteht mein Problem also darin, bei diesen Monstern eine Schwachstelle zu finden? Leider bin ich kein Ingenieur.«

»Sie laufen vollautomatisch und haben überhaupt keine Sicherheitsvorkehrungen. Du bist klug, dir wird schon etwas einfallen.«

»Na gut, aber was passiert, wenn ich erwischt werde?«

»Jazz … wie heißt sie noch gleich?«, sagte er theatralisch. »Dieses Liefermädchen? Die kenne ich kaum. Warum sollte sie so etwas tun? Das verblüfft mich wirklich.«

»Allmählich begreife ich, wie das laufen wird.«

»Ich bin nur ehrlich. Ein Teil des Deals ist dein Wort, dass du mich nicht hineinziehst, wenn du erwischt wirst.«

»Warum ich? Was bringt dich auf die Idee, ich könnte so ein Ding drehen?«

»Jazz, ich bin Geschäftsmann«, entgegnete er. »Mein Job besteht vor allem darin, nicht genutzte Ressourcen auszuschöpfen. Und du bist eine ziemlich unausgeschöpfte Ressource.«

Er stand auf und ging zur Anrichte, um sich abermals nachzuschenken. »Du hättest alles Mögliche werden können. Du wolltest keine Schweißerin werden? Kein Problem. Du hättest auch Wissenschaftlerin werden können. Ingenieurin. Politikerin. Geschäftsfrau. Was immer du wolltest. Aber du bist eine Trägerin.«

Ich sah ihn finster an.

»Ich bewerte das nicht«, fuhr er fort. »Ich analysiere nur die Situation. Du bist wirklich klug und willst Geld verdienen. Ich brauche jemanden, der wirklich klug ist, und ich habe Geld. Bist du interessiert?«

»Hm …« Ich ließ mir einen Augenblick Zeit und dachte nach. War es überhaupt möglich?

Ich musste Zugang zu einer Luftschleuse bekommen. In der ganzen Stadt gab es nur vier davon, und man musste ein lizenziertes Mitglied der EVA-Gilde sein, um sie zu benutzen. Die Steuerungen überprüften das Gizmo.

Dann war da noch die drei Kilometer weite Reise zu den Moltke-Bergen. Wie sollte ich hinkommen? Laufen? Und was sollte ich tun, sobald ich dort war? Die Sammler hatten Kameras und nahmen zu Navigationszwecken rundherum alles auf. Wie konnte man sie sabotieren, ohne erwischt zu werden?

Außerdem roch ich, dass etwas faul war. Trond hatte sich gewunden und mir nicht verraten, warum er in die Aluminiumherstellung einsteigen wollte. Aber es war mein Arsch und nicht seiner, der in Gefahr geriet, wenn etwas schiefging. Wenn ich erwischt wurde, würde man mich auf die Erde ins Exil schicken – wo ich vermutlich nicht einmal aufrecht stehen, geschweige denn herumlaufen konnte. Seit meinem sechsten Lebensjahr hielt ich mich in der Mondschwerkraft auf.

Nein, ich war Schmugglerin, keine Saboteurin. Und die ganze Sache stank irgendwie zum Himmel.

»Tut mir leid, Trond, aber so was liegt mir nicht«, sagte ich. »Du musst dir jemand anderen suchen.«

»Ich biete dir eine Million Motten.«

»Abgemacht.«

Hallo Kelvin,
was gibt es Neues? Seit ein paar Tagen habe ich nichts mehr von dir gehört. Haben sie dich in den Schachclub aufgenommen?

Überhaupt, wieso gibt es bei einem Schachclub auf der Mittelschule Aufnahmebedingungen? Wollen da so viele mitmachen, dass sie nicht jeden nehmen können? Oder haben sie nicht genug Schachbretter? Oder zu wenig Tische? Oder nicht genug dicke Brillengläser?

Meine Schule will mich in die Klasse für Hochbegabte stecken. Mein Dad will natürlich auch, dass ich das mache, aber warum sollte ich? Wahrscheinlich werde ich doch nur eine Schweißerin. Ich brauche keine Differenzialrechnung, um Metallstücke zusammenzupappen. Seufz.

He, was ist aus Charisse geworden? Hast du sie eingeladen? Hast du mit ihr gesprochen? Hast du ihr irgendwie gezeigt, dass es dich gibt? Oder bleibst du bei deinem brillanten Plan, ihr um jeden Preis aus dem Weg zu gehen?

Jazz,
tut mir leid, ich war in der letzten Zeit mit meinen Wahlfächern beschäftigt. Ja, ich bin jetzt im Schachclub. Ich habe mehrere Spiele absolviert, um festzustellen, wie gut ich bin, und sie haben mich auf 1124 gesetzt. Das ist nicht sehr gut, aber ich lerne und übe, um besser zu werden. Ich spiele sowieso schon jeden Tag gegen meinen Computer, und jetzt kann ich auch gegen andere Leute spielen.

Warum willst du nicht in die Hochbegabtenklasse? Schulische Leistungen sind eine schöne Art, deinen Eltern Ehre zu machen.

Denk doch noch mal drüber nach. Ich bin sicher, dein Vater wäre sehr stolz auf dich. Meine Eltern wären begeistert, wenn ich in die fortgeschrittenen Klassen käme. Aber Mathe ist schwierig. Ich habe gute Noten, muss aber viel dafür lernen.

Trotzdem bin ich fest entschlossen. Ich will Raketen bauen, und das kann man nicht ohne Mathe.

Nein, ich habe nicht mit Charisse geredet. Sie interessiert sich sowieso nicht für einen Jungen wie mich. Die Mädchen mögen Jungs, die groß und stark sind und die anderen Jungs verprügeln. So einer bin ich nicht. Wenn ich mit ihr rede, würde ich nur dumm dastehen.

Kelvin,

Mann,

ich weiß nicht, woher du deine Informationen über Mädchen hast, aber du liegst total FALSCH. Wir Mädchen mögen Jungs, die nett sind und uns zum Lachen bringen. Wir mögen KEINE Typen, die sich immer nur prügeln, und wir mögen keine Dummköpfe. Glaub es mir einfach. Ich bin ein Mädchen.

Dad hat mir erlaubt, ihm in der Werkstatt zu helfen. Die einfachen Sachen darf ich ganz alleine machen. Er bezahlt mich sogar, das ist schön. Aber er hat mir das Taschengeld gestrichen, weil ich ja jetzt ein eigenes Einkommen habe. Deshalb arbeite ich nun für etwas mehr Geld, als ich früher einfach so bekommen habe. Ich weiß nicht, ob mir das wirklich gefällt, aber so ist es eben.

Dad hat Ärger mit der Schweißergilde. Hier kann man entweder frei arbeiten oder sich der Gilde anschließen, und die Gilde mag keine Freien. Dad legt sich grundsätzlich nicht mit den Gilden an, aber er sagt, die Schweißergilde ist ein Dreckhaufen. Sie ist wohl ziemlich stark von saudi-arabischen Banden unterwandert. Warum gerade die? Keine Ahnung. Hier sind fast alle Schweißer Saudis. Wir sind einfach nur die Leute, die hier das Schweißerhandwerk kontrollieren.

Jedenfalls zwingt die Gilde die Leute mit gemeinen Tricks, sich ihr anzuschließen. Nicht wie in den Filmen, wo sie dir drohen oder so. Aber sie streuen Gerüchte. Sie erzählen Geschichten, dass du unehrlich bist oder schlecht arbeitest. Solche Sachen. Aber Dad hat sein ganzes Leben seinen guten Ruf aufgebaut. Diese falschen Gerüchte prallen einfach von ihm ab, und seine Kunden vertrauen ihm und nicht den anderen.

Lass dich nicht unterkriegen, Dad!

Jazz,
das mit der Schweißergilde ist wirklich blöd. Bei der KSC gibt es keine Gewerkschaften oder Gilden. Wir sind hier eine besondere Verwaltungszone, und die normalen Gesetze, die die Gewerkschaften begünstigen, gelten nicht. Die KSC hat eine Menge Einfluss bei der kenianischen Regierung. Es gibt sogar spezielle Gesetze nur für die Firma. Aber die KSC bringt uns allen nur Vorteile, und sie verdient es, besonders gut behandelt zu werden. Ohne sie wären wir so arm wie die anderen afrikanischen Länder.

Hast du mal darüber nachgedacht, auf die Erde umzuziehen? Du könntest bestimmt Wissenschaftlerin oder Ingenieurin werden und eine Menge Geld verdienen. Du bist doch eine Bürgerin von Saudi-Arabien, oder? Die Saudis haben hier viele große Firmen. Viele Jobs für kluge Leute.

Kelvin,
nein, ich will nicht auf der Erde leben. Ich bin ein Mondmädchen. Außerdem hätte ich da Gesundheitsprobleme. Ich bin schon mehr als mein halbes Leben hier, deshalb ist mein Körper an ein Sechstel Schwerkraft gewöhnt. Bevor ich zur Erde fliege, müsste ich viel trainieren und Pillen nehmen, damit die Muskeln und Knochen wachsen. Dann müsste ich jeden Tag ein paar Stunden in der Zentrifuge verbringen … pah. Nein, danke.

Nun rede endlich mit Charisse, du Schisser!

3

Ich schlich durch einen riesigen Korridor auf Aldrin Minus 7. Eigentlich musste ich gar nicht schleichen. Zu dieser gottlosen Stunde war sowieso niemand unterwegs.

Fünf Uhr morgens, das war für mich vor allem eine theoretische Angabe. Ich wusste, dass dieser Zeitpunkt existierte, hatte ihn aber so gut wie nie im Wachzustand erlebt. Das wollte ich immer noch nicht, aber an diesem Morgen war alles anders. Trond bestand auf Geheimhaltung, deshalb mussten wir uns vor Beginn der normalen Arbeitszeit treffen.

Alle zwanzig Meter erhoben sich riesige Werkstore. Hier gab es nur wenige, aber dafür sehr große Grundstücke, die bewiesen, wie viel Geld die betreffenden Firmen hatten. Tronds Werkstatt war nur an einem schlichten Schild zu erkennen: LM7 – Landvik Industries.

Ich klopfte. Gleich darauf glitt die Tür einen Spalt auf. Trond spähte heraus und sah sich in beide Richtungen um.

»Ist dir auch niemand gefolgt?«

»O doch«, antwortete ich. »Ich habe die Leute direkt zu dir geführt. Wie sich herausstellt, bin ich leider ziemlich dumm.«

»Klugscheißer.«

»Arschgesicht.«

»Komm rein.« Er winkte.

Ich huschte hinein, worauf er die Tür sofort wieder schloss. Ich wusste nicht, ob er dachte, das zählte als strenge Geheimhaltung, aber das war mir egal. Er bezahlte mir eine Million Motten. Wenn er wollte, konnten wir auch 007 spielen.

Die Werkstatt war eher eine Garage. Eine riesige Garage. Ehrlich, ich hätte getötet, um so viel Platz zu haben. In einer Ecke hätte ich mir ein kleines Haus gebaut, und dann, ich weiß auch nicht – vielleicht hätte ich mir auf der restlichen Fläche Kunstrasen legen lassen. In dem Raum standen vier identische Sammler, jeder in einer eigenen Parkbucht.

Ich ging zu der ersten Maschine und legte den Kopf in den Nacken. »Oha.«

»Ja«, sagte Trond. »Erst wenn man direkt davorsteht, erkennt man, wie groß sie sind.«

»Wie hast du sie unbemerkt in die Stadt geschafft?«

»Leicht war es nicht. Ich habe sie in Einzelteilen liefern lassen. Nur meine vertrauenswürdigsten Leute wissen davon. Ich habe ein Team von sieben Mechanikern zusammengestellt, die den Mund halten können.«

Ich sah mich in der riesigen Garage um. »Ist sonst noch jemand hier?«

»Natürlich nicht. Niemand soll erfahren, dass ich dich angeheuert habe.«

»Das verletzt mich aber.«

Die Sammler waren vier Meter hoch, fünf Meter breit und zehn Meter lang. Außen waren sie mit reflektierendem Material verkleidet, das die Wärmestrahlung der Sonne abhalten sollte. Die sechs Reifen maßen anderthalb Meter. Den größten

Teil der Maschinen nahmen die leeren Lademulden ein. Vorne gab es eine starke Hydraulik und hinten eine Achse, damit die Ladefläche gekippt werden konnte.

Ganz vorne war auf einem Gelenk eine Art Baggerschaufel befestigt. Natürlich gab es kein Fahrerhaus. Die Maschinen arbeiteten vollautomatisch, konnten aber, wenn nötig, über eine Fernsteuerung kontrolliert werden. Wo das Cockpit hätte sein sollen, gab es nur einen verschlossenen Metallkasten mit dem Logo von Toyota. Darunter war in einer eleganten Schrift das Wort »Tsukuruma« aufgeprägt.

Rings um die Maschinen standen Rollcontainer mit Werkzeug und Wartungsgeräten noch so herum, wie die Arbeiter sie am Ende der Schicht zurückgelassen hatten.

»Na schön«, überlegte ich, während ich mich umsah. »Das wird schwierig.«

»Wo ist das Problem?« Trond baute sich vor einem großen Reifen auf und lehnte sich an. »Das ist nur ein Roboter ohne Verteidigung. Die einzige überhaupt vorhandene KI wird für die Wegfindung eingesetzt. Ich bin sicher, dass dir etwas einfällt, wenn du einen großen Behälter Acetylen dabeihast.«

»Trond, das ist ein *Panzer*. So leicht legt man dieses Ding nicht lahm.« Ich ging halb um den Sammler herum und betrachtete das Fahrgestell. »Außerdem ist es mit Kameras gespickt.«

»Natürlich«, bestätigte Trond. »Der Sammler braucht die Kameras zum Navigieren.«

»Er schickt die Bilddaten an die Zentrale«, wandte ich ein. »Sobald er offline geht, sehen sie nach, was passiert ist. Dabei bemerken sie mich.«

»Du verdeckst einfach auf deinem EVA-Anzug alles, was dich verraten könnte. Das ist doch kein Problem.«

»Doch, es ist eins. Die Mitarbeiter rufen die EVA-Meister an und erkundigen sich, was da los ist, und dann holen mich Bob und seine Leute. Anfangs wissen sie vielleicht noch nicht, wer ich bin, aber sie schleppen mich nach drinnen und klatschen begeistert in die Hände, sobald sie mir den Helm abgenommen haben.«

Trond kam zu mir herum. »Verstehe.«

Ich fuhr mir mit gespreizten Fingern durch die Haare. Ich hatte nicht geduscht und fühlte mich wie ein ölverschmiertes Tuch, das man gerade in eine Schale mit noch dreckigerem Öl getaucht hatte. »Ich brauche etwas, das mit Verzögerung wirkt, sodass es erst knallt, wenn ich schon wieder drin bin.«

»Okay. Und vergiss nicht, dass du die Maschinen komplett zerstören musst. Wenn sie repariert werden können, bringen die Monteure von Sanchez binnen weniger Tage alles wieder zum Laufen.«

»Ja, ich weiß.« Ich massierte mir das Kinn. »Wo ist die Batterie?«

»Im vorderen Teil. In dem Aufbau mit dem Toyota-Logo.«

Ganz in der Nähe der Batterien entdeckte ich den Hauptsicherungskasten, der die Elektronik vor Stromstößen oder Kurzschlüssen schützte. Das prägte ich mir schon mal ein.

Ich lehnte mich an ein Werkzeugschränkchen. »Und wenn die Lademulden voll sind, bringen die Fahrzeuge das Gestein zur Hütte?«

»Genau.« Trond nahm einen Schraubenschlüssel und warf ihn in die Luft. Er flog fast bis zur Decke hoch.

»Und was dann? Kippen sie das Zeug einfach ab und fahren zurück zu den Moltke-Bergen?«

»Zuerst laden sie nach.«

Ich ließ die Hand über das spiegelblanke Metall des Laderaums gleiten. »Wie stark ist die Batterie?«

»Zwei Komma vier Megawattstunden.«

»Mann!« Ich fuhr herum. »Mit so viel Saft könnte man lichtbogenschweißen.«

Er zuckte mit den Achseln. »Man braucht viel Energie, wenn man hundert Tonnen Felsen bewegen will.«

Ich kroch unter den Sammler. »Wie sieht es mit der Wärmeableitung aus? Arbeiten die Fahrzeuge mit Wachsverflüssigung?«

»Keine Ahnung.«

Im Vakuum ist es immer ein Problem, die überschüssige Wärme loszuwerden; es gibt ja keine Luft, die sie abführen könnte. Und wenn man mit elektrischem Strom arbeitet, verwandelt sich jedes Joule Energiezufuhr letzten Endes in Wärme. Die Quellen dafür sind elektrische Widerstände, Reibung in beweglichen Teilen oder chemische Reaktionen in der Batterie, aus der die Energie stammt. Am Ende wird alles zu Wärme.

Artemis besitzt ein kompliziertes Kühlsystem, das die Wärme zu Strahlern in der Nähe des Reaktorkomplexes leitet. Sie befinden sich im Schatten und geben die Wärmeenergie langsam in Form von Infrarotlicht ab. Die Sammler jedoch mussten allein zurechtkommen.

Nach einigem Forschen entdeckte ich, was ich gesucht hatte: das Ventil des Kühlsystems. Den Typ erkannte ich sofort. Dad und ich hatten früher bei der Reparatur von Rovern viele solcher Geräte eingebaut.

»Ja, es ist Wachs«, sagte ich.

Ich sah, wie sich Tronds Füße näherten. »Was bedeutet das?«, fragte er.

»Die Batterie und der Motor befinden sich in einem Block aus festem Wachs. Es erfordert eine Menge Energie, das Wachs zu schmelzen. Dorthin wird also die Wärme abgeführt. Die Wachsleitungen sind mit Kühlschlangen umwickelt. Während der Sammler die Batterie lädt, pumpen sie kaltes Wasser in die Leitungen und kühlen das Wachs. Das warme Wasser holen sie heraus, und dann lassen sie das Wasser gemütlich erkalten, während sich der Sammler wieder an die Arbeit macht.«

»Könntest du dafür sorgen, dass sich die Sammler überhitzen? Ist das dein Plan?«

»Ganz so einfach ist es nicht. Es gibt Sicherheitsvorkehrungen, die eine Überhitzung verhindern. Die Sammler würden einfach abschalten, bis sie weit genug abgekühlt sind. Die Ingenieure von Sanchez würden das Problem blitzschnell lösen. Nein, ich habe eine andere Idee.«

Ich kroch unter dem Sammler hervor, stand auf und streckte mich. Dann stieg ich an der Seite hoch und sprang in die Lademulde. Meine Stimme hallte, als ich weitersprach. »Kann mich hier drin eine Kamera erfassen?«

»Warum?«, fragte er. »Oh! Du willst mit einem Sammler zu den Moltke-Bergen fahren.«

»Trond, können mich die Kameras hier drin erfassen?«

»Nein. Sie sind nur für die Navigation da und deshalb nach außen gerichtet. He, wie willst du aus der Stadt herauskommen? Du darfst die Schleusen nicht bedienen.«

»Keine Sorge.« Ich stieg von der Ladefläche und sprang vier Meter hinunter auf den Boden. Dann zog ich einen Stuhl heran, drehte ihn herum und setzte mich rittlings darauf. Das Kinn auf die Handfläche gestützt, dachte ich nach.

Trond kam zu mir. »Und?«

»Ich denke nach.«

»Wissen Frauen eigentlich, wie sexy sie aussehen, wenn sie so sitzen?«

»Natürlich.«

»Ich *wusste* es.«

»Ich versuche gerade, mich zu konzentrieren.«

»Entschuldigung.«

Mehrere Minuten lang starrte ich den Sammler an. Trond wanderte ziellos in der Parkbucht umher und fummelte an dem Werkzeug herum. Als Unternehmer war er ein Genie, aber er hatte die Geduld eines Zehnjährigen.

»Also«, sagte ich schließlich. »Ich habe einen Plan.«

»Ja?« Trond ließ einen Steckschlüssel fallen und lief zu mir. »Erzähl mal.«

Ich schüttelte den Kopf. »Die Einzelheiten musst du nicht wissen.«

»Ich mag Einzelheiten.«

»Jede Dame hat ihre Geheimnisse.« Ich stand auf. »Aber ich werde die Sammler komplett zerstören.«

»Das klingt wundervoll!«

»Gut«, sagte ich. »Ich gehe jetzt nach Hause. Ich muss duschen.«

»Ja«, stimmte Trond zu. »Da hast du allerdings recht.«

Als ich wieder in meinem Sarg war, zog ich die Klamotten schneller aus als ein betrunkener Abschlussklässler. Im Bademantel lief ich zu den Duschen und bezahlte 200 µ extra, um mich in einer Badewanne einzuweichen. Es war herrlich.

Den restlichen Tag verbrachte ich damit, wie gewohnt Lieferungen zuzustellen. Ich wollte vermeiden, dass irgendein aufmerksames Arschloch unmittelbar vor einem großen Verbrechen eine Abweichung von meiner Routine bemerkte. Es war ein ganz normaler Tag, und es gab keinen Grund, mich unschuldig pfeifend zu überwachen. Ich arbeitete bis sechzehn Uhr.

Dann ging ich nach Hause, legte mich hin (stehen konnte ich ja sowieso nicht) und stellte verschiedene Nachforschungen an. Es gibt eine Sache, um die ich die Erdleute wirklich beneide – sie haben viel schnelleres Internet. In Artemis haben wir ein lokales Netzwerk, das für Motten-Transaktionen und E-Mails gut geeignet ist, aber wenn es um Recherchen im Web geht, müssen wir auf Server zurückgreifen, die auf der Erde stehen. Und das bedeutet, dass man nach jeder Anfrage mindestens vier Sekunden warten muss. Die Lichtgeschwindigkeit ist einfach nicht so schnell, wie ich es gern hätte.

Ich trank so viel Tee, dass ich alle zwanzig Minuten zur Toilette traben musste, und nach mehreren Stunden Arbeit gelangte ich zu einem Entschluss: Ich wollte *wirklich* ein eigenes Bad haben.

Doch schließlich schmiedete ich einen Plan. Und wie alle guten Pläne erforderte er die Mitwirkung eines verrückten Ukrainers.

Ich lenkte Trigger zum ESA-Forschungszentrum und parkte in einem schmalen Gang.

Die Raumfahrtagenturen auf der ganzen Welt waren die Ersten gewesen, die Räume in Artemis gemietet hatten. Anfangs war Armstrong Null die teuerste Gegend der Stadt. Später wurden vier neue Blasen errichtet, und die Raumfahrtagenturen blieben, wo sie waren. Ihr einstmals hochmodernes Design war jetzt zwei Jahrzehnte aus der Mode.

Ich sprang von Trigger herunter und ging hinein. Der erste Raum, ein winziger Empfangsbereich, war ein Überbleibsel aus den Zeiten, als der Platz viel beschränkter war. Von hier zweigten vier Gänge in eigenartigen Winkeln ab. Manche Türen konnte man nicht öffnen, wenn eine der anderen bereits offen stand. Diese ergonomische Katastrophe war das Produkt von siebzehn Regierungen, die ein gemeinsames Komitee gegründet und das Labor eingerichtet hatten. Ich ging durch die mittlere Tür und den Flur hinunter bis fast ans Ende. Dort war das Labor für Mikroelektronik.

Martin Svoboda hockte am Mikroskop und griff gedankenverloren nach seinem Kaffee. Seine Hand wanderte an drei Bechern mit tödlicher Säure vorbei, ehe er den Kaffee erwischte und einen Schluck trank. Eines Tages würde sich der Idiot noch selbst umbringen!

Vor vier Jahren hatte ihn die ESA nach Artemis geschickt, um mikroelektronische Produktionsmethoden zu erforschen. Anscheinend besaß der Mond in dieser Hinsicht einige einzigartige Vorzüge. Das ESA-Labor war ein sehr begehrter Posten, daher musste er in seinem Job wirklich gut sein.

»Svoboda«, sagte ich.

Nichts. Er hatte nicht bemerkt, dass ich hereingekommen war, und hörte es nicht, als ich etwas sagte. So war er.

Ich pochte ihm auf den Hinterkopf. Endlich riss er sich vom Mikroskop los und lächelte wie ein Kind, das seine Lieblingstante sah. »Oh, hallo, Jazz. Was liegt an?«

Ich setzte mich ihm gegenüber auf einen Laborhocker. »Ich brauche ein bisschen verrückte Wissenschaft von dir.«

»Super!« Er drehte sich auf dem Hocker ganz zu mir herum. »Was kann ich für dich tun?«

»Es geht um etwas Elektronisches.« Ich zog den Schaltplan aus der Tasche. »So ungefähr wie das hier. Oder etwas in dieser Art.«

»Papier?« Er nahm den Plan entgegen, als wäre es eine Urinprobe. »Hast du das wirklich auf Papier notiert?«

»Ich weiß nicht, wie man die Entwurfssoftware bedient«, gestand ich. »Was hältst du davon?«

Er faltete das Blatt auf und betrachtete meine Kritzeleien. Svoboda war der beste Elektroingenieur in der Stadt. Etwas wie das sollte für ihn keine Herausforderung sein.

Nach einer Weile drehte er die Zeichnung um neunzig Grad. »Hast du das mit links gezeichnet oder so?«

»Ich bin keine Künstlerin, klar?«

Er tippte sich ans Kinn. »Abgesehen von der künstlerischen Qualität ist das ein elegantes Design. Hast du das irgendwo kopiert?«

»Nein, warum? Stimmt was nicht?«

Er zog die Augenbrauen hoch. »Es ist nur … es ist wirklich gut durchdacht.«

»Danke.«

»Ich wusste gar nicht, dass du so begabt bist.«

Ich zuckte mit den Achseln. »Ich habe online Anleitungen für Elektronik gefunden und mich durchgearbeitet.«

»Hast du dir das selbst beigebracht?« Wieder betrachtete er den Plan. »Wie lange hat das gedauert?«

»Den größten Teil des Nachmittags.«

»Hast du das alles erst heute gelernt? Du wärst eine großartige Wissenschaftlerin …«

»Hör auf.« Ich hob die Hand. »Ich will das nicht mehr hören. Kannst du das bauen oder nicht?«

»Klar doch, sicher«, erwiderte er. »Wann brauchst du es?«

»Je eher, desto besser.«

Er warf die Zeichnung auf die Werkbank. »Ich kann das morgen fertig haben.«

»Schön.« Ich sprang vom Hocker und zückte mein Gizmo. »Wie viel?«

Er zögerte. Bei Verhandlungen ist das meist kein gutes Zeichen.

Im Laufe der Jahre hatte Svoboda verschiedene kleine Aufträge für mich erledigt. Meist war es darum gegangen, Kopierschutzvorrichtungen aus geschmuggelten elektronischen Geräten zu entfernen, und normalerweise berechnete er 2000 µ für solche Nebentätigkeiten. Was war jetzt anders?

»Zweitausend Motten?«, schlug ich vor.

»Hm«, brummte er. »Könnten wir einen Tauschhandel machen?«

»Klar.« Ich steckte das Gizmo weg. »Soll ich etwas für dich hereinschmuggeln?«

»Nein.«

»Verstehe.« Verflixt noch mal, ich war Schmugglerin! Warum verlangten die Leute dauernd andere Sachen von mir?

Er stand auf und winkte mir, ihm zu folgen. Ich begleitete ihn in die hintere Ecke des Labors, wo er seine Schwarzarbeit verrichtete. Warum Geräte kaufen, wenn einen Europas Steuerzahler kostenlos damit ausrüsteten?

»Schau her!« Er deutete auf den Tisch.

Der Gegenstand in der Mitte war nichts Besonderes. Nur eine kleine, durchsichtige Plastikschachtel, in der sich etwas befand. Ich sah es mir näher an. »Ist das ein Kondom?«

»Ja!«, bestätigte er stolz. »Meine neueste Erfindung!«

»Die Chinesen sind dir siebenhundert Jahre zuvorgekommen.«

»Das ist kein alltägliches Kondom!« Er schob einen Behälter in der Größe einer Thermoskanne zu mir herüber. Er hatte ein Stromkabel und einen aufklappbaren Deckel. »Das hier gehört dazu.«

Ich öffnete den Behälter. In den Wänden waren winzige Löcher, und in der Mitte befand sich ein runder Metallzylinder, der am Boden befestigt war. »Äh, ja … und?«

»Ich kann eine Menge Geld verdienen, wenn ich diese Apparate für dreitausend Motten pro Stück verkaufe.«

»Kondome kosten nur fünfzig Motten. Warum sollte jemand so was kaufen?«

Er grinste. »Es ist wiederverwendbar.«

Ich blinzelte. »Willst du mich verarschen?«

»Keineswegs! Es besteht aus einem dünnen, aber beständigen Material. Man kann es mehrere Hundert Mal benutzen.« Er deutete auf den runden Stift in dem Behälter. »Nach jedem Gebrauch drehst du das Kondom auf links und schiebst es über den Zylinder …«

»Igitt!«

»Dann schaltest du den Reiniger ein. Zuerst wird das Kondom mit einer Reinigungsflüssigkeit behandelt, dann wird es zehn Minuten lang stark erhitzt. Danach ist es steril und kann noch einmal benutzt werden …«

»O Gott, nein!«

»Vorher sollte man es natürlich abspülen …«

»Hör auf!«, sagte ich. »Ehrlich, warum sollte jemand so was kaufen?«

»Weil es langfristig Geld spart und weniger anfällig ist als ein normales Kondom.«

Ich sah ihn mehr als zweifelnd an.

»Rechne doch mal nach«, fuhr er fort. »Normale Kondome kosten viel zu viel. Es gibt hier keine Produzenten, weil wir keine Möglichkeit haben, Kautschuk herzustellen. Auf dem Mond gibt es die nötigen Rohstoffe nicht. Aber mein Produkt übersteht mindestens zweihundert Benutzungen. Damit sparst du zehntausend Motten.«

»Äh …« Jetzt redete er zumindest in meiner Sprache. »Na gut, vielleicht ist das doch nicht ganz so verrückt. Aber ich habe nicht genug Geld, um zu investieren …«

»Oh, ich suche keine Investoren. Ich brauche jemanden, der es testet.«

»Und du glaubst, ich hätte den passenden Schwanz dazu?«

Er verdrehte die Augen. »Ich muss wissen, wie es sich für eine Frau anfühlt.«

»Ich will keinen Sex mit dir.«

»Nein, nein!« Er zuckte zusammen. »Du sollst es das nächste Mal benutzen, wenn du Sex hast. Sag mir, wie es sich auf dein Erleben auswirkt.«

»Warum vögelst du nicht ein Mädchen und fragst sie selbst?«

Er heftete den Blick auf die Schuhspitzen. »Ich habe keine Freundin und komme mit Frauen nicht so gut zurecht.«

»In Aldrin gibt es jede Menge Bordelle. Teuer, billig, was immer du willst.«

»Das bringt nichts.« Er verschränkte die Arme vor der Brust. »Ich brauche Daten von einer Frau, die zum Vergnügen Sex hat. Die Frau muss sexuell erfahren sein, was zweifellos auf dich zutrifft …«

»Vorsicht!«

»Und sie sollte in der nächsten Zeit Sex haben, was ebenfalls wahrscheinlich …«

»Wähle deine Worte mit Bedacht!«

Er hielt inne. »Jedenfalls weißt du jetzt, worauf ich hinauswill.«

Ich stöhnte. »Kann ich dir nicht einfach zweitausend Motten geben?«

»Ich will kein Geld. Ich brauche jemanden, der meine Erfindung testet.«

Ich starrte das Kondom an. Es sah völlig normal aus. »Funktioniert es denn richtig? Ich meine, bist du sicher, dass es nicht reißt oder so?«

»Oh, da bin ich völlig sicher. Ich habe eine ganze Reihe von Tests durchgeführt. Dehnung, Druck, Reibung, was immer du dir vorstellen kannst.«

Da kam mir ein beunruhigender Gedanke. »Warte mal, hast du das hier schon einmal benutzt?«

»Nein, aber das würde keine Rolle spielen. Nach der Reinigung ist es völlig steril.«

»Machst du W…« Ich hielt inne und holte tief Luft. Dann sagte ich so ruhig, wie ich nur konnte: »Es spielt durchaus eine Rolle, Svoboda. Vielleicht nicht biologisch, aber psychologisch auf jeden Fall.«

Er zuckte mit den Achseln.

Ich dachte noch einen Moment darüber nach und willigte schließlich ein. »Na gut, abgemacht. Aber ich verspreche dir nicht, herumzulaufen und den nächstbesten Kerl flachzulegen.«

»Sicher, sicher«, entgegnete er. »Benutz es einfach nur … wenn es sich das nächste Mal von selbst ergibt, ja?«

»Ja, in Ordnung.«

»Ausgezeichnet!« Er nahm die Kondomschachtel und das Reinigungsgerät und übergab mir beides. »Ruf mich an, wenn du noch Fragen hast.«

Schaudernd nahm ich die Sachen entgegen. Das war nicht der stolzeste Augenblick meines Lebens, aber rein logisch gesehen war alles in Ordnung. Schließlich wirkte ich nur bei einem Produkttest mit. Daran war doch nichts Komisches, oder?

Oder?

Ich wollte schon gehen, da hielt ich noch einmal inne und drehte mich zu ihm um. »Sag mal … hast du schon mal etwas von DAGL gehört?«

»Nein. Müsste ich es kennen?«

»Nein, schon gut. Ich komme morgen Nachmittag vorbei und hole das Gerät ab.«

»Morgen ist mein freier Tag. Können wir uns stattdessen im Park treffen? So um fünfzehn Uhr?«

»Das geht.«

»Darf ich dich fragen, wozu du das Gerät brauchst?«

»Nein.«

»Na gut, bis morgen dann.«

Conrad Minus 6.

Ich steuerte Trigger die vertrauten Tunnel entlang und bemühte mich, das flaue Gefühl im Magen zu verdrängen. Hier kannte ich jede Gangbiegung, jedes Geschäft und jeden Kratzer an der Wand. Ich konnte die Augen schließen und anhand der Echos und des Hintergrundlärms erkennen, wo ich war.

Schließlich bog ich um die Ecke des Handwerkerviertels. Dort waren die besten Werkstätten der Stadt konzentriert, aber es gab keine blinkenden Lichter und keine Werbung. Sie hatten es nicht nötig, auf diese Weise um Kundschaft zu buhlen. Ihr größtes Kapital war ihr guter Ruf.

Ich parkte vor CM6-3028, stieg aus und zögerte vor der Tür. Die Feigheit übermannte mich, und ich wandte mich zum Gehen, doch dann riss ich mich zusammen, drehte mich wieder um und klingelte.

Ein Mann mit wettergegerbtem Gesicht öffnete die Tür. Er hatte einen makellos getrimmten Bart und trug eine weiße Takke. Einen Moment lang starrte er mich stumm an, dann sagte er: »Ähm.«

»*Guten Abend, Vater*«, grüßte ich auf Arabisch.

»*Hast du Ärger?*«

»*Nein.*«

»*Brauchst du Geld?*«

»*Nein. Vater, ich bin jetzt unabhängig.*«

Er runzelte die Stirn. »*Warum bist du dann hier?*«

»*Kann eine Tochter nicht einfach mal ihren Vater ehren und ihn besuchen?*«

»Spar dir den Blödsinn«, erwiderte er auf Englisch. »Was willst du?«

»Ich will mir eine Schweißausrüstung ausleihen.«

»Interessant.« Er ließ die Tür offen und ging in die Werkstatt. Mit einer herzlicheren Einladung durfte ich nicht rechnen.

Im Laufe der Jahre hatte sich hier nicht viel verändert. Die brandsichere Schweißerei war überhitzt und beengt wie alle Werkstätten. An den Wänden hing Dads gewissenhaft geordnetes Werkzeug. In einer Ecke stand eine Werkbank, daneben lagen mehrere Schweißmasken.

»Komm mit.« Er führte mich durch die hintere Tür in den Wohnbereich. Das winzige Wohnzimmer war, verglichen mit meinem elenden Dreckloch, ein wahrer Palast.

In Dads Wohnung gab es an einer Wand zwei Schlafzimmersärge. Diese Anordnung war bei Artemisiern der unteren Einkommensklassen sehr beliebt. Es war nicht so gut wie ein Schlafzimmer, aber man hatte wenigstens Privatsphäre, und das war nicht schlecht. Ich war in dieser Wohnung aufgewachsen und hatte in meiner Koje dieses und jenes getan.

Er hatte eine Kochnische mit einem Herd, der echte Kochflammen besaß. Das war einer der wenigen Vorteile, wenn man in einem brandsicheren Raum lebte. Viel besser als eine Mikrowelle. Nun könnte man glauben, ein richtiger Ofen bedeutete, dass man schmackhafte Nahrung bekam, doch das stimmt so nicht. Dad hatte sich Mühe gegeben, aber Gunk bleibt Gunk. Die Möglichkeiten, die einem Algen bieten, sind nun einmal begrenzt.

Eine bedeutende Veränderung gab es allerdings. Aus der hinteren Wand ragte vom Boden bis zur Decke eine meterbreite Metallplatte. Sie war nicht einmal annähernd vertikal. Ich schätzte, dass sie um zwanzig bis dreißig Grad von der Senkrechten abwich.

Ich deutete auf den neuen Einrichtungsgegenstand. »Was soll denn das da?«

Dad blickte hinüber. »Auf diese Idee bin ich vor einer Weile gekommen.«

»Wozu ist das gut?«

»Denk doch mal drüber nach.«

Bäh! Hätte ich jedes Mal, wenn er das gesagt hatte, eine Motte bekommen ... Klare Antworten gab es nicht. Alles musste eine Lernerfahrung sein.

Er verschränkte die Arme vor der Brust und beobachtete mich, wie er es immer während dieser kleinen Prüfungen getan hatte.

Ich ging hinüber und berührte die Platte. Natürlich fühlte sie sich sehr stabil an. Er machte keine halben Sachen. »Zwei Millimeter dickes Aluminium?«

»Genau.«

»Also muss sie keine seitlichen Kräfte aufnehmen ...« Ich strich mit den Fingern über die Naht zwischen Platte und Wand. Alle zwanzig Zentimeter spürte ich einen kleinen Höcker. »Punktgeschweißt? Das sieht dir gar nicht ähnlich.«

Er zuckte mit den Achseln. »Vielleicht war es eine dumme Idee. Ich bin noch nicht ganz fertig damit.«

Oben, nur wenige Zentimeter unter der Decke, ragten zwei Haken aus der Platte. »Du willst da etwas aufhängen.«

»Richtig. Aber was?«

Ich betrachtete das Ding von oben bis unten. »Der seltsame Winkel ist der Schlüssel. Hast du einen Winkelmesser für mich?«

»Ich erspare dir die Mühe«, entgegnete er. »Die Abweichung von der Vertikalen beträgt zweiundzwanzig Komma neun Grad.«

»Äh …«, setzte ich an. »Artemis' geografische Länge beträgt zweiundzwanzig Komma neun … ah, verstehe.« Ich drehte mich zu ihm um. »Das ist zum Beten.«

»Genau«, bestätigte er. »Ich nenne es eine Gebetswand.«

Der Mond wendet der Erde immer dieselbe Seite zu. Von unserem Standpunkt aus bewegt sich die Erde nicht, obwohl wir sie umkreisen. Nun ja, genau genommen wackelt sie wegen der Libration des Mondes ein wenig, aber darüber musste ich mir jetzt nicht den hübschen kleinen Kopf zerbrechen. Wichtig ist hier nur: Die Erde steht an einem fixen Punkt am Himmel. Sie rotiert an Ort und Stelle und durchläuft Phasen, aber sie bewegt sich nicht vom Fleck.

Die Rampe zielte auf die Erde, sodass Dad beim Beten gen Mekka blicken konnte. Die meisten Moslems orientierten sich einfach nach Westen. So hatte es auch mein Dad früher immer getan.

»Wie funktioniert das?«, fragte ich. »Muss man sich mit Riemen anschnallen oder so? Ich meine, das Ding steht beinahe vertikal.«

»Mach dich nicht lächerlich.« Er legte die Hände auf die Gebetswand und beugte sich vor. »So geht das. Ganz einfach. Und auf dem Mond entspricht dies der Qibla viel besser, als wenn man sich nach Westen wendet.«

»Dad, das kommt mir etwas albern vor. In Australien graben die Moslems auch keine Löcher in den Boden und blicken nach unten. Glaubst du, das würde Mohammed besonders beeindrucken?«

»He«, erwiderte er scharf. »Wenn du den Islam nicht praktizierst, solltest du auch nicht über den Propheten spotten.«

»Schon gut, schon gut.« Ich deutete auf die Haken. »Wozu sind die gut?«

»Denk doch mal drüber nach.«

»Pah.« Dann fügte ich widerwillig hinzu: »Um einen Gebetsteppich aufzuhängen?«

»Genau.« Er ging zu dem Tisch neben der Kochnische und setzte sich auf einen Stuhl. »Ich will keine Löcher in meinen alten Gebetsteppich bohren, deshalb habe ich einen neuen auf der Erde bestellt. In ein paar Wochen müsste er ankommen.«

Ich setzte mich auf den anderen Stuhl. An diesem Tisch hatten wir unzählige Mahlzeiten eingenommen. »Hast du den Transportcode? Ich könnte dafür sorgen, dass er schneller eintrifft …«

»Nein, danke.«

»Dad, es ist nicht illegal, seine Beziehungen spielen zu lassen, um …«

»Nein, danke«, wiederholte er etwas lauter. »Wir wollen uns nicht darüber streiten.«

Ich knirschte mit den Zähnen, hielt aber den Mund. Es war Zeit, das Thema zu wechseln. »Ich habe da noch eine komische Frage: Weißt du, was DAGL bedeutet?«

Er zog eine Augenbraue hoch. »Ist das nicht eine Hunderasse?«

»Nein, die heißen Dackel.«

»Oh. Dann weiß ich es nicht. Was ist es denn?«

»Keine Ahnung«, erwiderte ich. »Ich habe es neulich zufällig gesehen und mich gefragt, was es bedeutet.«

»Du warst schon immer sehr neugierig. Außerdem bist du gut darin, Antworten zu finden. Vielleicht solltest du deinen genialen Verstand gelegentlich mal einsetzen, um etwas Nützliches zu tun.«

»Dad«, gab ich mit warnendem Unterton zurück.

»Schön.« Er verschränkte die Arme vor der Brust. »Du brauchst also ein Schweißgerät?«

»Ja.«

»Als ich dir das letzte Mal eines geliehen habe, ist es nicht so gut verlaufen.«

Ich fuhr auf. Dabei bemühte ich mich, den Blickkontakt nicht zu unterbrechen, aber ich konnte nicht anders und blickte rasch zu Boden.

Etwas freundlicher sprach er weiter. »Es tut mir leid. Das war nicht fair.«

»Du hast ja recht«, sagte ich.

Darauf breitete sich ein unbehagliches Schweigen aus. In dieser Kunst hatten wir uns jahrelang geübt.

»Also …«, fuhr er unsicher fort. »Was genau brauchst du denn?«

Ich sammelte mich. Für nagende Schuldgefühle hatte ich keine Zeit. »Ich brauche ein Schweißgerät, zwei Flaschen Acetylen, eine mit Sauerstoff und eine Maske.«

»Kein Neon?«, fragte er.

Ich zuckte zusammen. »Oh, richtig. Neon natürlich auch.«

»Du beginnst, das Handwerk zu vergessen«, warf er mir vor.

Ich brauchte kein Neon, aber das konnte ich ihm nicht verraten.

Beim Schweißen von Aluminium muss man das Werkstück mit einem reaktionsträgen Gas fluten, damit die Oberfläche nicht oxidiert. Auf der Erde setzt man dafür Argon ein, weil es im Überfluss vorhanden ist. Auf dem Mond gibt es keine Edelgase, wir müssen sie von der Erde importieren. Neon wiegt nur halb so viel wie Argon, also geben wir ihm den Vorzug. Mir war das allerdings egal, weil ich im Vakuum arbeiten würde – dort gibt es keinen Sauerstoff, der das Metall oxidieren lässt. Aber das wollte ich ihn nicht wissen lassen. Außerdem würde ich Stahl und kein Aluminium schneiden. Auch das sollte er nicht unbedingt erfahren.

»Und wozu brauchst du die Sachen?«, fragte er.

»Ich will für eine Freundin einen Schutzraum installieren.«

Vor allem in meiner Jugend hatte ich Dad öfter angelogen, als ich zählen konnte. Und jedes Mal, wenn ich es tat – jedes verfluchte Mal –, hatte ich dabei einen Knoten im Magen.

»Warum beauftragt deine Freundin keinen Schweißer?«, fragte er.

»Das hat sie getan. Sie hat mich angeheuert.«

»Oh, dann bist du jetzt eine Schweißerin?« Theatralisch riss er die Augen auf. »Nachdem du mir jahrelang gesagt hast, du wolltest das nicht tun?«

Ich seufzte. »Dad, das ist nur eine Freundin, die einen Schutzraum im Schlafzimmer haben will. Ich berechne ihr kaum etwas dafür.« Viele Leute, vor allem die neueren Immigranten, richteten sich Schutzräume in den Wohnungen ein. Die Neuankömmlinge waren ausgesprochen paranoid, was »das tödliche Vakuum da draußen« anging. Das war irrational, denn die Hülle von Artemis war extrem sicher, aber Angst war ja nichts Logisches. In der Praxis verwandelten sich private Schutzräume sehr schnell in begehbare Kleiderschränke.

»Wo ist der illegale Teil?«, fragte er.

Verletzt sah ich ihn an. »Warum nimmst du an, dass …«

»Wo ist der illegale Teil?«, wiederholte er.

»Ihre Wohnung in Armstrong liegt an der inneren Hülle. Ich muss den Schutzraum direkt darauf festschweißen. Die Stadt verlangt alle möglichen zusätzlichen Inspektionen, wenn man dort etwas anbringen will, und das kann sie sich nicht leisten.«

»Hm«, machte er. »Diese dumme Bürokratie! Nicht einmal die blödesten Amateure könnten eine sechs Zentimeter dicke Aluminiumplatte beschädigen.«

»Das weiß ich doch«, stimmte ich zu.

Er verschränkte die Arme vor der Brust und sah mich finster an. »Die verdammte Stadtverwaltung behindert die Geschäftstätigkeit …«

»Was du nicht sagst.«

»Also gut, du kannst dir nehmen, was du brauchst. Aber du musst mir Acetylen und Neon ersetzen.«

»Ja, natürlich«, willigte ich ein.

»Geht es dir nicht gut? Du siehst so blass aus.«

Beinahe hätte ich gekotzt. Während ich Dad anlog, fühlte ich mich wieder wie eine Jugendliche, und eines muss ich sagen: Es gibt niemanden, den ich mehr hasse als die jugendliche Jazz Bashara. Dieses dumme Miststück hat jede falsche Entscheidung getroffen, die ein dummes Miststück nur treffen kann. Sie ist dafür verantwortlich, dass ich dort stehe, wo ich jetzt bin.

»Mir geht es gut. Ich bin nur etwas müde.«

Liebe Jazz,
zum Geburtstag habe ich ein großes Poster von der *Roosa* bekommen. Was für ein wundervolles Schiff! Es ist das größte Raumschiff, das je gebaut wurde. Es kann bis zu zweihundert Passagiere aufnehmen! Ich lerne jetzt alles darüber. Ja, ich bin etwas besessen davon, aber was soll's? Es macht Spaß.

Das Schiff ist ein Wunder! Es hat Rotationsschwerkraft, und der Radius ist so groß, dass niemandem schwindlig wird. Das hilft den Leuten sogar, sich an die Mondschwerkraft anzupassen! Im Laufe des siebentägigen Fluges zum Mond verringern sie die Schwerkraft. Wenn die Leute einsteigen, herrscht auf den Passagierdecks 1 g, und wenn sie den Mond erreichen, sind sie bei 1/6 g. Beim Rückflug läuft es umgekehrt, sodass sich die Leute wieder an 1 g gewöhnen können. Ist das nicht fantastisch?

Den zyklischen Uphoff-Crouch-Mondorbit verstehe ich immer noch nicht. Mir ist klar, dass es sich um eine ballistische Flugbahn zwischen Erde und Mond handelt, aber das ist doch verrückt. Es ist … sie beginnen über der Erde, sieben Tage später sind sie am Mond, dann werden sie weit aus der Ebene von Erde und Mond hinausgeschleudert und sind vierzehn Tage später wieder über dem Mond … irgendwo dazwischen bleiben sie aber vierzehn Tage lang in einem elliptischen Orbit um die Erde … das kapiere ich einfach nicht. Ich will es auch gar nicht erst versuchen. Jedenfalls ist es ein wahnsinniges Schiff.

Wenn ich später ein reicher Raketendesigner bin, will ich Artemis besuchen. Dann können wir Tee trinken.

Hey, bist du mit deinem Dad auch mit der *Roosa* geflogen, als ihr nach Artemis umgezogen seid?

Lieber Kelvin,
nein, die *Roosa* war noch nicht gebaut, als wir hergekommen sind. Wir waren auf der *Collins*, dem einzigen Raumschiff, das es damals gab. Das war vor zehn Jahren, ich war damals erst sechs, deshalb kann ich mich nicht an die Einzelheiten erinnern. Aber ich weiß noch, dass wir keine künstliche Schwerkraft hatten. Überall herrschte Schwerelosigkeit. Es hat aber eine Menge Spaß gemacht, als ich herumgesprungen bin!

Was du über die Umlaufbahnen geschrieben hast, hat mich neugierig gemacht, deshalb habe ich es nachgeschlagen. Es ist eigentlich ganz einfach. Das Schiff fliegt auf einer zyklischen Bahn, in der jeder Abschnitt sieben Tage dauert. Erde –> Mond –> (Weltraum außerhalb der Erde-Mond-Ebene) –> Erde. Das wiederholt sich immer wieder. Wenn der Mond still stünde, könnten sie einfach hin- und herfliegen, aber er kreist einmal im Monat um die Erde, was die Flugbahn viel komplizierter macht.

Ich habe die Berechnungen für die Flugbahn nachgesehen und die Zahlen in die Gleichungen eingesetzt. Das war ganz einfach, das kann man im Kopf ausrechnen.

Liebe Jazz,
vielleicht kannst du das im Kopf machen. Ich würde viel darum geben, wenn ich so klug wäre wie du. Aber das bin ich nicht. Ist schon okay, ich arbeite eben hart, und du bist ganz faul.

Lieber Kelvin,
wie kannst du es wagen, mich faul zu nennen? Ich würde mir gern eine beißende Antwort einfallen lassen, aber, na ja, ich habe gerade keine Lust.

He, ich brauche einen Rat. Edgar und ich gehen jetzt zum vierten Mal miteinander aus. Wir haben uns geküsst (wirklich nur geknutscht, sonst nichts). Ich würde gern etwas weitergehen, aber ich will es auch nicht übertreiben. Ich will mich noch nicht ganz ausziehen. Hast du einen Tipp für mich?

Liebe Jazz,
Titten.

Lieber Kelvin,
echt? Ist das so einfach?

Liebe Jazz,
ja.

4

Am nächsten Morgen wachte ich nackt in einem weichen, bequemen Bett auf.

Nicht, was Sie jetzt denken! Nein, es war niemand bei mir. Ich wollte einfach nur einen Vorgeschmack darauf bekommen, wie sich das Leben mit einer Million Motten anfühlte.

Ich streckte die Arme und bog den Rücken durch. Ich hatte fantastisch geschlafen!

Im Gegensatz zu meinem jämmerlichen Sarg hatte dieser Raum eine ausgezeichnete Schallisolierung. Keine Nachbarn, die mich lautstark streitend oder mit lärmendem Sex weckten. Keine dröhnenden Unterhaltungen auf dem Flur, die ungehindert zu mir hereindrangen. Keine betrunkenen Idioten, die gegen die Wände prallten.

Und erst das Bett! Ich konnte quer darin liegen, und es passte immer noch! Das Laken und die Decke waren weich wie Samt und fühlten sich auf der Haut besser an als mein eigener Schlafanzug.

Das Zimmer kostete 2000 µ pro Nacht. Wenn Trond mich auszahlte, würde ich mir auch so ein Bett in mein wundervolles schalldichtes Apartment stellen.

Ich sah auf mein Gizmo. Elf Uhr morgens? Mann, ich hatte wirklich lange geschlafen.

Widerstrebend glitt ich unter der warmen Decke hervor und ging ins Bad – ich hatte ein richtiges privates Badezimmer! Kein Morgenmantel, keine Kerle, die mich auf dem Flur anstarrten, nur ich und meine Blase, um die ich mich in aller Ruhe kümmern konnte.

Ich erledigte die Morgentoilette und genoss ein extra langes Duschbad. Eine private Dusche – noch ein Punkt auf der Liste meiner zukünftigen Annehmlichkeiten. In Artemis ist das Wasser teuer, und wir verschwenden nichts. Wir haben ein geschlossenes System, sodass man im Grunde für die Reinigung bezahlt. Die Dusche im Hotel hatte eine Grauwasseraufbereitung. Die ersten zwanzig Liter waren Frischwasser (das für etwa drei Minuten reichte), danach wurde das benutzte Wasser noch einmal erhitzt und zurückgeleitet. Man konnte so lange duschen, wie man wollte, und verbrauchte trotzdem nur zwanzig Liter. Wichtige Anmerkung: In einer Dusche mit Grauwasseraufbereitung sollte man nicht pinkeln.

Ich zog einen ungeheuer bequemen Frotteebademantel an und wickelte meine Haare in einen Handtuchturban.

Es wurde Zeit, den nächsten Schritt meines teuflischen Plans in Angriff zu nehmen. Dieses Mal musste ich nichts recherchieren. Ich musste nur nachdenken. Also legte ich mich wieder auf das Bett, das ich nie mehr verlassen wollte, und ließ die Gedanken wandern.

Problem: Wie kam ich aus der Stadt heraus?

Die Luftschleusen reagierten nicht auf die Befehle von Leuten, die nicht der EVA-Gilde angehören. Dafür gab es einen guten Grund: Man wollte vermeiden, dass irgendein nicht ausgebildeter Vollpfosten an der Steuerung der Luftschleuse herumpfuschte. Eine Fehlbedienung der Luftschleuse war ein ziemlich sicherer und effizienter Weg, die ganze Bevölkerung einer Blase auszulöschen.

Um die Steuerung der Luftschleuse zu benutzen, musste man das Gizmo drüberziehen. So wurde sichergestellt, dass der Bediener der Gilde angehörte. Das war eine idiotensichere und wirkungsvolle Kontrolle. Aber eine idiotensichere Abschirmung bot keinen Schutz gegen einen *zielstrebigen* Idioten. Das System hatte eine Lücke.

Aus Sicherheitsgründen haben die äußeren Luken der Luftschleusen keine Zugangsbeschränkungen. Wenn man in einem leckgeschlagenen EVA-Anzug zur Schleuse taumelt und sich in Sicherheit bringen will, dann möchte man ganz bestimmt keine Aufforderung sehen, sich auszuweisen. Ich brauchte nur jemanden, der die Steuerung von außen bediente. Jemanden … oder etwas.

Als der Empfang anrief und sagte, ich müsse entweder auschecken oder eine weitere Übernachtung bezahlen, verließ ich das Hotelzimmer und fuhr mit Trigger nach Armstrong Minus 4. Oder, wie es die Einheimischen nannten, Klein-Ungarn. Die Ungarn besaßen alle Schlossereien, so wie die Vietnamesen für die Lebenserhaltung und die Saudis für die Schweißarbeiten zuständig waren.

Ich hielt vor der Werkstatt von Zsóka Stróbl, einer Kollegin meines Vaters. Offenbar hatte sie den Namen nach einer schweren Vokaldürre erhalten. Ihre Firma war auf Druckbehälter spezialisiert. Wenn Dad den Auftrag bekam, einen Schutzraum zu installieren, kaufte er ihn gewöhnlich bei

Zsóka. Sie stellte hochwertige Produkte her, und Dad gab viel auf Qualität.

Ich parkte Trigger und klopfte an. Zsóka schob die Tür einen Spalt weit auf, spähte mit einem Auge heraus und sagte mit starkem Akzent: »Sie wollen bitte was?«

Ich deutete auf mich. »Ich bin es, Mrs. Stróbl. Jazz Bashara.«

»Bist du Tochter von Ammar Bashara«, stellte sie fest. »Er guter Mann. Warst du frieher nettes Mädchen. Jetzt bist du bäse.«

»Also … hören Sie, ich würde gern mit Ihnen über etwas reden …«

»Bist nix verheirat und hast du Sex mit viele Männer.«

»Ja, ich bin nun mal ein liederliches Frauenzimmer.«

Ihr Sohn Isvan hatte mehr Kerle gevögelt als ich, aber ich widerstand dem Impuls, sie in dieser Hinsicht aufzuklären. »Ich möchte für ein paar Tage etwas von Ihnen ausborgen. Ich würde auch tausend Motten dafür bezahlen.«

Sie öffnete die Tür ein Stückchen weiter. »Was willst ausborgen?«

»Ihren HIB.«

Zsóka hatte bei der Konstruktion der Bean- und Shepard-Blasen mitgewirkt. Die Konstruktion einer Blase war ein höllisch schwieriger Job, der allerdings auch gut bezahlt wurde. Sie und Dutzende andere Metallarbeiter hatten die leicht gekrümmten Dreiecke hergestellt, die auf dem Rahmen befestigt wurden und zusammen die Hülle formten. Die EVA-Meister hatten die Stücke zusammengebaut und unzählige Nieten gesetzt, bis eine primitive, aber noch nicht ganz dichte Versiegelung entstand. Dann hatte die Lebenserhaltung so viel Luft in die Blase eingespeist, dass der Verlust ausgeglichen wurde, und die Schweißer hatten von innen die endgültige Versiegelung hergestellt. Ich konnte mich erinnern, dass Dad bei diesen Jobs gutes Geld verdient hatte.

Ehrbare Schlosser wie Zsóka inspizierten regelmäßig ihre Arbeit. Aber wie konnte man die Außenseite einer Blase untersuchen, wenn man kein ausgebildeter, lizenzierter EVA-Meister war? Mit einem Hülleninspektionsbot, kurz HIB.

Eigentlich handelt es sich dabei nur um ferngesteuerte kleine Fahrzeuge, die Klauen anstelle von Rädern besitzen. Die Außenhüllen von Artemis sind mit Griffen versehen, damit man zu Wartungszwecken hinaufklettern kann, und die HIBs benutzen diese Griffe, um sich zu jedem gewünschten Ort zu hangeln. Das mag unbeholfen klingen, ist aber der einzige Weg, außen an einer Blase emporzuklettern. Das Aluminium ist nicht magnetisch, und Saugfüße oder Propeller sind im Vakuum nutzlos. Ein Raketenantrieb wäre hingegen unglaublich teuer.

»Warum du brauchst meinen HIB?«, fragte Zsóka.

Die passende Lüge hatte ich mir schon zurechtgelegt. »Die Shepard-Überdruckdüse hat ein Leck. Dad hat sie installiert. Ich soll die Schweißnaht überprüfen.«

Es ist schwierig, in Artemis einen konstanten Druck zu halten. Wenn die Leute mehr Energie verbrauchen als gewöhnlich, entsteht ein leichter Überdruck. Warum? Der Energieverbrauch erzeugt Abwärme, was die Lufttemperatur und damit den Luftdruck steigen lässt. Normalerweise zieht die Lebenserhaltung Luft aus dem System heraus, um den Überdruck abzufangen. Aber was, wenn das einmal nicht funktioniert?

Zur Sicherheit besitzt jede Blase Überdruckventile. Wenn der Druck zu hoch wird, öffnen sie sich und entlassen Luft, bis der Druck wieder normal ist.

»Dein Vater hat noch nie schlechte Schweißnaht gemacht. Problem muss woanders sein.«

»Das wissen Sie, und ich weiß es auch, aber wir müssen trotzdem nachsehen.«

Sie dachte darüber nach. »Wie lange du brauchst?«

»Nur ein paar Tage.«

»Tausend Motten?«

Ich zückte mein Gizmo. »Ja. Ich zahle im Voraus.«

»Warte.« Zsóka schloss die Tür.

Kurz danach öffnete sie die Tür wieder und gab mir eine Kiste. Ich blickte hinein, um mich zu vergewissern, dass alles da war.

Der mechanische Helfer war dreißig Zentimeter lang. Die vier Krallen, die zur Fortbewegung dienten, waren in der Ruheposition zusammengefaltet, und der Werkzeugarm lag in Form einer 7 am oberen Ende des Roboters. Dieser Arm besaß eine HD-Kamera und einfache Greifer und Haken. Das Gerät war perfekt geeignet, um irgendwo herumzustochern und das Ergebnis aufzuzeichnen – genau das, was man brauchte, um per Fernsteuerung die Hülle zu untersuchen. Außerdem war der Apparat das ideale Hilfsmittel für meinen schändlichen Plan.

Zsóka gab mir die Fernsteuerung, ein schlankes kleines Kästchen mit Knöpfen und Joysticks, die rings um einen Bildschirm angeordnet waren.

»Weißt du, wie musst benutzen?«

»Ich habe das Handbuch online gelesen.«

Sie runzelte die Stirn. »Wenn du machst kaputt, musst du Reparatur bezahlen.«

»Das bleibt aber unter uns, ja?« Mein Finger schwebte schon über dem Gizmo. »Die Schweißergilde sucht immer nach Vorwänden, Dad etwas anzuhängen. Ich will ihnen keine Munition liefern.«

»Ammar ist guter Mann. Guter Schweißer. Werde sagen gar nix.«

»Dann sind wir uns einig?«

Sie zückte ihr Gizmo. »Ja.«

Ich veranlasste die Überweisung, und sie akzeptierte.

»Bringst zurück in zwei Tagen.« Damit verschwand sie wieder in der Werkstatt und schloss die Tür.

Ja, sie war grantig und hielt mich für eine blöde Tussi. Aber wissen Sie was? Ich wünschte mir, jeder wäre wie sie. Kein dummes Gerede, kein Schwachsinn, keine geheuchelte Freundschaft. Nur Ware und Dienstleistung gegen Geld. Die perfekte Geschäftspartnerin.

In der Bean-Blase erledigte ich einige Einkäufe. Es war teurer, als es mir lieb war, aber ich brauchte spezielle Kleidung. Artemis hat eine kleine muslimische Gemeinde, zu der auch mein Dad zählt. Deshalb gibt es einige Geschäfte, die diese Kundschaft versorgen. Ich entschied mich für ein langes braunes Kleid mit schlichten Farben und modernem aufgesticktem Muster. Diese Aufmachung war selbst für das konservativste Moslemmädchen geeignet. Außerdem erstand ich einen dunkelgrünen Niqab. Zuerst hatte ich braune oder schwarze Stücke ins Auge gefasst, aber das erdige Dunkelgrün passte hervorragend zu dem braunen Kleid. Nur weil ich ein Ding drehen wollte, musste ich doch nicht schäbig aussehen.

Na gut, Sie können jetzt aufhören, so zu tun, als wüssten Sie, was ein Niqab ist. Es ist ein traditioneller islamischer Schleier, der die untere Gesichtshälfte bedeckt. Zusammen mit dem Hidschāb auf dem Kopf, der die Haare vollständig verbarg, war nun außer meinen Augen nichts mehr vom Gesicht zu sehen. Es war schön, dass man eine Maske tragen konnte, ohne Verdacht zu erregen.

Als Nächstes brauchte ich ein neues Gizmo. Mein eigenes konnte ich nicht benutzen – das hinterließ eine digitale Spur zu den ganzen illegalen Dingen, die ich tun wollte. Ich konnte Rudy schon sehen, wie er die Gizmo-Logs durchging und die Anklage zusammenstrickte. Nein, danke. Das Leben war verflucht anstrengend, wenn einem ständig ein Cop hinterherschnüffelte. Ich brauchte eine falsche Identität.

Zum Glück ist es auf dem Mond ziemlich einfach, sich eine falsche Identität zuzulegen. Das liegt vor allem daran, dass sich niemand darum kümmert, wer man ist. Das System ist abgesichert, damit man niemandem die Identität stehlen kann, aber es verhindert nicht, dass man sich einen falschen Namen zulegt. Hätte man einer realen Person die Identität klauen wollen, wäre man kläglich gescheitert. Das Opfer hätte es sofort gemeldet, und Rudy hätte den Täter mit dem Gizmo aufgespürt. Wohin sollte man schon weglaufen? Nach draußen? Da musste man ziemlich lange den Atem anhalten.

Ich zog los und tauschte ein paar Hundert Motten in Euro. Dann kaufte ich mit diesen Euro unter dem Namen »Nuha Nejem« wieder Motten bei der KSC. Es dauerte nur zehn Minuten im Internet. Auf der Erde wäre es sogar noch schneller gegangen, aber wir haben nun mal diese Verzögerung von vier Sekunden.

Zu Hause verstaute ich mein eigenes Gizmo. Es wurde Zeit, mich in Nuha Nejem zu verwandeln.

Anschließend ging ich ins Artemis Hyatt, ein kleines Hotel auf Bean Plus 6 mit nettem Ambiente und annehmbaren Preisen. Dort stiegen meist einfache Leute ab, die sich einmal im Leben einen Urlaub auf dem Mond leisteten. Ich hatte es bisher nur ein einziges Mal betreten, als ich mich mit einem Touristen eingelassen hatte. Die Zimmer waren freundlich, aber ich konnte das damals nicht wirklich gut beurteilen, weil ich hauptsächlich die Decke betrachtet hatte.

Das ganze Hotel befand sich auf einem lang gestreckten Flur. Der »Empfang« war ein winziger Verschlag mit einem einzigen Angestellten. Ich erkannte ihn nicht, was gut war. Das bedeutete, dass er auch mich nicht wiedererkennen konnte.

»Ich grüße«, radebrechte ich mit starkem arabischem Akzent. Dies und die traditionelle Kleidung verkündeten überdeutlich, dass ich eine Touristin war.

»Willkommen im Artemis Hyatt«, sagte er.

»Brauche Gizmo.«

Er war offenbar an Unterhaltungen in gebrochenem Englisch gewöhnt. »Gizmo? Sie brauchen ein Gizmo?«

»Gizmo.« Ich nickte eifrig. »Brauche es.«

Man konnte förmlich zusehen, wie seine Gedanken rasten. Er hätte mich fragen können, unter welchem Namen ich reserviert hatte, aber da ich mich als Saudi-Frau ausgab, lautete die Reservierung wahrscheinlich auf den Namen meines Mannes. Das hätte er jedoch nur mit Pantomimen und erst nach zahlreichen Missverständnissen klären können. Es war einfacher, mir das Gizmo einzurichten. Das Hotel musste ja sowieso nichts bezahlen.

»Name?«, fragte er.

Ich wollte nicht zu begierig erscheinen und sah ihn mit gespielter Verwunderung an.

Er klopfte sich auf die Brust. »Norton. Norton Spinelli.« Dann deutete er auf mich. »Name?«

»Ah.« Ich klopfte mir auf die Brust. »Nuha Nejem.«

Er tippte es in den Computer ein. Ja, Nuha Nejem besaß ein Konto, und niemand hatte ein Gizmo damit verlinkt. Auf einmal passte alles. Er zog ein betagtes Gerät unter der Theke hervor. Es war ein älteres Modell, auf dessen Rückseite EIGENTUM VON ARTEMIS HYATT eingraviert war. Einige Kommandos später war alles erledigt. Er gab mir das Gizmo und sagte: »Willkommen in Artemis.«

»Ich danke«, erwiderte ich. »Danke viel. Mond ist sehr Aufregung.«

Ich hatte eine falsche Identität. Zeit für Phase zwei.

Auf dem neuen Gizmo rief ich den Lageplan auf und tat so, als wollte ich mich damit orientieren. Selbstverständlich brauchte ich keine Karte, um mich in Artemis zurechtzufinden, aber das gehörte zu meiner Maskerade als Touristin. Scheinbar ziellos wanderte ich bis zum Zollhafen. Und natürlich hatte ich eine große Handtasche dabei. Welche Touristin ist denn ohne Handtasche unterwegs?

Jetzt kam der schwierige Teil.

Am Hafen kannten mich alle. Ich war jeden Tag dort, und meine strahlende Persönlichkeit vergaß man nicht so leicht. Aber heute war ich nicht Jazz Bashara, sondern Nuha Nejem, Touristin aus Saudi-Arabien.

Ich ging zum Wartebereich neben der Zugschleuse und mischte mich in die Touristengruppe. Alle Sitze waren belegt, mehrere Leute standen herum. Einige Familien hatten nervige

Kinder dabei, die die Wände hochgingen. Das war in diesem Fall keine Redewendung, sondern ganz wörtlich zu nehmen. Die Mondschwerkraft ist das Schlimmste, was Eltern je passieren kann.

»Das ist wunderschön!«, sagte eine dumme Blondine zu ihrem treuhandvermögenden Freund. »Gleich fahren wir mit der Einschienenbahn!«

Bäh. Nur die Touristen nennen sie so. Die Bahn hat keineswegs nur eine Schiene. Es sind zwei, genau wie bei den Eisenbahnen auf der Erde.

Übrigens hassen wir es auch, wenn uns die Leute »Mondgesichter« nennen oder wenn sie Artemis als »Stadt im Weltraum« bezeichnen. Wir sind nicht im Weltraum, sondern auf dem Mond. Ich meine, rein technisch gesehen sind wir natürlich im Weltraum, aber das gilt dann auch für London.

Aber ich schweife ab.

Endlich kam der Zug. Ich tat so, als wäre ich ebenso begeistert wie alle anderen. Er hatte nur einen einzigen Waggon, es war keiner dieser langen Züge, die auf der Erde üblich sind. Langsam kroch er bis zur Andockstelle und schlich weiter, bis die Verbindung hergestellt war. Nach einem Klicken und einem Scheppern öffnete sich die runde Zugangsluke, und der Schaffner trat heraus.

Verflixt und zugenäht! Es war Raj. Er hätte nicht hier sein sollen. Wahrscheinlich hatte er mit jemand anders die Schicht getauscht.

Raj und ich sind zusammen aufgewachsen, wir haben dieselben Schulen besucht. Eng befreundet waren wir nicht, aber wir hatten uns den größten Teil unseres Lebens so gut wie jeden Tag gesehen. Das Kleid und der Hidschāb reichten möglicherweise als Verkleidung nicht aus.

Raj trat durch die Öffnung und rückte seine Uniform zurecht – ein albernes blaues Ding aus dem neunzehnten Jahrhundert mit Messingknöpfen, dazu trug er eine Schaffnermütze. Aufgeregte Touristen, die vom *Apollo 11*-Gelände zurückkehrten, strömten heraus. Etliche von ihnen hatten Souvenirs aus dem Besucherzentrum dabei: Mondlandemodule, die aus Mondgestein geschnitzt waren, Abzeichen der *Apollo 11*-Mission und so weiter.

Als alle ausgestiegen waren, rief Raj mit lauter, klarer Stimme: »Aaaabfahrt um 14:34 Uhr nach Apollo eeeelf! Alles eiiiinsteigen, bitte!« Er zückte einen uralten Fahrkartenknipser aus Messing. Das Äußere war nur Dekoration, im Inneren steckte ein Bezahlchip.

Ich zog den Niqab ein wenig höher und beugte mich etwas vor. Vielleicht war ich nicht so leicht zu erkennen, wenn ich die Körpersprache veränderte. Die Fahrgäste wanderten an Raj vorbei, zogen ihre Gizmos über den Knipser und gingen durch den Vorraum zum Zug.

Raj achtete darauf, dass sich jeweils immer nur eine einzige Person im Vorraum befand. Das machte er sehr geschickt: Meist stellte er sich den Menschen einfach nur in den Weg, anstatt es ausdrücklich zu erklären: »Wenn es einen Druckabfall gibt, schließt sich die Tür des Vorraums. Die Stadt bleibt sicher, aber Sie werden sterben.«

Als ich an der Reihe war, senkte ich den Blick und vermied jeglichen Augenkontakt. Mein Gizmo piepste, und ich betrachtete die Anzeige:

STADT ARTEMIS: FAHRPREIS 75 µ

Raj erkannte mich nicht. Ich atmete erleichtert auf und trat in den Zug.

Alle Sitzplätze waren belegt, und ich machte mich schon darauf gefasst, die ganze Zeit zu stehen, doch da bemerkte mich ein großer schwarzer Typ und räumte seinen Platz. Er sagte etwas auf Französisch und deutete auf den Sitz. Ein wahrer Gentleman! Ich verneigte mich, setzte mich und hielt die Handtasche auf dem Schoß fest.

Sobald der letzte Fahrgast eingestiegen war, kam auch Raj und versiegelte hinter sich beide Türen der Vorkammer. Dann ging er bis ganz nach vorne und schaltete die Lautsprecher der Kabine ein. »Willkommen im Mondexpress! Dieser Zug fährt um 14:34 Uhr zum *Apollo 11*-Besucherzentrum. Planmäßige Ankunft ist um 15:17 Uhr. Bitte achten Sie darauf, dass sich Ihre Hände und Füße jederzeit innerhalb des Fahrzeugs befinden.«

Die Fahrgäste kicherten. Es war ein ziemlich bescheuerter Scherz, aber die Touristen waren begeistert.

Der Zug setzte sich in Bewegung. Es war fast unmerklich. Kein Wackeln, kein Rappeln, nichts in der Art. Der Antrieb war natürlich ein Elektromotor, und die Schienen litten nicht wie auf der Erde unter der zersetzenden Witterung. Außerdem trugen sie im Vergleich zu irdischen Strecken erheblich weniger Gewicht.

In jeder Sitzreihe gab es ein Bullauge. Die Passagiere wechselten sich begierig ab, um zur öden Felslandschaft hinauszublicken. Was regte sie denn daran so auf? Es sind doch nur graue Felsen. Wen kümmert das?

Eine matronenhafte Frau aus dem Mittleren Westen kicherte am Fenster und sprach mich an. »Ist das nicht erstaunlich? Wir sind auf dem *Mond*!«

»Ma'alesh, ana ma'aref Englizy«, erwiderte ich achselzuckend.

Sofort wandte sie sich an den nächsten Fahrgast. »Ist das nicht erstaunlich? Wir sind auf dem *Mond*!«

Es geht doch nichts über eine Sprachbarriere, wenn man will, dass einen die Leute in Ruhe lassen.

Vorsichtshalber rief ich auf dem Gizmo ein arabisches Klatschmagazin auf. Das war ein guter Vorwand, den Kopf unten zu halten. Glücklicherweise kümmerte sich Raj um die Steuerung des Zuges und sah ohnehin nicht in meine Richtung.

Als wir eintrafen, wusste ich alles über den jüngsten Skandal in der saudischen Königsfamilie. Der Kronprinz hatte seine Frauen betrogen. Zwei von ihnen hatten nach islamischem Recht im Rahmen des Chulʿ die Scheidung beantragt, während die anderen beiden zu ihm hielten. Ich hatte die Stellungnahme der Königin gerade zur Hälfte gelesen, da hielt der Zug an.

Die vertrauten Geräusche der Andockprozedur hallten durch den Waggon, und Raj rief: »Eeeeeendstation!« Er ging zur Tür und öffnete sie. »*Apollo 11*-Besucherzentrum! Wir wünschen einen angenehmen Aufenthalt!«

Gehorsam verließen wir den Zug und standen in einem Andenkenladen. Einige Touristen blieben gleich hier hängen, die meisten gingen weiter zur Aussichtshalle, wo auf einer Seite die ganze Wand vom Boden bis zur Decke aus Fenstern bestand, durch die man den Landeplatz überblicken konnte.

Ein perfekt manikürter Führer begrüßte die Menge, als wir uns der gläsernen Wand näherten. Ich sah in eine andere Richtung. Schon wieder jemand, den ich kannte! Verflixt noch mal, es war nervenaufreibend, in einer Kleinstadt ein Verbrechen zu begehen.

Gunter Eichel war vor zehn Jahren mit seiner Stiefschwester Ilsa nach Artemis ausgewandert. Der Hauptgrund war, dass ihnen in Deutschland Strafen drohten, weil sie ein Paar geworden waren. Ja, wirklich. Deshalb hatten sie die Erde verlassen. Uns hier ist es egal, wie die Leute Sex haben, solange es Erwachsene einvernehmlich tun. (Manche dehnen den Begriff »Erwachsene« allerdings etwas zu weit.)

Wie auch immer, wir waren nicht sehr gut miteinander bekannt, also reichte meine Verkleidung wohl aus.

Gunter wartete, bis sich die Besucher gesammelt hatten, dann begann er mit seinem Vortrag. »Willkommen in der Tranquility Base! Bitte kommen Sie zum Fenster, dort ist genug Platz für alle.«

Wir wanderten nach vorne und reihten uns vor den riesigen Fenstern ein. Das Landemodul stand schon seit einem Jahrhundert dort draußen neben den Kästen mit den Experimenten, die die Astronauten damals aufgebaut hatten.

»Vielleicht fällt Ihnen auf, dass die Fenster der Aussichtshalle seltsam geformt sind«, erklärte Gunter. »Warum bilden sie nicht einfach einen Halbkreis oder folgen einer geraden Linie? Nun, es gibt hier eine Regel, wonach sich absolut nichts näher als zehn Meter an irgendeinem Teil des *Apollo 11*-Landeplatzes befinden darf. Diese Definition schließt das Landefahrzeug selbst, aber auch Geräte, Werkzeug, die Gedenkplakette und sogar die Fußabdrücke ein, die die Astronauten hinterlassen haben. Die Aussichtshalle ist so gebaut, dass jedes Fenster etwas mehr als zehn Meter vom nächsten Teil des Landeplatzes entfernt ist. Sie dürfen gern am Fenster entlanggehen und sich alles aus unterschiedlichen Blickwinkeln ansehen.«

Einige Touristen waren bereits an der gekrümmten Glaswand vorgerückt, und nachdem Gunter es vorgeschlagen hatte, begaben sich weitere Besucher auf die Wanderung.

»Falls es Sie nervös macht, dass Sie nur durch eine Glasscheibe vom Vakuum getrennt sind, so kann ich Sie beruhigen. Diese Fenster sind dreiundzwanzig Zentimeter dick, um Sie vor der Strahlung zu schützen. Der Nebeneffekt ist, dass dies der stabilste Teil in der ganzen Hülle des Besucherzentrums ist. Voll Stolz kann ich Ihnen außerdem sagen, dass dieses Glas hier auf dem Mond hergestellt wurde. Man hat eine kleine Menge Regolithstaub hinzugefügt, um es etwas abzudunkeln. Sonst würde Sie das direkte Sonnenlicht von draußen blenden.« Gunter deutete zum Landeplatz. »Die Mondlandefähre *Eagle* wurde nach dem Wappenvogel der Vereinigten Staaten benannt. Sie setzte am 20. Juli 1969 hier an dieser Stelle auf. Was Sie dort drüben sehen, ist die Abstiegsstufe. Nach Abschluss ihrer Mission flogen die Astronauten Neil Armstrong und Buzz Aldrin mit der Aufstiegsstufe zurück in die Mondumlaufbahn.«

Die Touristen pressten die Nasen ans Fenster und betrachteten hingerissen die Landestelle. Auch ich blickte lange nach draußen. He, ich bin ja nicht aus Stein! Ich liebe meine Stadt und ihre Geschichte, und die *Eagle* ist ein Teil davon.

»Jede *Apollo*-Mission stellte eine amerikanische Flagge auf«, fuhr Gunter fort. »Aber wo ist die Flagge jetzt? Nun, als die Aufstiegsstufe startete, wurde die Flagge durch den Ausstoß der Gase umgeworfen. Dann setzte sich der hochgewirbelte Staub darauf ab. Wenn Sie links von der Eagle genau hinsehen, erkennen Sie auf dem Boden einen kleinen hellen Fleck. Das ist das einzige Stück der Flagge, das heute noch sichtbar ist.«

Die Menge murmelte, einige Besucher deuteten auf den weißen Fleck.

»Bei späteren Missionen zog man es vor, die Flaggen etwas weiter entfernt aufzustellen.«

Die Besucher kicherten leise.

»Interessante Nebenbemerkung: Alle anderen Flaggen waren an den lunaren Tagen mehr als hundert Jahre lang dem ungefilterten Sonnenlicht ausgesetzt. Sie sind inzwischen völlig ausgebleicht und rein weiß. Nur die Flagge in der Tranquility Base liegt unter einer dünnen Schicht Regolith. Möglicherweise sieht sie immer noch so aus wie damals im Jahre 1969. Aber natürlich darf niemand die Landestelle betreten und nachsehen oder etwas verändern.« Gunter verschränkte die Hände hinter dem Rücken. »Wir hoffen, Sie genießen die Schönheit der Tranquility Base und erfreuen sich an der Geschichte dieses Ortes. Bitte zögern Sie nicht, sich an mich zu wenden, falls Sie noch Fragen haben.«

Hinter der Besuchergruppe standen Bob Lewis und zwei weitere EVA-Meister an einer Tür, die mit EVA-VORBEREITUNGSRAUM beschriftet war.

Gunter deutete auf die drei. »Die interessierten Gäste können hier gleich anschließend eine geführte EVA buchen. Das ist ein erstaunliches Erlebnis, das es Ihnen erlaubt, die ganze Umgebung aus Blickwinkeln zu betrachten, die Ihnen die Aussichtshalle nicht bieten kann.«

Normalerweise wäre auch Dale dort angetreten, aber heute war Sonnabend. Er war gläubiger Jude und besuchte die einzige Synagoge von Artemis: Beth Chalutzim.

Vor den EVA-Meistern versammelte sich eine kleine Menschentraube, während die anderen (ärmeren) Leute an den Fenstern stehen blieben. Ich schlurfte zu den EVA-Kunden und versuchte, unauffällig mitten in der Menge zu bleiben. Keinesfalls wollte ich Bob unter die Augen treten.

Die Meister teilten uns in drei Gruppen von jeweils acht Leuten ein. Ich landete bei Bob. Schöner Mist.

Jeder Meister führte seine Gruppe zur Seite und erklärte den Leuten die Grundlagen des Mondspaziergangs und wie alles funktionierte. Ich blieb hinten und senkte den Blick.

»Also, hören Sie bitte genau zu«, sagte Bob. »Ich werde einen richtigen EVA-Anzug tragen, während Sie etwas bekommen, das wir ›Hamsterkugel‹ nennen. Sie dürfen nichts Scharfes mitnehmen, denn damit könnten Sie Ihre Kugel durchlöchern, und dann sterben Sie. Machen Sie bitte keinen Unfug. Sie werden gehen, nicht rennen. Sie werden nicht umherspringen oder sich gegenseitig rammen.« Er schoss einen vernichtenden Blick auf ein jugendliches Paar in seiner Gruppe ab. »Die Landestelle ist mit einem Zaun von einem Meter Höhe umgeben, damit sie vor Ihnen geschützt bleibt. Dieser Zaun entspricht der Grenze von zehn Metern, die Sie nicht überschreiten dürfen. *Versuchen Sie nicht, über den Zaun zu gelangen.* Falls Sie es doch tun, breche ich den Ausflug ab, und Sie werden sofort zur Erde zurückgeschickt.« Er ließ die Worte einen Moment wirken. »Solange wir draußen sind, folgen Sie meinen Anweisungen sofort und ohne Fragen. Bleiben Sie jederzeit in Sichtverbindung mit mir. Sie können sich gern überall umsehen, aber wenn ich Ihnen über Funk sage, dass Sie zu weit weg sind, dann kommen Sie sofort zu mir zurück. Hat noch jemand eine Frage?«

Ein kleiner Asiate hob die Hand. »Äh, ja, der Reiseführer erwähnte, dass es draußen Strahlung gibt. Wie gefährlich ist das?«

Bob beantwortete die Frage mit routinierter Gelassenheit. »Die Tour dauert etwa zwei Stunden. In dieser Zeit bekommen Sie weniger als hundert Mikrosievert an Strahlung ab. Das entspricht annähernd der Dosis einer Röntgenaufnahme beim Zahnarzt.«

»Warum ist das Besucherzentrum dann so gut abgeschirmt?«, hakte der nervöse Mann nach.

»Alle Gebäude auf dem Mond, das Besucherzentrum eingeschlossen, sind gut gesichert, um die Gesundheit der Menschen, die hier leben und arbeiten, nicht zu gefährden. Es ist unproblematisch, wenn man nur ab und zu ein wenig Strahlung abbekommt, aber man sollte sich ihr nicht ständig aussetzen.«

»Und was ist mit Ihnen? Sie gehen doch ständig nach draußen.«

Bob nickte. »Das ist richtig. Aber jeder EVA-Meister leitet nur zwei Touren pro Woche, damit die Belastung möglichst gering bleibt. Sonst noch Fragen?«

Der Nervöse senkte den Blick. Falls er noch weitere Fragen hatte, so traute er sich nicht, sie zu stellen.

Bob hob seinen Bezahlchip. »Der Preis für die EVA beträgt tausendfünfhundert Motten pro Person.«

Die Touristen zogen nacheinander ihre Gizmos über den Chip. Ich wählte einen Platz in der Mitte der kleinen Schlange und bezahlte wie alle anderen. Mit gerunzelter Stirn betrachtete ich das schwindende Guthaben auf dem Gizmo. Dieser Plan, bei dem ich reich werden sollte, kostete mich erst einmal eine Menge Geld!

Bob führte uns zum Vorraum. Als EVA-Meister mit dem höchsten Rang durfte er seine Gruppe als Erster hinausbringen.

Die luftleeren Hamsterkugeln waren an Haken aufgehängt. Neben jeder Kugel wartete außerdem ein Hartschalenrucksack auf den Benutzer. An der Rückwand gab es eine große Luke mit einer Steuertafel. Dahinter befand sich die Luftschleuse, die groß genug war, um auf einen Schlag eine ganze Gruppe auszusetzen.

Bob nahm einen Rucksack von der Wand. »Das ist ein Laufpäckchen. Sie werden es während der EVA auf dem Rücken tragen. Es enthält Ihr Lebenserhaltungssystem und führt Sauerstoff zu und Kohlendioxid ab, je nachdem, wie es erforderlich ist. Außerdem stellt es Luftdruck und Temperatur richtig ein.« Er drehte das Laufpäckchen zur Seite, um den Besuchern ein Headset zu zeigen, das mit Klettband an der Seite befestigt war. »Während der EVA tragen Sie dieses Headset. Es ist auf einen offenen Kanal eingestellt, den wir alle gleichzeitig benutzen. Außerdem sendet Ihr Laufpäckchen die Daten an mich, falls es irgendwelche Probleme gibt.«

Der Nervöse hob die Hand. »Wie bedienen wir es?«

»Überhaupt nicht«, antwortete Bob. »Es läuft vollautomatisch. Fummeln Sie nicht daran herum.«

Mit gespielter Faszination hörte ich zu. Natürlich wusste ich alles über diese Laufpäckchen. Während meiner Ausbildung hatte ich mehrere absichtlich fehlerhafte Päckchen bekommen und musste die Probleme identifizieren. Das hatte ich jedes Mal richtig gemacht.

Bob deutete auf eine Reihe von Schließfächern. »Legen Sie bitte Ihre persönlichen Gegenstände und alles, was Sie nicht mitnehmen wollen, in die Schließfächer. Nehmen Sie aber die Gizmos mit.«

Die Aufregung steigerte sich ein wenig. Die Touristen lächelten und unterhielten sich begeistert. Ich ging zum nächsten Schließfach und wedelte mit dem Gizmo. Mit einem Klicken sprang das Fach auf. Jetzt war es mit meinem Gizmo verlinkt und konnte später nur von mir wieder geöffnet werden. Das war ein elegantes Design – sogar der Nervöse schaffte die Prozedur, ohne weitere Fragen zu stellen.

Ich schob meine Handtasche in das Schließfach und sah mich unauffällig um, ob ich beobachtet wurde. Niemand achtete auf mich.

Also zog ich den HIB aus der Tasche und legte ihn neben den Schließfächern auf den Boden. Ganz unsichtbar konnte ich ihn nicht machen, aber wenigstens war er halb verdeckt. Die Fernbedienung steckte ich in ein Halfter, das ich mir innen am Oberschenkel befestigt hatte.

Anschließend legten wir unter Bobs aufmerksamen Augen die Laufpäckchen an, und er sperrte uns nacheinander in die Hamsterkugeln. Einige Leute stolperten und fielen hin, aber die meisten kamen gut zurecht. Es war gar nicht so schwer.

Bob zog seinen eigenen EVA-Anzug aus einem Spind und legte ihn in drei Minuten an. Mann, er war schnell! Unter neun Minuten hatte ich es nie geschafft.

Wir stellten uns hinter ihm auf, einige anmutiger als die anderen. Er fuhr mit dem Gizmo über die Schalttafel, und die innere Luke öffnete sich. Daraufhin scheuchte er uns in die Luftschleuse.

Ich war die Erste und rollte in die Ecke. Mit dem Gesicht zur Wand zog ich die Fernbedienung unter dem Kleid hervor und aktivierte den HIB. Das Gerät erwachte im Vorbereitungsraum und schaltete die Kamera ein. Jetzt sah ich alles aus der Sicht des HIB und von meinem eigenen Standort aus.

Bob achtete auf die Touristen, was bedeutete, dass er dem HIB den Rücken kehrte. Die Touristen ihrerseits konzentrierten sich auf die Außentür – die letzte Barriere zwischen ihnen und dem aufregenden Erlebnis auf dem Mond. Außerdem sind die Hamsterkugeln ziemlich dunkel, wenn man drinnen steckt. Sie sollen die Benutzer ja vor dem grellen Sonnenlicht abschirmen.

Das war also meine Gelegenheit. Ich ließ den HIB auf den wundervollen kleinen Klauen vorwärts krabbeln. Neben dem vorletzten Touristen in seiner Hamsterkugel huschte er in die Luftschleuse und versteckte sich in der Ecke.

Bob schloss die innere Tür und bediente das Handrad der Außentür. Die Außentüren der Luftschleusen sind nicht besonders ansehnlich – es sind einfach nur manuell gesteuerte luftdichte Luken. Warum man dort kein modernes Computersystem einsetzt? Weil manuell bediente Ventile nicht abstürzen oder neu booten. Bei so etwas gehen wir kein Risiko ein.

Zischend entwich die Luft aus dem Raum, und unsere Hamsterkugeln wurden steif. Bob überprüfte ständig die Daten, um sich zu vergewissern, dass bei seinen acht Schützlingen alles dicht war. Sobald in der Luftschleuse Vakuum herrschte, sprach er uns über Funk an.

»Also gut, wir öffnen jetzt die Außentür. Auf dem für unsere Tour vorgesehenen Weg wurden alle spitzen Steine entfernt. Falls Sie etwas bemerken, das möglicherweise Ihre Kugel durchbohren könnte, lassen Sie es in Ruhe. Sagen Sie mir einfach nur Bescheid.«

Er öffnete die Außenluke, und vor uns lag die graue, leblose Mondlandschaft.

Die Touristen machten »Oh« und »Ah«. Alle versuchten gleichzeitig, über den offenen Kanal etwas zu sagen.

»Beschränken Sie die Plaudereien auf ein Minimum«, wies Bob sie zurecht. »Wenn Sie mit einem bestimmten Menschen reden wollen, rufen Sie ihn über Ihr Gizmo. Der gemeinsame Kanal ist nur für Anweisungen und Fragen gedacht, die sich auf die Tour beziehen.«

Er blieb draußen stehen und winkte uns, ihm zu folgen.

Zusammen mit den anderen rollte ich auf den Mond hinaus. Unter meiner Kugel knirschte der scharfkantige Regolith. Die nachgiebige Haut aus Polymeren schirmte den größten Teil des Sonnenlichts ab. Das bedeutete jedoch auch, dass sich die Strahlung in Wärme verwandelte. Die inneren Schichten isolierten recht gut, aber nicht vollkommen. Wenige Sekunden, nachdem ich ins Sonnenlicht getreten war, spürte ich, wie sich die Luft in der Kugel erwärmte.

Das Laufpäckchen schaltete einen Ventilator ein, saugte warme Luft an und stieß kühle wieder aus.

Genau wie die Sammler haben auch die Hamsterkugeln mit einem großen Problem zu kämpfen: Wärmeableitung. Einen Menschen kann man allerdings nicht in Wachs stecken. Was tat das Laufpäckchen mit der überschüssigen Wärme? Es schickte sie in einen großen Klotz Eis.

Genau. Gutes altes gefrorenes Wasser. Ein paar Liter davon. Wasser ist einer der besten Wärmeabsorber in der ganzen Welt der Chemie. Eis zu schmelzen erfordert sogar noch mehr

Energie. Das bestimmte auch, wie lang eine Hamsterkugeltour werden konnte. Der entscheidende Faktor war, wie lange der Brocken Eis hielt. Wie sich herausgestellt hatte, waren es etwa zwei Stunden.

Sobald wir alle durch waren, schloss Bob die Außentür und führte uns zur Landestelle. Meinen kleinen HIB-Freund (ich beschloss, ihn »Hibby« zu nennen) ließ ich vorerst in der Luftschleuse zurück.

Der Weg um die Kuppel des Besucherzentrums herum war nicht weit.

Ich gesellte mich zu den anderen, die am Zaun standen. Wissen Sie noch, dass ich Jin Chu sagte, der Ausblick vom Besucherzentrum aus sei genauso gut? Das war eine Lüge. Draußen ist es viel besser. Da hat man wirklich das Gefühl, mittendrin zu sein. Na schön, man ist dann ja wirklich dort, aber Sie wissen schon, was ich meine.

Ich nahm mir einen Augenblick Zeit, das Gelände zu bestaunen, wo Neil und Buzz umhergestiefelt waren. Es war schon ein beeindruckender Anblick. Geschichte, direkt vor meinen Augen.

Doch dann hieß es wieder: an die Arbeit.

Die Touristen schwärmten aus, um die Landestelle aus verschiedenen Positionen zu betrachten. Einige winkten in Richtung des Besucherzentrums, doch durch die Scheiben konnten wir nicht hineinblicken. Auf unserer Seite waren die Fenster verspiegelt. Draußen war es erheblich heller als drinnen.

Ich entfernte mich ein wenig von Bob, als wollte ich die Einsamkeit des Mondes in mich aufnehmen. Dabei zückte ich die Fernbedienung und aktivierte wieder den HIB. Sie fragen sich vielleicht, wie eine einfache Fernbedienung Funksignale senden konnte, die die Hülle einer Blase durchdrangen. Es ist tatsächlich schwer, durch sechs Zentimeter dickes Aluminium und einen Meter gemahlenen Fels ein Signal zu senden. Im Grunde ist es aber ganz einfach: Wie alle anderen Geräte in der Stadt benutzte auch die Fernbedienung das drahtlose Netzwerk. Auf der Spitze jeder Kuppel, auch im Besucherzentrum, gab es Empfänger und Repeater. Die EVA-Meister sollten doch nicht schlagartig verstummen, sobald sie draußen waren, nicht wahr? Das stärkste Element aller Sicherheitsvorkehrungen ist die Kommunikation. Deshalb konnte man Hibby von überall mühelos steuern.

Die Luftschleuse blieb dem Vakuum ausgesetzt – das war für alle Luftschleusen so vorgeschrieben. Im Augenblick wurde gerade die nächste Gruppe von ihrem EVA-Meister auf den Ausstieg vorbereitet. Mir blieb nicht viel Zeit.

Ich ließ Hibby zur Außentür kriechen. Der Bildschirm hob die Stellen hervor, die er packen konnte, um hochzuklettern. Die KI-Unterstützung war wirklich fantastisch: Ich musste ihm nur sagen, wohin er gehen sollte, den Rest überlegte er sich selbst.

An Leitungen, Ventilgriffen und anderen Vorsprüngen hangelte er sich an der Tür empor. Ich stoppte ihn an einer Verstärkungsstrebe, wo er das Handrad der Luke packen konnte.

Er brauchte zwei Klauen, um genug Kraft zu entwickeln und den Griff zu drehen, aber es funktionierte. Nach drei vollen Umdrehungen stand die Luke einen Spalt offen. Ich ließ Hibby zurück auf den Boden springen. Im Fallen drehte er sich automatisch um und landete auf den Klauen. Mensch, das war ein schönes Spielzeug! Ich nahm mir vor, mir so ein Gerät zu kaufen, wenn ich reich war.

Wie eine Katze, die in ein Zimmer schlich, stieß Hibby behutsam die Luke der Luftschleuse auf und huschte hindurch. Hinter sich schloss er sie wieder.

Ich sah mich über die Schulter um und vergewisserte mich, dass mich niemand beobachtete. Die meisten Touristen standen am Zaun, und Bob behielt seine Schäflein im Auge. Alle waren brav, keiner brachte sich in Gefahr. Also war er zufrieden.

Sobald Hibby die Luke zugedrückt hatte, kletterte er wieder nach oben und verriegelte sie. Anschließend befahl ich ihm, auf die Spitze des Besucherzentrums zu steigen. Das war der beste Ort, um außer Sicht zu bleiben. Munter krabbelte er los und fand einen gewundenen Weg voller geeigneter Griffe und Streben, wo er sich festhalten konnte. Er brauchte zwei Minuten, um ganz oben auf der Kuppel anzukommen.

Dort versetzte ich ihn in den Energiesparmodus und steckte die Fernbedienung wieder ein. Als ich zum Besucherzentrum blickte, konnte ich von unten nicht einmal die Spitze erkennen. Perfekt.

Phase zwei war geschafft. Die restliche Zeit verbrachte ich damit, die *Eagle* zu bewundern. Erstaunlich, dass in diesem Ding tatsächlich Leute auf dem Mond gelandet waren. Mich bekäme man da für eine Million Motten nicht rein.

Na gut. Für eine Million Motten würde ich es tun. Aber ich wäre dabei ziemlich nervös.

Lieber Kelvin,
Sean ist ein Arsch.

Ich liebe ihn, und er bringt mich im Bett zum Schreien, aber, mein Gott, manchmal ist er wirklich total bescheuert.

Er hat sich etwas Pot besorgt, er hat es einem Touristen abgekauft. Wir brauchten einen Ort für die Party. Das Problem ist nur, dass man hier sofort einen Feueralarm auslöst, wenn man raucht. Wohin konnten wir gehen?

Ich hatte die perfekte Lösung: Dads neue Werkstatt!

Dad erweitert gerade sein Geschäft. Er hat einen zweiten Raum gemietet, kauft neue Geräte und spricht mit Schweißern, die er einstellen will, und so weiter.

Der neue Laden läuft noch nicht, weil die Hälfte der Ausrüstung noch nicht da ist. Also gibt es da eine große, fast leere Werkstatt, deren Zugangscode ich kenne. Und es ist doch verantwortungsbewusst, in einem feuersicheren Raum zu rauchen! So schützt man die Stadt vor einem Brand. Also schlug ich es vor.

Wir veranstalteten die Party. Nichts Großes, nur ein paar von Seans Freunden und ich. Wir waren ziemlich bekifft. Dann haben Sean und die Jungs mit den Geräten herumgespielt. Ich hätte sie gleich aufhalten sollen, aber wir haben alle gelacht und uns gut gefühlt, und ich wollte ihnen nicht die Stimmung verderben, verstehst du?

Jedenfalls stellte sich heraus, dass Dad an diesem Tag die Acetylentanks gefüllt hatte. Als Sean und seine bekloppten Freunde mit den Schweißbrennern einen Schwertkampf ausfochten, standen die Leitungen tatsächlich schon unter Druck. Irgendjemand ist wohl an einen Regler gestoßen, und das Gas strömte aus. Als Metall auf Metall prallte, sprühten Funken.

Sofort brannte der ganze Raum lichterloh, der Alarm schlug an, und die Werkstatt wurde automatisch luftdicht versiegelt. Nun saßen wir drinnen fest und schafften es gerade noch bis zum Schutzraum. Wir quetschten uns hinein und warteten auf die Feuerwehr.

Der langen Rede kurzer Sinn: Niemand wurde verletzt, aber die Werkstatt war ruiniert. Rudy (der neugierige Arsch von den Mounties) wollte mich abschieben lassen, aber das Feuer hatte das ganze Pot zerstört, also gab es keine Beweise für illegale brennbare Stoffe.

Dad war total sauer. Er hat mich angebrüllt wie noch nie – er hat gar nicht mehr damit aufgehört, wie viel Geld er in den neuen Laden investiert hat und wie meinetwegen alles in Flammen aufgegangen ist. Da bin ich wirklich wütend geworden, weil ich doch hätte sterben können. Er hätte wenigstens fragen können, ob mir was passiert ist, oder?

Wir haben uns richtig gestritten. Er sagte, ich dürfte Sean nicht mehr sehen. Als ob er über mein Liebesleben bestimmt! Und dann fing er wieder mit dieser alten Leier an, dass ich mein Potenzial verschwende.

Ich kann dieses Wort nicht mehr hören. Potenzial. Ich bin es leid, es von Dad zu hören, von den Lehrern und von allen beknackten »Erwachsenen«, die ich treffe.

Ich sagte ihm, er hätte mir nicht vorzuschreiben, mit wem ich gehe. Er redete dauernd darüber, dass ich mit meinem Verstand etwas »bewirken« könnte. Sean sei doch nur eine Zeitverschwendung, blabla. Es ist mein Leben – und ich mache damit, was ich will!

Ich habe mir ein paar Sachen geschnappt und bin weggelaufen. Jetzt wohne ich erst mal bei Sean. Das ist viel schöner als Dads Wohnung. Sean ist erst dreiundzwanzig und hat schon eine

Wohnung mit Schlafzimmer und eigenem Bad. Er reißt sich allerdings nicht den Arsch auf, um gerade eben so zu überleben, wozu mich alle anderen drängen wollen. Er ist Buchmacher und schließt Wetten ab. Er spart, um sich einen Tisch im Starlite Casino zu kaufen. Das ist in der Aldrin-Blase!

Ich suche mir einen Job und lege mir Geld zur Seite, bis ich mir eine eigene Wohnung leisten kann. Oder vielleicht auch nicht. Vielleicht wohnen Sean und ich auch einfach weiter zusammen.

Liebe Jazz,
es tut mir leid, dass du dich mit deinem Vater gestritten hast. Ich weiß, dass du wütend bist, aber überleg doch, ob du dich nicht mit ihm aussöhnen kannst, auch wenn du nicht mehr bei ihm wohnen willst. Es gibt nichts Wichtigeres als die Familie.

Ich habe jetzt übrigens einen Job bei der KSC! Ich bin zwar nur stellvertretender Lademeister und muss den ganzen Tag Frachtcontainer wiegen, aber das ist ein Anfang! Nach der Probezeit wollen sie mich im Nutzlastausgleich ausbilden. Es ist wichtig, dass die Nutzlast ordentlich gesichert und gleichmäßig verteilt wird, weil sonst der Start scheitern kann.

Wenn ich zum Lademeister befördert werde, kann ich meinen Schwestern die Handelsschule bezahlen. Und sobald alle die Ausbildung abgeschlossen haben, können wir vier unsere Eltern unterstützen. Mom und Dad können dann endlich in Rente gehen. Das ist noch lange hin, aber meine Schwestern und ich arbeiten hart, damit es irgendwann möglich ist.

Lieber Kelvin,
entschuldige, dass ich so spät antworte. Die letzten zwei Wochen waren ziemlich hektisch. Sean und ich haben uns gestritten, aber dann haben wir uns wieder vertragen. Ich erspare dir die Einzelheiten, aber jetzt ist jedenfalls alles wieder in Ordnung.

Herzlichen Glückwunsch zu dem Job!

Neulich sind ein paar Saudi-Jungs gekommen und haben mir gesagt, sie könnten mich als Schweißerlehrling einstellen, wenn ich will. In der Stadt gibt es mindestens fünf Schweißermeister, die mich in ihrer Werkstatt haben wollen. Die ungarischen Schlosser sind auch gekommen. Sie dachten, Schweißen und Maschinenbau wären ähnlich, weil beides mit Metall zu tun hat. Ich kann diese Logik nicht ganz verstehen. Jedenfalls sind sie der Ansicht, ich käme auch bei ihnen gut zurecht.

Anscheinend hat es sich weiter herumgesprochen, dass ich verfügbar bin oder so, weil sich noch mehrere andere Handwerker mit mir in Verbindung gesetzt haben. Klempner, Elektriker, Glasarbeiter, alles Mögliche. Auf einmal bin ich sehr begehrt. Ja, man sagt mir nach, dass ich in allem, was ich mache, gut bin – aber das ist doch lächerlich!

Ich kann Dad förmlich riechen. Er hat bestimmt die Hände im Spiel und macht bei allen Handwerkern in der Stadt seinen Einfluss geltend. Entweder hat er sie direkt gebeten, mit mir zu reden, oder sie tun es, weil sie auf gute Geschäfte mit ihm hoffen, wenn sie Ammar Basharas Tochter einstellen.

Ich habe alles abgelehnt. Ich hasse Dad nicht oder so, aber ich versuche, meinen eigenen Weg zu finden, verstehst du? Und um ehrlich zu sein: Diese Berufe sind mit viel harter Arbeit verbunden.

Dafür habe ich jetzt einen Job als Trägerin bekommen. Das ist nur ein Aushilfsjob, mit dem ich erst mal etwas Geld verdiene.

Sean bezahlt die Miete, aber ich will nicht bei allem von ihm abhängig sein, verstehst du? Jedenfalls gefällt es mir, weil ich so viel oder so wenig arbeiten kann, wie ich will. Es gibt keine Firma und keinen Boss oder so. Ich werde einfach für jede Abholung und Auslieferung bezahlt.

Übrigens vögelt Sean mit anderen Frauen. Wir haben uns nie ausdrücklich Exklusivität versprochen. Ich bin eingezogen, weil ich nicht wusste, wohin. Deshalb ist das eine komische Situation, aber ich komme damit zurecht. Wir haben ein paar Regeln aufgestellt. Die wichtigste ist: Keiner von uns bringt jemanden in Seans Wohnung mit. Wir vögeln woanders. Für mich ist das eher akademisch. Ich bin gar nicht daran interessiert, dauernd neue Männer zu haben. Einer ist mehr als genug.

Trotzdem, das gefällt mir nicht. Aber Sean war vom ersten Tag an ganz offen damit, also kann ich mich nicht beschweren. Wir müssen eben sehen, wie es läuft.

5

Am nächsten Morgen lag ich in meinem Sarg und spielte mit der HIB-Fernbedienung.

Hibby erwachte sofort zum Leben. Er war noch zu zweiundneunzig Prozent geladen. Leider hatte mein kleiner Freund keine Solarzellen. Wo hätte man die auch unterbringen sollen? Ein HIB sollte höchstens ein paar Stunden lang eingesetzt werden und dann wieder reinkommen.

Ich ließ ihn die Kuppel des Besucherzentrums bis dicht über die Schleuse des Zuges hinunterklettern. Dann hieß es warten. Zum Zeitvertreib spielte ich ein wenig mit dem Gizmo und las hauptsächlich die arabische Klatschseite. Die Königin hatte sich doch tatsächlich gegen den eigenen Sohn gestellt und sich auf die Seite der Frauen geschlagen! Konnte man das glauben? Du weißt, dass du ein Arsch bist, wenn es dir die eigene Mutter sagt.

Endlich traf die erste Fuhre Touristen im Besucherzentrum ein. Hibby krabbelte von der Kuppel hinunter auf den Waggon. Der Zug verkehrte absolut pünktlich. Zehn Minuten später trat er mit meinem kleinen blinden Passagier an Bord die Rückfahrt nach Artemis an.

HIBs haben starke Batterien, aber sie können bestimmt nicht vierzig Kilometer über den Mond marschieren. Also kehrte Hibby standesgemäß in die Stadt zurück. Nur das Beste für meinen kleinen Kumpel!

Ich verbrachte noch ein wenig Zeit mit meiner Lieblingsklatschseite, während ich darauf wartete, dass der Zug in Artemis eintraf.

O mein Gott! Ich konnte gar nicht glauben, was die zweite Frau des Prinzen über ihn in der Presse sagte. Das war doch wirklich gemein! Trotzdem, ich verstehe jede Frau, die von ihrem Mann betrogen wird. Das ist mir auch mal passiert. Es ist ekelhaft.

Sobald der Zug die Stadt erreicht hatte, ließ ich Hibby zur Aldrin-Blase krabbeln. Von da an wurde es einfacher. Jetzt setzte ich ihn exakt so ein, wie es gedacht war.

Er kroch über die Außenhülle von Aldrin, dann über den Aldrin-Conrad-Verbindungstunnel und schließlich die Conrad-Blase hinauf. Ganz oben auf der Kuppel ließ ich ihn wieder warten.

Nachdem Hibby in den Energiesparmodus zurückgekehrt war, nahm ich mir wieder den neuesten königlichen Klatsch vor.

ACHTUNG: SIE BETRETEN DEN ALDRIN-PARK. DER PARK WIRD NICHT DURCH EINE DOPPELTE HÜLLE GESCHÜTZT. FALLS SIE DEN DRUCKVERLUSTALARM HÖREN, SUCHEN SIE SOFORT DEN NÄCHSTEN SCHUTZRAUM AUF. DIE SCHUTZRÄUME SIND MIT BLAUEN FLAGGEN GEKENNZEICHNET UND ÜBERALL IM PARK ZU FINDEN.
EINTRITTSPREISE:
BESUCHER 750 µ
EINWOHNER KOSTENLOS

Ich wedelte mit dem Gizmo über den Chipleser, und die Doppeltür ging auf. Natürlich musste ich nichts bezahlen. Wer behauptet hier, es gebe eigentlich gar keine Bürger von Artemis?

Ich betrat die Schleuse und wartete darauf, dass sich die Außentür schloss. Gleich danach ging die Innentür auf und entließ mich in den Park. Ich trat ins Sonnenlicht. Ja, ins Sonnenlicht!

Der Aldrin-Park erstreckt sich über die oberen vier Stockwerke der Blase. Hier gibt es nicht die absolut dichten, stabilen Wände wie überall sonst, sondern riesige Glasscheiben von der gleichen Sorte, die auch im *Apollo 11*-Besucherzentrum eingesetzt wurde. Voller Stolz auf dem Mond hergestellt.

Es war fünfzehn Uhr nach Nairobi-Zeit, die auch in Artemis galt. Astronomisch gesehen war es der frühe Morgen dieses Mondtages. Die Sonne stand am Horizont und warf ihr Licht in den Park. Das Glas schützte die Besucher vor der Radioaktivität und der UV-Strahlung, die uns sonst bei lebendigem Leibe gegrillt hätte.

Bis zu meiner Verabredung mit Svoboda hatte ich noch etwas Zeit. Also ging ich spazieren.

Der Park war sehr einfach und doch elegant angelegt. Die kreisrunden Ebenen reichten bis an die gläsernen Wände. Das Gelände war überwiegend flach, nur hier und da gab es kleine künstliche Hügel. Alles war mit Gras bedeckt. Echtes, richtiges Gras. Das war nicht zu verachten.

Gemächlich wanderte ich ringsherum und blickte dabei zum Mond hinaus. Mir hat die Mondlandschaft noch nie besonders gut gefallen. Sie besteht einfach aus … gar nichts. Es gibt Leute, die das mögen. Irgend so ein Zen-Mist. Aber für mich ist das nichts. Für mich war der Rest von Artemis das Schönste, was man da draußen betrachten konnte.

Die Stadt schimmerte im Sonnenlicht wie metallene Brüste. Was denn? Ich bin keine Dichterin. Und die Kuppeln sehen wirklich wie Brüste aus.

Im Westen beherrschte die Conrad-Blase das Bild. Drinnen mochte sie arm und schäbig sein, aber von außen betrachtet war sie so schön wie ihre Schwestern.

Im Südwesten saß die kleinere Armstrong-Blase wie eine Spinne im Netz. Dahinter erhob sich die Shepard-Blase, wo lauter reiche Wichser wohnten. Ich hätte nie gedacht, dass es eine Halbkugel schaffen könnte, überheblich dreinzuschauen, aber ihr gelang es. Die Bean-Blase befand sich, sowohl symbolisch wie auch geografisch, zwischen Conrad und Shepard. Das wäre meine zukünftige Heimat, wenn der Plan funktionierte. Sie war am weitesten von mir entfernt.

Ich sah nach Norden. Dort erstreckte sich das Mare Tranquillitatis, so weit das Auge reichte. Graue Hügel und schartiges Geröll auf der ganzen Strecke bis zum Horizont. Ich wünschte, ich könnte sagen, es sei eine prachtvolle Trostlosigkeit, aber so ist das nicht. Das Land rings um Artemis ist von Reifenspuren durchzogen, und Felsen gibt es dort keine mehr. Wir haben hier viele Bauten. Raten Sie mal, woher die Steine kommen.

Ich ging ins Zentrum des Parks zu den Ladys.

Es wäre zu schwierig gewesen, im Park echte Bäume zu pflegen, aber immerhin gab es eine sehr realistische Skulptur eines Zimtbaumes. Darunter standen zwei Statuen. Die eine war Chang'e, die chinesische Herrin des Mondes, die andere

Artemis, die griechische Göttin, nach der unsere schöne Stadt benannt ist. Die Frauen waren lachend dargestellt. Chang'e legte die Hand auf Artemis' Unterarm. Die Einheimischen nannten sie die »Ladys«. Ich ging zu ihnen und lehnte mich an den künstlichen Baum.

Von dort aus blickte ich zur Halberde hinauf, die über mir am Himmel stand.

»Im Park ist das Rauchen verboten«, ließ sich eine heisere alte Stimme vernehmen.

Der Parkwächter war mindestens achtzig Jahre alt. Seit der Eröffnung des Parks war er eine feste Einrichtung.

»Sehen Sie eine Zigarette in meiner Hand?«, fragte ich.

»Ich habe dich schon einmal erwischt.«

»Das war vor zehn Jahren.«

Er zeigte mit zwei Fingern auf seine Augen und dann auf mich. »Ich beobachte dich.«

»Ich würde Sie gern mal was fragen«, sagte ich. »Wer zieht so weit weg auf den Mond, nur um den Rasen zu mähen?«

»Ich mag Pflanzen, und mir tun die Gelenke weh. Die geringe Schwerkraft ist gut für meine Arthritis.« Er sah zur Erde hinauf. »Nachdem meine Frau gestorben war, hatte ich keinen Grund mehr, dort zu bleiben.«

»Das muss für einen alten Mann eine anstrengende Reise gewesen sein«, überlegte ich.

»Ach, ich bin früher beruflich viel gereist«, erwiderte er. »Das macht mir nichts aus.«

Wie gewohnt tauchte Svoboda pünktlich auf. Er hatte sich einen Beutel über die Schulter geworfen und lächelte. Begeistert zeigte er auf mich und die Göttinnen. »Hey, schau mal, drei heiße Mondmiezen hängen zusammen rum!«

Ich verdrehte die Augen. »Svoboda, eines Tages werde ich dir beibringen, wie man mit Frauen redet.«

Er winkte dem Parkwächter. »Hey, wir kennen uns doch. Sie sind Mike, oder?«

»Nein«, knurrte der alte Mann und warf mir einen raschen Blick zu. »Ich lasse dich und deinen Freier alleine. Kein Sex auf dem Rasen.«

»Versuchen Sie, auf dem Weg nach Hause nicht zu Tode zu altern, Opa«, verabschiedete ich ihn.

Er winkte über die Schulter und trollte sich.

Ich wandte mich Svoboda zu. »Hast du es fertig?«

»Ja, hier ist es.« Er gab mir den Beutel.

Ich spähte hinein. »Danke.«

»Hattest du schon eine Gelegenheit, das Kondom zu testen?«

»Das ist doch erst vierundzwanzig Stunden her. Was glaubst du denn, was ich für ein Sexleben habe?«

»Was weiß ich. Keine Ahnung. Ich frage ja nur.« Er ließ den Blick durch den Park wandern. »Ich komme viel zu selten hierher. Das ist ein schöner Ort, um sich zu entspannen.«

»Ja, falls du fliegenden Müll magst.« Dafür war der Park berüchtigt. Ganz egal, wie sehr man sich innerlich darauf vorbereitete, wenn man von der Erde kam, warf man immer zu fest. Der zehn Meter entfernte Freund – der Empfänger des Wurfs – musste dann zusehen, wie der Ball über seinen Kopf hinweg bis zum anderen Ende des Parks flog. Und fragen Sie mich gar nicht erst nach Frisbees. Wegen der niedrigen Schwerkraft und des geringen Luftdrucks sind sie für Touristen ein Buch mit sieben Siegeln.

»Ich mag das«, sagte Svoboda. »Dies ist der einzige natürliche Park in der Stadt. Mir fehlen die offenen Räume.«

»Da draußen gibt es jede Menge offenen Raum, den du dir ansehen kannst«, entgegnete ich. »Und in einer Bar kannst du viel leichter mit Freunden herumhängen als in einem Park.«

Er strahlte. »Dann sind wir Freunde?«

»Klar.«

»Schön! Ich habe nicht viele Freunde. Du bist mein einziger Freund mit Titten.«

»Du musst *wirklich* an der Art und Weise arbeiten, wie du mit Frauen redest.«

»Ja, schon gut. Entschuldige.«

Ich war nicht wütend auf ihn. Eigentlich war es mir sogar ziemlich egal, weil ich geradezu besessen auf meine Pläne konzentriert war.

Jetzt hatte ich es geschafft, alle Einzelteile waren da. Ich hatte die Schweißausrüstung und die handgestrickte Elektronik, und der HIB war bereit. Mein Atem ging schneller, das Herz drohte mir aus der Brust zu hüpfen. Meine kleine Gaunerei war keine theoretische Überlegung mehr. Jetzt nahm ich es tatsächlich in Angriff.

An diesem Abend reparierte ich das kaputte Ventil in meinem EVA-Anzug und unterzog die ganze Montur einer gründlichen Inspektion. Dann wiederholte ich die Überprüfung. Ich hätte es Bob gegenüber nie zugegeben, aber er hatte völlig recht, was meine schlampige Vorbereitung auf die Prüfung anging. Es war meine Aufgabe, dafür zu sorgen, dass mich der Anzug nicht umbrachte. Und dieses Mal passte ich wirklich genau auf, dass alles perfekt funktionierte.

Später schlief ich etwas, aber nicht sehr viel. Ich bin kein mutiger Mensch, und das habe ich auch nie von mir behauptet. Jetzt ging es los. Der Rest meines Lebens hing davon ab, wie gut ich es durchzog.

Um vier Uhr morgens stand ich auf. Ich war zu zappelig, um noch länger zu warten.

Also wanderte ich zum Zollhafen, holte Trigger und danach meinen EVA-Anzug ab und fuhr durch die Korridore der schlafenden Stadt zur Conrad-Luftschleuse. So früh am Morgen war niemand in der Nähe. Ich lud die EVA-Ausrüstung und den großen Sack mit den anderen Sachen, die ich für mein Vorhaben brauchte, im Vorraum ab und verstaute alles in einer Ecke, wo es ein zufälliger Beobachter nicht bemerkte.

Anschließend fuhr ich den leeren Trigger zurück zu seinem Parkplatz am Hafen. Ein Hinweis: Wenn Sie mal ein größeres Verbrechen begehen wollen, sollten Sie Ihr Fahrzeug nicht am Tatort stehen lassen.

Dann wanderte ich zur Conrad-Luftschleuse zurück und schloss mich in der Vorkammer ein. Hoffentlich kam niemand vorbei, denn sonst hätte ich einiges erklären müssen.

Mit Klebeband verdeckte ich alle Abzeichen auf meiner EVA-Ausrüstung. Seriennummern, Lizenznummern, das große Schild mit der Aufschrift J. BASHARA vorne auf der Brust … solche Dinge eben. Nach getaner Arbeit weckte ich Hibby aus dem Energiesparmodus. Er war sofort da.

Unter meiner Anleitung krabbelte er an der Conrad-Blase hinunter bis zur Luftschleuse, drehte das Handrad und öffnete die Außenluke. Sobald der Weg frei war, ließ er sich auf den Boden fallen, schlich hinein und schloss die Tür hinter sich. Wieder drehte er das Handrad, bis die Tür verriegelt war, danach kam die Innentür an die Reihe.

Durch das Bullauge konnte ich meinen kleinen Freund beobachten, wie er die manuell bedienbaren Ventile öffnete, damit die Luft aus Artemis in die Schleuse strömte. Ein scharfes Zischen, und der Druck entsprach dem in der Stadt. Anschließend drehte Hibby das Handrad der inneren Schleusentür, und sie ging auf.

Ich trat ein und tätschelte ihm den Kopf. »Guter Junge!« Dann fuhr ich ihn herunter und verstaute ihn zusammen mit der Fernbedienung in einem Schließfach in der Vorkammer.

Jetzt war alles bereit: Eine Luftschleuse, die ich ungehindert benutzen konnte, und die Steuertafel bekam nichts davon mit. Ich zeigte der Steuerung den Stinkefinger. Sie war nicht beeindruckt.

Als ich den EVA-Anzug anlegte, stoppte ich die Zeit. So hielten es alle EVA-Meister. Ich brauchte elf Minuten. Echt bescheiden. Wie konnte Bob es nur in drei Minuten schaffen? Der Kerl war ein Wunderknabe.

Sobald ich die Anzugsysteme hochfuhr, war sofort alles online, wie es sein sollte. Ich führte einen Drucktest durch. Den Vorschriften entsprechend, überhöhte ich den Druck im Anzug ein wenig und überwachte den Status. Das war der beste Weg, nach Lecks zu suchen. Es gab keine Probleme.

Dann trat ich in die Luftschleuse, schloss die Innentür und ließ die Luft ab. Sobald das erledigt war, öffnete ich die Außentür.

Guten Morgen, Mond!

Es ist im Grunde nicht gefährlich, allein eine EVA zu unternehmen. Die EVA-Meister tun das ständig. Aber ich war *heimlich* unterwegs. Niemand wusste, dass ich draußen war. Falls ich in Schwierigkeiten geriet, würde niemand nach mir suchen, und wenn mich endlich jemand vermisste, läge längst eine sehr attraktive tote Person auf dem Mond herum.

Ich vergewisserte mich, dass das Mikrofon abgeschaltet war, blieb aber auf dem allgemeinen EVA-Kanal auf Empfang. Sollte sich da draußen noch jemand anders herumtreiben, wollte ich es sofort erfahren.

In meinen beiden Sauerstofftanks war ein Vorrat für sechzehn Stunden. Außerdem hatte ich sechs Behälter mit jeweils acht weiteren Stunden Reserve mitgenommen. Das war – hoffentlich – erheblich mehr, als ich brauchen würde, aber ich wollte auf Nummer sicher gehen.

Na ja … wer auf Nummer sicher gehen will, sollte nicht heimlich nach draußen schleichen und auf einem fahrenden Sammler ein Schweißgerät zünden. Aber Sie wissen schon, was ich meine.

Mein CO_2-Filter zeigte grünes Licht. Das war gut, weil ich nicht sterben wollte. Früher benutzten die Astronauten Einmalfilter, um das CO_2 zu sammeln; moderne Raumanzüge holen die CO_2-Moleküle mit einer komplizierten Vorrichtung heraus, bei der Membranen und das Vakuum draußen eine Rolle spielen. Die Einzelheiten sind mir nicht bekannt, aber es funktioniert, solange der Anzug Energie hat.

Noch einmal überprüfte ich sämtliche Anzeigen des Anzugs und vergewisserte mich, dass alle Werte im grünen Bereich lagen. Man sollte sich nie darauf verlassen, dass einen die Alarmsysteme warnen. Sie sind gut durchdacht, aber nur das letzte Hilfsmittel. Die Sicherheit beginnt immer beim Benutzer.

Ich holte tief Luft, warf mir den Sack über die Schulter und marschierte los.

Zuerst musste ich ganz um die Stadt herumwandern. Die Conrad-Luftschleuse ist im Norden, die Hütte von Sanchez Aluminium im Süden. Das dauerte gut zwanzig Minuten.

Dann brauchte ich noch einmal zwei Stunden, um den einen Kilometer bis zu dem Komplex zu laufen, wo sich die Aluminiumhütte und die Reaktoren befanden. Es war beunruhigend zu sehen, wie Artemis in der Ferne schrumpfte. Hey, schau mal, das ist der einzige Ort, wo auf diesem Felsbrocken Menschen überleben können. Wink noch mal zum Abschied!

Endlich erreichte ich den Fuß des Hügels, den wir »Buckel« nennen.

Bei der Planung von Artemis hatte irgendjemand gesagt: »Was ist, wenn es im Reaktor eine Explosion gibt? Er ist nur tausend Meter von der Stadt entfernt. Das wäre doch übel, oder?« Daraufhin zogen einige Nerds die Stirn kraus und dachten nach. Schließlich sagte einer von ihnen: »Also … wir könnten einen Haufen Dreck dazwischenschieben.« Daraufhin beförderten sie den Mann.

Okay, das war jetzt etwas verkürzt dargestellt, aber Sie verstehen, was ich damit sagen will. Der Buckel ist ein Schutzwall, der die Stadt abschirmt, falls im Reaktor etwas passiert. Wahrscheinlich würden dafür auch die Hüllen ausreichen, aber sicher ist sicher. Interessanterweise brauchen wir keine Abschirmung gegen die Strahlung. Wenn die Reaktoren jemals schmelzen sollten, spielt das keine Rolle. Die Stadt ist gepanzert wie ein Tresor.

Ich setzte mich und ruhte mich am Fuß des Buckels aus. Es war ein weiter Weg, und ich musste verschnaufen.

Ich drehte den Kopf im Helm hin und her, biss auf einen Nippel (freuen Sie sich nicht zu früh) und saugte etwas Wasser aus dem Schlauch. Die Temperaturregelung des Anzugs kühlte auch das Wasser. Hey, ich hatte viel Geld für den Anzug ausgegeben! Er war ein Qualitätsprodukt, wenn er nicht gerade versagte und mich durch die Prüfung rasseln ließ.

Schließlich grunzte ich laut und begann mit dem Aufstieg. Fünf Meter in einem Winkel von fünfundvierzig Grad. Das klingt nicht nach viel, zumal ich mich in der Mondschwerkraft bewegte. Doch wenn man einen hundert Kilo schweren EVA-Anzug trägt und noch einmal fünfzig Kilo Ausrüstung mitschleppt, dann ist das echte Arbeit, das können Sie mir glauben.

Ich keuchte, schnaufte und fluchte, während ich auf den Buckel stieg. Wahrscheinlich erfand ich dabei sogar ein paar neue Flüche. Ganz sicher bin ich nicht. Ist »leckomio« ein Wort? Jedenfalls kam ich irgendwann oben an und konnte auf die Umgebung hinabblicken.

Die Reaktoren waren in unregelmäßig geformten Gebäuden untergebracht. Von dort führten Dutzende Rohre zu Hunderten glänzenden Wärmestrahlern, die auf dem Boden lagen.

Auf der Erde entsorgen die Reaktoren die Abwärme in Seen oder Flüsse. Der Mond ist dazu ein wenig zu trocken, also strahlen wir unsere Abwärme mittels infrarotem Licht in den Weltraum. Das ist eine jahrhundertealte Technik, aber bisher ist uns nichts Besseres eingefallen.

Die Aluminiumhütte befand sich zweihundert Meter von den Reaktoren entfernt in einer kleinen, dreißig Meter durchmessenden Blase. An einer Seite war ein Fülltrichter angebracht, in dem die Steine zu grobem Kies zermahlen und in luftdichte zylindrische Behälter gepackt wurden. Diese Behälter wurden dann in Leitungen gesteckt und mittels Luftdruck in die Fabrik geschossen. Das funktionierte wie eine altmodische Rohrpost aus den 1950er-Jahren. Wenn Sie Luftpumpen einsetzen und mit Vakuumsystemen umgehen müssen, dann können Sie auch sinnvoll nutzen, was Sie sowieso schon haben.

Die Luftschleuse des Zuges befand sich auf der anderen Seite der Blase. Die Zugstrecke, die dorthin führte, verzweigte sich in zwei Äste. Einer führte zur Luftschleuse, der andere zu dem automatischen Silowagen, der den Raketentreibstoff zum Hafen transportierte.

Ich rutschte ein paar Meter den Buckel hinunter und fand eine Position, wo ich bequem liegen und die Szenerie beobachten konnte. Ich hatte keine Ahnung, nach welchem Fahrplan die Sammler verkehrten, und musste einfach warten.

Und warten.

Und warten, verdammt noch mal!

Falls Sie neugierig sind, in meiner unmittelbaren Umgebung befanden sich genau fünfundsiebzig Steine. Ich sortierte sie von klein nach groß, überlegte es mir anders und ordnete sie von weitgehend kugelförmig bis zu fast gar nicht kugelförmig. Danach versuchte ich, eine Regolithburg zu bauen, die aber eher ein Klumpen wurde. Regolithpartikel sind gezackt und kleben gut zusammen, aber mit EVA-Handschuhen erreicht man nicht viel. Alles, was ich zustande brachte, waren kleine Halbkugeln aus Staub. Also baute ich ein maßstabsgerechtes Modell von Artemis.

Alles in allem wartete ich vier Stunden.

Vier scheußliche Stunden.

Endlich entdeckte ich am Horizont ein Funkeln. Ein Sammler kehrte zum Abladen zurück. Gott sei Dank! Sofort stand ich auf und bereitete meinen Sack für den nächsten Abschnitt der Reise vor. (Aus Langeweile hatte ich den Inhalt alphabetisch sortiert, zuerst auf Englisch, dann auf Arabisch.)

Ich hüpfte den Buckel hinunter. Der Sammler und ich näherten uns aus verschiedenen Richtungen der Aluminiumhütte. Ich kam zuerst an.

Unten schlich ich um die Blase herum, damit mich die Kameras der Maschine nicht erfassten. Eigentlich gab es keinen Grund, so vorsichtig zu sein, weil vermutlich ohnehin niemand die Feeds beobachtete. Ich ging weiter, bis ich den Sammler wieder sehen konnte. Und da war er, groß und glänzend in all seiner Pracht!

Das Fahrzeug setzte zum Fülltrichter zurück, koppelte an und klappte langsam das vordere Ende der Lademulde hoch.

Tausend Kilo Erz polterten in den Trichter. Für einen Moment stieg eine Staubwolke auf, die aber fast sofort wieder verschwand. Es gab keine Luft, in der die Teilchen schweben konnten.

Nach dem Abladen klappte die Mulde wieder herunter, und der Sammler verharrte im Leerlauf. Mechanische Arme streckten sich und schlossen das Ladekabel und die Kühlleitungen an. Ich war nicht sicher, wie lange das Laden dauern würde, wollte aber keine Zeit verschwenden.

»Eine Million Motten«, sagte ich mir.

Ich stieg seitlich am Sammler hoch und warf meinen Kram in die Lademulde. Dann kletterte ich hinterher. Das war leicht.

Ich hatte mit einer langen Ladezeit gerechnet, aber es dauerte nur fünf Minuten. Das musste ich Toyota lassen, sie wussten, wie man schnellladende Batterien herstellte. Der Sammler ruckte, und schon waren wir unterwegs.

Mein Plan funktionierte! Ich kicherte wie ein kleines Mädchen. Hey, ich *bin* ein Mädchen, also darf ich das. Außerdem sah niemand zu. Ich zog einen Aluminiumstab aus dem Sack, stieg auf den vorderen Teil des Sammlers und hob den Stab wie ein Schwert. »Vorwärts, mein tapferes Streitross!«

Und es ging voran. Mit der atemberaubenden Geschwindigkeit von fünf Stundenkilometern fuhr der Sammler nach Südwesten zu den Moltke-Bergen.

Ich sah zu, wie die Blase der Hütte und die Reaktoren hinter mir schrumpften, und wurde abermals unruhig. Verstehen Sie mich nicht falsch, ich war schon mal weiter vom trauten Heim entfernt; die Zugstrecke bis zum Besucherzentrum ist vierzig Kilometer lang. Aber so weit hatte ich mich noch nie von der *Sicherheit* meines Heims entfernt.

In den Bergen war die Landschaft felsig und zerklüftet. Der Sammler bremste nicht ab. Er war nicht schnell, aber Mann, er hatte Drehmoment!

Als wir über den ersten von vielen Felsen holperten, flog ich fast aus der Mulde und konnte meine Sachen nur mit Mühe drinnen festhalten. Sammler sind eindeutig keine Luxuskarossen. Wie blieben eigentlich auf dem Rückweg die Steine dort drinnen? Die Sammler mussten später sicher etwas vorsichtiger fahren. Trotzdem, die Rüttelei war immer noch besser, als zu laufen. Dieser Anstieg hätte mich umgebracht.

Endlich wurde das Gelände wieder eben, und die Fahrt verlief ohne größere Erschütterungen. Ich schob den Sack weg und stieg nach vorne. Wir hatten das Sammelgebiet erreicht.

Die weite flache Ebene war im Laufe der Jahre, seit hier Steine geerntet wurden, recht kahl geworden. Erfreulich, endlich war Schluss mit der Wackelei. Am Rand der freien Fläche bemerkte ich drei weitere Sammler, die Felsen in ihre Mulden hievten. Meine Maschine polterte ebenfalls dorthin und senkte die Schaufel.

Ich warf meine Sachen aus der Lademulde und sprang hinterher. Jetzt konnte ich den Navigationskameras nicht mehr entgehen – ich musste einfach hoffen, dass nicht gerade ein Angestellter von Sanchez die Feeds aufgerufen hatte, um seine Freundin zu beeindrucken.

Draußen sammelte ich die Sachen auf und zog sie hinter mir her unter den Sammler.

Der erste Schritt bestand darin, mich und meinen Kram am Fahrwerk zu verankern. Die Sammler blieben nicht lange stehen, und ich wollte ihnen nicht ständig hinterherlaufen. Ich wühlte im Sack, um meine Ausrüstung zusammenzusuchen.

Zuerst die Plane. Sie war schwer. Die mit Karbonfasern verstärkte Folie hatte Ösen an den Ecken, damit man sie festzurren konnte. Nachdem ich Nylonseile durch die Ösen gefädelt hatte, verankerte ich die Plane an Haken unter dem Fahrgestell. Jetzt hatte ich eine Hängematte. Ich kroch in mein geheimes Lager und legte die Schweißausrüstung bereit.

Der Sammler fuhr ruckend an. Vermutlich hatte er einige Steine in die Mulde geladen und beschlossen, woanders weiterzufuttern. Da es keine Geräusche gab, erhielt ich natürlich keine Vorwarnung. Das war etwas ungünstig, weil ich die Reserve-Sauerstofftanks noch nicht in die Hängematte geladen hatte.

Ich sah zu den Behältern. Na schön, das war nicht das Ende der Welt. Ich konnte sie später noch …

Ein großer Felsbrocken, den der Sammler unten angeknabbert und damit destabilisiert hatte, kippte auf die Tanks. Darunter entwich ein armseliger Furz von atembarer Luft, der ein wenig Staub aufwirbelte. Danach kehrte wieder Ruhe ein. So viel also zu meinen Reserve-Luftbehältern.

»Oh, verflucht!«, schimpfte ich.

Ich nahm mir einen Moment, um nachzurechnen, wie tief ich im Schlamassel steckte.

Ein Blick auf die Anzeige am Ärmel verriet mir, dass ich noch sechs Stunden Luft im Haupttank hatte. Dazu zwei Stunden in der Notreserve. Einen weiteren Behälter hatte ich zum Schweißen mitgenommen. Den konnte ich jederzeit an das Universalventil meines Anzugs anschließen, aber das hätte ja den Sinn des Ausflugs infrage gestellt. Diesen Vorrat brauchte ich für meinen schändlichen Plan.

Also hatte ich noch Atemluft für acht Stunden. War das machbar?

Artemis war drei Kilometer entfernt. Das Gelände war uneben, aber es ging bergab. Sagen wir zwei Stunden.

Ursprünglich hatte ich bis zur Nacht warten (ich meine die Nacht laut Uhrzeit, nicht die Mondnacht) und hineinschleichen wollen, während alle schliefen. So viel Luft hatte ich nicht mehr. Ich musste am Tag zurückkehren.

Neuer Plan: Die ISRO-Luftschleuse. Sie führte zu den Niederlassungen der Raumfahrtagenturen in der Armstrong-Blase. Da würden mich ein paar Nerds verwirrt ansehen, und vielleicht machte auch jemand »Ähm«, aber ich würde einfach unbeirrt weitergehen. Solange die Sonnenblende vor das

Visier gezogen war, konnte niemand mein Gesicht erkennen. Und im Gegensatz zur Conrad-Luftschleuse trieben sich dort nicht scharenweise EVA-Meister herum.

Na gut, das Problem war halbwegs gelöst. Also blieben mir noch sechs Stunden, bis ich das Sammelgebiet verlassen musste. Neunzig Minuten pro Sammler. Ich musste mich sputen.

Ich machte es mir auf der Hängematte so bequem wie möglich und baute das Schweißgerät zusammen. Die Behälter mit Acetylen und Sauerstoff klemmte ich zwischen die Beine, um sie zu stabilisieren. Ich fixierte eine Stelle unter dem Sammler, die zehn Zentimeter von der Kühlmittelpumpe entfernt war, und kratzte mit dem Schraubenzieher einen drei Zentimeter großen Kreis in das Metall. Dort musste ich das Loch schneiden.

Ich klappte den Sonnenschutz vor die Helmscheibe. Darauf hatte ich mit Isolierband eine Schweißlupe geklebt. Nun öffnete ich das Acetylenventil, stellte die Mischung auf »Zünden«, löste den Funken aus und …

… die Schweißflamme sprang nicht an.

Äh.

Ein weiterer Versuch. Wieder nichts. Da sprühten nicht mal Funken.

Als Erstes überprüfte ich den Acetylentank. Das Gas floss einwandfrei. Was, zum Teufel, hatte das zu bedeuten?

Jetzt klappte ich den Sonnenschutz hoch und untersuchte den Zünder. Dad hatte mich gelehrt, einen Mechanismus mit Feuerstein zu benutzen, weil ein elektrischer Zünder »auch bloß ein Ding ist, das kaputtgehen kann«. Meiner bestand aus einem Stück Feuerstein und stählernen Kanten, die an einem federnden Griff befestigt waren. Daran ist nichts Kompliziertes. Wir reden hier über eine tausend Jahre alte Technologie. Warum funktionierte sie nicht?

Oh.

Richtig.

Wenn der Feuerstein über den Stahl reibt, werden mikroskopisch kleine Metallspäne in die Luft geschleudert. Das Metall brennt, weil irgendwelche komplizierten Regeln greifen, die mit Oberfläche und Oxidationsgeschwindigkeit zu tun haben. Im Grunde verrostet der Stahl so schnell, dass die Reaktionswärme eine offene Flamme erzeugt.

Und jetzt kommt der Witz: Wenn etwas oxidieren soll, braucht man Sauerstoff. Feuerstein und Stahl funktionieren nicht im Vakuum. Also gut. Kein Grund zur Panik. Eine Schweißflamme besteht aus Acetylen und Sauerstoff. Ich stellte die Ventile neu ein und mischte ein wenig Acetylen mit einer ziemlich großen Menge Sauerstoff. Dann hielt ich den Zünder direkt vor die Düse.

Funken! Junge, wie die Funken flogen! Der Sauerstoff ließ die Metallflocken lichterloh brennen. Leider hatte ich es übertrieben. Jetzt war nicht mehr genug Acetylen im Spiel, damit die Schweißflamme zündete. Mit veränderter Mischung versuchte ich es noch einmal.

Dieses Mal brachte der Funkenschauer eine spuckende, unruhige Flamme hervor. Rasch stellte ich die normale Mischung ein, und die Flamme nahm die vertraute, stabile Form an.

Erleichtert schnaufend klappte ich die Sonnenblende wieder herunter. Trotz des sperrigen EVA-Anzugs gelang es mir, das Schweißgerät ruhig zu halten. Es war anstrengend, aber wenigstens musste ich mich nicht um schmelzendes Metall kümmern. Ich wollte schneiden, nicht verbinden. Wenn man schneidet, schmilzt man das Material nicht. Man verwandelt es in oxidiertes Gas. Ja, es ist tatsächlich so heiß.

Das Schneiden ging erheblich leichter, als ich erwartet hatte. Es dauerte weniger als eine Minute. Die kleine, drei Zentimeter große Stahlscheibe fiel mir auf die Brust, gefolgt von einem Klecks geschmolzenem Wachs. Es blubberte und verfestigte sich sofort wieder.

Die Position war perfekt. Ich hatte den Wachsbehälter getroffen, ohne die Kühlleitungen in der Nähe zu beschädigen. Der Zustand des Kühlsystems war mir egal, aber ich musste vermeiden, dass der Sammler wegen eines Lecks zu Hause anrief. Der kleine Klecks, der mich getroffen hatte, war nicht groß genug, um dem Sammler Sorgen zu machen. Das hoffte ich jedenfalls.

Ich nahm ein Rückschlagventil aus dem Sack. Am Vortag hatte ich sechs davon bei Tranquility Bay Hardware gekauft – eines pro Sammler und zwei als Reserve. Auf der einen Seite hatten sie einen normalen Druckverbinder, auf der anderen schloss ein drei Zentimeter langes einfaches Rohr an. Ich rammte die Verbindung in das Loch. Die Öffnung war gut berechnet, es passte hervorragend. Dann zündete ich den Schweißbrenner erneut (wobei ich die gleiche mit Sauerstoff übersättigte Mischung verwendete wie vorher) und griff nach einem Aluminiumstab. Das Ventil musste absolut luftdicht und fest mit dem Fahrzeug verbunden werden.

Als Kind hatte ich zusammen mit Dad eine Million Ventile eingebaut. Allerdings hatte ich es noch nie im EVA-Anzug getan. Und im Gegensatz zu dem Schnitt schmolz ich dieses Mal das Metall, um eine dichte Verbindung herzustellen.

Wenn ich es vermasselte, würde ein Klecks geschmolzenen Metalls herabrinnen und mir ein Loch in den Anzug brennen. Ein Loch in einem EVA-Anzug ist eine ziemlich üble Sache.

Ich rutschte so weit wie möglich zur Seite. Vielleicht verfehlte mich so der Tropfen Aluminium, falls ich mich tatsächlich ungeschickt anstellte. Dann machte ich mich an die Arbeit und sah die Aluminiumlinse wachsen. Für eine Weile hing der Tropfen bebend an der Schweißnaht, ehe er endlich aufwärts in den Spalt sickerte. Mein Herzschlag wurde beinahe wieder normal. Gott sei Dank, dass es so etwas wie Oberflächenspannung und Kapillarkraft gab!

Ich schweißte vorsichtig und ließ mir Zeit. Langsam arbeitete ich mich um das Ventil herum und achtete stets darauf, dass ich mich nicht direkt darunter befand. Nach einer Weile war ich fertig.

Ich hatte im Wachsvorrat ein Rückschlagventil installiert. Jetzt war es Zeit für den wirklich bösen Teil meines Plans.

Ich schloss den Sauerstofftank des Schweißgeräts an das Ventil an und drehte voll auf.

Sicher, der Behälter war voller Wachs, aber es gab Lücken. Und glauben Sie mir, wenn Sie ein Gas mit fünfzig Atmosphären Überdruck in einen Druckbehälter leiten, dann findet es die Lücken. Sobald der Druckausgleich hergestellt war, schloss ich das Ventil mit größter Vorsicht wieder und löste den Schlauch vom Stutzen.

Dann rutschte ich unter dem Sammler hervor. Ich beobachtete ihn noch einen Moment, um sicher zu sein, dass er nicht weiterfahren würde. Ich wollte nicht ein und denselben Fehler zweimal machen.

Die Schaufel senkte sich, packte ein paar Hundert Steine und beförderte sie in die Mulde. Gleich danach klappte sie wieder herunter und holte die nächste Fuhre. Alles klar, ich hatte Zeit, an Bord zu klettern.

Ich sprang auf den nächstgelegenen Reifen und zog mich zum Aufbau hinauf. Oben öffnete ich die kleine Klappe des Sicherungskastens. Das Innenleben war das gleiche wie bei Tronds Maschinen – vier mit Sicherungen versehene Leitungen. Kein Wunder, es handelte sich ja um das gleiche Modell. Trotzdem entspannte ich mich ein wenig, als ich es sah.

Sammler haben viele Sicherungen, um elektrische Probleme abzufangen, aber die letzte Verteidigungslinie ist die Hauptsicherung. Durch sie läuft der gesamte Strom. Das ist auch die Sicherung, die die Batterie schützt.

Ich zog eine selbst gebaute Vorrichtung aus dem Sack. Sie bestand aus zwei Batterieklemmen und einem dicken Kabel, das durch einen Starkstrom-Relaisschalter unterbrochen wurde. Der Schalter war mit dem Summer eines Batterieweckers verbunden. So einfach war das. Das Relais löste aus, wenn die Weckzeit gekommen war. Das war keine Hochtechnologie, und es war auch nicht sonderlich hübsch, aber es würde funktionieren.

Ich verband die Pole der Hauptleitung mit meiner Vorrichtung. Natürlich geschah im Moment noch nichts, weil das Relais offen war. Aber sobald der Weckruf kam (ich hatte ihn auf Mitternacht eingestellt), schloss sich das Relais, und die Batterie bekam einen Kurzschluss. Dieser Kurzschluss umging die Sicherung im Kasten, sodass die normalen Sicherheitsvorkehrungen unterlaufen wurden.

Wenn man eine Batterie mit 2,4 Megawatt kurzschließt, wird es sehr, sehr heiß. Extrem heiß. Und diese Batterie befand sich in einem versiegelten Reservoir voller Wachs und komprimiertem Sauerstoff. Das Reservoir war sogar luftdicht verschlossen. Ich kann es Ihnen vorrechnen:

Wachs + Sauerstoff + Wärme = Feuer.

Feuer + enger Raum = Bombe.

(Bombe + Sammler) x 4 = 1 000 000 µ für Jazz.

Geschehen würde das aber erst, wenn ich längst wohlbehalten in die Stadt zurückgekehrt war. Bei Sanchez konnten sie sich die Feeds so oft ansehen, wie sie wollten, sie würden mich nicht erkennen. Außerdem hatte ich noch einen weiteren Trumpf im Ärmel …

Ich überprüfte die Anzeigen auf meinem Arm. Hoffentlich funktionierte Svobodas Gerät wie vorgesehen. Bisher hatte er mich noch nie enttäuscht.

Daheim in meinem Sarg fuhr jetzt gerade der Apparat hoch, den Svoboda mir gebaut hatte. Ich hatte ihn liebevoll »Alibiomat« getauft und mein Gizmo damit verbunden, ehe ich mich in dieses kleine Abenteuer gestürzt hatte.

Der Alibiomat tippte mit kleinen Ärmchen, die die gleiche Kapazität hatten wie ein menschlicher Finger, auf mein Gizmo. Er gab mein Passwort ein und surfte im Internet, rief meine liebsten saudischen Klatschseiten, ein paar witzige Filme und einige Internetforen auf. Obendrein schickte er sogar mehrere E-Mails ab, die ich schon vorher geschrieben hatte.

Das war kein perfektes Alibi, aber es war ziemlich gut. Falls irgendjemand fragte, wo ich zur Tatzeit war, konnte ich behaupten, ich sei zu Hause gewesen und hätte im Internet gesurft. Das ist absolut nichts Ungewöhnliches. Die Datenlogs meines Gizmos und des städtischen Netzwerks würden das bestätigen.

Ich sah auf die Uhr. Die ganze Prozedur – vom Anbringen der Hängematte bis zur Installation meines Sammler-Tötungsgeräts – hatte einundvierzig Minuten gedauert. Es war machbar! Ich konnte mit reichlich Reserven in die Stadt zurückkehren. Ein Sammler war erledigt, blieben noch drei.

Ich kroch unter das zum Sterben verurteilte Fahrzeug, holte meine Sachen und krabbelte wieder hervor. Dabei musste ich die ganze Zeit darauf achten, nicht von den riesigen Reifen zerquetscht zu werden. Selbst in der Mondschwerkraft war der Sammler schwer genug, um mich wie eine Weintraube zu zerquetschen.

Ich hatte eigentlich angenommen, dass der nächste Sammler mindestens hundert Meter entfernt am anderen Ende der Sammelzone unterwegs war. Doch die Maschine stand nur drei Meter vor mir. Was, zum Teufel, hatte sie da zu suchen?

Sie sammelte nicht. Sie lud nichts auf. Sie sah mich nur an. Die hochauflösenden Kameras stellten sich ein wenig nach, als ich mich aufrichtete. Das konnte nur eines bedeuten: Irgendjemand bei Sanchez Aluminium hatte die manuelle Kontrolle übernommen.

Sie hatten mich entdeckt.

Liebe Jazz,
ich mache mir große Sorgen um dich. Seit mehr als einem Monat habe ich nichts mehr von dir gehört. Du hast keine E-Mail mehr beantwortet. Ich habe auf der Website der Schweißerei die Adresse deines Vaters gefunden und mit ihm Kontakt aufgenommen. Er weiß nicht, wo du bist, und auch er macht sich große Sorgen.

In Artemis' öffentlichem Verzeichnis gibt es sieben Personen mit dem Namen Sean. Ich habe sie alle kontaktiert, aber keiner von ihnen kennt dich. Wahrscheinlich wollte dein Sean nicht im Verzeichnis gelistet werden. Also war auch das eine Sackgasse.

Lieber Kelvin,
es tut mir leid, dass du dir solche Sorgen gemacht hast. Ich wünschte, du hättest dich nicht bei Dad gemeldet.

In der letzten Zeit ist es nicht gut gelaufen. Neulich hat Sean Besuch von einer wütenden Meute bekommen. Es waren ungefähr fünfzehn Typen. Sie haben ihn übel zusammengeschlagen. Er wollte danach nicht darüber reden, aber ich wusste auch so, worum es ging. So machen es die Leute hier. Sie nennen es die »Moralbrigade«.

Bei manchen Dingen werden die Leute nämlich richtig sauer. So sauer, dass sie sich zusammentun und dich bestrafen, obwohl du keine Gesetze gebrochen hast. Sean ist ständig scharf, das wusste ich ja. Und ich wusste, dass er noch andere Mädchen hatte.

Aber ich wusste nicht, dass er auch eine Vierzehnjährige gevögelt hat.

Wir haben hier Leute aus allen Regionen der Erde. Verschiedene Kulturen haben ganz unterschiedliche Moralvorstellungen, deshalb gibt es in Artemis keine festen Regeln, wann jemand sexuell mündig ist. Solange kein Zwang im Spiel ist, gilt es nicht als Vergewaltigung, und das Mädchen war einverstanden.

Aber wir sind hier auch keine Wilden. Man wird nicht gleich zur Erde geschickt, aber man bezieht für so etwas mit Sicherheit eine Tracht Prügel. Ich nehme an, einige dieser Leute waren Verwandte des Mädchens. Genau weiß ich es aber nicht.

Kelvin, ich bin eine Idiotin. Eine absolute Idiotin. Wie konnte ich nur übersehen, wie Sean wirklich ist? Ich bin erst siebzehn und fand ihn vom ersten Tag an heiß. Wie sich jetzt herausstellt, gehöre ich noch zum älteren Bereich seines Beutespektrums.

Jetzt weiß ich nicht mehr, wo ich wohnen soll. Zu Dad kann ich nicht zurück. Das geht einfach nicht. Das Feuer hat die ganzen Apparate zerstört, die er gekauft hat, und er musste sogar noch die Schäden an dem Raum selbst bezahlen. Jetzt kann er das Geschäft nicht mehr erweitern. Mann, er ist praktisch pleite. Wie kann ich zu ihm zurückkriechen, nachdem ich so etwas getan habe?

Mit meiner Dummheit habe ich meinen Vater ruiniert.

Und mich selbst übrigens auch. Als ich bei Sean untergekrochen bin, hatte ich nur ein paar Hundert Motten. Damit konnte ich kein Zimmer mieten. Ich konnte mir nicht mal etwas Richtiges zu essen leisten.

Jetzt lebe ich vom Gunk. Jeden Tag. Ohne Geschmacksstoffe, weil ich die Extrakte nicht bezahlen kann. Und … mein Gott, Kelvin! … ich habe keine Wohnung mehr. Ich schlafe, wo ich gerade kann. In Bereichen, wo nicht viele Menschen sind. Hoch gelegene Stockwerke, wo es sehr heiß ist, oder tiefe Stockwerke, wo es sehr kalt ist. In der Wäscherei eines Hotels habe ich eine Decke gestohlen, damit ich etwas zum Zudecken habe. Ich muss jede Nacht woanders schlafen, damit mich Rudy nicht erwischt. Es ist verboten, obdachlos zu sein. Und seit dem Brand hat er es richtig auf mich abgesehen. Er wird jeden Vorwand nutzen, um mich abzuschieben.

Wenn er mich erwischt, werde ich nach Saudi-Arabien geschickt. Dann bin ich pleite, obdachlos und leide unter der Schwerkraftkrankheit. Ich muss hierbleiben.

Es tut mir leid, dass ich dich mit alledem überschütte, aber ich habe sonst niemanden, mit dem ich reden kann.

Biete mir kein Geld an. Ich weiß, das ist dein erster Impuls, aber lass es bitte. Du hast vier Schwestern und zwei Eltern, um die du dich kümmern musst.

Liebe Jazz,
ich weiß nicht, was ich sagen soll. Ich wünschte, ich könnte etwas für dich tun. Hier läuft es auch nicht so toll. Meine Schwester Halima hat uns gebeichtet, dass sie schwanger ist. Der Vater ist anscheinend irgendwo beim Militär, aber sie kennt nicht einmal seinen Nachnamen. Bald müssen wir uns auch noch um ein Baby kümmern, und das wirft uns allen einen Knüppel zwischen die Beine. Eigentlich wollte ich für Halimas Ausbildung aufkommen, und dann wollte sie Kukis Ausbildung bezahlen, während ich Geld für Moms und Dads Rente spare. Anschließend sollte Kuki Faiths Ausbildung bezahlen, und so weiter. Aber jetzt kann Halima nichts weiter tun, außer sich um das Baby zu kümmern, und wir müssen sie alle unterstützen. Mom hat einen Job als Kassiererin in einem Laden auf dem KSC-Campus angenommen. Das ist der erste Job ihres Lebens. Sie mag es, aber ich wünschte, sie müsste überhaupt nicht arbeiten.

Dad muss jetzt noch viele Jahre länger arbeiten. Kuki sagt, sie würde sich irgendwo etwas als ungelernte Arbeiterin suchen, damit Geld hereinkommt. Aber damit setzt sie ihre ganze Zukunft aufs Spiel!

Wir sollten uns trotzdem glücklich schätzen. Halima wird eine gute Mutter sein, und wir alle bekommen bald ein Kind, über das wir uns freuen können. Wir sind alle gesund, und wir haben einander.

Du bist jetzt obdachlos, aber wenigstens bist du auf den relativ sauberen, sicheren Straßen von Artemis und nicht irgendwo in einer irdischen Stadt. Du kannst dir einen Job suchen und etwas Geld verdienen. Hoffentlich mehr, als du ausgibst.

Das sind schwierige Zeiten, meine Freundin, aber es gibt einen Weg. Es muss einen geben. Wir werden ihn finden. Lass es mich wissen, wenn es irgendetwas gibt, das ich für dich tun kann.

6

»Das ist ja ein schöner Mist«, sagte ich zu dem Sammler.

Die anderen beiden Ungetüme rollten ebenfalls auf mich zu. Vermutlich wollten sie dafür sorgen, dass ich mich nicht hinter einem Felsen verstecken und entkommen konnte. Die Bediener konnten mich aus verschiedenen Winkeln mit den Kameras beobachten. Schöner Mist.

Später erfuhr ich, was passiert war. Der Felsblock hatte nicht nur meine Sauerstofftanks gekillt, sondern beim Aufprall auch ein ordentliches Beben verursacht, das der Sammler gespürt hatte. Die Maschinen haben sehr empfindliche Sensoren, die alle Vibrationen im Boden registrieren. Warum? Weil sie an Berghängen schürfen. Wenn sich da ein Erdrutsch ankündigt, wollen es die Bediener möglichst früh erkennen.

Also meldete der Sammler die Erschütterung an die Zentrale, woraufhin die Arbeiter im Kontrollzentrum von Sanchez die letzten paar Minuten des Videofeeds überprüften. Natürlich wollten sie wissen, ob eine Geröllawine ihren millionenschweren Gehilfen vernichten wollte. Und raten Sie mal, was sie dabei sahen! Mich, wie ich unter dem Fahrgestell verschwand. Also schickten sie einen zweiten Sammler, um nachzusehen, was ich da trieb.

Außerdem riefen sie die EVA-Meister an. Ich weiß nicht, wie das Gespräch verlief, aber es ging vermutlich folgendermaßen:

Sanchez: »Hey, was fummelt ihr da an unseren Sammlern herum?«

EVA-Meister: »Tun wir nicht.«

Sanchez: »Also, irgendjemand tut es.«

EVA-Meister: »Dann treten wir ihm in die Eier. Nicht weil ihr uns wichtig seid, sondern weil wir unser Monopol behalten und die absolute Kontrolle über die EVAs nicht verlieren wollen. Außerdem sind wir ein Haufen Arschlöcher.«

Also bildeten die EVA-Meister gerade einen Jagdtrupp, um mich nach Artemis zu schleppen. Danach musste ich mit Prügel, der Abschiebung, der Schwerkraftkrankheit in Riad und allen möglichen anderen unerfreulichen Dingen rechnen.

Ich hörte auf, über die veränderte Situation nachzudenken. Keinesfalls würde ich es schaffen, in die Stadt zurückzukehren, bevor mich die wütende Meute der EVA-Meister hier draußen erwischte. Daher war es sinnlos, das Vorhaben abzubrechen. Ich konnte ebenso gut den Job beenden, ehe das legendäre Versteckspiel auf dem Mond begann.

Die Typen brauchten einen Frachtrover, um schnell zu mir zu gelangen. Diese Fahrzeuge sind zehn Stundenkilometer schnell. Bergauf geht es etwas langsamer, sagen wir sechs Kilometer pro Stunde. Demnach blieb mir noch eine halbe Stunde, bis sie ankamen.

Auf Heimlichkeit musste ich jetzt nicht mehr achten. Den Plan, die Explosionen erst auszulösen, wenn ich längst wieder daheim war, konnte ich begraben. Sanchez würde die Sammler zurückrufen und inspizieren. Die Mechaniker würden sie genauestens überprüfen und meine harte Arbeit ungeschehen machen.

Also gut, das Wichtigste zuerst. Ich nahm eine Drahtzange aus dem Sack, sprang auf die Maschine, die direkt vor mir stand, und kletterte nach oben. Die primären und sekundären Antennen waren auf dem höchsten Punkt des Führerstands montiert, um die Reichweite zu erhöhen. Der Sammler, der jetzt zweifellos unter menschlicher Kontrolle stand, ruckelte vor und zurück. Offenbar wollten sie mich abschütteln. Aber diese Fahrzeuge sind einfach nicht sehr schnell. Mühelos hielt ich das Gleichgewicht und knipste alle vier Antennen ab. Sie waren etwas dicker als die Drähte, für die die Zange gedacht war, aber ich schaffte es. Als die vierte Antenne fiel, blieb die Maschine wie angewurzelt stehen. Die Sammler sind darauf programmiert, im Leerlauf abzuwarten, wenn sie die Verbindung verlieren. Wer will denn schon, dass so ein Ungetüm auf eigene Faust herumfährt?

Ich sprang direkt zum Dach des nächsten Sammlers hinüber. Es war der, den ich gerade sorgfältig in eine Zeitbombe verwandelt hatte. All die Arbeit für nichts und wieder nichts. Seufz.

Schnipp, schnipp, schnipp, schnipp!

Die beiden anderen Sammler zogen sich zurück.

»Das könnt ihr vergessen!«, rief ich, sprang vom Dach direkt auf den Boden und rannte los. Den nächsten Kandidaten konnte ich mühelos einholen.

Rasch stieg ich auf das dritte Opfer und schnippelte drauflos. Wie seine Brüder blieb er sofort stehen, als die letzte Antenne zerstört war.

Um den Letzten zu erwischen, musste ich etwas schneller rennen, aber ich hatte ihn bald erreicht. Ich hatte drei Antennen abgeschnitten und wollte mir gerade die vierte vornehmen, da spürte ich einen starken Schmerz in der linken Seite und flog durch die Luft. Nein, nicht durch die Luft, sondern durch das Vakuum – Sie wissen schon, was ich meine.

Ich prallte auf den Boden und rollte mich ab.

»Was?«, stöhnte ich. Es dauerte einen Augenblick, bis ich begriff, was passiert war. Die Säcke bei Sanchez hatten dem Sammler befohlen, mich mit der Ladeschaufel zu erschlagen!

Diese Hurensöhne! Sie hätten mir damit den Anzug zerstören können. Zwar demolierte ich ihr Eigentum, aber dafür bringt man doch nicht gleich jemanden um, oder?

Oh, anscheinend doch.

Mit halb erhobener Ladeschaufel hielt der Sammler auf mich zu. Ich sprang auf, rannte vor die Hauptkamera und zeigte ihnen den Stinkefinger. Dann zerstörte ich die Kamera mit der Drahtzange, die ich in der anderen Hand hatte. So viel zu eurer Bildübertragung, ihr Wichser.

»Wer Sie auch sind, wir werden Sie da draußen erwischen«, sagte jemand über den EVA-Kanal. Es war Bob Lewis. Verdammt! Natürlich führte der beste Mann der Gilde die Truppe an. »Machen Sie es sich nicht schwerer als nötig. Wenn wir Sie mit Gewalt holen müssen und uns dabei selbst in Gefahr bringen, werden Sie dafür büßen.«

Da hatte er wohl recht. Im Gegensatz zu den Weltraumfilmen ist das Kämpfen in einem echten EVA-Anzug ungeheuer gefährlich. Ich hatte nicht die Absicht, mich auf so etwas einzulassen. Wenn sie mich schnappten, würde ich mich ergeben. Wir spielten jetzt Fangen.

Aber eins nach dem anderen. Ich musste noch den Killer-Sammler erledigen. Ohne Frontkamera schlug er mit der Schaufel wild um sich und versuchte, mich blindlings zu treffen. Die Räder drehten sich nicht sonderlich schnell, aber die Kraft der Schaufel ließ das ganze Fahrzeug wippen.

Einen Meter links neben mir donnerte die Schaufel auf den Boden. Gut geschätzt, aber eben nicht gut genug. Sofort hüpfte ich in die Schaufel und hockte mich hin. Das war ein Risiko. Die Schaufel hatte sehr präzise Sensoren, und meine Masse war leicht zu entdecken. Ich hoffte, dass die Bediener nicht so genau hinsahen.

Die Schaufel fuhr wieder hinauf, und als sie oben war, sprang ich heraus. Da mich die Schaufel bereits beschleunigt hatte, geriet mein Sprung viel höher als beabsichtigt.

»Scheiße«, fluchte ich auf dem Gipfel der Flugbahn. Ich flog schätzungsweise zehn Meter hoch, aber ganz sicher war ich nicht. Als ich auf dem Dach des Sammlers landete, brach ich mir jedenfalls beinahe die Beine.

Nach kurzem Nachdenken über die Klugheit meines Plans beugte ich mich vor und schnitt die letzte Antenne ab. Sofort hörte der Sammler auf, den Mondboden zu verprügeln.

»Puh.« Vorläufig hatte ich alle vier Maschinen lahmgelegt. Jetzt ging es darum, sie dauerhaft auszuschalten.

Ich begann mit derjenigen, die ich bereits sabotiert hatte. Wie vorher stieg ich an der Seite hoch und öffnete den Sicherungskasten. Dann griff ich nach dem Zeitzünder und versuchte, die Weckzeit der Uhr zu verstellen. Aber natürlich konnte ich nicht auf die Knöpfe drücken – die Uhr war für menschliche Finger gemacht, nicht für die klobigen EVA-Handschuhe.

Na gut, ich konnte den Alarm nicht verstellen. Also ging ich etwas weniger subtil vor. Ich löste die Krokodilklemmen, riss das Relais heraus und entfernte die Isolierung von den Kabeln. Dann verknotete ich die blanken Kabel und verband die Krokodilklemmen mit den Polen der Leitung zur Batterie.

Und dann machte ich, dass ich wegkam.

Durch die Entfernung des Relais hatte ich ein neues Gerät erschaffen, das man »Draht« nannte. Die Batterie war kurzgeschlossen und entwickelte sehr schnell enorm viel Hitze.

So schnell ich konnte, rannte ich zum nächsten Felsbrocken und ging dahinter in Deckung. Zuerst passierte gar nichts. Ich spähte um die Ecke. Immer noch nichts.

»Hm«, machte ich. »Vielleicht sollte ich …«

Dann explodierte der Sammler. Ich meine, er explodierte wirklich und buchstäblich. Viel eindrucksvoller, als ich es je erwartet hätte. Die Brocken flogen in alle Richtungen. Die Druckwelle presste den Wagen so kräftig in den Boden, dass er wieder hochfederte, sich überschlug und auf dem Rücken landete.

Ich dachte, ich sei weit genug entfernt, aber das traf nicht zu. Verbogene Metallfetzen prallten gegen meine Schulter und von oben rieselten kleinere Wrackteile herab.

»Oh, richtig«, sagte ich. Ich hatte die zweite Sprengladung da drin vergessen: den Wasserstoff in der Brennstoffzelle. Der Wasserstoff begegnete bei hoher Temperatur dem Sauerstoff, und sie hielten ein kurzes Pläuschchen.

Der Felsbrocken schirmte mich vor der ersten Druckwelle ab, aber vor den Trümmern, die von oben herunterkamen, konnte er mich nicht schützen. Also robbte ich zu einem der anderen Sammler, während rings um mich Staubwolken hochflogen. Nur zur Erinnerung: Es gibt hier keine Luft. Wenn etwas durch die Gegend saust, kommt es so schnell an, wie es losgeflogen ist. Um mich herum schlug ein wahrer Kugelhagel ein.

Es war reines Glück, dass ich es unter den Sammler schaffte, wo ich eine Weile geduckt ausharren konnte. Ich wartete, bis der Sturm nachließ, und kroch schließlich wieder hervor, um mein Werk zu begutachten.

Der Sammler war ein Totalschaden. Man konnte die Trümmer kaum noch als Fahrzeug erkennen. Das Fahrgestell bestand nur noch aus verdrehtem Metall, und die Hälfte der Maschine war gleichmäßig in der Sammelzone verteilt. Ich sah auf die Uhr. Der ganze Vorgang hatte zehn Minuten gedauert. Nicht schlecht, aber bei den anderen drei Fahrzeugen musste ich schneller vorgehen.

Zuerst wühlte ich in den Trümmern, bis ich ein zwei Quadratmeter großes Stück Blech gefunden hatte, das ich zu meinem Felsbrocken schleppte. Ich lehnte es an, um ein provisorisches Schutzdach zu schaffen.

So. Genau genommen hatte ich jetzt eine Mondbasis errichtet. Ich saß ein paar Minuten in Fort Jasmine und baute die anderen Relaisauslöser zu einfachen Überbrückungskabeln um.

Dann nahm ich mir den zweiten Sammler vor. Die Hängematte brauchte ich nicht mehr, denn dieser Sammler fuhr nirgendwohin.

Da ich nun wusste, wie man im Vakuum einen Schweißbrenner zündete, ging es erheblich schneller. Außerdem schenkte ich mir die Mühe, die Stelle zu markieren, sondern arbeitete nach Gedächtnis. Mit etwas Erfahrung geht jede Arbeit schneller von der Hand. Ich schnitt das Loch, installierte das Ventil und füllte den Vorratstank mit Luft.

Dann schloss ich die Batterie kurz, rannte zu meiner Metallplatte, kroch darunter und wartete. Dieses Mal sah ich mich nicht um wie ein Trottel.

Ich spürte die Explosion im Boden und machte mich auf den »Regen des Schreckens« gefasst. Würde die Metallplatte halten?

Sie bekam Beulen. Es war beängstigend, aber ich war vor dem Schauer geschützt. Ich wartete, bis nichts mehr herunterkam, und sah mich um, ob keine Staubwolken mehr aufstiegen. Es wäre mir lieber gewesen, wenn ich etwas gehört hätte. Die störrische Weigerung des Vakuums, Geräusche zu übertragen, ist wirklich nervig.

Schließlich kroch ich hervor. Da mich nichts umbrachte, war anscheinend alles in Ordnung. Sobald ich den Felsen umrundet hatte, sah ich einen weiteren demolierten Sammler.

Ein Blick auf die Uhr zeigte mir, dass abermals zehn Minuten verstrichen waren. »Verflucht.«

Wenn die Truppe etwas von ihrem Handwerk verstand, war sie in zehn Minuten da. Ich musste aber noch zwei weitere Sammler zerstören, denn wenn ich eine Maschine funktionsfähig zurückließ, sammelte Sanchez Aluminium weiterhin Erz und stellte Sauerstoff her – und Trond behielt die Million Motten.

Die größte Verzögerung war die Flucht vor den herumfliegenden Trümmern. Mir war klar, was ich tun musste, aber es gefiel mir nicht: Ich musste die beiden letzten Kunden gleichzeitig aufs Kreuz legen.

Bitte reißen Sie den letzten Satz nicht aus dem Kontext.

Rasch bereitete ich die beiden für den großen Knall vor. Nicht lange, dann waren die Maschinen voller Sauerstoff, die Sicherungskästen waren offen und die Überbrückungskabel mit den positiven Polen verbunden.

Das Schweißzubehör schob ich unter einen der Sammler. Da ich es jetzt eilig hatte, konnte ich den ganzen Kram nicht mitnehmen. Ich durfte aber auch nichts zurücklassen, auf dem BASHARA SCHWEISSEREI stand.

Na ja, eine Million Motten. Ich konnte Dad neue Sachen kaufen. Viel bessere Sachen.

Keuchend stand ich neben dem Sammler und blickte zu dem anderen, der etwa zwanzig Meter entfernt war. Es wurde knapp. Ein längst vergessener rationaler Teil meines Gehirns meldete sich zu Wort. War das wirklich eine gute Idee? (Eine Million Motten.) Ja. Alles klar.

Ich schloss die erste Batterie kurz, rannte zum zweiten Sammler und wiederholte den Vorgang. Als ich es fast bis zu meinem Unterschlupf geschafft hatte, flog der erste in die Luft.

Fast …

Ein greller Blitz erhellte die Landschaft. Rings um mich flog der Staub hoch, weil die Trümmerteile des Sammlers gewissenhaft die Gesetze der Physik befolgten. Mir blieb keine Zeit, den Felsblock zu umrunden. Halb kletterte ich, halb sprang ich hinüber. Ich wollte mich eigentlich geduckt abrollen, ruderte jedoch hilflos mit den Armen und klatschte auf den Boden.

»Habt ihr das gesehen?«, sagte jemand über Funk.

»Du sendest auf dem Hauptkanal«, warnte Bob.

»Dreck!«

Der Trupp war auf einen anderen Kanal ausgewichen, damit ich nicht mithören konnte, aber einer von ihnen hatte es vermasselt. Nun wusste ich, dass sie die Explosion bemerkt hatten. Sie waren nahe.

Ich wartete auf die zweite Detonation, die jedoch ausblieb. Als ich genug Mut gefasst hatte, spähte ich um den Felsblock. Der Sammler stand unversehrt in der Landschaft.

»Verdammt, was …«, setzte ich an. Dann sah ich es. Der Sammler hatte nach der Explosion seines Kollegen unzählige Löcher, und ein scharfes Stück Blech hatte mein Überbrückungskabel sauber in der Mitte durchtrennt. Die beiden losen Enden hingen an den Polen. Die Batterie war nicht mehr kurzgeschlossen und hatte nicht genug Zeit gehabt, um die Explosion auszulösen.

Jenseits der Sammelzone bemerkte ich ein Blitzen. Die EVA-Meister rückten an. Ich blickte zu dem intakten Sammler. Fünfzehn Meter, um zu ihm zurückzukehren, dann noch etwas Zeit, um die Überbrückung zu flicken. Wieder sah ich zu dem blinkenden Punkt, den ich inzwischen als Rover erkannte – der nur noch hundert Meter entfernt war und sich rasch näherte.

Das konnte ich nicht mehr schaffen, sie hätten mich im Handumdrehen erreicht. Also musste ich den letzten Sammler lassen, wie er war.

»So eine verfluchte …« Ich wusste, dass es die richtige Entscheidung war, aber das hieß nicht, dass es mir auch gefallen musste. Ich floh vom Tatort.

Kleines Problem, wenn man auf dem Mond vor jemandem wegläuft: Die Fußabdrücke sind hervorragend zu sehen. Als ich die Sammelzone auf dem kürzesten Weg verließ, legte ich zwangsläufig eine Spur, der jeder Idiot folgen konnte. Das ließ sich nicht vermeiden. Die ganze Gegend war schon lange bis auf den Staub buchstäblich leer geräumt.

Erst als ich naturbelassenes Terrain erreichte, taten sich gewisse Möglichkeiten auf. Im Hochland gibt es von Kieselsteinen bis zu Findlingen Felsbrocken in allen Größen.

Ich stieg auf einen Stein und sprang zum nächsten, dann wieder zum nächsten und so weiter. Zwanzig Minuten lang spielte ich »Der Boden ist Lava«, ohne auch nur ein einziges Mal im Staub zu landen. Versuch mal, dieser Spur zu folgen, Bob!

Der nächste Teil war gleichermaßen langweilig und anstrengend. Ich musste mehrere Kilometer zurücklegen, während ich mich ständig über die Schulter umsah. Natürlich würden meine Verfolger bald darauf kommen, dass ich nach Hause wollte. Sie würden in den Rover springen und mich rasch einholen.

Da sie (hoffentlich) auf dem kürzesten Weg nach Artemis fuhren, schlug ich einen Umweg ein, der alles andere war, nur keine gerade Linie. Artemis war von der Sammelzone nur drei Kilometer entfernt, doch ich legte auf meiner verrückten, gewundenen Route fünf Kilometer zurück. Die felsige Landschaft der Hügel bot mir viele Felsbrocken und Erhebungen, die den Verfolgern den Blick versperrten.

Es funktionierte. Ich wusste nicht, auf welchem Weg die Truppe fuhr, aber sie erwischten mich nicht.

Endlich ließ ich die Moltke-Berge hinter mir, und vor mir erstreckte sich bis zum Horizont das Mare Tranquillitatis. Weit entfernt schimmerte Artemis, es waren sicher noch zwei

Kilometer. Das unbehagliche Gefühl, das mit der Einsicht kam, wie allein ich hier draußen war, schob ich weg. Für diesen Unfug hatte ich keine Zeit.

Ich brauchte eine neue Strategie. Hier konnte ich nicht hüpfen wie zuvor, denn mich trennte ein riesiges Feld voll grauem Pulver von der Heimat. Ich würde nicht nur eine Fährte hinterlassen, sondern wäre auch kilometerweit zu sehen.

Zeit für eine Pause. Im Augenblick war es besser, wenn ich nicht offen durch die Gegend lief. Ich suchte mir einen passenden Felsblock und setzte mich in den Schatten. Dann schaltete ich alle LEDs aus, sogar die im Helm, und verklebte die Anzeigen auf dem Arm mit Isolierband.

Auf dem Mond sind die Schatten tiefschwarz. Da es keine Luft gibt, wird auch das Licht nicht gebrochen. Dennoch saß ich nicht in völliger Dunkelheit. Das Sonnenlicht wurde von den Felsen in der Nähe, vom Staub, von den Hügeln und so weiter reflektiert, und ein Teil davon traf auch mich. Trotzdem, verglichen mit der strahlend hellen Landschaft war ich so gut wie unsichtbar.

Ich drehte den Kopf zum Wassernippel und schlürfte einen guten halben Liter. EVAs waren eine schweißtreibende Angelegenheit.

Nur gut, dass ich eine Pause eingelegt hatte. Fünf Minuten nachdem ich mich niedergelassen hatte, sah ich die Truppe zur Stadt zurückfahren. Sie waren ein ganzes Stück von mir entfernt, weil sie Artemis tatsächlich auf dem kürzesten Weg ansteuerten.

Auf dem Rover, der für vier Passagiere gedacht war, drängten sich sieben EVA-Meister. Es sah aus, als raste ein mit Clowns überfüllter Wagen durch die Wüste. Nach der Staubwolke zu urteilen, die hinter ihnen aufstieg, fuhren sie mit Höchstgeschwindigkeit, und bei diesem Tempo auf dem holprigen Untergrund hatten sie keine Chance, mich zu entdecken. Was dachten sie sich nur dabei?

»Das ist doch zum Kotzen!«, schimpfte ich.

Ja. Sie mussten mich gar nicht finden. Sie mussten einfach nur vor mir in der Stadt sein und alle Luftschleusen bewachen. Früher oder später ging mir die Luft aus, und ich musste mich ergeben.

»Dreck, verdammter! Scheiße! Ärsche! Wichser!« Es ist wichtig, beim Fluchen abwechslungsreich zu sein. Wenn man ein und denselben Fluch zu oft benutzt, verliert er an Kraft. Ich kochte noch eine Minute in meinem Anzug, dann beruhigte ich mich und dachte nach.

Das war mehr als blöd, doch es hatte auch seine Vorteile. Sie wären vor mir in der Stadt. Na schön. Aber das hieß auch, dass sie im Mare Tranquillitatis nicht aufpassten. Die Frage, wie ich das Flachland überwinden konnte, hatte sich damit erledigt.

Ich stand auf, schaltete die LEDs wieder ein und zog das Klebeband von den Anzeigen.

Wahrscheinlich passte an jeder Luftschleuse ein EVA-Meister auf. Und sie würden nicht einfach drinnen warten, sondern vielmehr draußen, wo sie mich kommen sahen und Alarm schlagen konnten.

Ich hatte einen Plan, aber zunächst musste ich in die Nähe der Stadt gelangen. Das war der erste Schritt.

Die Conrad-Luftschleuse wies nach Norden, die Frachtschleuse der Tranquility Bay Company in Bean nach Nordwesten. Der Zollhafen in Aldrin war im Osten, und die ISRO-

Luftschleuse in Armstrong im Südosten. Der größte blinde Fleck in ihrer Überwachung war also der Südwesten.

Eine Stunde lang hüpfte ich durch das graue Nichts und schlug dabei einen weiten Bogen, um mich Artemis gleich aus der richtigen Richtung zu nähern. Während die Kuppeln am Horizont heranwuchsen, blickte ich mich aufmerksam um, ob irgendwo Ärger drohte. Die letzten hundert Meter waren der reinste Stress. Sobald ich im Schatten der Shepard-Blase stand, fühlte ich mich erheblich besser – im Dunklen war ich kaum noch zu erkennen. Schließlich lehnte ich mich mit einem erleichterten Seufzen an die Kuppel.

So, nun hatte ich es bis zur Stadt geschafft. Jetzt musste ich nur noch irgendwie ins Innere gelangen.

Ringsherum zu der Stelle zu laufen, wo ich sein musste, kam nicht infrage. Dabei würde man mich mit Sicherheit bemerken. Nein, es war Zeit, mich zu bewegen wie Hibby und die Handgriffe für das Wartungspersonal zu benutzen.

Die Griffe waren für Menschen gemacht, die EVA-Anzüge trugen; sie hatten genau die richtige Breite, um sie mit den klobigen Handschuhen zu packen. Ich brauchte nur zehn Minuten, um die Halbkugel emporzuklettern. Sobald ich oben war, duckte ich mich. Nicht weil ich befürchtete, die EVA-Meister könnten mich sehen – sie standen viel zu nahe an den Blasen, um mich zu bemerken. Nein, mein Problem war die Topografie. Shepard und Aldrin sind nur durch Armstrong voneinander getrennt, und Armstrong ist nur halb so hoch. In diesem Moment hätte mich jeder Besucher des Aldrin-Parks leicht sehen können.

Es war noch früh am Morgen, also waren hoffentlich nicht allzu viele Menschen im Park. Außerdem würde wohl jeder,

der mich sah, annehmen, ich sei einfach nur ein Wartungsarbeiter, der seine Aufgaben erledigte. Trotzdem … ich machte Dummheiten und wollte dabei nicht beobachtet werden.

Auf der anderen Seite von Shepard stieg ich zum Verbindungstunnel nach Armstrong hinunter. Besonders schwierig war das nicht, der Tunnel ist drei Meter breit.

Sobald ich die Armstrong-Blase erreicht hatte, kletterte ich auch über sie hinweg. Da sie kleiner war, ging es erheblich schneller als bei der Shepard-Blase. Dann krabbelte ich zur Verbindung zwischen Armstrong und Aldrin.

Aldrin war schwieriger. Ich stieg ein Stück hoch, konnte aber nicht bis zum Scheitelpunkt hinauf. Das heißt, ich hätte es tun können, aber ich musste es vermeiden. Auf den Hüllen der Blasen kann man mühelos herumwandern, doch wenn ich direkt vor den Augen der Besucher über das Glas des Aldrin-Parks spazierte, würden bestimmt ein paar Augenbrauen in die Höhe gehen. »Mami, warum ist Spiderman auf dem Mond?« Nein, danke.

Also stieg ich nur halb hinauf – bis knapp unter die Scheiben – und wich seitlich aus, wobei ich von Griff zu Griff sprang und auf diese Weise langsam die Blase umrundete. Schon bald konnte ich den Zollhafen sehen. Ganz in meiner Nähe war die Schleusenkammer der Bahn, wo die Züge am Hafen andockten. Im Augenblick war kein Zug dort. Daneben befand sich die riesige runde Luke der Frachtschleuse.

In diesem Moment trat Bob Lewis aus der Andockbucht, die für den Zug vorgesehen war.

»So eine Scheiße«, fluchte ich. Ich war vorsichtig gewesen und hatte Aldrin unauffällig umrundet. Ich hatte mich langsam vorgetastet, damit ich die EVA-Meister entdeckte, ehe sie mich bemerkten. Aber wer hätte ahnen können, dass sich Bob in der Andockbucht herumtrieb? Bob, du schummelst!

Er machte seine Runden. Ein Marine ist und bleibt ein Marine. Er hatte noch nicht nach oben geblickt, aber er würde es sicher gleich tun. Mir blieben nur ein oder zwei Sekunden, um zu reagieren.

Ich ließ die Griffe los und rutschte an der Kuppel entlang hinunter. Dabei versuchte ich, mit den Füßen voran zu gleiten, vielleicht konnte ich den Sturz einigermaßen abfangen, wenn der Winkel stimmte. Aber nein. Ich bekam das Schlimmste aus beiden Welten: Ich prallte schwer auf den Boden und verlor das Gleichgewicht.

Ich schlug unten auf wie ein nasser Sack. Aber wenigstens landete ich jenseits der Andockbucht und hatte mir nichts gebrochen. Nur gut, dass man im Vakuum nichts hören kann, sonst hätte Bob den Aufprall bemerkt. Sei's drum, ein ungeschickter, schmerzhafter Erfolg ist immer noch ein Erfolg.

Ich drückte mich an die Wand von Aldrin und schlich vom Zollhafen weg, bis ich Bob nicht mehr sehen konnte. Ich war nicht sicher, wohin ihn sein Kontrollgang führte, aber er würde sich kaum weit von der Luftschleuse entfernen. Also ging ich weiter, bis der Hafen ein Stück hinter mir lag, setzte mich hin und lehnte mich mit dem Rücken an die Blase.

Dann wartete ich. Zwar konnte ich von hier aus die Andockbucht des Zuges nicht sehen, aber ich überblickte die Gleise, die von der Stadt wegführten.

Eine halbe Stunde später tauchte der Zug am Horizont auf. Da der Mond so klein ist, ist unser Horizont nur zweieinhalb Kilometer entfernt. Es dauerte nicht lange, bis der Zug den Haltepunkt erreichte.

Ich wartete, bis er in die Schleusenkammer gefahren war und am Hafen angekoppelt hatte. Dann schlich ich hinüber.

Es war der erste Zug des Tages. Die meisten Fahrgäste waren Angestellte des Besucherzentrums. Sie stiegen rasch ein, und der Zug war bereit für die Rückfahrt.

Kurz darauf verließ er die Andockbucht wieder. Es dauert eine Weile, ein Objekt dieser Größe zu beschleunigen, daher fuhr er noch nicht sehr schnell.

Ein Sprung – und ich packte die Abdeckung des Vorderrads. Besonders glücklich hatte ich nicht zugegriffen, aber ich hielt mich mit aller Kraft fest. Der Zug riss mich mit, meine Beine schleiften über den Boden. Na gut, es war vielleicht nicht der beste Plan, den ich mir je ausgedacht hatte, aber immerhin war jetzt ein Waggon zwischen Bob und mir, und das war alles, was ich wollte.

Der Zug beschleunigte allmählich, ich hielt eisern fest und bangte um mein Leben. Bei diesem Tempo konnte ein scharfkantiger Stein jederzeit meinen Anzug aufreißen. Keinesfalls konnte ich die Beine weiter so baumeln lassen. Ich musste sie irgendwo unterbringen.

Also griff ich nach oben und packte die Kante eines Fensters. Hoffentlich saß dort niemand. Dann zog ich mich hoch und stellte die Füße auf den Radkasten. Zuerst wollte ich durch das Fenster spähen, ob mich jemand bemerkt hatte, aber ich widerstand dem Impuls. Ein paar Finger vor dem Fenster übersahen sie vielleicht, aber ein riesiger EVA-Helm fiel mit Sicherheit auf.

Ich versuchte, mich nicht zu bewegen. Die Leute im Zug hätten es bestimmt unheimlich gefunden, wenn durch die

Außenwand Geräusche zu hören gewesen wären. Der Angriff der Mondfrau, die schlechte Entscheidungen trifft …

So ratterten wir gemächlich zum Besucherzentrum. Wahrscheinlich ahnen Sie inzwischen schon, was ich vorhatte. In Artemis bewachte die Truppe sämtliche Eingänge, aber hatten sie auch daran gedacht, die Luftschleuse im Besucherzentrum zu beobachten?

Und selbst wenn, sie konnten nicht vor mir da sein. Dies war der erste Zug.

Wie üblich dauerte die Fahrt vierzig Minuten. Ich konnte sogar einigermaßen bequem auf dem Radkasten hocken. Es war gar nicht so schlimm.

Unterwegs dachte ich über meine Situation nach. Selbst wenn ich nach drinnen gelangte, ohne erwischt zu werden, war ich im Eimer – Trond hatte mich angeheuert, um vier Sammler zu zerstören. Ich hatte nur drei erwischt. Die Ingenieure der Hütte konnten den letzten Sammler reparieren und wieder einsetzen. Die Produktion wäre vermindert, aber sie würden immer noch ihr Sauerstoff-Soll erreichen.

Für diesen Reinfall würde Trond mich nicht bezahlen, und das konnte ich ihm nicht einmal vorwerfen. Ich hatte nicht nur versagt, ich hatte es ihm auch noch schwerer gemacht. Jetzt wusste Sanchez Aluminium, dass es jemand auf sie abgesehen hatte.

»Dreck!«, schimpfte ich, als sich mein Magen verkrampfte.

Der Zug bremste ab und näherte sich dem Besucherzentrum. Ich sprang herunter und stolperte einige Male, während der Zug in die Andockbucht fuhr.

Rasch hüpfte ich zur Kuppel und umrundete sie. Bald darauf tauchte die *Eagle* vor mir auf. Fast schien es mir, als missbilligte sie mein Tun: *Ts-ts. So einen Schwachsinn hätte meine Crew nie gemacht.*

Und dann der prachtvolle Anblick: Die EVA-Schleuse war völlig unbewacht!

Ich hatte es geschafft!

Ich lief zur Schleuse, öffnete die Außentür, schloss hinter mir die Luke, kurbelte am Ventil, um den Druck auszugleichen, und hörte aus allen Richtungen das wundervolle Zischen der Luft.

Obwohl ich es eilig hatte, wartete ich, bis die Reinigungsprozedur abgeschlossen war. Ich mochte eine Schmugglerin, Saboteurin und gemeine Tagediebin sein, aber mein EVA-Anzug durfte nicht schmutzig werden.

Endlich war der Vorgang beendet, und ich war blitzsauber.

Wieder in der Stadt! Nun musste ich im Besucherzentrum nur noch eine Stelle finden, wo ich den EVA-Anzug verstecken konnte. Das war kein Problem, ich würde einfach mehrere Touristenschließfächer mieten und die Sachen später mit einem großen Behälter abholen. Ich bin Trägerin – ich konnte behaupten, ich hätte dort einen Auftrag zu erledigen. Das würde keinerlei Fragen aufwerfen.

Erleichtert öffnete ich die innere Schleusentür und genoss die Freiheit.

Nur dass es keine Erlösung war. Es war Scheiße. Ich trat in einen großen Haufen Scheiße. Mein Lächeln wich dem Ausdruck eines frisch gefangenen Karpfens.

Im Vorraum stand Dale mit verschränkten Armen und grinste.

Liebe Jazz,
geht es dir gut? Ich mache mir Sorgen, weil ich schon ein paar Wochen nichts mehr von dir gehört habe.

Lieber Kelvin,
entschuldige, ich musste mein Gizmo eine Weile abschalten, um Geld zu sparen. Jetzt habe ich es wieder aktiviert. Es war schwierig, aber allmählich bekomme ich wieder festen Boden unter die Füße.

Ich habe einen neuen Kumpel gefunden. Ab und zu kratze ich etwas Geld zusammen und kaufe mir in dieser kleinen Bude in Conrad ein Bier. Ich weiß, es ist dumm, das Geld für Bier auszugeben, wenn man obdachlos ist, aber das Bier macht die Obdachlosigkeit erträglich.

Jedenfalls gibt es dort einen Stammgast namens Dale. Er ist ein EVA-Meister und arbeitet meistens im *Apollo 11*-Besucherzentrum. Er macht EVAs für die Touristen und so weiter.

Wir sind ins Gespräch gekommen, und, ich weiß auch nicht warum, aber ich habe ihm von meinen Problemen erzählt. Er war schockiert über meine schreckliche Situation und bot mir an, mir etwas Geld zu leihen. Da ich befürchtete, das sei nur ein Vorwand, weil er mir an die Wäsche wollte, lehnte ich ab. Ich habe kein Problem mit Prostituierten, aber ich will keine sein.

Doch er schwor mir hoch und heilig, dass er mir nur als Freund helfen wollte. Kelvin, es ist mir ungeheuer schwergefallen, das Geld anzunehmen, aber mir blieb nichts anderes übrig.

Wie auch immer, damit hatte ich gerade genug Geld, um die Kaution und die erste Monatsmiete für eine Kapselwohnung zu bezahlen. Sie ist so klein, dass ich nach draußen gehen muss, um einen neuen Gedanken zu fassen (Trommelwirbel für den Scherz!), aber wenigstens habe ich jetzt ein Dach über dem Kopf. Und Dale hat Wort gehalten, er hat nie eine Gegenleistung verlangt. Der perfekte Gentleman.

Ob du es glaubst oder nicht, ich habe sogar einen neuen Kerl. Er heißt Tyler. Wir kennen uns noch nicht lange, aber er ist wirklich süß. Er ist schüchtern, zu allen Leuten höflich und ehrbar wie ein Pfadfinder, wenn es um Regeln geht. Also in jeder Hinsicht das Gegenteil von mir. Aber wir verstehen uns wirklich gut. Mal sehen, wie es sich entwickelt.

Weißt du was? Ich war in der letzten Zeit selbstsüchtig. Ich war so mit mir selbst beschäftigt, dass ich gar nicht nach dir gefragt habe. Wie läuft es denn bei dir?

Liebe Jazz,
das freut mich für dich! Ich hatte schon befürchtet, dieses Erlebnis mit Sean hätte dir für immer alle Männer verleidet. Siehst du? Wir sind gar nicht alle so gemein.

Ich habe meinen Job bei der KSC, für den ich sehr dankbar bin. Man hat mich sogar befördert. Ich bin jetzt Lademeister in Ausbildung. In zwei Monaten bin ich geprüfter Lademeister und bekomme eine Gehaltserhöhung.

Halima ist inzwischen im sechsten Monat, und wir bereiten uns alle auf das Baby vor. Wir haben einen Plan ausgearbeitet, sodass meine anderen Schwestern abwechselnd auf das Baby aufpassen können, während Halima wieder zur Schule geht. Mom, Dad und ich arbeiten weiter. Dad wollte schon in den Ruhestand gehen, aber jetzt muss er mindestens noch fünf Jahre dranhängen. Was bleibt uns anderes übrig? Sonst würde das Geld nicht reichen.

Lieber Kelvin,
du bist Lademeister in Ausbildung? Heißt das, dass du manchmal ohne Aufsicht Frachtcontainer zusammenstellst? Es gibt nämlich in Artemis viele Leute, die heimlich rauchen.

Liebe Jazz,
ich bin ganz Ohr …

7

Ich starrte Dale an, als wäre ihm ein Schwanz auf der Stirn gewachsen. »Wie …«

»Was solltest du sonst tun?« Er nahm mir den Helm aus den Händen. Ich leistete keinen Widerstand. »Du wusstest, dass die Truppe in Artemis alle Eingänge überwacht. Damit blieb nur das Besucherzentrum übrig.«

»Warum bist du nicht dabei?«

»Das bin ich doch. Ich habe freiwillig das Besucherzentrum übernommen. Wäre es nach mir gegangen, dann wäre ich noch eher hier gewesen, aber das war der erste Zug. Wenn ich es richtig sehe, sind wir sogar mit demselben Zug gefahren.«

Verdammt. Ein schönes kriminelles Superhirn war ich.

Dale legte meinen Helm auf eine Bank, nahm meine Hand, löste die Verschlüsse des Handschuhs, drehte ihn am Handgelenk und zog ihn ab. »Dieses Mal bist du zu weit gegangen, Jazz. Viel zu weit.«

»Willst ausgerechnet du mir einen Vortrag über Moral halten?«

Er schüttelte den Kopf. »Kannst du das nicht endlich mal ruhen lassen?«

»Warum sollte ich?«

Er verdrehte die Augen. »Tyler ist schwul, Jazz. Schwul wie Oscar Wilde mit Pailletten, rosafarbenem Pudel und einer Tiara auf dem Kopf.«

»Was, der Pudel trägt eine Tiara?«

»Nein, ich meinte Oscar Wilde.«

»Schon gut, ja, das verstehe ich. Wie auch immer, leck mich!«

Dale stöhnte. »Zwischen euch beiden hätte es doch nie funktioniert. Niemals.«

»Und das gibt dir das Recht, meinen Freund zu vögeln?«

»Nein«, erwiderte er leise. Er nahm mir auch den zweiten Handschuh ab und legte ihn auf die Bank. »Wir hätten nicht vögeln sollen, während ihr noch zusammen wart. Ich war verliebt, und er war verwirrt, aber das entschuldigt es nicht. Es war falsch.«

Ich wandte den Blick ab. »Du hast es trotzdem getan.«

»Ja, habe ich. Ich habe meine beste Freundin hintergangen. Wenn du glaubst, dass mich das nicht innerlich umbringt, dann kennst du mich nicht.«

»Du armer Kerl.«

Er machte eine finstere Miene. »Ich habe ihn nicht rekrutiert. Wirklich nicht. Wäre ich nicht gekommen, dann hätte er dich von sich aus verlassen. Mit einer Frau wäre er nie glücklich geworden. Das hat nichts mit dir zu tun. Das weißt du doch, oder?«

Ich antwortete nicht. Natürlich hatte er recht, aber ich war nicht in der Stimmung, mir das anzuhören. Er winkte mir, mich umzudrehen. Ich gehorchte, und er löste meine Lebenserhaltung vom Rücken.

»Willst du nicht deinen Gildegenossen Bescheid geben, dass du mich erwischt hast?«, sagte ich dann.

Vorsichtig stellte er den Packen auf die Bank. »Das ist eine große Sache, Jazz. Da geht es nicht nur um eine Tracht Prügel. Es könnte sein, dass du abgeschoben wirst. Du hast die Sammler von Sanchez Aluminium hochgejagt. Warum, zum Teufel, hast du das getan?«

»Was geht es dich an?«

»Du bedeutest mir immer noch etwas, Jazz. Du warst viele Jahre meine beste Freundin. Ich bereue nicht, dass ich mich in Tyler verliebt habe, aber ich weiß, dass ich etwas falsch gemacht habe.«

»Danke. Wenn ich nachts mal nicht schlafen kann, weil ich daran denken muss, dass du den einzigen Mann fickst, den ich je geliebt habe, werde ich mich gern daran erinnern, dass du Schuldgefühle hast. Dann geht es mir bestimmt schlagartig besser.«

»Das ist doch schon ein Jahr her. Wann hörst du endlich auf, dich als Opfer zu fühlen?«

»Leck mich.«

Er lehnte sich an die Wand und starrte die Decke an. »Jazz, nenn mir einen Grund, warum ich nicht die EVA-Truppe rufen soll. Irgendeinen.«

In dem wütenden Strudel, der in meinem Kopf kreiste, fand ich ein wenig Vernunft. Ich musste ein großes Mädchen sein – wenigstens eine Minute lang. Es musste mir nicht gefallen, aber ich musste es tun.

»Ich gebe dir hunderttausend Motten.« Die hatte ich natürlich nicht, aber ich würde sie bekommen, wenn ich den letzten Sammler zerstörte.

Dale zog die Augenbrauen hoch. »Also, das ist ein ziemlich guter Grund. Mensch, was ist denn hier los?«

Ich schüttelte den Kopf. »Keine Fragen.«

»Hast du Ärger?«

»Das ist eine Frage.«

»Na gut, na gut.« Er verschränkte die Arme vor der Brust. »Und was jetzt?«

»Wissen sie, dass ich es bin?«

»Nein.«

»Dann musst du überhaupt nichts tun. Vergiss einfach, dass du mich hier gesehen hast.«

»Jazz, in der Stadt gibt es nur vierzig Menschen, die einen EVA-Anzug haben. Das ist eine sehr kleine Gruppe, die man schnell überprüfen kann. Und die EVA-Meister werden ganz sicher ermitteln. Ganz zu schweigen von Rudy.«

»Dafür habe ich mir etwas ausgedacht. Du musst einfach nur den Mund halten.«

Er dachte darüber nach, dann lächelte er. »Behalt deine Hunderttausend. Ich will etwas anderes. Ich will wieder dein Freund sein.«

»Hundertfünfzigtausend.«

»Ein Abend in der Woche. Du und ich im Hartnell's. Genau wie früher.«

»Nein«, sagte ich. »Nimm das Geld, oder verrat mich an die EVA-Meute.«

»Jazz, ich versuche ja, dir zu helfen, aber du kannst mich nicht herumschubsen. Ich will kein Geld. Ich will mit dir in Verbindung bleiben. Das – oder lass es.«

»Pffft …«, begann ich, verkniff mir aber das »Du kannst mich mal«, das eigentlich folgen sollte. Irgendwo fand sogar mein Stolz seine Grenzen. Dale konnte mich mit einem einzigen Anruf über sein Gizmo vernichten. Mir blieb nichts anderes übrig.

»Na gut«, lenkte ich ein. »Einmal in der Woche. Aber das heißt nicht, dass wir Freunde sind.«

Er seufzte erleichtert. »Gott sei Dank! Ich wollte nicht dein Leben zerstören.«

»Das hast du schon getan.«

Er zuckte zusammen. Gut so.

Er zückte sein Gizmo und wählte. »Bob? Bist du immer noch draußen unterwegs? Ja? Wollte mich nur mal melden. Ich bin im Besucherzentrum und lege gerade den Anzug an … Ja, ich bin mit dem ersten Zug rausgekommen und habe das ganze Zentrum durchsucht. Hier ist niemand außer mir und ein paar Arbeitern, die gerade mit der Schicht beginnen.« Er lauschte einen Moment seinem Gizmo, dann sagte er: »Also schön. Ich bin in fünfzehn Minuten draußen … Ja, ich melde mich, sobald ich vor der Schleuse stehe.« Er trennte die Verbindung. »Tja, ich muss jetzt den geheimnisvollen Saboteur suchen.«

»Viel Spaß dabei«, erwiderte ich.

»Dienstag um zwanzig Uhr im Hartnell's.«

»Na gut«, murmelte ich.

Mit Dales Hilfe legte ich den Anzug ganz ab, dann half ich ihm, seinen anzuziehen.

Zu Hause haute ich mich sofort aufs Ohr. Du meine Güte, war ich erschöpft. Sogar mein beschissener Sarg kam mir bequem vor. Ich zog das Gizmo aus dem Alibiomat und überprüfte das Web und die verschickten E-Mails. Das Ding hatte einwandfrei funktioniert.

Ich seufzte erleichtert. Ich war noch mal davongekommen. Gewissermaßen jedenfalls. Natürlich musste ich mit Fragen von Rudy und der Gilde rechnen, aber ich hatte mir meine Geschichte schon zurechtgelegt.

Trond hatte mir eine Nachricht geschickt: **Bei der letzten Lieferung fehlte ein Teil.**

Ich schrieb zurück: **Ich entschuldige mich für die Verzögerung. Ich bemühe mich, das letzte Päckchen möglichst bald zuzustellen.**

Verstanden.

Ich brauchte also einen Plan, um den letzten Sammler zu erledigen, ehe ich wieder mit Trond sprach. Wie konnte ich die Sache angehen? Es war Zeit für neue Überlegungen. Im Moment hatte ich keine Ahnung, wie ich es drehen sollte, aber ich musste mir schleunigst etwas einfallen lassen.

Irgendwann erwachte ich aus dem ungeplanten Nickerchen. Ich hatte immer noch die Schuhe an den Füßen und das Gizmo in der Hand. Der anstrengende Tag und die unruhige Nacht davor hatten ihren Tribut gefordert. Als ich auf die Uhr sah, stellte ich fest, dass ich vier Stunden geschlafen hatte.

Na gut, wenigstens war ich ausgeruht.

Fast eine Stunde lang drehte ich auf der Null-Ebene der Conrad-Blase meine Runden. Das diente keineswegs allein meiner Ertüchtigung. Vielmehr wollte ich ungesehen in die Vorkammer kommen.

Das HIB befand sich immer noch in einem Schließfach des Vorraums. Ich hatte Zsóka versprochen, es binnen zwei

Tagen zurückzubringen, und die Frist war bald verstrichen. Aber jedes Mal, wenn ich an der Luftschleuse vorbeikam, war jemand in der Nähe. Also ging ich weiter.

Außerdem wollte ich fürs Erste der EVA-Gilde aus dem Weg gehen. Nach fünf Stunden hatten sie die Suche aufgegeben, und im Moment befragten sie jeden, der Zugang zu einem EVA-Anzug hatte. Ich konnte meine Gizmo-Aktivitäten als Alibi vorweisen, zog es aber vor, überhaupt keine Fragen zu beantworten. Mit den Aufpassern in der Nähe der Luftschleuse wollte ich mich jedenfalls nicht auseinandersetzen.

Nach vier Runden ergab sich endlich eine Gelegenheit. Ich flitzte hinein, winkte mit dem Gizmo, um das Schließfach zu öffnen, schnappte mir den HIB und die Fernbedienung und machte, dass ich wieder wegkam.

Mit einem selbstgefälligen Lächeln verließ ich den Vorraum. Das perfekte Verbrechen.

Dann prallte ich fast gegen Rudy.

Es war, als wäre ich gegen eine Ziegelmauer gerannt. Nun ja, beinahe jedenfalls. Wenn man schnell genug lief, konnte man eine Ziegelmauer vielleicht sogar beschädigen. Ich ließ den Kasten mit dem HIB fallen, weil ich ein ungeschickter Trottel bin.

Rudy sah das Ding fallen und fing es auf, bevor es auf den Boden krachte.

»Guten Tag, Jazz«, sagte er. »Ich habe dich schon überall gesucht.«

»Du wirst mich niemals lebend kriegen, Bulle«, erwiderte ich und grinste.

Er betrachtete den Kasten. »Ist das ein Hülleninspektionsbot? Wozu brauchst du denn so was?«

»Weibliche Hygiene. Davon verstehst du nichts.«

Er gab ihn mir zurück. »Wir müssen uns unterhalten.«

Ich klemmte mir Hibby unter den Arm. »Hast du mal was von Gizmos gehört? Du kannst jederzeit mit allen Leuten reden, ganz egal, wo du bist.«

»Ich vermute mal, du würdest einen Anruf von mir sowieso nicht annehmen.«

»Ach, du weißt ja, wie das ist. Ich werde immer ganz zappelig, wenn mich ein hübscher Bursche anruft. War schön, mit dir zu reden.«

Ich ging weiter und rechnete damit, dass er mich am Arm festhielt oder so, aber er begleitete mich einfach nur.

»Du weißt, warum ich hier bin, oder?«

»Keine Ahnung«, gab ich zurück. »Ist es was Kanadisches? Musst du dich für irgendetwas entschuldigen, für das du nicht verantwortlich bist? Oder jemandem die Tür aufhalten, der zwanzig Meter entfernt ist?«

»Ich nehme an, du hast das mit den Sammlern von Sanchez gehört?«

»Du meinst diese Titelgeschichte, die man auf allen lokalen Webseiten sieht? Ja, natürlich habe ich davon gehört.«

Er verschränkte die Hände hinter dem Rücken. »Warst du das?«

Ich bemühte mich sehr, schockiert dreinzuschauen. »Warum sollte ich denn so was machen?«

»Das wäre meine nächste Frage gewesen.«

»Hat mich jemand beschuldigt?«

Er schüttelte den Kopf. »Nein, aber ich achte auf alles, was in meiner Stadt geschieht. Du hast einen EVA-Anzug, und du bist kriminell. Also ein guter Ansatz, um mit den Ermittlungen zu beginnen.«

»Ich war die ganze Nacht in meinem Sarg«, sagte ich. »Du kannst ja meine Gizmo-Aktivitäten überprüfen, wenn du es nicht glaubst. Ich gestatte dir hiermit, die Daten abzurufen. Das erspart dir die Mühe, Administratorin Ngugi um Erlaubnis zu bitten.«

»Ich nehme dich beim Wort«, erwiderte er. »Außerdem habe ich eine Anfrage von Bob Lewis von der EVA-Gilde bekommen. Er will für gestern Abend die Aufenthaltsorte aller Personen wissen, die einen EVA-Anzug besitzen. Gibst du mir auch die Erlaubnis, ihm die Daten weiterzuleiten?«

»Ja, mach nur. Dann habe ich endlich Ruhe.«

»Ja, vielleicht vor Bob. Aber ich bin ein misstrauischer Mann. Nur weil dein Gizmo die ganze Nacht in deinem Sarg war, heißt das noch nicht, dass du auch dort warst. Hast du Zeugen?«

»Nein. Im Gegensatz zur weitverbreiteten Ansicht schlafe ich gewöhnlich allein.«

Er zog die Augenbrauen hoch. »Sanchez Aluminium ist sauer. Die EVA-Gilde ist aufgebracht.«

»Das ist nicht mein Problem«, wehrte ich ab. Ohne Vorwarnung bog ich um eine Ecke, um ihn abzuschütteln, doch er blieb mir auf den Fersen. Anscheinend hatte er sich schon gedacht, dass ich so etwas versuchen würde.

Dieser Drecksack.

»Pass auf …« Er zückte sein Gizmo. »Ich gebe dir hundert Motten, wenn du mir die Wahrheit sagst.«

»Was … wie?« Ich blieb stehen.

Er tippte etwas ein. »Hundert Motten. Direkte Überweisung von meinem auf dein Konto.«

Mein Gizmo piepste. Ich zog es heraus.

ÜBERWEISUNG VON RUDY DUBOIS: 100 µ.
AKZEPTIEREN?

»Mann, was machst du da?«, fragte ich.

»Ich bezahle dich für die Wahrheit. Jetzt lass hören.«

Ich lehnte die Überweisung ab. »Das ist verrückt, Rudy. Ich habe dir schon die Wahrheit gesagt.«

»Willst du keine hundert Motten? Wenn du mir bereits die Wahrheit gesagt hast, dann nimm das Geld, und sag es mir noch einmal.«

»Lass mich in Ruhe, Rudy.«

Er sah mich wissend an. »Ja, das dachte ich mir.«

»Was dachtest du dir?«

»Ich kenne dich, seit du eine kleine Gaunerin geworden bist. Du willst es nicht zugeben, aber du bist deinem Vater ähnlich. Du hast eine Geschäftsethik.«

»Und?« Ich schürzte die Lippen und wandte mich ab.

»Wenn wir nur reden, lügst du den ganzen Tag. Aber sobald ich für die Wahrheit bezahle, wird es ein Geschäft, und eine Bashara betrügt nie bei einem Geschäft.«

Dazu fiel mir keine kluge Bemerkung ein. So etwas passiert nur selten, aber ab und an kommt es vor.

Er deutete auf Hibby. »Dieser HIB wäre ein schöner Weg, eine Luftschleuse ohne Genehmigung zu öffnen.«

»Kann sein.«

»Natürlich müsste man ihn zuerst nach draußen schaffen.«

»Kann sein.«

»Vermutlich könnte man ihn mit einer Touristen-EVA ins Freie schmuggeln.«

»Willst du auf irgendwas hinaus, Rudy?«

Er tippte auf sein Gizmo. »Die Luftschleusen haben keine Überwachungskameras. Wir sind kein Polizeistaat. Aber im Andenkenladen des Besucherzentrums gibt es eine Kamera.« Er drehte den Bildschirm, damit ich es sehen konnte. Und da war ich, wie ich in meiner Verkleidung durch den Laden wanderte. Er hielt die Wiedergabe an. »Laut der Transaktion, mit der sie das Zugticket bezahlt hat, heißt sie Nuha Nejem. Das Seltsame ist nur, dass ihr Gizmo jetzt offline ist. Sie hat ungefähr deine Größe, deinen Körperbau und deine Hautfarbe, findest du nicht auch?«

Ich beugte mich vor und betrachtete den Bildschirm. »Es gibt mehr als eine zierliche arabische Frau auf dem Mond, oder? Außerdem trägt sie einen Niqab. Hast du mich schon mal in traditioneller Kleidung gesehen? Ich bin nicht gerade das, was man eine fromme Muslima nennen würde.«

»Sie auch nicht.« Er wischte einige Male über den Bildschirm. »Der Zug hat ebenfalls eine Überwachungskamera.«

Jetzt zeigte sein Gizmo das Video aus dem Zug. Der nette Franzose stand auf und bot mir seinen Platz an. Ich verneigte mich und setzte mich.

»Wie schön, dass es noch Ritterlichkeit gibt«, sagte ich. »Das ist gut zu wissen.«

»Moslems verneigen sich nicht vor anderen Menschen«, erklärte Rudy. »Nicht einmal Mohammed wollte, dass sich irgendjemand vor ihm verneigt. Sie verneigen sich vor Allah und vor niemand sonst.«

Oha. Das hätte ich wissen sollen. Vielleicht hätte ich in meiner Jugend besser aufpassen sollen – ehe Dad es aufgegeben hatte, mich zum rechten Glauben zu bekehren.

»Hm«, machte ich. »Ich weiß nicht, was ich dazu sagen soll.«

Rudy lehnte sich an die Wand. »Jetzt habe ich dich erwischt, Jazz. Hier geht es nicht um eine kleine Schmuggelei. Hier geht es um einen Vermögensschaden von hundert Millionen Motten. Du fliegst zur Erde.«

Ich zitterte ein wenig. Nicht vor Angst, sondern vor Wut. Hatte dieses Arschloch nichts Besseres zu tun, als in meinem Leben herumzuschnüffeln? *Teufel auch, konnte er mich nicht endlich in Ruhe lassen?*

Ich glaube, es gelang mir nicht völlig, die Wut zu verbergen.

»Was ist los?«, fragte er. »Keine Widerworte? Du hast das nicht aus Spaß gemacht. Das sieht sehr nach einer Auftragsarbeit aus. Sag mir, wer dich angeheuert hat, und ich lege bei der Administratorin ein gutes Wort für dich ein. Das wird dich vor der Abschiebung bewahren.«

Ich presste die Lippen zusammen.

»Komm schon, Jazz, sag mir einfach, dass es Trond Landvik war, und wir können in Ruhe weiterleben.«

Sosehr ich mich bemühte, mir nichts anmerken zu lassen, es gelang mir nicht. Woher, zum Teufel, wusste er das?

Er las meine Gedanken. »Er hat Besitz auf der Erde abgestoßen und enorme Geldreserven angesammelt. Anscheinend will er in Artemis etwas Großes kaufen. Ich vermute, es handelt sich dabei um Sanchez Aluminium.«

Offenbar wollte er Trond um jeden Preis drankriegen. Er war sogar bereit, auf die Gelegenheit zu verzichten, mich ein für alle Mal abzuschieben. Aber trotzdem … Trond in den Rücken fallen? Das war nicht mein Stil. »Ich weiß nicht, was du meinst.«

Er steckte das Gizmo wieder in die Tasche. »Warum hast du einen HIB?«

»Ich liefere ihn aus. Ich arbeite als Trägerin. Das ist mein Job.«

»Wer hat ihn geschickt? Und wer bekommt ihn?«

»Das kann ich dir nicht verraten«, wehrte ich ab. »Ich garantiere Diskretion bei meinen Aufträgen. Ich habe einen guten Ruf zu verlieren.«

Er starrte mich einen Augenblick an, aber ich hatte mich schon wieder gefasst. Schließlich runzelte er die Stirn und trat einen Schritt zurück. »Na schön. Aber das hier ist noch nicht vorbei. Einige mächtige Leute sind sehr wütend.«

»Dann sind sie auf jemand anders wütend. Ich habe nichts getan.«

Zu meiner großen Überraschung drehte er sich um und ging weg. »Du steckst bald bis über beide Ohren im Schlamassel. Ruf mich an, wenn das passiert.«

»Was …«, setzte ich an. Aber dann hielt ich den Mund. Wenn er mich jetzt nicht festnahm, wollte ich ihn sicher nicht im letzten Moment noch umstimmen.

Ich verstand das alles nicht. Rudy hatte es schon seit Jahren auf mich abgesehen, und er hatte ekelhaft gute Beweise, die bestimmt ausreichten, um die Administratorin zu überzeugen. Sie würde meinen kriminellen Arsch im Handumdrehen in ein Raumschiff zur Erde setzen.

Wenn er Trond wirklich an den Kragen wollte, gab es keinen Grund, mich laufen zu lassen. Ich stand vor der Abschiebung, und in Abschiebehaft wäre ich doch viel eher bereit, Trond zu verraten, oder?

Was war da los?

Ich brauchte einen Drink. Also ging ich ins Hartnell's, setzte mich auf meinen gewohnten Platz und gab Billy ein Zeichen. Es war Zeit, mein Elend mit Alkohol und Testosteron zu ertränken. Ich wollte mir ein paar billige Gläser Bier gönnen, später etwas Aufreizendes anziehen, einen Nachtclub in Aldrin aufsuchen und mit einem gut aussehenden Mann nach Hause gehen. Hey, ich konnte sogar Svobodas Kondom ausprobieren. Warum eigentlich nicht?

»Alles klar, Schätzchen?«, sagte Billy. »Probier das mal. Neue Formel.«

Er schob mir ein Schnapsglas rüber und grinste von einem Ohr zum anderen.

Ich beäugte es misstrauisch. »Billy, ehrlich, ich will lieber ein Bier.«

»Versuch's doch mal. Nur einmal nippen – und das erste Bier geht aufs Haus.«

Ich dachte kurz darüber nach und kam zu dem Schluss, dass ein kostenloses Bier ein kostenloses Bier war. Ich nahm einen Schluck.

Zugegebenermaßen war ich überrascht. Ich hatte angenommen, es würde so grauenhaft schmecken wie beim letzten Mal. Doch es war auf eine ganz neue Art und Weise abscheulich. Kein brennendes Elend wie neulich, sondern etwas Scharfes und Übles. Ich spuckte es aus.

Unfähig, ein Wort über die Lippen zu bekommen, deutete ich auf die Zapfhähne.

»Hmpf«, machte Billy. Er zapfte mir ein großes Glas und gab es mir. Ich kippte es runter wie ein verirrter Wüstenwanderer, der endlich eine Oase gefunden hatte.

»Also«, sagte ich dann und wischte mir den Mund ab. »Also, war das Meerrettich? Ich könnte schwören, dass da Meerrettich drin war.«

»Nein, das ist Rum. Nun ja, Rumextrakt und Ethanol.«

»Krass. Wie ist es möglich, dass es mit Rum beginnt und so etwas dabei herauskommt?«

»Ich versuche es später noch mal«, versprach er. »Vielleicht läuft bei der Entfernung des Ethanols etwas falsch. Wenn du willst, hätte ich noch einen Wodka, den du probieren kannst.«

»Vielleicht später«, wehrte ich ab. »Jetzt will ich erst mal noch ein Bier.«

Mein Gizmo summte. Es war eine Nachricht von Trond: **Mache mir Sorgen wegen des letzten Pakets.**

»Verflucht«, murmelte ich. Ich hatte keine Ahnung, wie ich den letzten Sammler ausschalten sollte.

Der Plan für die Lieferung ist fast fertig.

Ich bin momentan ein unzufriedener Kunde. Zustellung ist äußerst dringlich.

Verstanden.

Vielleicht sollte ich einen anderen Träger beauftragen, falls du zu beschäftigt bist.

Ich starrte das Gizmo böse an.

Sei nicht so ein Arsch.

Lass uns persönlich darüber sprechen. Ich bin den ganzen Tag da.

Ich komme gleich. Ich steckte das Gizmo wieder in die Tasche.

»Du wirkst sauer«, meinte Billy. »Sauer und überhaupt nicht betrunken.«

»Probleme mit einem Kunden«, erwiderte ich. »Das muss ich persönlich in Ordnung bringen.«

»Dann hat sich das zweite Bier erledigt?«

Ich seufzte. »Ja, so sieht es wohl aus.«

Ich ging zum Haupteingang von Landviks Anwesen und klingelte.

Niemand öffnete. Hm. Das war seltsam. Wo war Irina mit dem gewohnten finsteren Blick? Ich hatte mir schon einige hübsche Sachen zurechtgelegt, die ich ihr an den Kopf werfen wollte.

Ich klingelte noch einmal. Immer noch nichts.

Da bemerkte ich den Schaden an der Tür. Nur ein kleiner Kratzer am Rand. Genau dort, wo man eine Brechstange ansetzt, wenn man einbrechen will. Ich zuckte zusammen. »O nein, nicht doch …«

Misstrauisch stieß ich die Tür auf und spähte ins Foyer. Keine Spur von Irina oder Trond. Neben dem Podest lag eine Schmuckvase auf dem Boden. An der Wand entdeckte ich einen hellroten Blutspritzer.

»Nein!«, stöhnte ich.

Ich machte auf dem Absatz kehrt und lief in den Korridor zurück. »Nein, nein, nein!«

Lieber Kelvin,
beim nächsten Mal brauche ich drei Kilo losen Tabak, fünfzig Päckchen Zigarettenblättchen, zwanzig Feuerzeuge und zehn Fläschchen Feuerzeugbenzin.

Ich habe für uns eine neue Einkommensquelle entdeckt: Sprühschaumisolierung. Es hat sich herausgestellt, dass das Zeug hervorragend den Schall dämpft, und glaube mir, der Lärm ist hier ein echtes Problem. Besonders in einer beschissenen Wohngegend wie meiner. Der Schaum ist brennbar, sobald er getrocknet ist, also darf er nicht eingeführt werden. Aber wenn wir den Leuten in den billigen Gegenden Stille verkaufen können, bezahlen sie dafür, was immer wir verlangen.

Was die speziellen Bestellungen angeht, so habe ich einen echten Fischzug gemacht. Er will La-Aurora-Zigarren aus der Dominikanischen Republik haben. Du musst sie direkt dort beschaffen. Bezahle, was immer nötig ist, damit sie per Express nach Kenia geliefert werden. Dieser Mann kann eine Goldgrube werden. Wahrscheinlich verlangt er jeden Monat eine neue Lieferung, also lege Vorräte an.

Im letzten Monat haben wir 21 628 µ verdient, deine Hälfte beträgt 10 814 µ. Wie willst du es haben? Wie geht es deinen Schwestern? Habt ihr es Halimas bescheuertem Exmann heimgezahlt?

Liebe Jazz,
in Ordnung, ich schicke alle Sachen mit dem nächsten Container. Die Rakete startet in neun Tagen. Die Schaumisolierung ist eine gute Idee. Ich höre mich um und suche die Marke aus, die das

beste Verhältnis zwischen Schallisolierung und Gewicht bietet. Mal sehen, wie es sich verkauft.

Bitte wechsle meinen Anteil in Euro, und überweise ihn auf mein Konto in Deutschland.

Ja, um Halimas Mann haben wir uns gekümmert. Er wird nicht mehr versuchen, das Sorgerecht für Edward zu bekommen. Eigentlich wollte er es sowieso nie haben. Er wollte nur, dass ich es ihm abkaufe. Also habe ich ihm das Geld gegeben. Gott sei gedankt für unsere Operation, Jazz! Ich will mir gar nicht vorstellen, wo meine Familie ohne dieses Zusatzeinkommen stehen würde.

Kuki ist gerade zum College in Australien aufgebrochen. Sie will Bauingenieurin werden. Wir sind alle sehr stolz auf sie. Faith bekommt gute Noten auf der Highschool, interessiert sich aber ein wenig mehr für Jungs, als uns lieb ist. Und Margot ist eine richtige Sportlerin geworden. Sie spielt jetzt in der ersten Footballmannschaft.

Wie läuft es bei dir? Was macht Tyler?

Lieber Kelvin,
Tyler geht es gut. Er ist der süßeste, freundlichste Junge, mit dem ich je zusammen war. Ich bin sonst nicht so gefühlsduselig, und ich hätte nie gedacht, dass ich mal so was sagen werde, aber dieser Kerl könnte ein Kandidat zum Heiraten sein. Wir sind jetzt ein Jahr zusammen, und ich liebe ihn immer noch. Das ist völlig untypisch für mich.

Er ist in jeder Hinsicht das genaue Gegenteil von Sean. Tyler ist rücksichtsvoll, loyal, hingebungsvoll und absolut süß. Außerdem ist er nicht pädophil, was ein weiterer Vorteil gegenüber Sean ist. Bei Gott, ich kann gar nicht glauben, dass ich jemals mit diesem Arschloch zusammen war!

Übrigens, Dale zeigt mir gerade, wie man EVAs macht. Er ist ein sehr guter Lehrer. Es ist viel Arbeit und gefährlich, und es dauert lange, es zu lernen. Die EVA-Gilde ist schlimmer als eine Sekte. Aber jetzt wissen sie, dass ich trainiere, um mich ihnen anzuschließen, und tauen mir gegenüber etwas auf.

Mann, sobald ich das EVA-Zertifikat habe, werde ich einen Haufen Geld verdienen. Mit den Touren für die Touristen kann man wirklich reich werden!

Ich werde es aber nicht allein einstreichen. Du wirst auch etwas davon haben. Ich hänge den Trägerjob an den Nagel und suche mir einen neuen Job als Containerführer. Dann muss ich Nakoshi nicht mehr bestechen. Kelvin, mein Freund, vor uns liegt eine strahlende Zukunft!

Liebe Jazz,
das freut mich zu hören!

Hier in der KSC gibt es etwas Unruhe. Sie haben gerade angekündigt, dass sie die Startfrequenz erhöhen wollen. Die Folge davon ist, dass sie das Ladepersonal verstärken. Gleichzeitig mit meinem wird noch ein anderes Team arbeiten. Da ich nicht an beiden Orten zugleich sein kann, werden wir die Hälfte der Starts verpassen.

Aber ich habe eine Idee. Wie wäre es, wenn wir noch jemanden in unsere Gruppe aufnehmen? Ich sorge dafür, dass es jemand ist, dem wir vertrauen können. Ich kenne viele Ladearbeiter, die ein wenig zusätzliches Geld gebrauchen könnten. Wir müssten ihn ja nicht zum gleichberechtigten Partner machen, aber vielleicht geben wir ihm 10 Prozent ab?

Lieber Kelvin,
um ehrlich zu sein, mir gefällt die Idee nicht. Dir würde ich mein Leben anvertrauen, aber diese anderen Ladearbeiter kenne ich nicht. Wir müssten uns sehr gründlich über die Kandidaten unterhalten. Je mehr Leute beteiligt sind, desto größer wird das Risiko, dass wir auffliegen.

Aber du hast recht, es wäre schade, wenn wir die Hälfte der Starts verpassen. Das trifft meine Gier.

Liebe Jazz,
wie wäre es, wenn wir das in Angriff nehmen, wenn du bei der EVA-Gilde aufgenommen bist? Dann müssen wir auch nicht mehr Nakoshi einen Anteil abgeben. Unser Profit würde nicht mehr geschmälert, und wir könnten expandieren. Die erhöhte Zahl von Starts bedeutet, dass wir mehr Produkte liefern können. Damit erhöht sich auch der Gewinn.

Lieber Kelvin,
ich mag die Art, wie du denkst. Na gut, dann sieh dich schon mal nach jemandem um. Aber um Gottes willen, sei vorsichtig!

Liebe Jazz,
vorsichtig, sagst du? Daran habe ich überhaupt nicht gedacht. Dann sollte ich wohl den Zettel vom Schwarzen Brett der Firma wieder abnehmen.

Lieber Kelvin,
Klugscheißer.

8

Ich entfernte mich im Dauerlauf von Landviks Anwesen. Ohne das Tempo zu vermindern, zückte ich das Gizmo und schrieb Rudy eine Nachricht: **Ärger in Landviks Wohnsitz. Habe Blut bemerkt. Geh sofort hin.**

Er schrieb zurück: **Bin schon unterwegs. Bleib dort, bis ich eintreffe.**

Nein, antwortete ich. Gleich darauf klingelte das Gizmo. Rudy versuchte, mich anzurufen. Ich ignorierte es und rannte noch schneller.

»Scheiße!«, fluchte ich. »Warum muss das alles immer so schwierig sein?«

Höchstens alle sieben bis acht Meter berührte ich den Boden. Wenn ich um eine Kurve bog, stieß ich mich von den Wänden ab, um nicht bremsen zu müssen.

Das Alan's Pantry war ein teurer Laden, wenn man bedachte, dass sie dort Junkfood und kitschige Souvenirs verkauften. Es war weniger ein Supermarkt und eher ein Hotelkiosk, was vermutlich die hohen Preise erklärte. Leider hatte ich keine Zeit, wählerisch zu sein.

»Wie kann ich Ihnen helfen, Madam?«, fragte der Verkäufer. Er trug einen dreiteiligen Anzug. Wer, zum Teufel, trägt in einem Kramladen einen Dreiteiler? Ich schob den Gedanken weg. Auch für Werturteile fehlte mir die Zeit.

Als Erstes schnappte ich mir die größte Tasche, die ich finden konnte – es war ein Kleidersack mit einem Abbild des Mondes. Wie originell. Dann schaufelte ich aus allen Regalen Fertiggerichte hinein und achtete kaum darauf, was ich einpackte. Ich glaube, ich konnte flüchtig mehrere Schokoriegel und zwanzig Geschmacksrichtungen von getrocknetem Gunk erkennen. Eine genaue Bestandsaufnahme konnte ich später immer noch machen.

»Madam?«, fragte der Verkäufer.

Zuletzt nahm ich noch eine Flasche Wasser aus dem Kühlregal, ging zur Theke und kippte den Sack aus. »Das alles«, sagte ich. »Und zwar schnell.«

Der Verkäufer nickte. Das musste ich ihm lassen: Er arbeitete, so schnell er konnte, stellte keine Fragen und machte mir keinen Ärger. Der Kunde hat es eilig? Na gut, dann beeilen wir uns. Dafür bekam das Alan's Pantry fünf Sterne von mir.

Sobald die Gegenstände auf der Theke so ausgebreitet waren, dass sie sich nicht gegenseitig berührten, drückte er auf einen Knopf der Kasse. Der Computer registrierte alles und warf die Gesamtsumme aus.

»Eintausendvierhundertfünfzig Motten, bitte.«

»Jesus«, stöhnte ich. Aber ich hatte keine Zeit zum Streiten. Bald wäre das Geld für mich sowieso nutzlos. Ich fuhr mit dem Gizmo über den Kassenchip und genehmigte die Transaktion.

Dann stopfte ich alles wieder in den Sack und rannte hinaus. Während ich durch den Korridor eilte, wählte ich auf dem Gizmo eine Nummer. Vor dem Verbindungsaufbau erschien eine Warnmeldung:

> **Sie rufen die Erde an. Der Preis pro Minute beträgt 31 µ. Fortfahren?**

Ich bestätigte und hörte den Freiton.

»Hallo?«, meldete sich jemand mit starkem Akzent am anderen Ende.

»Kelvin, hier ist Jazz«, sagte ich. Ich sauste um eine Ecke und sprang in den Bean-Verbindungstunnel.

Nach den üblichen vier Sekunden Verzögerung sagte Kelvin: »Jazz? Du rufst direkt an? Was ist denn los?«

»Kelvin, ich sitze in der Tinte. Ich erkläre es dir später, aber ich brauche jetzt sofort einen falschen Namen. Ich brauche deine Hilfe.« Ich eilte durch den Verbindungstunnel und fluchte wegen der beschissenen Verzögerung bei der Verbindung.

»In Ordnung. Was kann ich tun?«

»Ich weiß nicht, wer hinter mir her ist, und kann nicht davon ausgehen, dass meine Bankdaten immer noch geheim sind. Du musst für mich unter einem anderen Namen ein Konto bei der KSC einrichten. Ich gebe dir das Geld später zurück.«

Vier nervenaufreibende Sekunden später: »In Ordnung. Wie wäre es mit tausend US-Dollar? Das wären etwa sechstausend Motten. Und welchen Namen stellst du dir vor?«

»Sechstausend Motten klingt wundervoll, danke. Der Name … ich weiß nicht … dieses Mal vielleicht etwas Indisches? Wie wäre es mit Harpreet Singh?«

Inzwischen raste ich durch die Bean-Blase. Dieser Bereich war überwiegend ein verschlafenes Wohnviertel, die Korridore waren lang und gerade. Perfekt für ein Mädchen, das wie von Furien gehetzt rannte. Ich schaltete noch einen Gang höher.

»Gut, ich richte es ein«, versprach Kelvin. »Das dauert etwa fünfzehn Minuten. Schick mir eine Nachricht, sobald du eine Gelegenheit dazu hast, und erklär mir, was los ist. Lass mich wenigstens wissen, dass du in Sicherheit bist.«

»Kelvin, ich bin dir unendlich dankbar. Ich melde mich. Bis dann.«

Sofort nach dem Gespräch schaltete ich das Gizmo aus. Auch wenn ich nicht durchschaute, was hier eigentlich los war, ich wollte auf keinen Fall mit einem Peilsender durch die Gegend laufen.

Auf Bean Null eilte ich zum Hauptdurchgang. Das nächste Hotel war das Moonrise Inn. Ein ziemlich bescheuerter Name, wenn man es sich recht überlegt. Artemis ist die einzige Stadt, wo man mit Sicherheit keinen Mondaufgang sehen kann. Aber das war mir egal. Eine Absteige wie diese war mir gerade recht.

So wie ich es schon einmal als Nuha Nejem getan hatte, ließ ich mir ein Hotel-Gizmo auf den Namen Harpreet Singh geben. Für ahnungslose Hotelangestellte sieht eine Araberin genauso aus wie eine Inderin.

Also gut, nun hatte ich eine falsche Persönlichkeit. Vorläufig würde ich Harpreet Singh bleiben. Aber so verführerisch die Vorstellung, direkt einzuchecken, auch war, ich wollte keinesfalls in ein Versteck kriechen, das man mühelos beobachten konnte. Nein, ich musste einen Ort aufsuchen, wo mich garantiert niemand sehen konnte.

Zum Glück kannte ich so einen Ort.

DOPPELMORD IN ARTEMIS

Der einflussreiche Geschäftsmann Trond Landvik und seine Leibwächterin Irina Vetrov wurden heute in Landviks Wohnsitz in der Shepard-Blase tot aufgefunden. In der ganzen Geschichte von Artemis gab es bisher nur fünf Morde, und dies ist der erste Doppelmord in der Mondstadt.

Wachtmeister Rudy DuBois folgte einem Hinweis und fand die Toten um 10:14 Uhr. Die Tür war aufgebrochen, und beide Opfer waren erstochen worden. Die Spuren deuten darauf hin, dass Vetrov starb, als sie ihren Arbeitgeber beschützen wollte. Möglicherweise fügte sie dem Angreifer erhebliche Verletzungen zu.

Landviks Tochter Lene war während der Morde in der Schule.

Die Toten wurden zur pathologischen Untersuchung in Dr. Melanie Roussels Praxis gebracht.

Lene Landvik erbt das beträchtliche Vermögen ihres Vaters, sobald sie achtzehn wird. Bis dahin wird die Osloer Anwaltskanzlei Jørgensen, Isaksen & Berg den Besitz treuhänderisch verwalten. Die Erbin war für uns nicht zu sprechen.

Der Artikel ging noch weiter, aber ich wollte nicht mehr lesen und legte das Gizmo zur Seite. Ich kauerte auf dem kalten Metallboden, legte die Arme um die Knie und ließ den Kopf hängen.

Es fiel mir schwer, die Tränen zu unterdrücken. Ehrlich, ich versuchte es wirklich. Die panische Flucht hatte mich abgelenkt, aber seit ich in Sicherheit war, wurde das Adrenalin abgebaut.

Trond war ein guter Mann gewesen. Vielleicht ein wenig hinterhältig, und er hatte ständig diesen dummen Bademantel getragen, aber er war ein guter Mann gewesen. Und ein guter Vater. Mein Gott, wer kümmerte sich jetzt um Lene? Als Kind bei einem Autounfall verstümmelt, mit sechzehn zur Waise geworden. Jesus, was für ein beschissenes Schicksal! Natürlich, sie hatte Geld, aber … verdammt …

Man musste keinen Abschluss in Kriminologie haben, um sich zusammenzureimen, dass der Anschlag ein Racheakt für die Sabotage war. Wer das getan hatte, wollte mit Sicherheit als Nächstes mich umbringen. Vielleicht wussten sie nicht, wer ich war, aber mein Leben hätte ich nicht darauf verwettet.

Also versteckte ich mich jetzt vor einem Mörder. Außerdem würde ich die Million nicht bekommen, selbst wenn ich den letzten Sammler doch noch zerstörte. Trond und ich hatten sowieso keinen schriftlichen Vertrag geschlossen. Es war alles umsonst gewesen.

Ich schauderte in der kalten, engen Zugangsnische. Hier hatte ich schon einmal vor langer Zeit gehockt, als ich obdachlos gewesen war. Zehn Jahre Kampf, um Boden unter die Füße zu bekommen – und jetzt war ich wieder dort, wo ich angefangen hatte.

Mit dem Kopf auf den Knien schluchzte ich. Leise. Auch das war eine Fertigkeit, die ich damals gelernt hatte: Wie man weinte, ohne großen Lärm zu machen. Ich wollte nicht, dass mich ein Passant auf dem Gang hörte.

Die Nische war ein winziger dreieckiger Raum mit einer abnehmbaren Platte, damit die Wartungsarbeiter zur inneren Hülle gelangen konnten. Es gab nicht einmal genug Platz, um sich hinzulegen. Im Vergleich dazu war mein Sarg ein wahrer Palast. Die Tränen brannten, als sie sich abkühlten und mir über das Gesicht liefen. Bean Minus 27 war ein gutes Versteck, aber es war eiskalt. Auch in der Mondschwerkraft steigt warme Luft nach oben. Je tiefer man kommt, desto kälter wird es. Und in einer Wartungsnische stellt niemand einen Heizkörper auf.

Ich wischte mir das Gesicht ab und griff wieder nach meinem Gizmo. Nun ja, Harpreets Gizmo, aber Sie wissen schon, was ich meine. Mein eigenes Gizmo lag in einer Ecke der Nische. Ich hatte die Batterie herausgenommen. Verwalterin Ngugi erlaubte eine Gizmo-Lokalisierung nur, wenn es einen guten Grund dafür gab. »Gesucht als Zeugin eines Doppelmordes« war ein ziemlich guter Grund.

Ich musste mich jetzt entscheiden. Und diese Entscheidung würde den Rest meines Lebens beeinflussen. Sollte ich mich Rudy anvertrauen?

Der Mord war ihm natürlich wichtiger als meine Schmuggelei, und wenn ich zu ihm ging, war ich in Sicherheit. Er mochte ein Arschloch sein, aber er war ein guter Cop. Er würde alles tun, was er nur konnte, um mich zu beschützen.

Andererseits hatte er, seit ich siebzehn war, nach einem Vorwand gesucht, um mich abzuschieben. Er wusste bereits, dass sich Trond mit Sanchez Aluminium anlegen wollte, deshalb konnte ich ihm keine nützlichen Informationen mehr liefern. Außerdem musste ich davon ausgehen, dass das Angebot, mich straffrei davonkommen zu lassen, wenn ich Trond verriet, nicht mehr galt. Trond war tot. Wenn ich mich jetzt an Rudy wandte, gab ich ihm

a) alle nötigen Beweise, die er brauchte, um mich abzuschieben, und
b) keinerlei Hilfe bei der Suche nach den Mördern.

Das schied also aus. Ich konnte nur überleben und auf dem Mond bleiben, wenn ich den Kopf einzog und die Klappe hielt.

Ich war auf mich allein gestellt.

Zeit für eine Bestandsaufnahme. Essen und Wasser reichten für ein paar Tage. Wenn niemand hinsah, konnte ich die öffentliche Toilette ein paar Schritte den Gang hinunter benutzen. Ich würde nicht ständig in der Nische bleiben, aber im Augenblick wollte ich nicht, dass mich irgendjemand sah. Egal wer.

Ich schniefte noch einige Male und räusperte mich. Dann rief ich Dads Nummer über einen lokalen Proxyserver an. So konnte niemand herausfinden, dass Harpreet Singh mit Ammar Bashara Kontakt aufgenommen hatte.

»Hallo?«, meldete er sich.

»Dad, hier ist Jazz.«

»Oh, ja. Seltsam, mein Gizmo hat deine Nummer nicht erkannt. Wie ist das Projekt gelaufen? Brauchst du die Sachen noch?«

»Dad, du musst mir zuhören. Du musst mir wirklich genau zuhören.«

»Gut …«, begann er. »Das klingt nicht schön.«

»Ist es auch nicht.« Ich wischte mir noch einmal über das Gesicht. »Du musst die Wohnung verlassen und darfst nicht mehr in die Werkstatt. Geh ein paar Tage zu einem Freund.«

»Was? Warum denn?«

»Dad, ich habe Mist gebaut. Ich habe wirklich üblen Mist gebaut.«

»Komm her, wir finden schon eine Lösung.«

»Nein, du musst dort verschwinden. Weißt du schon von dem Mord an Trond und Irina?«

»Ja, ich habe es gesehen. Ein sehr unglück…«

»Die Mörder sind jetzt hinter mir her. Und sie könnten versuchen, dich als Druckmittel einzusetzen, weil du der einzige Mensch bist, der mir wichtig ist. Also mach, dass du dort verschwindest.«

Er schwieg einen Moment, dann sagte er: »Na schön. Komm zur Werkstatt. Und dann gehen wir zu Imam Faheem. Er und seine Familie werden sich um uns kümmern.«

»Es reicht nicht, wenn ich mich nur verstecke. Ich muss herausfinden, was los ist. Geh du zum Imam. Ich melde mich wieder, sobald es sicher ist.«

»Jazz …« Seine Stimme bebte. »Überlass das Rudy. Das ist seine Aufgabe.«

»Ich kann ihm nicht trauen. Im Augenblick jedenfalls nicht. Vielleicht später.«

»Du kommst sofort nach Hause, Jasmine.« Seine Tonlage war auf einmal eine ganze Oktave höher. »Bei der Liebe Allahs, leg dich nicht mit Mördern an!«

»Es tut mir leid, Dad, es tut mir so leid. Verschwinde von dort. Ich rufe dich an, sobald es vorbei ist.«

»Jasmine …« Ich legte auf.

Ein weiterer Vorteil des Proxyservers: Dad konnte mich nicht zurückrufen.

Den Rest des Abends blieb ich in der Nische hocken. Zweimal flitzte ich hinaus zur Toilette, aber das war es auch schon. Die restliche Zeit verbrachte ich damit, Todesangst zu haben und wie besessen die Nachrichten zu lesen.

Am nächsten Morgen erwachte ich mit verkrampften Beinen und schmerzendem Rücken. So geht es eben, wenn man sich in den Schlaf weint. Und wenn man aufwacht, sind die Probleme immer noch da.

Ich schob die Platte zur Seite und kroch auf den Korridor hinaus. Dort streckte ich meine gequälten Muskeln. Auf Bean Minus 27 waren nicht viele Menschen unterwegs, und erst recht nicht so früh am Morgen. Ich setzte mich auf den Boden und genoss ein zünftiges Frühstück aus ungewürztem Gunk und Wasser. In der Nische wollte ich nicht essen, ich ertrug den engen kleinen Raum einfach nicht mehr.

Natürlich konnte ich mich verstecken und abwarten, bis Rudy den Mörder erwischte, aber das half mir nicht. Selbst wenn er Erfolg hatte, würden die Drahtzieher im Hintergrund einfach einen neuen Auftragskiller schicken.

Ich aß noch einen Happen Gunk.

Es ging um Sanchez Aluminium.

Na schön.

Aber warum? Warum brachten sich die Leute wegen einer altmodischen Industrieanlage um, mit der man nicht einmal viel Geld verdienen konnte?

Geld. Es geht immer ums Geld. Wo also war hier Geld zu holen? Trond Landvik war nicht Milliardär geworden, indem er auf gut Glück irgendetwas unternommen hatte. Wenn er Aluminium herstellen wollte, dann gab es dafür einen triftigen

Grund. Und was da auch im Gange war, es hatte ihn umgebracht.

Das war der Schlüssel. Ehe ich über das *Wer* nachdenken konnte, musste ich das *Warum* klären. Und sofort erkannte ich, wo ich beginnen musste: bei Jin Chu.

Er war bei Trond gewesen, als ich die Zigarren geliefert hatte. Er kam aus Hongkong und hatte eine Schachtel mit der Aufschrift DAGL dabei, die er vor meinen Blicken verbergen wollte. Mehr wusste ich nicht.

Ich suchte online, fand aber nichts über ihn heraus. Wer er auch war, er wusste sich zu tarnen. Oder er war unter falschem Namen nach Artemis eingereist.

Es kam mir so vor, als sei die Zigarrenlieferung schon eine Ewigkeit her, dabei waren es gerade mal vier Tage. Fleischdosen kamen nur einmal in der Woche, und in der Zwischenzeit war keine gestartet. Also befand sich Jin Chu noch in der Stadt. Vielleicht war er tot, aber er war noch hier.

Ich beendete mein »Frühstück« und verstaute die Reste in der Nische. Dann versiegelte ich sie, strich den verknitterten Overall glatt und machte mich auf den Weg.

In Conrad suchte ich einen Secondhandladen auf und stellte eine umwerfende Garderobe zusammen: einen hellroten Minirock, der so kurz war, dass man ihn fast einen Gürtel nennen konnte, ein mit Münzen besetztes Oberteil, das den Bauch freiließ, und die höchsten Pumps, die ich finden konnte. Eine große rote Lederhandtasche rundete das Bild ab.

Dann ging ich in ein Haarstudio und kam nach einer kurzen Überarbeitung als Flittchen wieder heraus. Die Mädchen im Salon verdrehten die Augen, als ich mich im Spiegel begutachtete.

Die Verwandlung war verblüffend einfach. Sicher, ich habe eine gute Figur, aber ich wünschte, es hätte mich ein wenig mehr Mühe gekostet, so billig auszusehen.

Reisen ist anstrengend. Selbst wenn man den Urlaub seines Lebens macht.

Ihr Geld strömt weg wie das Wasser aus einem Sieb. Sie haben einen Jetlag. Sie sind ungeheuer erschöpft. Sie haben Heimweh, obwohl Sie doch im Urlaub sind. Aber das alles verblasst im Vergleich zum Essen.

Ich habe es schon oft beobachtet. Die Touristen probieren gern unsere lokale Küche. Das Problem ist nur: Unsere Küche ist beschissen. Die Gerichte bestehen aus Algen und künstlichen Geschmacksstoffen. Schon nach wenigen Tagen will der Amerikaner Pizza, der Franzose Wein und der Japaner Reis. Wenn man gut isst, fühlt man sich behaglich. So findet man wieder zu sich.

Jin Chu kam aus Hongkong. Also wollte er früher oder später richtiges kantonesisches Essen genießen.

Die Leute, die Trond persönlich trafen, waren einflussreiche Manager oder mindestens sehr wichtige Leute. Diese Klientel reiste viel und wohnte vorzugsweise dort, wo es gutes Essen gab.

Demnach suchte ich einen betuchten, reiseerfahrenen Mann aus Hongkong, der sein gewohntes Essen bekommen wollte. Ein Laden erfüllte diese Anforderungen perfekt: das Canton Artemis.

Das Canton war ein Fünfsternehotel in der Aldrin-Blase, das an die ganze chinesische Elite Essen lieferte. Es war im

Besitz und wurde betrieben von Geschäftsleuten aus Hongkong und bot den wohlhabenden Gästen den gewohnten Komfort der Heimat. Und das Wichtigste war, dass es dort ein richtiges kantonesisches Frühstücksbuffet gab. Ja, wenn man aus Hongkong kommt und über unbeschränkte Mittel verfügt, dann wohnt man im Canton.

Ich betrat die luxuriöse, schön eingerichtete Lobby. Dies war eines der wenigen Hotels in der Stadt, die eine echte Lobby besaßen. Aber wenn man 50 000 µ pro Nacht verlangt, kann man leicht ein wenig Platz für repräsentative Zwecke verschwenden.

Mit meiner Prostituiertenuniform fiel ich auf wie ein bunter Hund. Einige Köpfe drehten sich in meine Richtung und bewegten sich gleich voller Abscheu wieder in die andere Richtung (auch wenn die männlichen Köpfe ein wenig zögerten). Am Empfang saß eine alte Asiatin. Ohne falsche Scham ging ich direkt auf sie zu. In Wirklichkeit war es mir ungeheuer peinlich, aber ich gab mir große Mühe, es zu verbergen.

Die Empfangsdame sah mich an, als hätte ich sie und ihre großartigen Ahnen entsetzlich beleidigt. »Kann ich Ihnen helfen?«, fragte sie mit leichtem chinesischem Akzent.

»Ja«, erwiderte ich. »Ich bin hier mit einem Kunden verabredet.«

»Verstehe. Wissen Sie die Zimmernummer?«

»Nö.«

»Haben Sie seine Gizmo-ID?«

»Nö.« Ich zückte einen Schminkspiegel und überprüfte den rubinroten Lippenstift.

»Tut mir leid, Madam.« Sie sah mich von oben bis unten an. »Ich kann Ihnen leider nicht helfen, wenn Sie weder die

Zimmernummer noch einen anderen Beweis dafür haben, dass Sie eingeladen sind.«

Ich schoss einen giftigen Blick auf sie ab. Darin bin ich wirklich gut. »Oh, er will mich ganz bestimmt sehen. Eine Stunde lang.« Ich legte den Schminkspiegel auf ihre Theke und wühlte in meiner Handtasche. Sie wich vor dem Spiegel zurück, als könnte er eine ansteckende Krankheit auf sie übertragen.

Schließlich zog ich einen Zettel heraus und las ihn ihr vor: »Jin Chu. Canton Artemis. Arkadendistrikt, Aldrin-Blase.« Ich steckte den Zettel wieder weg. »Rufen Sie den Kerl einfach an, ja? Ich habe nachher noch andere Kunden.«

Sie schürzte die Lippen. Ein gutes Hotel wie das Canton ruft nicht einfach so einen Gast an, nur weil irgendjemand behauptet, mit ihm verabredet zu sein. Aber wenn es um Sex geht, sind die Vorschriften durchaus dehnbar. Sie tippte etwas am Computer ein und griff zum Telefon.

Nachdem sie eine Weile gelauscht hatte, legte sie wieder auf. »Es tut mir leid, aber er meldet sich nicht.«

Ich verdrehte die Augen. »Sagen Sie ihm, dass er trotzdem bezahlen muss.«

»Das werde ich ganz bestimmt nicht tun.«

»Von mir aus!« Ich schnappte mir den Schminkspiegel und warf ihn in die Handtasche. »Wenn er noch auftaucht, dann sagen Sie ihm, ich bin in der Bar.«

Damit trampelte ich hinaus.

Also war er nicht im Zimmer. Ich hätte die Lobby überwachen können – von der Bar aus hatte man einen großartigen Blick auf den Eingangsbereich –, aber das konnte den ganzen Tag dauern. Nein, ich hatte mir etwas viel Besseres ausgedacht.

Die Sache mit dem Lippenstift war nicht nur eine Showeinlage gewesen. Ich hatte den Spiegel so gelegt, dass ich den Bildschirm der Empfangsdame beobachten konnte. Als sie Jin Chus Namen eintippte, erschien prompt die Zimmernummer: 124.

In der Bar setzte ich mich aus alter Gewohnheit auf den vorletzten Stuhl am Ende des Tresens und sah durch die Lobby zu den Aufzügen. Daneben stand ein kräftiger Wachmann. Er trug einen Anzug und gute Schuhe, aber ich erkenne Rausschmeißer, wenn ich sie sehe.

Ein Gast kam, winkte mit dem Gizmo, die Aufzugtür öffnete sich. Der Wachmann sah zu, wirkte aber nicht sonderlich interessiert.

Ein paar Sekunden später kam ein Paar. Die Frau wedelte mit dem Gizmo, und die Tür ging auf. Der Wachmann trat vor und sprach kurz mit ihnen. Sie sagte irgendetwas, worauf er wieder seinen Posten einnahm.

In den Aufzug kam ich nicht hinein. Man musste ein Gast oder in Begleitung eines Gastes sein.

»Was kann ich für Sie tun?«, fragte jemand hinter mir.

Ich drehte mich zum Barkeeper um. »Haben Sie fünfzehn Jahre alten Bowmore Single Malt?«

»In der Tat, den haben wir, Madam. Aber ich sollte Sie vielleicht darauf hinweisen, dass ein kleines Glas siebenhundertfünfzig Motten kostet.«

»Kein Problem«, sagte ich. »Runden Sie auf tausend auf, und behalten Sie den Rest. Und buchen Sie es auf meinen Begleiter. Jin Chu, Zimmer 124.«

Er tippte es an der Kasse ein, sah, dass der Name zur Zimmernummer passte, und lächelte. »Sofort, Madam. Vielen Dank!«

Ich starrte weiter die Aufzüge an und wartete darauf, dass der Wachmann eine Pause machte oder so etwas. Der Barkeeper brachte meinen Drink. Ich nahm einen kleinen Schluck. Oh, Mann – das Zeug war wirklich gut.

Ein paar Tropfen spritzte ich zum Gedenken an Trond auf den Boden. Ein hinterhältiger Gauner, der ohne Bedenken jedes Gesetz gebrochen hatte, das seine Pläne durchkreuzte, aber er war zu Lebzeiten gut zu den Menschen in seiner Umgebung gewesen und hatte den Tod nicht verdient.

Na schön. Wie kam ich an dem Aufpasser am Aufzug vorbei? Konnte ich ihn ablenken? Wahrscheinlich klappte das nicht. Er war ein gut ausgebildeter Wachmann, dessen Job darin bestand, den Zugang zu den Zimmern zu kontrollieren. Auf irgendeinen billigen Trick fiel er bestimmt nicht herein. Vielleicht fand ich jemanden, der sehr groß oder dick war, hinter dem ich mich verstecken konnte. Nein, so etwas funktionierte nur in Filmen mit Buster Keaton.

Jemand tippte mir auf die Schulter. Ein Asiat, Mitte fünfzig, setzte sich neben mich. Er trug einen Dreiteiler und hatte die Haare seitlich über seine beginnende Glatze gekämmt.

»*Purai?*«, fragte er.

»Häh?«

»Äh …« Er zückte sein Gizmo und zeigte darauf. »*Purai?*«

»Englisch?«, fragte ich.

Er tippte auf seinem Gizmo herum und drehte es dann zu mir. Dort stand: **PREIS?**

»Oh«, sagte ich. Nun, das hat man davon, wenn man sich wie eine Prostituierte kleidet und in einer Bar herumsitzt. Aber gut zu wissen, dass mir noch eine andere berufliche Laufbahn offenstand, falls es mit dem Schmuggeln nicht mehr klappte. Ich blickte zu den Aufzügen und ihrem Wächter, dann sah ich wieder meinen Kunden an.

»Zweitausend Motten«, sagte ich. Das kam mir angemessen vor. Und der Minirock stand mir wirklich gut.

Er nickte und wollte auf seinem Gizmo die Überweisung einleiten. Ich legte die Hand darauf.

»Danach«, sagte ich. »Danach bezahlen.«

Er schien verwirrt, willigte aber ein.

Ich stand auf und kippte den Bowmore mit einem Zug hinunter. Vermutlich litten in diesem Moment alle Einwohner Schottlands an Schnappatmung.

Mein kleiner Freund fasste mich wie ein Gentleman am Arm, und wir spazierten durch die Lobby. Am Aufzug wedelte er mit dem Gizmo, und Arm in Arm traten wir in die Kabine. Der Wachmann musterte uns kurz, sagte aber nichts. So etwas sah er hundert Mal am Tag.

Wahrscheinlich stellen Sie sich gerade einen Wolkenkratzer mit fünfundzwanzig Stockwerken vor, aber vergessen Sie nicht, dass wir über die Aldrin-Blase reden. Das Canton hatte nur drei Etagen. Mein Kunde drückte auf die 1. Ausgezeichnet, das war das richtige Stockwerk. Der Aufzug brachte uns nach oben, und wir traten in den luxuriösen Flur. Mensch, hier war wirklich alles dekoriert: weicher Teppich, breite Zierleisten, Gemälde an den Wänden und so weiter. Die Zimmernummern waren als goldene Reliefs auf die Türen geheftet.

Mein Kunde führte mich am Zimmer 124 vorbei, und wir blieben vor der Nummer 141 stehen. Er winkte mit dem Gizmo, und das Schloss öffnete sich mit einem Klicken.

Nun zückte ich demonstrativ mein Gizmo und sah es an. Mit gerunzelter Stirn betrachtete ich den leeren Bildschirm, als sei dort etwas Wichtiges zu lesen. Er sah mir neugierig zu.

»Entschuldigung, ich muss mal anrufen.« Ich zeigte auf das Gizmo, damit er es verstand. Dann bedeutete ich ihm, er möge doch schon ins Zimmer gehen. Nickend folgte er der Aufforderung.

Ich hielt das Gizmo ans Ohr. »Rocko? Ja, hier ist Candy. Ich bin bei einem Kunden. Was hat sie gemacht? O nein, das darf doch nicht wahr sein!« Ich schloss Opas Tür, damit ich ungestört mit meinem Zuhälter reden konnte. Wahrscheinlich wartete der Mann mindestens eine Viertelstunde, ehe er bemerkte, dass ich weg war.

Klar, ich legte einen geilen Geschäftsmann herein, aber ich hatte kein Geld von ihm genommen. Moralisch ging das in Ordnung.

Leise huschte ich zum Zimmer 124 und sah mich nach links und rechts um. Der Flur war verlassen. Dann zog ich einen Schraubenzieher aus meiner farbenfrohen Handtasche und knackte das Schloss.

Also gut, Jin Chu. Jetzt wollen wir mal sehen, was du vorhast.

Ich stieß die Tür auf. Auf dem Bett saß ein grauhaariger Latino, der den rechten Arm in einer Schlinge trug. Mit der Linken hielt er ein Bowiemesser.

Er fuhr auf. »*Tu!*«, rief er.

»Äh …«, setzte ich an.

Er sprang.

Liebe Jazz,
es freut mich zu hören, dass sich die Isoliermasse so gut verkauft. Wir verdienen einen Haufen Geld! Mit dem nächsten Frachtcontainer schicke ich noch zwei Kisten.

Möglicherweise habe ich einen neuen »Mitarbeiter« gefunden. Er heißt Jata Masai und wurde vor Kurzem als Hilfsladearbeiter eingestellt. Er ist ein freundlicher Mann, aber sehr zurückhaltend. Er sondert sich ab. Einmal erwähnte er, dass er verheiratet ist und zwei Töchter hat, aber das ist auch schon alles, was ich über ihn weiß. In der Pause isst er nie zusammen mit den anderen Ladearbeitern in der Cafeteria. Er bringt sein Essen immer mit. Das bedeutet meiner Ansicht nach, dass er nicht viel Geld hat.

Eine Frau, zwei Kinder, braucht Geld, Hilfsarbeiter. Diese Kombination gefällt mir. Natürlich habe ich noch nicht mit ihm gesprochen. Ich habe eine Privatdetektivin angeheuert, die alles über ihn herausfinden soll. Ich leite dir den Bericht weiter, sobald sie ihn mir schickt. Wenn dir gefällt, was du dort liest, kann ich ihn anheuern.

Wie läuft es mit Tyler?

Lieber Kelvin,
ja, schick mir bitte unbedingt zwei Kisten Isolierschaum. Und sende mir den Bericht über Jata, sobald du ihn hast.

Tyler und ich sind fertig miteinander. Ich will nicht darüber reden.

9

Meine Gedanken überschlugen sich.

Na gut, ein Kerl griff mich mit dem Messer an. Sein Arm war verletzt, vermutlich von dem Kampf mit Irina, als er die beiden umgebracht hatte. Das bedeutete, dass er auch mich umbringen wollte.

Irina war stark, gut ausgebildet und bewaffnet gewesen, hatte aber trotzdem eine Messerstecherei gegen diesen Kerl verloren. Wie waren da wohl meine Aussichten? Kämpfen konnte ich überhaupt nicht, und weglaufen kam auch nicht infrage. Ich trug Pumps und einen engen Rock.

Mir blieb nur eine einzige Möglichkeit, die auf meiner Ahnung beruhte, wo er zustechen würde. Ich war ein hilfloses, spärlich bekleidetes und unbewaffnetes Mädchen. Warum sollte er Zeit verschwenden? Er würde mir einfach die Kehle durchschneiden.

Gerade rechtzeitig, um den Angriff abzuwehren, riss ich die Handtasche hoch. Sein blitzschneller Hieb schnitt die Tasche entzwei, und was drin war, platzte heraus. Das wäre beinahe meinem Hals passiert.

Er nahm wohl an, ich sei nach seinem ersten Angriff sowieso schon halb tot, und achtete nicht auf die Deckung.

Also packte ich mit einer Hand den verletzten Arm und schlug mit der freien Faust darauf. Er schrie vor Schmerzen und hackte noch einmal mit dem Messer nach mir, doch ich konnte ausweichen, hielt ihn weiter fest und stieß mich vom Türrahmen ab, um den verletzten Arm so stark wie möglich zu verdrehen. Vielleicht lenkte es ihn ab, wenn es richtig wehtat, und ich konnte fliehen.

Nun schrie er vor Wut auf und zog mich mit dem Arm hoch. Na gut, das hatte mein Plan nicht vorgesehen. Er riss mich buchstäblich über seinen Kopf hinweg und schmetterte mich auf den Boden des Hotelzimmers. Das war die Gelegenheit. Es würde wehtun, aber es war eine Gelegenheit.

Ich ließ seinen Arm los, ehe ich aufschlug. Der Kontakt wurde dadurch nicht sanfter, ich prallte mit der Seite auf den Boden. Alle Rippen taten mir weh, und am liebsten hätte ich mich zusammengerollt und gestöhnt, aber dazu hatte ich keine Zeit. Ich war frei, und sei es nur für eine Sekunde.

Er stolperte. Gerade hatte er noch fünfundfünfzig Kilo Jazz am Arm gehabt, jetzt war er von dieser Last schlagartig befreit. Ich kämpfte gegen die Schmerzen in meiner Seite an und drückte mich auf die Knie hoch. Dann rammte ich ihm mit aller Kraft, die ich aufbieten konnte, die Schulter in den Rücken. »Lefty« hatte sowieso schon das Gleichgewicht verloren und nicht mit einem Angriff gerechnet. Er stolperte auf den Flur hinaus.

Ich taumelte rückwärts ins Hotelzimmer und schloss die Tür mit einem Tritt. Sie verriegelte sich automatisch. Weniger als eine Sekunde später hörte ich den ersten Rumms, als Lefty versuchte, sich mit Gewalt wieder Zutritt zu verschaffen.

Ich stürzte zum Nachttisch und wählte.

»Empfang«, meldete sich die Dame.

Ich gab mir Mühe, möglichst panisch zu wirken. Das war kein Problem. »Hallo, ich bin in Zimmer 124, und da hämmert jemand an die Tür. Ich glaube, er ist betrunken oder so. Ich habe Angst.«

»Wir schicken sofort einen Wachmann hoch.«

»Danke.«

Lefty warf sich zum zweiten Mal gegen die Tür.

Ich legte auf, humpelte hinüber und spähte durch den Spion. Lefty nahm gerade wieder Anlauf. Und wieder dröhnte es, aber die Tür gab keinen Millimeter nach.

»Metalltür, Metallriegel«, rief ich. »Leck mich doch!«

Er nahm abermals Anlauf, doch da öffnete sich die Aufzugtür am Ende des Ganges, und der kräftige Wachmann kam heraus. »Kann ich Ihnen helfen, Sir?«

Ein paar andere Zimmertüren gingen ebenfalls auf. Verdutzte Gäste lugten heraus und sahen neugierig zu. Lefty war nicht gerade dezent vorgegangen. Nun schätzte er die Situation und den sehr großen Wachmann ein. Aus dieser Klemme kam er mit einem raschen Messerstich nicht heraus. Sehnsüchtig blickte er zur Tür, dann trollte er sich.

Der Wachmann rückte seinen Schlips zurecht, kam herüber und klopfte an.

Ich öffnete die Tür einen Spalt weit. »Äh, ja?«

»Alles in Ordnung, Madam?«

»Ja. Es war nur so seltsam. Wollen Sie ihn nicht verfolgen?«

»Er hatte ein Messer. Es ist besser, ihn gehen zu lassen.«

»Verstehe.«

»Ich bleibe noch eine Weile im Flur und passe auf. Sie können jetzt ruhig schlafen.«

»Ja, vielen Dank!« Ich schloss die Tür wieder.

Ich brauchte einen Augenblick, um mich zu sammeln.

Lefty war in Chus Zimmer gewesen, weil … ja, warum eigentlich? Er hatte nicht gewusst, dass ich kommen würde. Er hatte es nicht auf mich abgesehen, sondern es ging um Jin Chu.

Ein Latino-Auftragskiller. Und, was soll man sagen, Sanchez Aluminium war eine brasilianische Firma. Ja doch, es war verständlich, dass eine Firma sauer wurde, wenn man ihre Sachen kaputt machte, aber Mord? *Mord?*

Wieder spähte ich durch das Guckloch. Der Wachmann stand ganz in der Nähe. So sicher war ich den ganzen Tag noch nicht gewesen. Also gut, jetzt konnte ich das Zimmer durchsuchen.

Mann, es war nett, reich zu sein! Der Raum war mit einem riesigen Doppelbett ausgestattet, in einer Ecke stand eine Workstation, das Bad hatte eine Grauwasseraufbereitung. Ich seufzte schwer. Meine Träume von einer schönen Wohnung waren zusammen mit Trond gestorben.

Eifrig wühlte ich herum. Es war sowieso sinnlos, unauffällig vorzugehen. Ich fand die üblichen Sachen, die man bei einem Geschäftsreisenden erwartet: Kleidung, Toilettenartikel und so weiter. Was ich nicht fand, war sein Gizmo. Und nach dem Zustand des Zimmers zu urteilen (oder vielmehr nach dem Zustand, in dem es vor meiner Suche gewesen war) hatte kein Kampf stattgefunden. Das war für Jin Chu sicher angenehm, weil es bedeutete, dass er vermutlich nicht tot war. Wahrscheinlichstes Szenario: Lefty war gekommen, um ihn zu töten, aber Chu war nicht zu Hause gewesen. Also hatte Lefty gewartet. Dann war ich aufgetaucht und hatte alles aufgemischt.

Keine Ursache, Jin Chu.

Als ich schon gehen wollte, bemerkte ich den Safe im Schrank. Solche Dinge übersieht man leicht. Der an der Wand befestigte Safe hatte ein elektronisches Schloss und ein Schild mit einer Bedienungsanleitung. Eigentlich war es recht einfach: Man findet den Safe geöffnet und leer vor, legt seine Wertsachen hinein und gibt den Code ein. Diesen Code merkt er sich, bis man abreist.

Ich wackelte am Griff, aber er ließ sich nicht öffnen. Interessant. Wenn ein Hotelsafe nicht in Gebrauch ist, steht die Tür offen.

Also musste ich mich jetzt als Safeknackerin betätigen. Zum Glück waren diese Dinger nicht gerade dazu gebaut, die Kronjuwelen aufzubewahren.

Der Inhalt meiner zerstörten Handtasche war auf dem Boden verstreut. Ich fand das Puderdöschen und schlug es mehrere Male gegen meine Handfläche, dann klappte ich es auf und beäugte das Häufchen feines Pulver darin. Ich hielt es vor den Safe und blies darüber.

Nun stand eine braune Staubwolke vor dem Kasten. Ich zog mich zurück und wartete, bis sie sich gesetzt hatte. In Artemis dauert es recht lange, bis sich der Staub legt. Atmosphäre plus niedrige Schwerkraft bedeutet, dass die Teilchen eine Ewigkeit brauchen, bis sie den Boden erreichen.

Schließlich herrschte wieder klare Sicht. Ich sah mir die Tastatur genau an. Alles war mit einer Schicht Puder bedeckt, aber auf drei Tasten war mehr Staub als auf den anderen: die 0, die 1 und die 7. Das waren die Tasten, auf denen Chus Finger einen Schmierfilm hinterlassen hatten. In einem Hotel wie dem Canton konnte man sicher sein, dass nach jedem Gast gründlich geputzt wurde. Diese Zahlen verrieten mir also die Ziffern, die Jin Chu für seine Kombination benutzt hatte.

Nach der Anleitung auf dem Safe sollte man eine vierstellige Zahl eingeben.

Hm. Vier Stellen, die aus drei Ziffern bestanden. Ich schloss die Augen und rechnete nach. Es gab … vierundfünfzig mögliche Kombinationen. Wenn ich aber dreimal nacheinander den falschen Code eingab, musste ein Hotelmitarbeiter kommen und den Safe mit dem Mastercode öffnen.

Im Geiste ging ich noch einmal die kurze Begegnung mit ihm durch. Er hatte auf Tronds Sofa gesessen … und türkischen Kaffee getrunken, während ich mich für schwarzen Tee entschieden hatte … Wir hatten uns unterhalten …

Aha! Er war ein *Star Trek*-Fan.

Ich tippte 1-7-0-1 ein, und der Safe sprang mit einem Klicken auf. NCC-1701 war die Registriernummer des Raumschiffs *Enterprise*. Woher ich das wusste? Ich hatte es offenbar irgendwo mal gehört. Ich vergesse nichts.

Im Safe fand ich das geheimnisvolle weiße Kästchen, das Jin Chu vor mir hatte verbergen wollen. DAGL-PROBE – NUR FÜR BEFUGTE stand darauf. Na gut, jetzt kommen wir einen Schritt weiter!

Ich klappte das Kästchen auf und entdeckte … ein Kabel?

Es war einfach nur ein zusammengerolltes Kabel von etwa zwei Metern Länge. Hatte jemand das geheime Gerät entnommen und das Stromkabel zurückgelassen? Aber warum? Warum hatte er nicht die ganze Schachtel mitgenommen?

Ich betrachtete das Kabel genauer. Es diente gar nicht der Stromversorgung, sondern es war ein Glasfaserkabel. Na schön, also war es für die Datenübertragung gedacht. Aber welche Daten?

»So. Und was jetzt?«, fragte ich mich selbst.

Die Tür piepste und ging auf. Svoboda betrat sein Einzimmerapartment und warf das Gizmo ins Regal neben der Tür.

»Hallo, Svobo«, sagte ich.

»*Svyatoe der'mo!*« Er schlug sich die Hand auf die Brust und keuchte.

Im Laufe der Jahre hatte ich so viele illegale Chemikalien für ihn geschmuggelt, dass er mir schließlich den Code seiner Wohnung gegeben hatte. So war es leichter, die Ware abzuliefern.

Gelassen lehnte ich mich auf seinem Schreibtischstuhl zurück. »Du musst etwas für mich tun.«

»Herr im Himmel, Jazz!« Er keuchte immer noch schwer. »Was machst du in meiner Wohnung?«

»Ich verstecke mich.«

»Was ist mit deinen Haaren passiert?«

Ich hatte wieder normale Sachen angezogen, lediglich die Frisur war unverändert geblieben. »Das ist eine lange Geschichte.«

»Und dieser Flitter? Hast du Flitter in den Haaren?«

»*Das ist eine lange Geschichte!*« Ich kramte etwas eingewickelte Schokolade aus der Tasche und warf sie ihm zu. »Hier. Ich habe irgendwo gelesen, dass man immer ein Geschenk mitbringen soll, wenn man einen Ukrainer besucht.«

»Oh, Schokolade!« Er fing das Stückchen auf und packte es aus. »Heute war Rudy im Labor und hat sich nach dir erkundigt. Den Grund hat er nicht genannt, aber es heißt, du hättest mit den Morden zu tun.«

»Der Kerl, der sie umgebracht hat, ist auch hinter mir her.«

»Mann! Das ist schlimm. Du solltest dich an Rudy wenden.«

Ich schüttelte den Kopf. »Damit er mich abschiebt? Nein, danke, ich kann ihm nicht trauen. Im Augenblick kann ich niemandem trauen.«

»Aber du bist hier.« Er lächelte. »Also vertraust du mir?«

Oh … es war mir nie in den Sinn gekommen, Svoboda *nicht* zu trauen. Er war viel zu sehr Svoboda, um böse zu sein. »Ich denke schon.«

»Irre.« Er zerbrach die Schokolade und überließ mir die Hälfte. Die andere Hälfte steckte er sich in den Mund und lutschte genüsslich. »Oh, hey«, sagte er mit vollem Mund. »Hattest du schon eine Gelegenheit, das Kondom zu testen?«

»Nein, in den *zwei Tagen*, seit du mir das Kondom gegeben hast, hatte ich keinen Sex.«

»Schon gut, schon gut«, beschwichtigte er mich.

Ich nahm die DAGL-Schachtel und warf sie ihm rüber. »Du musst mir sagen, was das ist.«

Er fing die Schachtel auf und las das Etikett. »Äh, DAGL? Danach hast du mich schon mal gefragt.«

»Ja. Jetzt habe ich eine Probe. Was kannst du mir darüber sagen?«

Er öffnete die Schachtel und nahm das Kabel heraus. »Das ist ein Glasfaserkabel zur Datenübertragung.«

»Wofür ist das gut?«

Er betrachtete ein Ende. »Für gar nichts.«

»Was?«

Jetzt hielt er beide Enden hoch. »Da sind keine Stecker dran, sondern nur Kappen. Ohne Stecker kann man mit dem Kabel absolut nichts anfangen.«

»Was soll das dann? Ist das einfach nur ein nutzloses Kabel?«

»Keine Ahnung.« Er rollte es zusammen und legte es wieder in die Schachtel. »Hat das mit den Morden zu tun?«

»Vielleicht«, sagte ich. »Ich bin nicht sicher.«

»Na gut, ich nehme es mit ins Labor. Heute Abend kann ich dir ein paar Antworten liefern.«

Ich zückte das Harpreet-Gizmo. »Zweitausend Motten?«

»Was?« Er sah mich an, als hätte ich auf das Grab seiner Mutter gepinkelt. »Nein, nichts. Ich verlange nichts von dir. Jesus!«

»Was ist denn los?«

»Du steckst in Schwierigkeiten. Ich helfe dir, weil du meine Freundin bist.«

Mir blieb der Mund offen stehen, weil mir nichts einfiel, was ich sagen konnte.

Svoboda nahm sein Gizmo aus dem Regal. »Ich nehme an, du benutzt eine falsche Identität. Gib mir die ID.«

Ich sendete ihm meine neuen Kontaktinformationen. Er nickte knapp, als sein Gizmo die Nachricht empfing. »Also gut, Harpreet, ich rufe dich an, sobald ich etwas herausgefunden habe.«

So verärgert hatte ich ihn noch nie gesehen. »Svoboda, ich …«

»Vergiss es. Ist schon in Ordnung.« Er rang sich ein Lächeln ab. »Ich dachte nur, das sei selbstverständlich. Brauchst du einen Ort, wo du schlafen kannst?«

»Äh, nein. Ich habe ein Versteck.«

»Natürlich hast du das. Schließ ab, wenn du gehst.« Er verzog sich ein wenig schneller als notwendig.

Verdammt, ich hatte jetzt keine Zeit, sein männliches Ego zu hätscheln, oder was es auch war. Ich musste mich beeilen und den nächsten Plan in Angriff nehmen.

»Also, Lefty«, murmelte ich. »Dann wollen wir mal sehen, wie gut deine Beziehungen sind …«

Am Abend ist in den Arkaden am meisten los. Dann kommen die reichen Stinker zum Vorschein und wollen sich amüsieren. Frisch gefüttert und abgefüllt fallen sie in die Geschäfte, Casinos, Bordelle und Theater ein. (Falls Sie noch keine Mondakrobaten in Aktion gesehen haben, wissen Sie nicht, was Sie verpasst haben. Das ist eine erstklassige Show.)

Es war perfekt. Überall waren Menschen. Genau das, was ich brauchte.

Der kreisrunde Arkadenplatz befindet sich mitten auf der Null-Ebene der Aldrin-Blase, exakt im Zentrum von allem anderen. Dort gab es ein paar Bänke und einige Bäumchen in Pflanztöpfen – also das, was man auch auf jedem städtischen Platz auf der Erde vorfindet, aber hier war es ein unglaublicher Luxus.

Weit und breit keine Spur von Lefty. Es war hilfreich, dass er den Arm in einer Schlinge trug, damit fiel er sofort auf. Eines Tages, wenn ich gestorben bin und zur Hölle fahre, werde ich Irina danken, dass sie ihn verletzt hat.

Betrunkene und Müßiggänger wanderten auf dem Platz hin und her. Touristen ließen sich auf den Bänken nieder und schwatzten oder fotografierten sich gegenseitig. Ich zückte mein Gizmo und schaltete es ein.

Mit »mein Gizmo« meinte ich tatsächlich mein echtes Gizmo. Es fuhr hoch und zeigte das vertraute Hintergrundbild: einen Cockerspanielwelpen. Was? Ich mag Welpen.

Unauffällig platzierte ich das Gizmo auf dem Boden und schob es unter eine benachbarte Bank.

Der Köder war gelegt, jetzt musste ich abwarten, ob jemand anbiss.

Einstweilen ging ich ins Lassiter Casino. Die breiten Fenster dort boten einen prächtigen Ausblick auf den Arkadenplatz, sodass ich aus sicherer Entfernung alles beobachten konnte. Außerdem gab es im dritten Stock ein halbwegs erschwingliches Buffet.

Den Gunk bezahlte ich mit Harpreets Gizmo.

Der Trick beim Gunk besteht darin, alles zu meiden, was versucht, wie etwas anderes zu schmecken. Verzichten Sie auf die Geschmacksrichtung »Tandoori-Hühnchen«. Das wird Sie nur enttäuschen. Nehmen Sie lieber »Myrtle Goldsteins Formel #3«. Das ist ziemlich gut. Ich habe keine Ahnung, was da an Zutaten drin ist. Von mir aus könnten es Termitenleichen und italienische Achselhaare sein. Das ist mir egal. Der Zusatz macht den Gunk genießbar, und nur darauf kommt es an.

Ich ging mit meiner Schale zu einem Fensterplatz und setzte mich. Langsam löffelte ich den Gunk, ohne den Blick von der Bank zu wenden, wo ich das Gizmo versteckt hatte. Nach einer Weile wurde es langweilig, aber ich hielt durch. Schließlich wollte ich einem Mörder eine Falle stellen.

Konnte Lefty mein Gizmo aufspüren? Wenn er das konnte, verriet mir das, wie mächtig er tatsächlich war und dass er Verbindungen bis nach ganz oben hatte.

»Darf ich mich zu dir setzen?«, sagte eine vertraute Stimme hinter mir.

Ich fuhr herum.

Rudy. Wie schön. »Äh …«, machte ich nicht besonders beredt.

»Das fasse ich mal als ›ja‹ auf.« Er ließ sich nieder und stellte eine Schale mit Gunk auf den Tisch. »Wie du dir sicher vorstellen kannst, habe ich ein paar Fragen.«

»Wie hast du mich gefunden?«

»Ich habe dein Gizmo angepeilt.«

»Ja, aber es liegt da unten.« Ich deutete zum Fenster.

Er sah zu den Arkaden hinaus. »Ja. Stell dir nur meine Überraschung vor, als dein Gizmo mitten auf dem Arkadenplatz aufgetaucht ist. Das ist ziemlich leichtsinnig und sieht dir überhaupt nicht ähnlich.« Er aß einen Happen Gunk. »Also dachte ich, du siehst aus sicherer Entfernung zu. Dies hier ist ein nettes, billiges Buffet, das eine perfekte Aussicht bietet. Es war nicht schwer, daraufzukommen.«

»Oh, wie klug du doch bist.« Ich stand auf. »Jetzt muss ich aber …«

»Setz dich.«

»Nein, lieber nicht.«

»Jazz, setz dich!« Er sah mich scharf an. »Wenn du glaubst, ich würde dich hier nicht festnehmen, dann irrst du dich. Iss deinen Gunk, und lass uns reden.«

Ich setzte mich wieder. Falls es zum Kampf kam, konnte ich nichts gegen Rudy ausrichten. Einmal, als ich siebzehn und ungeheuer dumm war, hatte ich es versucht. Es war nicht gut verlaufen. Der Kerl hatte Muskeln aus Eisen. Prachtvolle Muskeln aus Eisen wie ein Hengst. Ob er viel trainierte?

Eine andere Möglichkeit gab es nicht, oder? Ich fragte mich, wie er aussah, wenn er trainierte. Ob er stark schwitzte? Natürlich schwitzte er. Der Schweiß rann in kleinen Bächen über seine Muskeln …

»Ich weiß, dass du die Morde nicht begangen hast«, erklärte er.

Das riss mich in die Realität zurück. »Oh, das sagst du bestimmt zu allen Mädchen.«

Er zeigte mit dem Löffel auf mich. »Ich weiß aber, dass du die Sanchez-Sammler in die Luft gejagt hast.«

»Damit habe ich nichts zu tun.«

»Soll ich dir wirklich abkaufen, die Sabotage, die Morde und die Tatsache, dass du dich verkriechst, hätten nichts miteinander zu tun?« Er löffelte den Gunk aus der Schale und aß mit perfekten Tischmanieren. »Du steckst mittendrin, und ich will hören, was du weißt.«

»Du weißt doch schon alles. Du solltest dich um die Morde kümmern, statt deinen kleinlichen Feldzug gegen mich fortzusetzen.«

»Ich will dir das Leben retten, Jazz.« Er legte die Serviette auf den Tisch. »Hast du überhaupt eine Ahnung, wen du mit dieser Sabotage verärgert hast?«

»Mit der *angeblichen* Sabotage«, schränkte ich ein.

»Weißt du, wem Sanchez Aluminium gehört?«

Ich zuckte mit den Achseln. »Irgendwelchen Brasilianern.«

»Die Fabrik gehört O Palácio – Brasiliens größtem und mächtigstem Verbrechersyndikat.«

Innerlich gefror ich zu Eis.

Verdammt, verdammt, verdammt!

»Aha, verstehe«, sagte ich. »Das ist ein gemeiner Haufen, oder?«

»Ja. Das ist die altmodische Mafia: Wir töten dich, damit du verstehst, was wir meinen.«

»Warte mal … nein … das kann nicht sein. Ich habe noch nie von ihnen gehört. Ich meine, hier auf dem Mond.«

»Es ist – rein theoretisch – möglich, dass ich in meiner Stadt mehr über das organisierte Verbrechen weiß als du.«

Ich stützte die Stirn auf die Hände. »Du machst Witze. Was wollen brasilianische Gangster mit einer Aluminiumhütte auf dem Mond? Die Aluminiumindustrie ist im Eimer.«

»Es geht ihnen nicht um den Profit. Sie benutzen Sanchez Aluminium für die Geldwäsche. Artemisische Motten sind eine unregulierte und so gut wie nicht überwachte Quasi-Währung, und die Stadt führt, freundlich ausgedrückt, sehr unzureichende Identitätsprüfungen durch. Wir sind die perfekte Anlaufstelle für Geldwäsche.«

»O Gott …«

»Eines wirkt sich allerdings zu deinen Gunsten aus. Sie sind hier nicht sehr stark vertreten. Dies hier ist für O Palácio nicht das, was sie eine Operation nennen. Es ist nur ein Büro, in dem sie kreative Buchführung betreiben. Aber anscheinend haben sie hier mindestens einen Vollstrecker im Einsatz.«

»Halt …«, setzte ich an. »Warte mal … lass mich das durchdenken …«

Rudy legte die Hände auf den Tisch und wartete höflich.

»Na gut«, sagte ich. »Irgendetwas passt hier nicht. Wusste Trond von O Palácio?«

Er nippte an seinem Wasser. »Ich bin sicher, dass er es wusste. Er war ein Mann, der alles genau überprüft hat, ehe er aktiv wurde.«

»Warum hat er sich dann wissentlich mit einem mächtigen Verbrechersyndikat angelegt und versucht, eine altmodische Industrieanlage zu übernehmen?«

Zum ersten Mal in meinem Leben sah ich Rudy verwirrt.

»Das verblüfft dich, oder?«, fügte ich hinzu.

Ich blickte zu den Arkaden – und erstarrte.

Da war Lefty. Direkt neben der Bank, unter der ich mein Gizmo versteckt hatte.

Rudy entging nicht, wie jegliche Farbe aus meinem Gesicht wich. »Was ist?«, fragte er. Dann folgte er meinem Blick.

Ich sagte rasch: »Der Kerl mit der Armschlinge ist der Killer. Woher weiß er, wo mein Gizmo ist?«

»Ich habe nicht die geringste …«, setzte Rudy an.

»Weißt du, was das organisierte Verbrechen sonst noch tut?«, fuhr ich fort. »Sie bestechen Cops! Mann, Rudy, wie konnte der Typ mein Gizmo aufspüren?«

Beschwichtigend hob er beide Hände. »Tu jetzt nichts Überstürztes …«

Ich tat etwas Überstürztes. Ich warf den Tisch um und rannte los. Rudy musste erst gegen den langsam kippenden Tisch ankämpfen, ehe er mich verfolgen konnte.

Natürlich hatte ich mir die Fluchtroute schon vorher zurechtgelegt. Ich lief mitten durch die Casinoebene und dann durch eine Tür im hinteren Bereich, auf der »Nur für Mitarbeiter« stand. Eigentlich sollte sie verschlossen sein, aber daran hielt sich niemand. Sie führte zu den Lieferkorridoren, die alle Casinos in Aldrin miteinander verbanden. Ich kannte diese Gänge sehr gut, weil ich auf diesem Weg Hunderte von Bestellungen transportiert hatte. Hier würde Rudy mich nie erwischen.

Eines fiel mir allerdings auf … Er verfolgte mich überhaupt nicht.

Schlitternd hielt ich im Korridor an und beobachtete die Tür. Ich weiß auch nicht warum, ich dachte nicht einmal darüber nach. Wäre Rudy durch die Tür gestürmt, dann hätte ich gerade meinen kostbaren Vorsprung verloren. Aber er tat es nicht.

»Äh …«, machte ich.

Ich schob die Vorstellung beiseite, dass ich mich gerade wie der typische Trottel im Horrorfilm benahm, kehrte zur Tür zurück, öffnete sie einen Spalt weit und spähte hindurch. Von Rudy war weit und breit nichts zu sehen, aber in der Nähe des Buffets hatte sich eine Menschenmenge versammelt.

Vorsichtig schlich ich ins Casino zurück und mischte mich unter die Leute. Sie hatten einen guten Grund, die Augen weit aufzureißen.

Das Fenster neben unserem Tisch war geborsten. Im Rahmen steckten noch ein paar spitze Scherben. Wir haben hier kein Sicherheitsglas. Es ist viel zu teuer, Polyvinylbutyral zu importieren. Deshalb sind unsere Fenster altmodische Todesfallen, an denen man sich den Hals aufschneiden kann. Falls Sie sicher leben wollen, entscheiden Sie sich nicht für den Mond.

Vor mir knabberte ein amerikanischer Tourist an einem Gunkriegel und verrenkte sich den Hals, um über die Menge hinwegzublicken. (Nur Amerikaner tragen auf dem Mond Hawaiihemden.)

»Was ist passiert?«, fragte ich ihn.

»Genau weiß ich es auch nicht«, erwiderte er. »Ein Mann hat das Fenster eingetreten und ist rausgesprungen. Wir sind hier drei Stockwerke hoch. Ich glaube, er ist tot.«

»Mondschwerkraft«, erinnerte ich ihn.

»Aber das sind zehn Meter!«

»Mondschwerkraft – ach, vergessen Sie's! Trug er eine Mountie-Uniform?«

»Meinen Sie hellrote Sachen und einen komischen Hut?«

»Das ist die Paradeuniform«, erklärte ich. »Ich meine die Dienstkleidung. Helles Hemd, dunkle Hosen mit gelben Streifen.«

»Oh, Han-Solo-Hosen. Ja, die hatte er an.«

»Schön, vielen Dank.« Pfft! Han Solos Hosen haben einen *roten* Streifen. Und es ist nicht mal ein richtiger Streifen, sondern es sind eine Reihe kurzer Striche. Manche Leute sind wirklich völlig ungebildet.

Rudy hatte mich nicht verfolgt, sondern er hatte es auf Lefty abgesehen. Der Ausgang zu den Arkaden war drei Stockwerke tiefer und auf der anderen Seite einer großen Lobby. Rudy hätte mindestens zwei Minuten gebraucht, um auf konventionellem Weg dorthin zu gelangen. Er hatte sich offenbar für den schnelleren Weg entschieden.

Zusammen mit den anderen Schaulustigen spähte ich zu den Arkaden hinunter. Rudy und Lefty waren anscheinend schon lange fort. Schade auch, ich hätte gern gesehen, wie Rudy den Dreckskerl windelweich prügelte und ihm Handschellen anlegte.

Aber das hieß wohl auch, dass Rudy nicht an dem Plan beteiligt war, mich umzubringen. Und jetzt war Lefty mit Rudy beschäftigt. Alles in allem gar keine so schlechte Wendung.

Nicht dass ich nun wunschlos glücklich war. Ich wusste immer noch nicht, wie Lefty mein Gizmo aufgespürt hatte.

Mein Schlupfloch auf Bean Minus 27 reichte kaum zum Schlafen und war viel zu klein für alles andere. Deshalb setzte ich mich im Flur auf den Boden. Wenn ich, was selten genug geschah, jemanden kommen hörte, huschte ich wie eine Küchenschabe in meine Ecke. Aber meistens hatte ich den Korridor für mich allein.

Zunächst wollte ich wissen, ob Rudy Lefty erwischt hatte. Ich durchforstete die Lokalnachrichten und kam zu dem Schluss, dass dem nicht so war. In Artemis kommen Morde extrem selten vor. Wenn Rudy den Killer gefasst hätte, wäre das auf allen Titelseiten gemeldet worden. Also war Lefty noch da draußen unterwegs.

Zeit für eigene Nachforschungen. Mein Thema: Sanchez Aluminium. Ich tippte die Anfragen in Harpreets Gizmo ein und suchte nach öffentlich verfügbaren Informationen über die Firma.

Sie beschäftigten rund achtzig Leute. Das scheint nicht sehr viel zu sein, aber in einer Stadt mit zweitausend Einwohnern ist das eine Menge. CEO und Gründerin war Loretta Sanchez aus Manaus in Brasilien. Sie hatte einen Doktortitel in Chemie und war auf anorganische Prozesse spezialisiert. Sie hatte eine Methode entwickelt, um das FFC-Cambridge-Verfahren billig einzusetzen und Anorthit zu desoxidieren, wobei der Verlust im Calciumchloridbad mittels … an dieser Stelle hörte ich auf. Wichtig war nur, dass sie das Sagen hatte und (auch wenn es der Artikel nicht erwähnte) mit dem organisierten Verbrechen unter einer Decke steckte.

Die Sabotage der Sammler wurde natürlich überall thematisiert. Als Reaktion darauf hatte Sanchez die Sicherheitsvorkehrungen verstärkt. Die Büros in der Armstrong-Blase empfingen keine Besucher mehr. Zugang zur Aluminiumhütte bekam nur noch das absolut wichtigste Personal. Sie setzten sogar Menschen ein (nicht nur Computer wie früher), die bereits im Zug zur Hütte die Firmenausweise der Mitarbeiter überprüften.

Außerdem gingen sie in Bezug auf den letzten Sammler keinerlei Risiko ein. Sie hatten die EVA-Gilde mit der Bewachung betraut, und die EVA-Meister arbeiteten in Schichten rund um die Uhr, sodass immer zwei Bewacher direkt beim Sammler waren.

In gewisser Weise war ich stolz auf mich. Immerhin hatte ich der Firma so viel Angst eingejagt, dass sie sich in die Hosen machten, und sie hatten versucht, mich umzubringen. Mehrmals sogar. Das war im Übrigen keine Sache, die ausschließlich mit O Palácio zu tun hatte. Irgendjemand im Kontrollraum von Sanchez hatte dem Sammler den Befehl gegeben, mich zu zerschmettern, als ich da draußen war. Das war eine äußerst unfreundliche Firmenpolitik.

Diese Dreckskerle!

Das Gizmo summte. Eine Nachricht vom E-Mail-Programm.

Auch wenn ich um mein Leben lief, auf E-Mails wollte ich nicht verzichten. Ich ließ die Daten einfach nur durch einen Proxyserver laufen, damit niemand erkennen konnte, mit welchem Gizmo ich mich einloggte. Der Proxyserver stand irgendwo auf der Erde, ich glaube, in den Niederlanden. Deshalb ging alles erbärmlich langsam. Aktualisierungen gab es nur einmal in der Stunde. Aber das war immer noch besser als gar nichts.

Fünfzehn neue Nachrichten. Vierzehn davon von Dad, der mich verzweifelt zu erreichen versuchte. »Tut mir leid, Dad«, sagte ich halblaut. »Du willst nichts damit zu tun haben, und ich will nicht, dass es dich trifft.«

Die fünfzehnte Mail kam von Jin Chu.

> Miss Bashara, vielen Dank, dass Sie mir das Leben gerettet haben. Ihr Eingreifen im Hotel hat mich beschützt. Ich nehme jedenfalls an, dass Sie die Frau in meinem Zimmer waren. Sie sind der einzige noch lebende Mensch, der mit diesen furchtbaren Ereignissen zu tun hatte. Da ich mir jetzt der Gefahr bewusst bin, habe ich bezüglich meiner Sicherheit gewisse Vorkehrungen getroffen und halte mich versteckt. Können wir uns treffen? Ich möchte auch gern für Ihre Sicherheit sorgen. Das bin ich Ihnen schuldig. – Jin Chu.

Interessant. Ich spielte einige Möglichkeiten im Kopf durch und entwickelte einen Plan.

> In Ordnung. Wir treffen uns morgen um 8:00 Uhr in der Schweißerei meines Vaters. Die Adresse lautet CM6-3028. Wenn Sie bis 8:05 Uhr nicht da sind, gehe ich wieder.

Ich stellte den Wecker des Gizmos auf vier Uhr morgens und kroch in mein Rattenloch.

10

Was mich an lebensgefährlichen Situationen wirklich stört, ist die Tatsache, dass sie so langweilig sind.

Drei Stunden lang wartete ich in Dads Werkstatt. Es war nicht nötig, schon um fünf Uhr zu kommen, aber ich wollte um jeden Preis vermeiden, dass Jin Chu vor mir dort auftauchte.

An der Rückwand der Werkstatt, direkt neben dem Schutzraum, in dem ich heimlich meine erste Zigarette geraucht hatte, hockte ich auf einem Stuhl. Ich weiß noch, dass ich damals von dem Qualm, der sich gesammelt hatte, fast gekotzt hätte, aber als rebellische Jugendliche muss man eben ab und zu mal seinen Standpunkt deutlich machen, und dabei ist einem alles recht. »Nimm das, Daddy!«

Gott, war ich eine Idiotin.

Als es fast acht Uhr war, blickte ich alle zehn Sekunden auf die Uhr an der Wand. Währenddessen fummelte ich mit einer Lötlampe herum. Dad benutzte sie, um die Dichtungen von Röhren zu schrumpfen. Das war kein Schweißen im eigentlichen Sinne, aber man musste es in einem feuersicheren Raum tun, und deshalb bot er dies als zusätzliche Dienstleistung an.

Mein Finger blieb ständig in der Nähe des Zünders. Ein Gewehr war es nicht (in Artemis gab es keine Feuerwaffen), aber man konnte damit durchaus jemanden verletzen, wenn er einem zu nahe kam. Ich wollte auf alles vorbereitet sein.

Exakt um 8:00 Uhr ging die Tür auf, und Jin Chu kam vorsichtig herein. Er zog den Kopf ein und ließ den Blick umherwandern wie eine ängstliche Gazelle. Als er mich in der Ecke bemerkte, winkte er linkisch. »Äh … hallo.«

»Sie sind pünktlich«, begrüßte ich ihn. »Danke.«

Er kam einen Schritt näher. »Gewiss, ich …«

»Bleiben Sie da drüben«, unterbrach ich ihn. »Momentan bin ich nicht sonderlich vertrauensselig.«

»Ja, schon gut.« Er atmete tief ein und stockend wieder aus. »Hören Sie, es tut mir wirklich leid. So sollte es auf keinen Fall laufen. Ich dachte nur, ich könnte ein paar Dollar verdienen, verstehen Sie? Eine Art Finderlohn.«

Ich warf die Lötlampe von einer in die andere Hand, immer hin und her, damit er sie auch ganz bestimmt sah. »Wofür denn? Worauf beziehen Sie sich?«

»Darauf, dass ich Trond und O Palácio von DAGL erzählt habe. Natürlich waren das getrennte und absolut vertrauliche Transaktionen.«

»Verstehe.« Ich musterte das dreckige kleine Wiesel. »Und dann haben Sie noch mehr Geld verdient, indem Sie Trond an O Palácio verraten haben, nachdem die Sammler in die Luft geflogen waren?«

»Ja, sicher. Aber das wäre sowieso nicht geheim geblieben. Spätestens wenn er den Sauerstoffvertrag übernommen hätte, wären sie ganz von selbst daraufgekommen.«

»Wie hat O Palácio herausgefunden, dass ich die Sabotage verübt habe?«

Er starrte seine Füße an.

Ich stöhnte. »Sie sind vielleicht ein Arschloch.«

»Das ist doch nicht meine Schuld. Sie haben mir so viel Geld geboten!«

»Woher wussten Sie überhaupt, dass ich es war?«

»Trond hat es mir erzählt. Er wurde geschwätzig, wenn er betrunken war.« Er runzelte die Stirn. »Er war ein klasse Typ. Ich dachte nicht, dass dabei jemand verletzt wird, ich wollte nur …«

»Sie dachten, Sie hetzen einen Milliardär und ein Verbrechersyndikat gegeneinander auf, und es passiert nichts weiter? Ich fasse es nicht!«

Er zappelte ein paar Sekunden herum. »Also … haben Sie denn die DAGL-Probe? Die Schachtel aus meinem Hotelzimmer?«

»Ja, aber nicht hier. Sie ist in Sicherheit.«

»Gott sei Dank!« Er taute etwas auf. »Wo ist sie?«

»Sagen Sie mir zuerst, was DAGL ist.«

Er zuckte zusammen. »Das ist ein Geheimnis.«

»Über solche Belanglosigkeiten sind wir längst hinaus.«

Es fiel ihm offenbar wirklich schwer, darüber zu reden. »Es ist … es hat sehr viel Geld gekostet, diese Probe herzustellen. Wir mussten eigens einen Satelliten mit einer Zentrifuge starten, um das Material in einer niedrigen Umlaufbahn zu produzieren. Ich werde auf jeden Fall gefeuert, wenn ich ohne die Probe nach Hause komme.«

»Vergessen Sie Ihren Job. Hier werden Leute ermordet! Sagen Sie mir, warum.«

Er seufzte schwer. »Es tut mir leid, es tut mir wirklich sehr leid. Ich wollte nicht, dass so etwas geschieht.«

»Entschuldigen Sie sich bei Lene Landvik«, gab ich zurück. »Sie ist eine verkrüppelte Jugendliche und jetzt eine Waise.«

Die Tränen schossen ihm in die Augen. »Nein … ich muss mich auch bei Ihnen entschuldigen.«

Die Tür ging wieder auf, und Lefty kam herein.

Der rechte Arm hing immer noch in der Schlinge. In der linken Hand hielt er ein Messer, mit dem er mich ausnehmen konnte wie eine Forelle.

Ich zitterte am ganzen Körper und war nicht sicher, ob es aus Angst oder aus Wut war. »Sie Mistkerl!«

»Es tut mir wirklich leid«, schluchzte Jin Chu. »Sie wollten mich töten. Nur so konnte ich überleben.«

Ich drückte auf den Zünder, und die Lötlampe erwachte zum Leben. Auf Armeslänge hielt ich sie vor mir und versperrte damit dem anrückenden Lefty den Weg. »Welchen Teil deines Gesichts soll ich in Crème brûlée verwandeln, Arschloch?«

»Wenn du es mir schwer machst, wird es unschön«, sagte Lefty. Er sprach mit starkem Akzent. »Es kann aber auch schnell gehen und muss nicht einmal wehtun.«

Jin Chu schlug sich die Hände vor das Gesicht. »Und ich werde trotzdem gefeuert!«

»Verdammt noch mal!«, schrie ich ihn an. »Könnten Sie aufhören, über Ihre Probleme zu jammern, während ich ermordet werde?«

Ich schnappte mir ein Rohr von der Werkbank. Es ist seltsam, wenn man auf dem Mond mit Stock und Feuer um das nackte Leben kämpfen muss.

Lefty wusste, dass ich ihn mit dem Rohr verprügeln und ihm mit der Schweißflamme das Gesicht versengen konnte, wenn er mich ansprang. Was er nicht wusste, war, dass mein Plan etwas komplizierter aussah.

Mit ganzer Kraft drosch ich das Rohr auf ein in der Wand montiertes Ventil. Das Metall klirrte laut, dann war das Kreischen von unter hohem Druck entweichendem Gas zu hören. Das zerstörte Ventil schoss durch den Raum und prallte gegen die andere Wand.

Als Lefty noch überlegte, warum ich das getan hatte, sprang ich zur Decke hoch (was hier nicht schwer ist, ein durchschnittlicher Mensch kann drei Meter hoch springen). Auf dem höchsten Punkt meiner Flugbahn zielte ich mit der Lötlampe auf einen Feuermelder.

Rote Lichter blinkten, der Feueralarm begann zu plärren, hinter Jin Chu fiel die Tür zu. Erschrocken fuhr er herum.

Gleich als ich wieder unten ankam, raste ich zum Schutzraum und warf hinter mir die Luke zu. Lefty sprintete hinter mir her, holte mich aber nicht rechtzeitig ein. Ich drehte das Rad und verriegelte den Zugang. Dann rammte ich das Rohr in die Speichen des Rades und hielt das andere Ende fest.

Lefty versuchte, auf der anderen Seite zu drehen, aber ich hatte dank des Hebels mehr Kraft.

Durch das kleine runde Fenster in der Tür starrte er mich böse an. Ich zeigte ihm den Stinkefinger.

Unterdessen zerrte Jin Chu auf der anderen Seite an der Tür und versuchte zu entkommen. Das war natürlich völlig aussichtslos. Es war eine feuersichere Tür aus massivem Metall, versperrt mit mechanischen Riegeln, die nur von außen geöffnet werden konnten.

Allmählich ließ der dunstige Ausstoß aus dem zerstörten Ventil nach und hörte dann ganz auf. Dads Wandventile waren mit Gastanks verbunden, die er jeden Monat auffüllte.

Lefty stürmte zur Werkbank und schnappte sich einen langen stählernen Stab. Dann kehrte er schwer atmend zum Schutzraum zurück. Ich machte mich auf eine Runde Tauziehen gefasst, bei der es um Leben und Tod ging.

Keuchend und schnaufend steckte er den Stab in das Handrad. Er legte sich mächtig ins Zeug, aber ich hielt dagegen. An sich hätte er gewinnen müssen, denn er war größer und stärker und konnte die bessere Hebelwirkung erzielen. Eines hatte er allerdings nicht: Sauerstoff.

Bei dem Gas, das jetzt den Raum füllte, handelte es sich um Neon. Dad hatte die Neonventile an den Wänden verankert, weil er das Gas beim Schweißen von Aluminium ständig brauchte. Das Brandschutzsystem hatte die Luftzirkulation unterbrochen, und nun war die Werkstatt voller reaktionsträgem Gas. Man bemerkt es nicht, wenn man Neon einatmet. Es fühlt sich an wie normale Luft. Obendrein hat der menschliche Körper keine Möglichkeit, einen Mangel an Sauerstoff wahrzunehmen. Man schnauft einfach weiter, bis man umfällt.

Lefty sank auf Hände und Knie. Er schüttelte sich ein wenig, dann brach er auf dem Boden zusammen.

Jin Chu hielt es etwas länger aus. Er hatte sich nicht so stark angestrengt und ging erst ein paar Sekunden später zu Boden.

Ich möchte auch gern für Ihre Sicherheit sorgen. Dachte er wirklich, ich falle auf so etwas herein?

Ich zückte Harpreets Gizmo und wählte Rudys Nummer. Das gefiel mir nicht sonderlich, aber mir blieb nichts anderes übrig. Entweder rief ich ihn an, oder die Freiwillige Feuerwehr verständigte ihn, sobald sie eintraf. Da konnte ich es auch gleich selbst tun.

Artemis hat keine Polizeiwache, es gibt nur Rudys Büro in der Armstrong-Blase. Die Arrestzelle war ein umgebauter Schutzraum. Dad hatte ihn sogar installiert. Natürlich haben Schutzräume keine Schlösser, das liefe ihrem Zweck zuwider. Deshalb gab es in Rudys »Zelle« eine Metallkette mit einem Vorhängeschloss, das am Handrad befestigt werden konnte. Primitiv, aber wirkungsvoll.

Meist bevölkerten Betrunkene oder Leute, die nach einer Schlägerei wieder zu sich kommen mussten, die Zelle. Jetzt saß Lefty dort drinnen. Der Rest des Raumes war nicht größer als die Wohnung, in der ich aufgewachsen war. Wäre Rudy ein paar Tausend Jahre früher auf die Welt gekommen, dann hätte er einen guten Spartaner abgegeben.

Jin Chu und ich saßen, mit Handschellen gefesselt, auf Metallstühlen.

»Was für ein Mist!«, schimpfte ich.

»Du armes, unschuldiges Ding«, sagte Rudy, ohne vom Computer aufzublicken.

Jin rasselte mit den Handschellen. »He, ich bin tatsächlich unschuldig! Ich sollte gar nicht hier sein.«

»Machen Sie Witze?«, widersprach ich. »Sie haben versucht, mich umzubringen!«

»Das ist nicht wahr!« Jin deutete auf Leftys Zelle. »*Er* wollte Sie umbringen. Ich habe nur das Treffen arrangiert.

Hätte ich das nicht getan, dann hätte er stattdessen mich getötet.«

»Hühnerkacke!«

»Mir ist mein Leben wichtiger als Ihres. Verklagen Sie mich doch. Wir wären nicht in dieser Situation, wenn Sie sich bei Ihrer Sabotage nicht so dämlich angestellt hätten!«

»Arschloch!«

Rudy zog eine Sprühflasche aus dem Schreibtisch und bespritzte uns beide damit. »Ruhe!«, sagte er.

Jin zuckte zusammen. »Das war jetzt aber wirklich unprofessionell.«

»Hören Sie auf zu jammern«, knurrte ich und schüttelte das Wasser aus dem Gesicht.

»Sie sind vielleicht daran gewöhnt, Spritzer ins Gesicht zu bekommen. Ich nicht«, erwiderte er.

Na gut, das saß. »Fahren Sie zur Hölle!«

Die Tür ging auf, und Administratorin Ngugi trat ein. Ja, warum eigentlich nicht?

Rudy sah sie an. »Hm. Sie?«

»Wachtmeister«, grüßte Ngugi. Dann wandte sie sich an mich. »Jasmine. Wie geht es Ihnen, meine Liebe?«

Ich zeigte ihr die Handschellen.

»Ist das wirklich nötig, Wachtmeister?«

»Ist es nötig, dass Sie hier sind?«, fragte Rudy zurück.

Ich hätte schwören können, dass die Temperatur im Raum um zehn Grad fiel.

»Sie müssen den Wachtmeister entschuldigen«, sagte Ngugi zu mir. »Wir sind nicht immer einer Meinung.«

»Wenn Sie aufhören, Kriminelle wie Jazz zu verhätscheln, kommen wir sicher besser zurecht.«

Sie wedelte mit einer Hand, als wollte sie eine Mücke verscheuchen. »Jede Stadt braucht eine Unterwelt. Es ist besser, die Kleinkriminellen ihre Dinger drehen zu lassen und sich auf die wirklich wichtigen Probleme zu konzentrieren.«

Ich grinste. »Du hast gehört, was die Lady gesagt hat. Und ich bin die kleinste aller Kleinkriminellen. Also lass mich gehen!«

Rudy schüttelte den Kopf. »Die Autorität der Administratorin über mich ist im günstigsten Fall fragwürdig. Ich arbeite direkt für die KSC, und du gehst nirgendwo hin.«

Ngugi trat an den Schutzraum und spähte durch das Fenster. »Und das wäre dann unser Mörder?«

»Ja«, erwiderte Rudy. »Hätten Sie nicht das letzte Jahrzehnt damit verbracht, meine Versuche zu behindern, das organisierte Verbrechen zu vertreiben, dann wären diese Morde nicht passiert.«

»Darüber haben wir schon gesprochen, Wachtmeister. Ohne das Geld der Syndikate könnte Artemis gar nicht existieren. Idealismus bringt den Menschen keinen Gunk auf den Teller.« Sie wandte sich wieder Rudy zu. »Hat der Verdächtige irgendetwas gesagt?«

»Er weigert sich, irgendwelche Fragen zu beantworten, und nennt nicht einmal seinen Namen. Laut seinem Gizmo heißt er Marcelo Alvarez und arbeitet als freiberuflicher Finanzberater.«

»Verstehe. Wie sicher sind Sie, dass er der Richtige ist?«

Rudy drehte seinen Computer, damit Ngugi es sehen konnte. Der Bildschirm zeigte medizinische Labordaten. »Doc Roussel war vorhin hier und hat ihm eine Blutprobe entnommen. Sie sagt, sie entspricht dem Blut, das am Tatort gefunden wurde. Außerdem passt seine Armwunde zu dem Messer, das Irina Vetrov in der Hand hatte.«

»Also ist die DNA des Blutes identisch?«, fragte Ngugi.

»Roussel hat kein forensisches Labor. Sie hat Blutgruppe und Enzymkonzentrationen verglichen, und die waren identisch. Wenn wir einen DNA-Vergleich haben wollen, müssen wir Blutproben zur Erde schicken. Das dauert mindestens zwei Wochen.«

»Das ist nicht nötig«, erklärte Ngugi. »Wir brauchen nur genug Beweise, um ein Verfahren in Gang zu setzen. Wir müssen ihn nicht überführen.«

»He!«, rief Jin Chu. »Entschuldigung! Ich verlange, freigelassen zu werden!«

Rudy spritzte ihn wieder mit der Flasche nass.

»Wer ist dieser Mann?«, fragte Ngugi.

»Jin Chu aus Hongkong«, sagte Rudy. »Ich konnte keine Hinweise finden, wo er arbeitet, und er selbst äußert sich nicht dazu. Er hat Bashara eine Falle gestellt, damit Alvarez sie tötet, behauptet aber, er hätte es unter Zwang getan. Alvarez hätte sonst ihn getötet.«

»Das können wir ihm kaum vorwerfen«, überlegte Ngugi.

»Endlich! Endlich jemand, der Vernunft zeigt«, rief Jin.

»Schicken Sie ihn nach China«, entschied die Administratorin.

»Warten Sie mal, wie bitte?«, wandte Jin ein. »Das können Sie nicht machen!«

»Doch, natürlich kann ich das«, erwiderte Ngugi. »Sie waren an einem Mordkomplott beteiligt. Ob unter Zwang oder nicht, Sie sind hier nicht willkommen.«

Jin öffnete den Mund und wollte noch einmal protestieren, aber Rudy zielte mit der Sprühflasche auf ihn, und er überlegte es sich anders.

Ngugi schüttelte seufzend den Kopf. »Das ist beunruhigend, äußerst beunruhigend. Sie und ich … wir sind keine Freunde. Aber wir wollen beide keine Morde in der Stadt sehen.«

»Wenigstens darin sind wir uns einig«, sagte Rudy.

»Und das hier ist neu.« Sie verschränkte die Hände hinter dem Rücken. »Wir hatten gelegentlich einen Mord, aber dabei ging es immer um eifersüchtige Geliebte, wütende Ehegatten oder Schlägereien von Betrunkenen. Das hier war ein professioneller Mord. Das gefällt mir nicht.«

»Da sehen Sie, was es Ihnen einbringt, Verbrecher mit Samthandschuhen anzufassen.«

»Das ist nicht fair.« Ngugi richtete sich auf. »Eins nach dem anderen. Heute startet eine Fleischdose, die *Gordon*. Setzen Sie Mr. Jin in das Schiff. Er soll ohne juristische Anschuldigungen nach Hongkong abgeschoben werden. Halten Sie sich vorerst an Mr. Alvarez. Wir müssen die Beweise für das Gericht in … wohin fliegt er überhaupt?«

»Landvik war Norweger, Vetrov war Russin.«

»Verstehe«, sagte Ngugi.

Wenn jemand ein schweres Verbrechen begeht, schickt Artemis den Täter in das Land des Opfers. Dann konnte dessen Nation Rache üben. Das war nur gerecht. Aber Lefty – ich sollte ihn jetzt wohl besser Alvarez nennen – hatte Menschen aus zwei verschiedenen Ländern ermordet. Was nun?

»Ich würde mich freuen, wenn Sie mir die Wahl überließen«, schlug Rudy vor.

»Warum?«

Er blickte zur Zelle. »Wenn er kooperiert, kommt er nach Norwegen. Wenn nicht, geht er nach Russland. Wo würden Sie lieber wegen Mordes angeklagt werden?«

»Ausgezeichnete Strategie. Ich sehe, dass auch Sie manchmal ein wenig machiavellistisch denken.«

»Das ist nicht …«, setzte Rudy an.

»Sie sollten Jasmine freilassen, finden Sie nicht auch?«, fiel Ngugi ihm ins Wort.

»Ganz bestimmt nicht«, sagte er. »Sie ist eine Schmugglerin und Saboteurin.«

»Angeblich«, wandte ich ein.

»Warum ist Ihnen Jazz so wichtig?«, fragte er.

»Sanchez Aluminium ist eine brasilianische Firma. Wollen Sie Jasmine an Brasilien ausliefern? Sie hätte Glück, wenn sie dort auch nur einen Tag überlebt, ehe O Palácio sie umbringt. Hat sie den Tod verdient?«

»Natürlich nicht«, erwiderte Rudy. »Ich schlage Abschiebung ohne Anklage nach Saudi-Arabien vor.«

»Abgelehnt«, entschied Ngugi.

»Das ist lächerlich«, widersprach er. »Sie ist eindeutig schuldig. Was liegt Ihnen nur an diesem Mädchen?«

»Mädchen?«, schaltete ich mich erneut ein. »Ich bin sechsundzwanzig!«

»Sie ist eine von uns«, erklärte Ngugi. »Sie ist hier aufgewachsen. Das bedeutet, dass sie mehr Nachsicht verdient hat.«

»Quatsch«, fauchte Rudy. So erregt hatte ich ihn noch nie gesehen. »Anscheinend gibt es etwas, das Sie mir nicht sagen. Worum geht es wirklich?«

Ngugi lächelte. »Ich werde sie nicht abschieben, Wachtmeister. Wie lange wollen Sie Jasmine hier noch mit Handschellen festhalten?«

Rudy dachte darüber nach, dann zog er einen Schlüssel aus der Tasche und schloss meine Handschellen auf.

Ich rieb mir die Handgelenke. »Danke, Administratorin.«

»Passen Sie auf sich auf, meine Liebe.« Damit verließ sie das Büro.

Mit böse funkelnden Augen sah Rudy ihr nach, dann richtete er den Blick wieder auf mich. »Du bist keineswegs aus dem Schneider. Du wärst besser dran, wenn du deinen Anteil an dieser Sache gestehst und nach Saudi-Arabien geschickt wirst. Dort kannst du dich leichter verstecken als hier.«

»Und du wärst besser dran, wenn du Scheiße frisst«, erwiderte ich.

»O Palácio wird nicht aufgeben, nur weil ich ihren Vollstrecker erwischt habe. Du kannst sicher sein, dass sie mit der nächsten Fleischdose einen neuen Mann schicken.«

»Zuerst mal: Was du nicht sagst. Zweitens: *Ich* habe ihn erwischt, nicht du. Und schließlich … wie hat er mein Gizmo geortet?«

Rudy runzelte die Stirn. »Das macht mir auch Sorgen.«

»Ich gehe jetzt. Wenn du mich erreichen willst, kennst du ja die Identität, die ich jetzt benutze.« Er hatte mein Harpreet-Gizmo bei der Verhaftung beschlagnahmt. Ich nahm es von seinem Schreibtisch. »Immerhin, du hattest genug Gelegenheiten, mich zu töten, und hast es nicht getan.«

»Danke für die Vertrauensbekundung. Aber du solltest um deiner eigenen Sicherheit willen in meiner Nähe bleiben.«

So verlockend es auch klang, darauf konnte ich nicht eingehen. Ich wusste nicht, was ich als Nächstes unternehmen sollte, aber es war mit Sicherheit irgendetwas, bei dem mir Rudy nicht zusehen durfte.

»Ich komme besser allein zurecht, danke.« Ich wandte mich an Jin Chu. »Was ist eigentlich DAGL?«

»Lutsch einen Schwanz!«

»Verschwinde«, sagte Rudy zu mir. »Und melde dich, wenn du Schutz brauchst.«

»Schon gut, schon gut«, sagte ich.

Im Hartnell's war die übliche Schar stiller Fast-Alkoholiker versammelt. Vom Sehen kannte ich sie alle, nur die Namen wusste ich nicht. An diesem Tag waren keine Fremden im Lokal, und keiner der Stammgäste würdigte mich auch nur eines Blicks. Alles wie gewohnt in meiner Lieblingstränke.

Billy schenkte mir ein Pint meines üblichen Gebräus ein. »Bist du nicht auf der Flucht oder so?«

Ich wedelte mit der Hand. »Sozusagen.«

War Alvarez der einzige Gangster, den O Palácio in der Stadt eingesetzt hatte? Vielleicht, vielleicht auch nicht. Ich meine, wie viele Leute würden Sie für eine Geldwäscheoperation auf dem Mond einteilen? Es gab nur eines, das ich genau wusste: Einen neuen Vollstrecker hatten sie noch nicht geschickt. Es dauert Wochen, um von der Erde hierher zu gelangen.

»Ist es dann klug, deine Stammkneipe aufzusuchen?«

»Nein. Das ist so ziemlich das Dümmste, was ich je gemacht habe. Und die Konkurrenz auf diesem Gebiet ist groß.«

Er warf sich ein Tuch über die Schulter. »Also warum?«

Ich trank einen Schluck Bier. »Weil ich eine Abmachung getroffen habe.«

Billy blickte an mir vorbei zum Eingang und riss die Augen weit auf. »Ich werd verrückt! Das ist ein Gesicht, das ich schon eine Ewigkeit nicht mehr hier gesehen habe.«

Dale ging zu seinem alten Hocker neben meinem und setzte sich. Er grinste von einem Ohr zum anderen. »Ein Pint von deinem Schlimmsten, Billy.«

»Das geht aufs Haus.« Billy schenkte Dale ein Glas ein. »Was macht mein liebster Arschaufreißer?«

»Ich kann nicht klagen. Manchmal tue ich es aber trotzdem.«

»Haha!« Billy schob Dale das Pint hin. »Dann lasse ich euch zwei Turteltauben mal allein.«

Dale trank einen Schluck und grinste mich an. »Ich war nicht sicher, ob du wirklich kommen würdest.«

»Abgemacht ist abgemacht«, erwiderte ich. »Aber falls jemand auftaucht, der mich umbringen will, muss ich womöglich schnell wieder verschwinden.«

»Ja, diese Sache. Was ist denn da los? Es gehen Gerüchte um, dass du in die Morde verstrickt bist.«

»Ja, Gerüchte. Das trifft es.« Ich trank mein Glas aus und klopfte zweimal auf den Tresen. Billy schob mir ein frisches Bier herüber. Er hatte es schon im Voraus gezapft. »Ich sollte das nächste Opfer werden.«

»Rudy hat den Mörder erwischt, oder? Das behaupten jedenfalls die Nachrichtenseiten. War es nicht ein Portugiese?«

»Ein Brasilianer«, erklärte ich. »Aber das spielt keine Rolle. Sie setzen einfach einen anderen Killer auf mich an. Jetzt habe ich höchstens eine kurze Verschnaufpause.«

»Verdammt, Jazz, kann ich irgendetwas für dich tun?«

Ich sah ihm tief in die Augen. »Dale, wir sind keine Freunde mehr. Mach dir um mich keine Sorgen.«

Er seufzte. »Wir könnten es wieder sein. Eines Tages vielleicht?«

»Kann ich mir nicht vorstellen.«

»Nun ja, ich habe einen Abend pro Woche, damit du es dir anders überlegen kannst.« Er lächelte mich an. Dieses selbstgefällige kleine Arschgesicht! »Warum hast du das mit den Sammlern gemacht?«

»Trond wollte mir einen Haufen Geld bezahlen.«

»Ja, aber …« Er machte eine nachdenkliche Miene. »Ich meine, das ist nicht dein Stil. Es war riskant, und du bist wirklich klug. Du gehst kein Risiko ein, wenn es nicht unbedingt sein muss. Soweit ich weiß, brauchst du auch nicht dringend Geld. Ja, du bist arm, aber du hast dein Auskommen. Oder bist du irgendwelchen Kredithaien etwas schuldig?«

»Nein.«

»Spielschulden?«, bohrte er weiter.

»Nein. Hör auf damit.«

»Komm schon, Jazz.« Er beugte sich vor. »Was steckt dahinter? Ich verstehe es einfach nicht.«

»Musst du auch nicht.« Ich sah auf mein Gizmo. »Bis Mitternacht sind es noch drei Stunden und zweiundfünfzig Minuten. Danach kann man nicht mehr von ›Abend‹ reden.«

»Dann werde ich die nächsten drei Stunden und zweiundfünfzig Minuten damit verbringen, immer wieder die gleichen Fragen zu stellen.«

So eine Nervensäge … Ich seufzte. »Ich brauche 416 922 Motten.«

»Das … das ist aber eine sehr spezifische Summe. Wozu brauchst du sie?«

»Weil … Leck mich doch. Genau deshalb.«

»Jazz …«

»Nein«, fauchte ich. »Mehr sage ich nicht.«

Unbehagliches Schweigen.

»Wie geht es Tyler?«, fragte ich. »Ist er … ich weiß nicht. Ist er glücklich?«

»Ja, er ist glücklich«, sagte Dale. »Wir streiten und versöhnen uns wie jedes Paar, aber wir geben uns Mühe. Seit einiger Zeit ist er wegen der Elektrikergilde frustriert.«

Ich kicherte. »Er hat diese Mistkerle immer gehasst. Ist er immer noch nicht in der Gilde?«

»Natürlich nicht. Er würde dort niemals eintreten. Er ist ein sehr guter Elektriker. Warum sollte er sich so große Mühe geben, schlechter bezahlt zu werden?«

»Erpressen sie ihn?«, fragte ich. Das ist ein Nachteil, wenn es so gut wie keine Gesetze gibt: Man muss immer mit Monopolen und Druck rechnen.

Dale kippte die flache Hand hin und her. »Etwas. Sie streuen Gerüchte und unterbieten gezielt seine Preise. Aber damit kommt er klar.«

»Gib mir Bescheid, wenn sie zu weit gehen.«

»Was willst du denn tun?«

»Keine Ahnung. Aber ich will nicht, dass ihm jemand Ärger macht.«

Dale hob sein Glas. »Ich bedaure jetzt schon jeden, der ihm Steine in den Weg legt.«

Ich stieß mit ihm an, und wir tranken einen Schluck.

»Sorg dafür, dass er glücklich ist«, sagte ich dann.

»Das will ich versuchen.«

Mein Harpreet-Gizmo summte. Ich zog es heraus und sah auf das Display. Es war eine Nachricht von Svoboda: **Dieses DAGL-Ding ist erstaunlich. Komm zu mir ins Labor.**

»Moment«, sagte ich zu Dale und tippte die Antwort. **Was hast du herausgefunden?**

Das ist zu viel, um es zu tippen. Außerdem will ich dir zeigen, was es kann.

»Hm«, machte ich.

»Ein Problem?«, fragte Dale.

»Ein Freund will mich treffen. Aber als ich mich das letzte Mal mit jemandem getroffen habe, war es ein Hinterhalt.«

»Brauchst du Unterstützung?«

Ich schüttelte den Kopf und tippte weiter. **Mein Lieber, ich weiß, worauf du hinauswillst, aber ich bin gerade zu müde für Sex.**

Was soll das denn jetzt?, antwortete Svoboda. **Oh, verstehe. Du benimmst dich komisch, um herauszufinden, ob ich bedroht werde. Nein, Jazz, ich lege dich nicht herein.**

Ich bin nur vorsichtig. Im Moment habe ich noch zu tun. Können wir uns morgen früh im Labor treffen?

Das passt mir gut. Oh, und falls ich in Zukunft mal unter Zwang stehen sollte, baue ich irgendwie das Wort »Delfin« ein. In Ordnung?

Verstanden, antwortete ich und steckte das Gizmo wieder in die Tasche.

Dale schürzte die Lippen. »Jazz … wie schlimm sieht es aus?«

»Also, da mich einige Leute umbringen wollen … ziemlich schlimm.«

»Wer sind diese Leute, und warum wollen sie dich töten?«

Ich wischte das beschlagene Bierglas ab. »Es ist ein brasilianisches Verbrechersyndikat namens O Palácio. Sanchez Aluminium gehört ihnen, und sie wissen, dass ich die Sammler sabotiert habe.«

»Oh, Mann!«, entfuhr es Dale. »Brauchst du ein Versteck?«

»In der Hinsicht bin ich versorgt.« Nach ein paar Sekunden fügte ich hinzu: »Aber falls ich Hilfe brauche, komme ich auf dich zurück.«

Er lächelte. »Das ist doch schon mal ein Anfang.«

»Halt den Mund, und trink dein Bier.« Ich leerte mein Glas. »Du liegst zwei Runden zurück.«

»Oh, jetzt verstehe ich.« Er winkte Billy. »Hey, ein kleines Mädchen glaubt, es könnte mich unter den Tisch trinken. Wir brauchen sechs Pints – drei für die Tunte und drei für die Tante.«

Mit müden Knochen, benommen und verkatert, erwachte ich in meinem Versteck. Wahrscheinlich war es keine gute Idee gewesen, sich inmitten dieses Durcheinanders zu betrinken, aber wie bereits erwähnt, treffe ich manchmal unkluge Entscheidungen.

Drei Minuten verbrachte ich damit, in Gebeten den Tod herbeizuflehen, und als das nichts fruchtete, trank ich so viel Wasser, wie ich in mich hineinbekam. Dann verließ ich meine Nische wie eine müde Schnecke.

Zum Frühstück aß ich etwas trockenen Gunk (so schmeckt er nicht ganz so schlimm) und trottete in das öffentliche Bad auf Bean Plus 16. Den Rest des Morgens verbrachte ich damit, mich in einer Badewanne einzuweichen.

Anschließend suchte ich ein Bekleidungsgeschäft mittlerer Preislage auf Bean Plus 18 auf. Den Overall hatte ich drei Tage lang nicht abgelegt. Er war beinahe fähig, auf eigenen Beinen zu stehen.

Schließlich fühlte ich mich wieder halbwegs menschlich.

Später lief ich durch die schmalen Korridore von Armstrong, bis ich den Haupteingang der ESA-Labors erreichte. Auf den Gängen waren einige Wissenschaftler zu ihren Arbeitsplätzen unterwegs.

Svoboda öffnete die Tür, ehe ich überhaupt angeklopft hatte. »Jazz! Warte nur, bis ich dir zeige, was … Mann, du siehst beschissen aus.«

»Danke.«

Er zog eine Packung Pfefferminzbonbons heraus und schüttete mir ein paar in die Hand. »Aber dies ist nicht der richtige Augenblick, über deinen Alkoholkonsum zu spotten. Ich muss dir dieses DAGL-Ding zeigen. Komm mit!«

Er führte mich ins Labor. Seit meinem letzten Besuch hatte es sich stark verändert. Den Haupttisch hatte er der DAGL-Forschung gewidmet und alles andere an die Wände geschoben, um Platz zu schaffen. Verschiedene Geräte (die meisten waren mir völlig unbekannt) lagen auf dem Tisch.

Er hüpfte von einem Fuß auf den anderen. »Das ist der Wahnsinn!«

»Na gut, na gut«, beruhigte ich ihn. »Was ist denn los mit dir?«

Er setzte sich auf einen Hocker und knackte mit den Knöcheln. »Zuerst habe ich es visuell untersucht.«

»Du hast es dir angesehen«, sagte ich. »Du könntest einfach sagen: Ich habe es mir angesehen.«

»Dem ersten Anschein nach ist es ein völlig normales Monomode-Glasfaserkabel. Die Ummantelung, die Beschichtung und die Hülle sind völlig normal. Der Glaskern ist acht Mikrometer dick – auch das ist normal. Aber dann dachte ich, der Kern müsste doch etwas Besonderes an sich haben. Deshalb habe ich ein paar Proben abgeschnitten und …«

»Du hast es zerschnitten?«, unterbrach ich ihn. »Ich habe dir nicht gesagt, dass du es zerschneiden sollst.«

»Ja, das ist mir egal.« Er tippte etwas in ein Gerät auf dem Labortisch. »Mit diesem Ding hier habe ich den Brechungsindex des Kabels überprüft. Das ist für ein Glasfaserkabel ein ziemlich wichtiger Wert.«

Ich nahm ein fünf Zentimeter langes Stück DAGL vom Tisch. »Und hast du etwas Seltsames gefunden?«

»Nein«, antwortete er. »Der Index beträgt eins Komma vier fünf acht. Etwas höher als bei Glasfaserkabeln üblich, aber nur geringfügig.«

Ich seufzte. »Svoboda, kannst du alle Bereiche überspringen, in denen es normal ist, und mir sagen, was du herausgefunden hast?«

»Schon gut, schon gut.« Er nahm ein kleineres Gerät in die Hand. »Mit diesem Ding hier habe ich das Geheimnis gelüftet.«

»Ich weiß, ich soll jetzt fragen, was das ist, aber ehrlich gesagt, habe ich …«

»Das ist ein Optical Loss Test Set, abgekürzt OLTS. Ein Gerät, mit dem man die Verluste in optischen Leitern messen kann. Es sagt dir, welche Dämpfung ein Glasfaserkabel hat.

Die Dämpfung beschreibt den Anteil des Lichts, der während der Übertragung verloren geht.«

»Ich weiß, was Dämpfung ist«, sagte ich. Das spielte aber keine Rolle. Sobald Svoboda einmal in Fahrt war, konnte ihn nichts und niemand aufhalten. Ich habe noch nie jemanden gesehen, der so in seiner Arbeit aufging wie dieser Mann.

Er legte das OLTS wieder auf den Tisch. »Die typische Dämpfung für ein hochwertiges Kabel beträgt null Komma vier Dezibel pro Kilometer. Rate mal, welche Dämpfung das DAGL hat.«

»Nein.«

»Nun rate schon, rate!«

»Sag es mir einfach.«

»Null. Oh, Mann, die Dämpfung liegt bei null!« Er machte mit den Armen einen weiten Kreis. »Null!«

Ich setzte mich auf den Hocker neben ihm. »Also … geht bei der Sendung kein Licht verloren? Überhaupt keines?«

»Genau! Na ja, zumindest soweit ich es sagen kann. Die Präzision meines OLTS liegt bei 0,0001 Dezibel pro Kilometer.«

Ich betrachtete den DAGL-Schnipsel, den ich in der Hand hielt. »Aber eine gewisse Dämpfung muss er doch haben, oder? Ich meine, bei null kann der Wert doch nicht liegen.«

Er zuckte mit den Achseln. »Supraleiter haben keinen Widerstand für elektrischen Strom. Warum soll es nicht auch ein Material geben, das keinen Widerstand für Licht hat?«

»DAGL …« Ich dachte über die Abkürzung nach. »Dämpfungsarmer Glasfaserleiter.«

»Oh!« Er schlug sich die flache Hand gegen die Stirn. »Aber natürlich!«

»Woraus besteht das Ding?«

Er drehte sich zu einer an der Wand montierten Maschine um. »Dazu habe ich mein Spektrometer benutzt!« Zärtlich streichelte er das Gerät. »Ich nenne es Nora.«

»Und was hat Nora zu sagen?«

»Der Kern besteht überwiegend aus Glas. Das ist keine große Überraschung, so sind alle Glasfaserleitungen konstruiert. Aber ich fand auch Spuren von Tantal, Lithium und Germanium.«

»Warum sind diese Sachen da drin?«

»Verdammt will ich sein, wenn ich das wüsste.«

Ich rieb mir die Augen. »Na schön, und warum ist das so aufregend? Man braucht eben weniger Energie, um die Daten zu senden.«

Es ist weit mehr als das«, sagte er. »Normale Glasfaserkabel können nur fünfzehn Kilometer lang sein. Danach wird das Signal zu schwach und geht verloren. Deshalb braucht man Repeater. Sie lesen das Signal und senden es erneut aus. Aber Repeater kosten Geld, verbrauchen Strom und sind kompliziert. Oh, und sie bremsen auch die Übertragung.«

»Also brauchst du bei diesem DAGL keine Repeater.«

»Genau«, bestätigte er. »Auf der Erde gibt es gewaltige Datenkabel. Sie laufen quer über die Kontinente und durch die Ozeane und versorgen den ganzen Globus. Stell dir nur vor, wie viel einfacher es wäre, wenn die Repeater nicht alles ausbremsen würden. Und es gäbe auch weniger Übermittlungsfehler. Dadurch vergrößert sich die Bandbreite. Dieses Ding hier ist fantastisch!«

»Schön. Aber ist es wertvoll genug, um dafür jemanden zu töten?«

»Tja … Ich denke, jede Telekommunikationsfirma will bessere Kabel haben. Was glaubst du, wie viel das gesamte Kommunikationsnetzwerk auf der Erde wert ist? Denn ungefähr so viel Geld wird dieses DAGL den Herstellern einbringen. Ja, das ist vermutlich genug Geld, um jemanden zu ermorden.«

Ich massierte mir das Kinn. Je länger ich darüber nachdachte, desto weniger gefiel mir die Sache. Dann fiel auf einmal der Groschen. »Oh, verflucht!«

»Hey«, rief Svoboda. »Hat dir jemand auf den Reiskräcker gepisst?«

»Es geht überhaupt nicht um Aluminium!« Ich stand von dem Hocker auf. »Danke, Svobo. Ich bin dir was schuldig.«

»Was?«, sagte er. »Was meinst du damit, es ginge nicht um Aluminium? Worum geht es denn sonst?«

Aber ich war schon unterwegs zur Tür. »Bleib verrückt, Svobo. Ich melde mich.«

Früher war das Büro der Administratorin in der Armstrong-Blase, weil es die einzige Blase war. Aber da in Armstrong ständig Maschinen liefen, die viel Lärm machten, war sie umgezogen. Jetzt arbeitete sie auf Conrad Plus 19 in einem kleinen Büro, das nur aus einem Raum bestand.

Ja, Sie haben richtig gehört. Die Administratorin von Artemis – die wichtigste und mächtigste Person auf dem Mond, die praktisch jeden Raum mietfrei hätte benutzen können – hatte sich entschieden, ihren Amtssitz in ein Arbeiterviertel zu verlegen. Ich an Ngugis Stelle hätte ein riesiges Büro mit Blick auf die Aldrin-Arkaden gehabt. Eine Hausbar mit gutem Schnaps, Ledersessel und alle anderen

Sachen, die reiche Leute mochten, hätten natürlich auch dazugehört.

Und ein persönlicher Assistent. Ein kräftiger, aber sanfter Typ, der mich »Boss« nannte. Ja, so stellte ich mir das vor.

Ngugi hatte nichts dergleichen. Sie hatte nicht einmal einen Sekretär. Nur ein Schild an der Tür mit der Aufschrift ADMINISTRATORIN FIDELIS NGUGI.

Um ehrlich zu sein, sie war ja auch nicht die Präsidentin der Vereinigten Staaten. Genau genommen war sie die Bürgermeisterin einer Kleinstadt.

Ich drückte auf den Klingelknopf und hörte drinnen ein schlichtes Summen.

»Herein«, sagte Ngugi.

Ich öffnete die Tür. Das Büro war sogar noch billiger eingerichtet, als ich es mir vorgestellt hatte. Geradezu spartanisch. Ein paar Wandregale mit Familienfotos hingen direkt an den nackten Aluminiumwänden. Der Schreibtisch aus Blechplatten hätte aus den 1950er-Jahren stammen können. Zumindest besaß sie einen richtigen Bürostuhl, das einzige Zugeständnis an echten Komfort. Wenn ich siebzig bin, will ich wahrscheinlich auch einen schönen Bürostuhl haben.

Sie tippte etwas auf einem Notebook – die älteren Menschen benutzten diese Geräte immer noch lieber als Gizmos oder sprachgesteuerte Computer –, und irgendwie strahlte sie Anmut und Souveränität aus, obwohl sie über den Schreibtisch gebeugt war. Sie trug Alltagskleidung und wie immer das traditionelle Dhuku auf dem Kopf. Nachdem sie den Satz zu Ende getippt hatte, lächelte sie mich an.

»Jasmine! Wie schön, Sie zu sehen, meine Liebe. Bitte setzen Sie sich doch.«

»Ja, danke … ja. Ich … dann setze ich mich jetzt.« Ich ließ mich auf einem der beiden Stühle vor ihrem Schreibtisch nieder.

Sie faltete die Hände und beugte sich vor. »Ich habe mich so um Sie gesorgt, meine Liebe. Wie kann ich Ihnen helfen?«

»Ich habe eine Frage, die die Wirtschaft betrifft.«

Sie zog die Augenbrauen hoch. »Die Wirtschaft? Nun ja, auf diesem Gebiet kenne ich mich ein wenig aus.«

Das war die Untertreibung des Jahrhunderts. Diese Frau hatte Kenia in das Zentrum der globalen Raumfahrtindustrie verwandelt. Sie hätte den Nobelpreis verdient. Eigentlich sogar zwei: einen für Wirtschaft und den anderen für den Weltfrieden.

»Was wissen Sie über die Telekommunikationsindustrie der Erde?«, fragte ich.

»Meine Liebe, das ist ein weites Feld. Könnten Sie die Frage etwas präziser fassen?«

»Was ist sie wert? Ich meine, wie viel nehmen sie ein?«

Sie lachte. »Da kann ich nur raten. Aber diese Branche auf der ganzen Welt … irgendetwas zwischen fünf bis sechs Billionen Dollar im Jahr.«

»Ach du Scheiße … äh, entschuldigen Sie, Madam.«

»Kein Problem, Jasmine. Sie waren schon immer sehr ausdrucksstark.«

»Warum verdienen die so viel?«

»Sie haben enorm viele Kunden. Jedes Telefon, jede Internetverbindung, jeder Kabelabonnent … alle Teilnehmer leisten Zahlungen an diese Branche, entweder direkt oder indirekt über die Werbung.«

Ich starrte den Boden an. Ich musste mich fassen.

»Jasmine?«

»Tut mir leid. Ich bin müde. Nein, um ehrlich zu sein, ich habe einen Kater.«

Ngugi lächelte. »Sie sind jung. Sie werden sich bald erholen, da bin ich ganz sicher.«

»Nehmen wir mal an, jemand erfindet eine bessere Infrastruktur«, fuhr ich fort. »Ein wirklich überlegenes Glasfaserkabel. Es reduziert die Kosten, erhöht die Bandbreite und verbessert die Verfügbarkeit.«

Sie lehnte sich zurück. »Wenn der Preis mit existierenden Kabeln vergleichbar ist, wäre das ein ungeheurer Vorteil. Der Hersteller würde natürlich in Geld schwimmen.«

»Ja«, sagte ich. »Nehmen wir weiter an, dieses neue Glasfaserkabel wurde in einem eigens dafür produzierten Satelliten in einem niedrigen Erdorbit hergestellt. Ein Satellit mit einer Zentrifuge an Bord. Was würde Ihnen das sagen?«

Sie schien verwirrt. »Jasmine, das ist eine sehr seltsame Diskussion. Was hat das zu bedeuten?«

Ich trommelte mit den Fingern auf mein Bein. »Für mich bedeutet das, es kann nicht in der Schwerkraft der Erde hergestellt werden. Das ist der einzige Grund, eigens einen Satelliten einzusetzen.«

Sie nickte. »Das klingt einleuchtend. Ich nehme an, ein solches Projekt ist gerade im Gange?«

Ich fuhr fort: »Aber der Satellit hat eine Zentrifuge. Also brauchen sie ein gewisses Maß an Druck. Nur ist die Erdschwerkraft eben zu hoch. Aber wenn die Mondschwerkraft für den Herstellungsprozess niedrig genug ist?«

»Das klingt seltsam, weil es zugleich sehr spezifisch und sehr hypothetisch ist.«

»Haben Sie etwas Geduld.«

Sie stützte das Kinn auf die Hand. »In diesem Fall könnte man dieses Kabel offensichtlich hier herstellen.«

»Was wäre denn Ihrer Ansicht nach ein besserer Ort, um dieses hypothetische Produkt herzustellen – eine niedrige Erdumlaufbahn oder Artemis?«

»Artemis«, antwortete sie. »Da gibt es keine Frage. Wir haben ausgebildete Arbeiter, eine gut aufgestellte Handwerkerschaft, ein effizientes Transportsystem und Frachtflüge zur Erde und zurück.«

»Ja.« Ich nickte. »Das dachte ich mir.«

»Das klingt alles sehr interessant, Jasmine. Hat man Ihnen ein Angebot gemacht, etwas zu investieren? Sind Sie deshalb hier? Wenn dieses Angebot ernst gemeint ist, dann lohnt es sich sicher, etwas Geld hineinzustecken.«

Ich wischte mir die Stirn ab. Auf Conrad Plus 19 herrschten immer angenehme zweiundzwanzig Grad Celsius. Trotzdem schwitzte ich.

Jetzt suchte ich ihren Blick. »Wissen Sie, was seltsam ist? Sie haben nichts über Funk und Satelliten gesagt.«

Sie legte den Kopf schief. »Tut mir leid, meine Liebe, was meinen Sie damit?«

»Als Sie über die Telekommunikationsbranche gesprochen haben, nannten Sie Internet, Telefon und Fernsehen. Aber über Funk und Satelliten haben Sie kein Wort verloren.«

»Die gehören auf jeden Fall dazu.«

»Ja. Aber Sie haben sie nicht erwähnt. Genau genommen haben Sie nur über die Teile der Branche gesprochen, die Glasfaserkabel benötigen.«

Sie zuckte mit den Achseln. »Nun ja, wir haben über Glasfaserkabel gesprochen, also lag das nahe.«

»Nur dass ich da noch nichts über Glasfaserkabel gesagt hatte.«

»Sie haben es bestimmt erwähnt.«

Ich schüttelte den Kopf. »Ich habe ein sehr gutes Gedächtnis.«

Sie kniff die Augen zusammen.

Ich zog das Messer aus der Scheide am Stiefel und hielt es bereit. »Wie hat O Palácio mein Gizmo geortet?«

Ngugi holte eine Pistole unter dem Schreibtisch hervor. »Ich habe sie wissen lassen, wo es war.«

11

»Eine Pistole?«, staunte ich. »Wie ist eine Pistole in die Stadt gekommen? Ich schmuggle keine Waffen!«

»Das wusste ich immer zu schätzen«, sagte die Administratorin. »Sie müssen nicht die Hände heben. Aber Sie müssen das Messer fallen lassen.«

Ich gehorchte.

Sie zielte weiter auf mich. »Darf ich fragen, wie Sie auf mich gekommen sind?«

»Durch Elimination«, erklärte ich. »Rudy hat bewiesen, dass er mich nicht verraten hat. Sie sind der einzige andere Mensch, der Zugang zu meinen Gizmo-Standortdaten hatte.«

»Das leuchtet ein. Aber ich bin nicht so bösartig, wie Sie glauben.«

»Äh …« Zweifelnd sah ich sie an. »Aber Sie wissen von dem DAGL, oder?«

»Ja.«

»Und Sie wollen damit einen Haufen Geld verdienen.«

Sie warf mir einen finsteren Blick zu. »Denken Sie wirklich so schlecht von mir? Ich werde keine einzige Motte verdienen.«

»Aber … warum dann?«

Sie setzte sich bequem hin und hielt die Pistole etwas lockerer. »In Bezug auf die Schwerkraft haben Sie recht. Der DAGL benötigt eine kristalline quarzähnliche Substanz, die sich nur bei 0,216 g bildet. Auf der Erde kann man sie unmöglich herstellen, aber hier ist es mit einer Zentrifuge möglich. Jasmine, Sie sind so ein intelligentes Mädchen. Wenn Sie Ihre Fähigkeiten nur vernünftig einsetzen würden!«

»Falls das jetzt ein Vortrag zum Thema ›Du hast so viel Potenzial‹ werden soll, wäre es mir lieber, Sie würden mich gleich erschießen.«

Sie lächelte. Es gelang ihr tatsächlich, trotz der Waffe in der Hand großmütterlich zu wirken. Als wollte sie mir noch ein Bonbon geben, ehe sie mir eine Kugel in den Kopf jagte. »Wissen Sie, womit Artemis Geld verdient?«

»Mit Tourismus.«

»Nein.«

Ich blinzelte. »Was?«

»Der Tourismus bringt nicht genug ein. Er verkörpert einen bedeutenden Teil unserer Wirtschaft, aber das allein reicht nicht.«

»Die Wirtschaft floriert«, widersprach ich. »Die Touristen konsumieren die Produkte der einheimischen Firmen, die Angestellten kaufen Nahrung und zahlen Miete und so weiter. Die Stadt existiert weiter, also muss es funktionieren, oder? Was übersehe ich da?«

»Einwanderer«, erklärte sie. »Wenn die Leute nach Artemis ziehen, bringen sie ihr Vermögen mit und geben es hier aus. Solange die Bevölkerung gewachsen ist, war das schön, aber jetzt haben wir ein Plateau erreicht.« Sie richtete die Pistole nicht mehr auf mich. Sie hielt sie weiter fest, aber so konnte sie mich wenigstens nicht mehr aus Versehen erschießen, wenn sie nieste. »Die ganze Sache hat sich unbeabsichtigt zu einem Schneeballsystem entwickelt. Im Augenblick schwimmen wir noch auf dem Scheitelpunkt der Woge.«

Schlagartig vergaß ich die Waffe in ihrer Hand. »Ist … heißt das, die ganze Stadt geht bankrott?«

»Ja, wenn wir nicht bald etwas unternehmen«, bestätigte sie. »Aber der DAGL ist unser Retter. Die Telekommunikationsindustrie wird die besseren Kabel haben wollen, und der DAGL kann nur hier billig hergestellt werden. Die Produktion wird stark ansteigen. Neue Fabriken werden gebaut, die Menschen wandern ein, weil sie hier Arbeit finden, und alle verdienen gut.« Sehnsüchtig blickte sie in die Ferne. »Dann haben wir endlich eine Exportwirtschaft.«

»Glas«, überlegte ich. »Es ging doch immer um Glas, oder?«

»Ja, meine Liebe«, sagte Ngugi. »Der DAGL ist eine erstaunliche Erfindung, aber wie bei jedem Glasfaserkabel ist der Grundstoff eben Glas. Und Glas besteht einfach nur aus Silicium und Sauerstoff. Beides fällt nebenbei an, wenn man Aluminium schmilzt.« Sie strich mit der flachen Hand über den glatten Aluminiumtisch. »Es ist interessant, wie die Wirtschaft funktioniert, nicht wahr? Binnen eines Jahres wird das Aluminium ein Nebenprodukt der Siliciumindustrie sein. Und dieses Aluminium kommt uns natürlich sehr gelegen. Wir werden viel bauen müssen, um mit dem Wachstum Schritt zu halten, das bald einsetzen wird.«

»Mannomann«, staunte ich. »Sie verstehen wirklich etwas von Wirtschaft.«

»Das ist meine Aufgabe, meine Liebe. Und letzten Endes ist die Wirtschaft das Einzige, auf das es ankommt. Das Glück der Menschen, ihre Gesundheit, ihre Sicherheit und ihr Wohlbefinden, all das beruht darauf.«

»Ja, Sie sind wirklich gut. In Kenia haben Sie die Wirtschaft angekurbelt, und jetzt tun Sie das Gleiche für uns. Sie sind eine echte Heldin. Ich sollte Ihnen wirklich dankbar sein, aber … oh, Moment mal, Sie haben mich ans Messer geliefert!«

»Ach, bitte. Ich wusste, dass Sie nicht so dumm waren, das Gizmo einzuschalten, ohne Vorkehrungen zu treffen.«

»Aber Sie haben O Palácio verraten, wo mein Gizmo war?«

»Indirekt.« Sie legte die Waffe auf den Tisch. Zu weit für mich, um sie mit einem Sprung zu erreichen. Ngugi war in einem Kriegsgebiet aufgewachsen, und ich wollte ihre Reflexe nicht auf die Probe stellen. »Vor ein paar Tagen hat die IT einen Hackerangriff auf das Gizmo-Netzwerk registriert. Jemand auf der Erde hat versucht, Ihre Standortdaten abzufragen. Ich ließ die IT-Abteilung die Sicherheitsvorkehrungen deaktivieren, damit der Hacker eindringen konnte. Genau genommen war es noch etwas komplizierter. Sie haben bei einem Netzwerktreiber ein Downgrade durchgeführt, sodass der Hacker sich ein bisschen Mühe geben musste. Die Einzelheiten kenne ich nicht, weil ich keine Technikerin bin. Jedenfalls konnte der Hacker ein Programm installieren, das Ihre Standortdaten weitersendete, sobald Sie Ihr Gizmo aktivierten.«

»Warum, zum Teufel, haben Sie das getan?«

»Um den Mörder aus der Reserve zu locken.« Sie zeigte auf mich. »Sobald Sie Ihr Gizmo eingeschaltet hatten, habe ich Rudy informiert, wo Sie waren. Ich habe angenommen, die O Palácio würde zugleich ihren Vollstrecker Alvarez alarmieren. Und ich hoffte darauf, dass Rudy ihn schnappen würde.«

Ich runzelte die Stirn. »Rudy wusste anscheinend nichts davon.«

Sie seufzte. »Rudy und ich haben … eine komplizierte Beziehung. Er hält nichts von Syndikaten oder indirekten Maßnahmen, wie ich sie ergriffen habe. Er würde mich gern loswerden, und um ehrlich zu sein, das Gefühl beruht auf Gegenseitigkeit. Hätte ich ihn gewarnt, dass der Killer unterwegs ist, dann hätte er mich gefragt, woher ich es weiß. Natürlich hätte er untersucht, wie die Informationen durchgesickert sind, und das hätte mir einigen Ärger bereitet.«

»Sie haben Rudy auf Kollisionskurs mit einem Mörder geschickt, ohne ihn warnen.«

Ngugi legte den Kopf schief. »Nun schauen Sie mich nicht so an. Das macht mich traurig. Rudy ist ein äußerst erfahrener Polizist. Er wusste, dass er sich in eine möglicherweise gefährliche Situation begibt und er hätte Alvarez dort beinahe schon gefasst. Ich habe ein reines Gewissen. Müsste ich mich noch einmal entscheiden, dann würde ich mich wieder genauso verhalten wie jetzt. Man muss immer das Gesamtbild sehen, Jasmine.«

Ich verschränkte die Arme vor der Brust. »Vor ein paar Tagen waren Sie bei Trond. Waren Sie von Anfang an mit von der Partie?«

»Ich bin nirgends mit von der Partie. Er hat mir von dem DAGL und seinen Plänen erzählt, ins Siliciumgeschäft einzusteigen. Er wollte über Sanchez' Sauerstoffvertrag reden. Er hatte Grund zu der Annahme, dass sie den Vertrag bald brechen würden, und wollte mir versichern, dass er für den Notfall genug Sauerstoff hatte.«

»Hat Sie das nicht misstrauisch gemacht?«

»Natürlich. Aber die Zukunft der Stadt stand auf dem Spiel. Ein Verbrechersyndikat wollte die wichtigste Ressource auf dem Mond unter seine Kontrolle bringen. Trond bot mir eine Lösung an. Er war bereit, den Vertrag zu übernehmen, der jedoch in Zukunft alle sechs Monate erneuert werden sollte. Wenn er die Preise künstlich in die Höhe trieb oder einen zu großen Anteil der DAGL-Industrie kontrollierte, würde er ihn verlieren. Er wäre davon abhängig gewesen, dass ich den Vertrag erneuerte, und ich hätte mich darauf verlassen können, dass er die boomende DAGL-Industrie mit Silicium versorgte. So wäre ein Machtgleichgewicht entstanden.«

»Was ist schiefgegangen?«

Sie schürzte die Lippen. »Jin Chu. Er kam mit der Absicht in die Stadt, so viel Geld wie möglich zu verdienen, und bei Gott, er hatte Erfolg damit. Er hatte Trond schon Monate vorher von dem DAGL erzählt, aber Trond hat eine Probe verlangt, die er von seinen Leuten untersuchen lassen wollte. Er wollte einen sicheren Beweis dafür, dass an dem DAGL etwas dran war und dass es sich nicht nur um ein Märchen handelte.«

»Also hat Jin Chu ihm den DAGL gezeigt, und Trond hat bezahlt«, überlegte ich. »Und dann hat Jin Chu die Informationen postwendend an O Palácio verkauft.«

»So ist das mit Geheimnissen. Man kann sie mehrmals verkaufen.«

»Der schmierige kleine Drecksack.«

Ngugi seufzte. »Stellen Sie sich nur vor, was für eine Offenbarung das für O Palácio war. Auf einmal eröffnete ihnen ihre unbedeutende kleine Geldwäscheaktion die Möglichkeit, in einer gerade aufblühenden milliardenschweren Industrie Fuß zu fassen. Von diesem Moment an waren sie äußerst interessiert. Aber Artemis ist weit von Brasilien entfernt, und Gott sei Dank hatten sie nur einen Vollstrecker vor Ort.«

»Was geschieht jetzt?«

»Ich bin sicher, dass O Palácio in diesem Augenblick so viele Tickets zum Mond kauft, wie man nur bekommen kann. Binnen eines Monats wird es in Artemis von ihren Leuten nur so wimmeln. Sie wollen die Siliciumproduktion übernehmen, und der verflixte Vertrag – Sauerstoff gegen Energie – sorgt dafür, dass niemand mit ihnen konkurrieren kann. Sie haben bereits die nächste Phase eingeleitet – sie übernehmen die Glashersteller.« Sie warf mir einen wissenden Blick zu.

»Oh, verdammt«, stöhnte ich. »Das Feuer in der Queensland-Glasfabrik.«

Ngugi nickte. »Mit großer Sicherheit hat Alvarez das Feuer gelegt. Er war ein emsiger kleiner Bursche, was? Sobald O Palácio eine eigene Glasfabrik eingerichtet hat, haben sie Produktion und Rohstoffnachschub in der Hand. Natürlich bringen sie jeden um, der sich ihnen in den Weg stellt. Das ist die Sorte Kapitalismus, auf die wir uns dann einstellen dürfen.«

»Sie sind die Administratorin. Tun Sie was dagegen!«

Versonnen blickte sie zur Decke. »Sie haben die finanziellen Mittel und genügend Vollstrecker, um die ganze Stadt zu kontrollieren. Denken Sie an Chicago in den 1920er-Jahren, nur hundertmal schlimmer. Dagegen könnte ich nichts mehr tun.«

»Es wäre nett, wenn Sie tatsächlich mal irgendwie helfen würden.«

»Ich habe doch geholfen«, erwiderte sie. »Rudy hatte Sie sofort als Saboteurin im Visier. Er zeigte mir die Aufnahmen der Überwachungskameras im Besucherzentrum, wo Sie mit dieser lächerlichen Verkleidung herumgelaufen sind.«

Ich ließ den Kopf hängen.

»Er wollte Sie auf der Stelle verhaften, aber ich sagte, ich sei nicht überzeugt und bräuchte mehr Beweise. Das hat Ihnen etwas Zeit verschafft.«

»Na gut, aber warum sind Sie auf einmal mein Schutzengel geworden?«

»Weil Sie ein Blitzableiter sind. Ich wusste, dass O Palácio mindestens einen Vollstrecker in der Stadt hatte. Sie haben ihn aus der Reserve gelockt. Jetzt haben wir ihn gefasst. Dank Ihrer Mithilfe.«

»Dann war ich ein Köder?«

»Natürlich. Das sind Sie immer noch. Deshalb habe ich gestern interveniert und Rudy dazu bewogen, Sie freizulassen. Ich weiß nicht, was O Palácio als Nächstes unternimmt, aber was es auch ist, es dürfte sich gegen Sie richten.«

»Sie …«, setzte ich an. »Sie sind ein richtiges Miststück, wissen Sie das?«

Ngugi nickte. »Ja, wenn es sein muss. Es ist ein hässliches Geschäft, eine Zivilisation aufzubauen, Jasmine. Aber die Alternative wäre, überhaupt keine Zivilisation zu haben.«

Ich funkelte sie voller Verachtung an. Sie war nicht beeindruckt.

»Was soll ich jetzt tun?«, fragte ich dann.

»Keine Ahnung.« Sie deutete auf die Tür. »Aber Sie sollten möglichst bald damit anfangen.«

Ich kroch in mein Versteck und verschloss die Platte hinter mir. Drinnen rollte ich mich zusammen. Ich war so müde, dass ich auf der Stelle hätte einschlafen können, aber das stand nicht zur Debatte.

Jetzt kam alles zusammen. Ständige Gefahr, Geldsorgen, Wut. Am schlimmsten war die unendliche Müdigkeit. Den Zustand der Schläfrigkeit hatte ich hinter mir zurückgelassen. Nun war ich das, was mein Vater als »übermüdet« bezeichnete. Früher hatte er dieses Wort benutzt, wenn er meinen launischen, acht Jahre alten Arsch zu einem Zwangsnickerchen in die Koje verfrachtet hatte.

Ich drehte und wand mich in dem engen Raum, so gut es eben ging. Keine Stellung war wirklich bequem. Ich wollte ohnmächtig werden und hatte gleichzeitig Lust, jemanden zu verprügeln. Verdammt, ich konnte nicht mehr klar denken. Ich musste hier raus.

Mit einem Tritt stieß ich die Platte weg. Wen kümmerte es, wenn mich jemand sah? Mich bestimmt nicht.

»Wohin jetzt?«, murmelte ich zu mir selbst.

Ich spürte einen feuchten Tropfen auf dem Arm und blickte zur Decke. Die kalte Luft von Bean Minus 27 kondensierte schnell. Oberflächenspannung des Wassers plus Mondschwerkraft bedeutete, dass sich eine ganze Menge Flüssigkeit sammeln musste, ehe es zu tropfen begann. Aber über mir konnte ich nichts entdecken.

Ich berührte mein Gesicht. »Verdammt!«

Ich selbst war die Quelle des Wassers. Ich weinte.

Ich brauchte einen Ort, wo ich schlafen konnte. *Wirklich* schlafen.

Hätte ich gut nachgedacht, dann hätte ich mich für ein Hotel entschieden. Ngugi würde O Palácio nicht noch einmal helfen, mich zu finden. In diesem Augenblick traute ich allerdings nichts, was mit Elektronik zu tun hatte, und fragte mich, ob ich zum Haus des Imams gehen sollte, wo Dad sich aufhielt. Der Imam würde mich bestimmt aufnehmen, und irgendwo tief in mir verspürte ich den Drang, bei meinem Daddy zu sein.

Doch dann schüttelte ich den Kopf und schalt mich eine Närrin. Keinesfalls wollte ich meinen Vater in dieses Chaos hineinziehen.

Fünfzehn Minuten später schlurfte ich einen Korridor entlang, meinem Ziel entgegen. Ich läutete. Es war erst kurz nach drei Uhr morgens, aber auf Höflichkeit konnte ich keine Rücksicht nehmen.

Es dauerte eine Weile, bis Svoboda die Tür öffnete. Er trug einen langen Schlafanzug, in dem er anscheinend gerade auf den Mond von 1954 gereist war. Mit glasigen Augen sah er mich an. »Jazz?«

»Ich brauche …« Es schnürte mir die Kehle zu, beinahe hätte ich hysterisch geheult. *Reiß dich zusammen!* »Ich muss schlafen. Svoboda, mein Gott, ich muss schlafen.«

Er öffnete die Tür etwas weiter. »Komm rein, komm rein.«

Mit letzter Kraft schleppte ich mich an ihm vorbei. »Ich bin so müde, Svoboda. Ich bin so furchtbar müde.«

»Ja, ja, schon gut.« Er rieb sich die Augen. »Nimm das Bett. Ich lege mir ein paar Decken auf den Boden.«

»Nein, nein.« Meine Augen fielen ganz von selbst zu. »Der Boden reicht mir völlig.«

Meine Knie gaben nach, ich brach zusammen. Der Mond ist ein schöner Ort, um ohnmächtig zu werden. Man prallt sehr sanft auf den Boden.

Svoboda fing mich auf. Dann spürte ich das Bett, das von seinem Körper noch warm war. Die Decke glitt über mich, und ich kuschelte mich in den sicheren Kokon und schlief auf der Stelle ein.

Ein paar Sekunden lang genoss ich das köstliche Vergessen, das jeder am Morgen nach dem Aufwachen verspürt. Leider dauerte es nicht lange.

Ich erinnerte mich an meinen Zusammenbruch in der vergangenen Nacht und zuckte zusammen. Mein Gott! Es ist eine Sache, ein erbärmlicher Schwächling zu sein, aber eine ganz andere, sich damit vor jemand anders zu blamieren.

Gähnend streckte ich mich in Svobodas Bett. Es war nicht das erste Mal, dass ich erschöpft und voller Reue in der Wohnung eines Mannes aufwachte. Aber ich kann Ihnen sagen, so gut hatte ich schon lange nicht mehr geschlafen.

Svoboda war nirgends zu sehen. Ein Kissen und eine Decke auf dem Boden verrieten mir, dass er tatsächlich ein Gentleman war. Es war sein Bett – ich hätte auf dem Boden schlafen sollen. Oder wir hätten uns das Bett geteilt.

Meine Stiefel standen ordentlich neben dem Nachttisch. Offenbar war er weggegangen, während ich geschlafen hatte. Davon abgesehen, war ich voll bekleidet. Nicht die beste Art zu schlafen, aber immer noch besser, als dass mich jemand in bewusstlosem Zustand mitten in der Nacht auszog.

Ich holte das Gizmo aus der Tasche und sah, wie spät es war.

»Ach, du heilige Scheiße.« Es war schon Nachmittag. Ich hatte vierzehn Stunden geschlafen.

Neben mir auf dem Nachttisch lagen drei Gunkriegel und ein Zettel: *Jazz, hier ist dein Frühstück. Im Kühlschrank ist Saft. – Svoboda*

Ich knabberte einen Riegel, öffnete den Minikühlschrank und trank etwas Saft, obwohl ich keine Ahnung hatte, was es war. Wie sich herausstellte, handelte es sich um Möhren-Apfel-Saft aus Konzentrat. Es schmeckte beschissen. Zum Teufel, wer kam auf die Idee, so etwas zusammenzukippen? Anscheinend die Ukrainer.

Dann überlegte ich, wie ich mich bei Svoboda revanchieren konnte. Ein gutes Essen? Ein neues Gerät für sein Labor? Sex mit ihm haben? Nein, der letzte Gedanke war ein Scherz, über den ich selbst kichern musste. Dann hörte ich zu kichern auf und dachte weiter darüber nach.

Mann! Ich musste endlich mit Aufwachen fertig werden.

Das ausgedehnte Duschbad führte mir wieder vor Augen, worauf es mir wirklich ankam. Ich wollte eine eigene Dusche haben. Es war angenehm, drei Schritte zu machen und in der eigenen Dusche zu stehen. Sehr, sehr angenehm.

Da ich die dreckigen und verschwitzten Sachen nicht noch einmal anziehen wollte, durchwühlte ich Svobodas Kleiderschrank und entdeckte ein passendes T-Shirt, das ich mir über die Unterwäsche zog. Leider hatte Svoboda keine Damenunterwäsche im Schrank. Hätte er welche gehabt, dann hätte ich ihm allerdings einige Fragen gestellt. Das Shirt war bei mir so lang wie ein kurzes Kleid; Svoboda ist erheblich größer als ich.

Also gut. Ich war ausgeruht und hatte einen klaren Kopf. Nun wurde es Zeit, ernsthaft nachzudenken. Wie kam ich aus dieser Sache heraus? Ich setzte mich an den Schreibtisch und verband mein Gizmo. Der eingebaute Monitor stieg aus dem Fach empor und zeigte meine Desktop-Symbole. Ich knackte mit den Knöcheln und aktivierte die Tastatur.

Während der nächsten Stunden trank ich Möhren-Apfel-Saft (mit der Zeit gewöhnt man sich daran) und informierte mich über Sanchez Aluminium. Die Abteilungen, die leitenden Mitarbeiter, geschätzter Gewinn, alles Mögliche. Da es sich um ein privates Unternehmen im Besitz einer Santiago Holdings Inc. handelte – was ich für eine Tarnfirma von O Palácio hielt –, gab es nicht viele öffentlich verfügbare Informationen.

Dann schlug ich Loretta Sanchez nach und fand eine Arbeit über die Verbesserung der Schmelzvorgänge bei hohen Temperaturen, die sie verfasst hatte. Ich musste die Lektüre immer wieder unterbrechen, um mir einige chemische Grundlagen anzueignen, konnte aber alles Nötige sehr schnell online finden. Sobald ich es begriffen hatte, musste ich zugeben, dass sie wirklich ein Genie war. Sie hatte das ganze System revolutioniert und für den Einsatz auf dem Mond praktikabel gemacht.

Trotzdem würde ich ihr den Arsch versohlen, wenn ich sie traf. Nicht dass Sie mich jetzt falsch verstehen.

Wie im Flug verstrichen einige Stunden, und schließlich kam Svoboda von der Arbeit nach Hause.

»Oh, hey«, sagte er. »Wie fühlst du dich, äh ... äh ...«

Ich riss mich vom Monitor los und fragte mich, was ihn so stottern ließ. Fassungslos starrte er mich an. Ich blickte an mir hinab. Nach wie vor trug ich nur das T-Shirt, das ich aus seinem Schrank stibitzt hatte. Ich muss zugeben, dass ich ziemlich sexy aussah.

»Ich hoffe, es stört dich nicht.« Ich deutete auf das Shirt.

»N-nein«, stammelte er. »Kein Problem. Es sieht gut aus. Ich meine, es hängt gut. Ich meine, dein Oberkörper macht es … ähm …«

Ich sah ihm noch einen Moment beim Stottern zu, dann sagte ich: »Wenn das alles vorbei ist und ich dann noch lebe, gebe ich dir Frauenunterricht.«

»Häh?«

»Du musst … du musst unbedingt lernen, wie Frauen sind und wie du mit ihnen umgehen solltest.«

»Oh«, erwiderte er. »Ja, das wäre wirklich hilfreich.«

Er zog den Laborkittel aus und hängte ihn an die Wand. Warum kam er im Kittel nach Hause, statt ihn im Labor zu lassen? Weil sich auch Männer gern mit allen möglichen Dingen ausstaffieren. Sie geben es nur nicht zu.

»Anscheinend hast du gut geschlafen«, meinte er. »Was hast du jetzt vor?«

»Ich informiere mich über Sanchez Aluminium«, berichtete ich. »Ich muss einen Weg finden, sie auszuschalten. Im Moment ist das meine einzige Hoffnung zu überleben.«

Er setzte sich hinter mir auf das Bett. »Bist du sicher, dass du dich mit ihnen anlegen willst?«

»Was wollen sie denn machen? Mich zweimal umbringen? Sie sind sowieso schon hinter mir her.«

Er betrachtete den Bildschirm. »Oh, ist das der Schmelzprozess?«

»Ja. Es heißt FCC-Cambridge-Verfahren.«

Das weckte seine Aufmerksamkeit. »Klingt cool.«

Natürlich. Svoboda ist eben so ein Typ.

Er beugte sich vor, um den Bildschirm besser betrachten zu können. Dort waren in mehreren Stufen die chemischen Vorgänge beim Schmelzprozess dargestellt. »Ich habe von dem Verfahren gehört, aber die Einzelheiten waren mir bisher unbekannt.«

»Den letzten Sammler bewachen sie jetzt rund um die Uhr«, fuhr ich fort. »Deshalb muss ich die Hütte direkt angreifen.«

»Hast du schon einen Plan?«, fragte er.

»Ja, in groben Zügen«, erwiderte ich. »Aber dafür muss ich etwas tun, das ich hasse.«

»Oh?«

»Ich muss mir Hilfe holen.«

Er breitete die Arme aus. »Du hast mich. Sag mir, was du brauchst.«

»Danke, Kumpel. Darauf komme ich gern zurück.«

»Nenn mich nicht Kumpel«, grollte er.

Ich stutzte. »Na gut, dann lasse ich das. Aber warum nicht?«

»Männerlektionen«, entgegnete er. »Irgendwann erteile ich dir Männerlektionen.«

Ich klingelte zum vierten Mal. Sie war da, sie wollte nur nicht öffnen.

Vor dem Haupteingang des Landvik-Anwesens hatten die Leute als Zeichen ihrer Anteilnahme unzählige Blumen abgelegt. Die meisten waren künstlich, aber ein paar verwelkte Sträuße bewiesen, wie reich einige von Tronds Freunden tatsächlich waren.

Ich hätte nicht gedacht, dass ich eines Tages Irinas finstere Miene vermissen könnte, aber als mir bewusst wurde, dass sie mir nie wieder die Tür öffnen würde, übermannte mich die Trauer.

Vielleicht machte mir überhaupt niemand mehr auf.

Ich klopfte an. »Lene! Ich bin's, Jazz! Ich weiß, dass es kein guter Augenblick ist, aber wir müssen uns unterhalten.«

Nach einer Weile – ich war schon fast bereit aufzugeben – sprang die Tür mit einem Klicken auf. Immerhin, eine unmissverständliche Einladung.

Ich stieg über die Blumen hinweg und trat ein.

Das früher so hell beleuchtete Foyer war dunkel. Nur aus dem Wohnzimmer kam schwaches Licht.

Irgendjemand hatte die Blutspritzer an der Wand mit einem Dutzend oder mehr Kreisen markiert. Das Blut war weg, wahrscheinlich war ein professioneller Reinigungsdienst hier gewesen, nachdem Rudy und Doc Roussel den Tatort untersucht hatten.

Ich folgte dem Lichtschein ins Wohnzimmer. Auch dieser Raum hatte sich zum Schlechteren verändert. Die Möbel waren an die Wand geschoben, und der große Perserteppich, der früher den Boden geschmückt hatte, war weg. Es gibt Dinge, die man einfach nicht abwaschen kann.

Lene saß in der Ecke, weitgehend im Dunklen, auf einem Sofa. Als reicher Teenager verwendete sie gewöhnlich viele Stunden auf ihr Aussehen. Heute trug sie nur Sweatpants und ein T-Shirt. Sie hatte kein Make-up aufgelegt, und im Gesicht waren die Spuren getrockneter Tränen zu erkennen. Die Haare hatte sie zu einem lockeren Pferdeschwanz gebunden, das universelle Zeichen dafür, dass ihr so ziemlich alles egal war. Die Krücken lagen kreuz und quer auf dem Boden.

In der Hand hatte sie eine Armbanduhr, die sie mit leerer Miene anstarrte.

»Hey«, sagte ich in dem lahmen Tonfall, den alle Menschen an den Tag legen, wenn sie mit Trauernden reden. »Wie geht es dir?«

»Die ist von Patek Philippe«, antwortete sie leise. »Das ist die beste Marke, die es auf der Erde gibt. Automatik, Stoppuhr, was du nur willst. Nur das Beste für Dad.«

Ich setzte mich zu ihr auf das Sofa.

»Er ließ sie von den besten Uhrmachern in Genf umarbeiten«, fuhr sie fort. »Sie mussten die Automatik umbauen und ein Schwunggewicht aus Wolfram einsetzen, damit es genug Masse hatte, um auch in der Mondschwerkraft zu wirken.« Sie beugte sich vor und zeigte mir das Zifferblatt. »Dann ließ er den Mondphasenanzeiger gegen einen Erdphasenanzeiger austauschen. Das war schwierig, weil die Erdphasen umgekehrt ablaufen. Sie haben sogar die Zeitzonen verändert, damit dort ›Artemis‹ statt ›Nairobi‹ steht.« Nun legte sie sich die Uhr um das schmale Handgelenk. »Sie ist viel zu groß für mich. Ich kann sie nie tragen.«

Sie ließ den Arm sinken. Die Uhr rutschte herunter und fiel auf das Sofa. Sie schniefte.

Ich hob die Uhr auf. Von Uhren verstehe ich nichts, aber sie sah nett aus. Die Stunden waren mit Ausnahme der Zwölf mit Diamanten markiert. Bei der Zwölf war ein Smaragd eingearbeitet.

»Rudy hat den Mann erwischt, der es getan hat«, berichtete ich ihr.

»Das habe ich gehört.«

»Er wird lebenslänglich in einem norwegischen Gefängnis sitzen. Oder er wird in Russland hingerichtet.«

»Das macht Dad und Irina nicht wieder lebendig«, sagte sie.

Ich legte ihr die Hand auf die Schulter. »Es tut mir leid, dass du die beiden verloren hast.«

Sie nickte.

Nach einer Weile seufzte ich, um das peinliche Schweigen zu überbrücken. »Hör mal, Lene, ich weiß nicht, wie viel Trond dir über seine Geschäfte erzählt hat …«

»Er war ein Gauner«, unterbrach sie mich. »Das weiß ich. Es ist mir egal. Er war mein Dad.«

»Den Leuten, die ihn umgebracht haben, gehört Sanchez Aluminium.«

»O Palácio«, sagte sie. »Rudy hat es mir erzählt. Bis gestern hatte ich noch nie von ihnen gehört.« Sie schlug die Hände vor das Gesicht. Ich rechnete mit einem Weinkrampf. Das hätte mich jedenfalls nicht gewundert. Aber sie weinte nicht, sondern wischte sich die Augen aus und wandte sich mir zu. »Hast du die Sammler von Sanchez kaputt gemacht? Hat Dad dich darauf angesetzt?«

»Ja.«

»Warum?«

»Er wollte die Aluminiumindustrie übernehmen – nein, genauer gesagt, die Siliciumindustrie. Wenn er Sanchez' Produktion sabotiert hätte, dann hätte er einen Vertrag mit der Stadt bekommen, den er brauchte, um dieses Ziel zu erreichen.«

Lene starrte ins Leere, dann nickte sie langsam. »Das sieht ihm ähnlich. Er hat immer um die Ecke gearbeitet.«

»Hör mal, ich habe eine Idee«, sagte ich. »Aber dazu brauche ich deine Hilfe.«

»Brauchst du wirklich eine verkrüppelte Waise?«

»Eine verkrüppelte Waise, die über Milliarden verfügt, ja.« Ich zog die Beine aufs Sofa und saß ihr nun gegenüber wie eine beste Freundin. »Ich will Tronds Plan weiterverfolgen. Ich will die Sauerstoffproduktion von Sanchez stoppen. Du musst bereit sein, den Vertrag zu übernehmen. Sobald du das tust, wird O Palácio dir Sanchez Aluminium verkaufen.«

»Warum sollten sie an mich verkaufen?«

»Weil du eine eigene Firma aufziehst und dank deiner kostenlosen Energieversorgung ihre Preise unterbietest, wenn sie es nicht tun. Dann sind sie bankrott. Sie sind Verbrecher, aber sie denken wie Geschäftsleute. Du bietest ihnen einen satten Gewinn, und sie müssen nicht zusehen, wie ihr Geschäft zusammenbricht. Sie werden akzeptieren. Dir gehört doch Tronds ganzer Besitz, oder?«

»Noch nicht. Es sind Milliarden in Euro, Dollar, Yen und allen anderen Währungen der Welt. Außerdem Firmen, Aktienpakete … Gott weiß, was sonst noch alles. Bis ich achtzehn bin, wird das Vermögen allerdings treuhänderisch verwaltet. Bis zur Testamentseröffnung können Monate, wenn nicht Jahre vergehen.«

»Aber das gilt nicht für seine artemisischen Motten. Unser Mangel an Vorschriften wirkt sich zu deinen Gunsten aus. Seine Konten sind in dem Moment deine geworden, als Doc Roussel ihn für tot erklärt hat. Und wie ich hörte, hat er einen großen Teil seines Vermögens in Motten gewechselt, um Sanchez zu kaufen. Du besitzt genug Geld, um es durchzuziehen.«

Wieder starrte sie ins Leere.

»Lene?«

»Um das Geld geht es nicht«, sagte sie. »Aber ich … ich kann das nicht. Ich bin nicht Dad. Er war ein Meister in diesen Dingen. Ich hätte keine Ahnung, was ich da mache.«

Ich drehte die Uhr hin und her. Auf dem Platindeckel war ein norwegischer Text eingraviert. Ich hielt ihn ihr hin. »Äh … was heißt das?«

Sie sah es sich an. »*Himmelen er ikke grensen.* Das heißt, der Himmel ist nicht die Grenze.«

»Er war ein zielstrebiger Mann«, sagte ich.

»Das hat ihn umgebracht.«

Ich griff in die Tasche und holte mein Schweizer Taschenmesser heraus. Mit der Zange löste ich die Stifte aus dem metallenen Armband der Uhr, entfernte drei Glieder und setzte die Stifte wieder ein. Dann nahm ich Lenes Hand und schob ihr die Uhr über das Handgelenk. Verwirrt sah sie mich an, sträubte sich aber nicht. Ich ließ den Verschluss einrasten. »Siehst du? Jetzt passt sie.«

Sie schüttelte den Arm, und die Uhr blieb, wo sie war. »Sie ist schwer.«

»Daran gewöhnst du dich.«

Sie betrachtete die Uhr, wischte ein Staubkörnchen vom Glas. »Muss ich wohl.«

»Und?«, drängte ich.

»Na gut, ich mache das.« Sie blickte geradeaus, ohne mich anzusehen. »Schalt die Wichser aus.«

Es war mir noch gar nicht aufgefallen, aber sie hatte die Augen ihres Vaters.

Lieber Kelvin,
vielen Dank, dass du mir neulich geholfen hast. Ich habe wirklich tief in der Scheiße gesteckt. Jetzt stecke ich nicht mehr ganz so tief drin. Im Grunde führe ich einen Krieg gegen eine Firma namens Sanchez Aluminium. Ich erzähle dir später ausführlich, worum es geht. Erst einmal muss ich dich noch um einen anderen Gefallen bitten.

Die Aluminiumhütte ist eine kleine Blase in der Nähe der Reaktoren. Der ganze Komplex ist einen Kilometer von der Stadt entfernt.

Ich habe recherchiert und einen zwanzig Jahre alten Artikel über die Verhandlungen zwischen Sanchez und der KSC gefunden. Die KSC hat sich direkt in das Design der Hütte eingeschaltet, was Sanchez überhaupt nicht gefallen hat. Beinahe wäre es in Kenia zu einem Rechtsstreit gekommen.

Sanchez' Argument war: »Das ist unsere Hütte. Wir müssen niemanden um Erlaubnis bitten. Ihr könnt uns mal.«

Die KSC hielt dagegen: »Sie ist zweihundert Meter von unseren Reaktoren entfernt. Wir müssen sicherstellen, dass da nichts in die Luft fliegt. Gebt uns das Recht, alles zu prüfen, oder wir vermieten euch nicht den Bauplatz, ihr Ärsche.«

Letzten Endes hat die KSC gewonnen, weil ihnen die kleine Blase gehört. Sie verkaufen nie etwas. Alles wird vermietet.

Kurz und gut, die KSC muss irgendwo detaillierte Pläne der Sanchez-Hütte haben. Sehr detaillierte sogar, mit genauen Hinweisen und Analysen, was in welchem Fehlerfall passieren könnte. Du musst mir diese Dokumente besorgen. Ich weiß, dass du in einer ganz anderen Abteilung arbeitest, aber du kannst dich viel freier bewegen als die meisten anderen Mitarbeiter. Du kannst dafür auch gerne etwas Geld ausgeben. Ich erstatte dir alles.

Liebe Jazz,
die Pläne liegen bei. Es war überraschend einfach, sie zu bekommen. Die Firma hat sie nicht als Firmengeheimnis deklariert und hielt sie wohl nicht für besonders wichtig. Die genauen chemischen Vorgänge im Schmelzofen hat Sanchez für sich behalten, aber alles andere ist in den Bauplänen aufgelistet.

Ich habe im Metallurgielabor in Gebäude 27 einen Trinkkumpan. Seine Abteilung war damals in die Sicherheitsüberprüfung eingeschaltet. Er konnte im Computer seines Vorgesetzten (der nicht einmal mit Passwort gesichert war) die Pläne aufrufen. Ich musste ihm nur ein Bier spendieren.

Die Kosten belaufen sich also auf zwei Bier (eines trank ich natürlich selbst). Also sagen wir, es sind fünfzig Motten.

Lieber Kelvin,
vielen Dank, mein Freund. Mach fünfundsiebzig daraus und trink noch eins auf meine Rechnung.

12

Auf dem Schild stand: GESCHLOSSEN – PRIVATVERANSTALTUNG.

»Billy, du musst das nicht tun«, sagte ich.

»Unsinn, meine Liebe«, wehrte er ab. »Du sagst, du brauchst einen Konferenzraum, und da hast du ihn.«

Ich schloss die Tür des Hartnell's hinter mir und setzte mich auf den gewohnten Platz. »Aber du verlierst Einnahmen.«

Er lachte. »Glaub mir, meine Liebe, an dir habe ich weitaus mehr verdient, als ich verlieren kann, wenn ich am Morgen für eine Stunde schließe.«

»Vielen Dank.« Ich tippte auf den Tresen. »Da ich nun schon einmal hier bin …«

Er schenkte mir ein Pint ein und schob es rüber.

»Hey«, sagte Dale an der Tür. »Du wolltest mich sehen?«

»Ja«, bestätigte ich. Ich trank einen Schluck Bier. »Aber ich will nicht mehrmals die gleiche Geschichte erzählen. Also setz dich und warte, bis alle da sind.«

»Ehrlich?«, grummelte er. »Ich habe was Besseres zu tun, als hier …«

»Ich gebe einen aus.«

»Dann ein Pint von deinem Besten, Billy.« Er kletterte auf den Hocker neben mir.

»Aufgegossener Dreck, mehr ist das nicht«, gab Billy zu.

Lene Landvik humpelte auf ihren Krücken herein. Ja, sie war sechzehn, und das Hartnell's war eine Bar, aber in Artemis gibt es keinen Jugendschutz. Es gibt höchstens einige nicht sehr konkrete Regeln, die notfalls mit Faustschlägen durchgesetzt werden. Wenn Billy jugendlichen Gästen ab und an ein Bier verkaufte, war das keine große Sache. Aber wenn er die Grenze zu weit nach unten drückte, bekam er Besuch von aufgebrachten Eltern.

Lene setzte sich in der Nähe an einen Tisch und lehnte die Krücken an einen Stuhl.

»Wie geht es dir, Mädchen?«, fragte ich.

»Besser«, antwortete sie. »Fröhlich bin ich nicht gerade, aber es geht mir besser.«

»Das wird schon.« Ich prostete ihr zu. »Kopf hoch.«

»Danke«, sagte sie. »Ich weiß nicht, wie ich es ausdrücken soll, aber … hat Dad dich bezahlt? Oder ist er … nicht mehr dazu gekommen?«

Oh, Mann, auch das noch. Ich hatte die Absicht gehabt, Lene früher oder später darauf anzusprechen, aber erst sollte sie Zeit zum Trauern haben. »Also … nein. Er hat mich noch nicht bezahlt. Aber mach dir deshalb keine Sorgen.«

»Wie viel schuldet er dir?«

»Lene, lass uns später darüber reden …«

»Wie viel?«

Verdammt auch. Also musste das Gespräch darüber wohl doch sofort stattfinden. »Eine Million Motten.«

»Heiliger Bimbam!«, rief Dale. »Eine Million?«

Ich ignorierte ihn. »Aber ich kann das nicht beweisen, und du hast keinen Grund, mir zu glauben.«

»Dein Wort reicht mir«, erwiderte sie. »Dad hat immer gesagt, dass du die ehrlichste Geschäftsfrau bist, mit der er je zu tun hatte. Ich überweise das Geld noch heute.«

»Nein«, wehrte ich ab. »Ich habe nicht geliefert. Mein Auftrag war, die Sauerstoffproduktion von Sanchez zu stoppen. Wenn du willst, kannst du mich bezahlen, nachdem ich das getan habe. Aber du weißt doch, dass es jetzt gar nicht mehr um Geld geht, oder?«

»Abgemacht ist abgemacht.«

»Billy«, rief Dale. »Von nun an bezahlt Jazz alle meine Drinks. Sie ist Millionärin!«

»Im Augenblick liegt mein Vermögen eher in den Tausendern«, blaffte ich. »Bezahl deine Drinks gefälligst selbst.«

Dale und ich tranken noch zwei Gläser Bier, während Lene an ihrem Gizmo herumspielte. Es würde lange dauern, bis ihr Leben wieder in einigermaßen normalen Bahnen verlief, aber im Augenblick war sie einfach nur eine Jugendliche, die an ihrem Gizmo klebte.

Bob Lewis tauchte exakt um zehn Uhr auf.

»Bob«, sagte ich.

»Jazz«, grüßte er.

»Ein Bier?«

»Nein.«

Er setzte sich Lene gegenüber an den Tisch und sagte kein Wort. Marines wissen, wie man wartet.

Als Nächster kam Svoboda und brachte eine Kiste Elektronik mit. Er winkte und baute seinen Krempel auf. Der Idiot hatte tatsächlich einen digitalen Projektor und eine Stativleinwand angeschleppt. Er verband sein Gizmo damit, und, wie es bei der Technik eben so üblich ist, funktionierte die Sache erst einmal nicht. Unbeeindruckt spielte er an den Einstellungen herum. Er war glücklich wie ein Schwein in der Suhle.

Nur eine Person fehlte noch. Ich starrte die Tür an und wurde immer nervöser, während die Minuten verstrichen. »Wie spät ist es?«, fragte ich niemand Bestimmtes.

Lene sah auf ihre Armbanduhr. »Dreizehn Minuten nach zehn … und wir haben momentan übrigens Halberde. Zunehmend.«

»Gut zu wissen«, sagte ich.

Endlich ging die Tür auf, und der letzte Gast trat ein. Er ließ den Blick durch die Bar streifen, bis er mich entdeckte.

Ich schob das Bierglas weg. In seiner Gegenwart trank ich nie.

»Hallo, Mr. Bashara«, sagte Lene.

Dad ging zu ihr und nahm ihre Hand. »Miss Landvik. Es tut mir so leid, dass Sie Ihren Vater verloren haben. Ich habe geweint, als ich es gehört habe.«

»Danke«, erwiderte sie. »Es war schwer, aber es geht mir langsam besser.«

Bob stand auf. »Ammar, schön, dich zu sehen.«

»Ebenso. Hält die Luke am Rover noch?«

»Perfekt, nicht das kleinste Leck.«

»Freut mich zu hören.«

Billy warf sich ein Tuch über die Schulter. »Guten Morgen, Ammar. Möchtest du etwas Saft? Ich habe ein paar Geschmacksrichtungen als Pulver vorrätig. Traube läuft am besten.«

»Hast du Cranberry?«, fragte Dad.

»Ja, habe ich.« Billy nahm ein Bierglas und stellte Cranberrysaft her.

Dale prostete Dad zu. »Mr. Bashara.«

Dad starrte ihn kalt an. »Dale.«

»Ganz vergessen«, fügte Dale hinzu. »Hassen Sie mich, weil ich schwul bin oder weil ich Jude bin?«

»Ich hasse dich, weil du meiner Tochter das Herz gebrochen hast.«

»Kann ich verstehen.« Dale leerte sein Bierglas.

Dad setzte sich neben mich.

»Also, kommt ein Moslem in eine Bar …«, begann ich.

Er lachte nicht. »Ich bin hier, weil du sagtest, dass du mich brauchst. Wenn ihr hier nur trinken wollt, gehe ich lieber zum Imam zurück.«

»Ich wollte doch nicht …«

»Mr. Bashara?« Svoboda schob sich zwischen uns. »Hallo, wir sind uns noch nicht begegnet. Ich bin Martin Svoboda, ein Freund Ihrer Tochter.«

Dad schüttelte ihm die Hand. »Einer dieser besonders privilegierten Freunde?«

»Äh.« Ich verdrehte die Augen. »So bin ich nicht, Dad. Es mag dich schockieren, aber ich hatte mit niemandem in diesem Raum Sex.«

»Nun ja, der Raum ist nicht so groß.«

»Touché!«, sagte Svoboda. »Aber ich wollte Ihnen nur sagen, dass Sie bei Jazz' Erziehung etwas Großartiges geleistet haben.«

»Wirklich?«, fragte Dad.

»Schon gut«, unterbrach ich. »Lasst uns beginnen.«

Ich ging zur Leinwand. Svoboda hatte es geschafft, das Gerät lief. So etwas kriegte er immer hin.

Ich holte tief Luft. »In der letzten Zeit ist eine Menge passiert, und einige von euch haben sicher Fragen. Bob will wahrscheinlich wissen, wer ohne Genehmigung eine EVA durchgeführt und Sachen in die Luft gejagt hat. Dad will wissen, warum ich ihn aufgefordert habe, sich mindestens eine Woche lang beim Imam zu verstecken. Setzt euch bequem hin, und ich erzähle euch alles, was ich weiß.«

Und so weihte ich sie in die ganze schmutzige Geschichte ein. Der Brand bei Queensland Glas, wie Trond mich anheuerte, wie der Job in die Hose ging und inwiefern dies mit den Morden zu tun hatte. Das führte zu O Palácio, Lefty und Jin Chu. Ich erzählte ihnen von dem Sauerstoffvertrag, den Sanchez Aluminium geschlossen hatte, und von Tronds Plan, den Laden zu übernehmen. Dann bat ich Svoboda, den anderen zu erklären, wie der DAGL funktionierte. Zum Schluss erläuterte ich den schockierten Anwesenden, dass Dutzende Gangster nach Artemis unterwegs waren.

Als ich geendet hatte, herrschte tiefes Schweigen.

Dale ergriff als Erster das Wort. »Ich glaube, wir sind alle einer Meinung, dass das ziemlich beschissen ist. Aber zwei Dutzend Gangster können Artemis nicht einfach so übernehmen. Ich meine, wir hatten schon Kneipenschlägereien, an denen mehr Leute beteiligt waren.«

»Das hier ist kein Gangsterfilm«, warnte ich ihn. »Sie werden nicht hereinstürmen und Schädel einschlagen. Sie werden Sanchez Aluminium bewachen und dafür sorgen, dass sie den Vertrag über Sauerstoff gegen Energie behalten. Wir haben nur ein kleines Zeitfenster, ehe sie hier eintreffen.«

»Ich nehme an, du hast dir etwas Illegales überlegt«, warf Dad ein.

»Sehr illegal.«

Er stand auf. »Dann werde ich dabei nicht mitmachen.«

»Dad, das ist die einzige Möglichkeit zu überleben.«

»Unfug! Wir können zur Erde zurückkehren. Mein Bruder in Tabuk könnte uns ...«

»Nein, Dad.« Ich schüttelte den Kopf. »Wir laufen nicht weg. Saudi-Arabien ist das Land deiner Kindheit, aber nicht meines. Für mich gibt es dort nichts außer der Schwerkraftkrankheit. Artemis ist meine Heimat. Ich gehe nicht weg, und ich lasse bestimmt nicht zu, dass Verbrecher die Stadt übernehmen.«

Er setzte sich wieder und sah mich finster an. Immerhin ging er nicht sofort. Das war doch schon mal was.

»Erzähl ihnen von dem Plan!«, drängte Svoboda. »Ich habe die visuellen Darstellungen vorbereitet.«

Er tippte einige Male auf sein Gizmo, worauf der Projektor Grundrisse zeigte. Der Text in dem kleinen Kästchen darunter lautete: SANCHEZ-ALUMINIUM-BLASE – METALLURGISCHE ANALYSE.

Ich zeigte auf die Leinwand. »Die Blase, in der sich die Hütte befindet, ist viel kleiner als die bewohnten Blasen der Stadt. Sie durchmisst nur dreißig Meter. Aber sie ist genau wie die anderen mit doppelter Hülle konstruiert. Wo auch immer hier Menschen arbeiten, verlangt die KSC doppelte Hüllen.« Ich trat vor die Leinwand und deutete auf verschiedene Details, während ich erklärte. »Da ist der Kontrollraum. Von einem großen Fenster aus kann man das Gelände überblicken, deshalb müssen wir heimlich vorgehen.«

»Hat der Kontrollraum eine eigene Luftversorgung?«, fragte Dad.

»Nein, er wird genau wie der Rest der Anlage versorgt. Sie müssen so oft in den Hauptraum, dass sie keine luftdichte Tür im Weg haben wollten. Das nehme ich jedenfalls an. Im Kontrollraum gibt es einen Schutzraum, falls etwas passiert. Und wenn der Zug angedockt ist, können sie auch dorthin ausweichen.«

»Gut«, sagte Dad.

Ich fuhr fort: »Die Mahlwerke sind draußen, und der Kies kommt durch diese Luftschleuse herein. Dann wird er zur unteren Ebene befördert. In der Zentrifuge trennen sie das Anorthit von den anderen Mineralien. Anschließend werden daraus Anoden gesintert und nach oben in die Schmelze befördert.« Ich tippte auf ein großes Rechteck in der Mitte der schematischen Zeichnung. »Dort passiert dann die Magie. Beim Schmelzen wird das Anorthit mithilfe einer ungeheuren Menge von Strom in seine Bestandteile zerlegt.«

»Das FFC-Cambridge-Verfahren«, warf Svoboda ein. »Das ist der Wahnsinn! Die Anode wird in ein Bad aus Calciumchloridsalz getaucht, und die Elektrolyse reißt förmlich die Atome heraus. Oh, und die Kohlenstoffkathoden erodieren, sodass sie aus dem CO_2, das als Abfallprodukt anfällt, ständig Kohlenstoff gewinnen und neue Kathoden produzieren müssen. Einen Teil des entstehenden pulverförmigen Aluminiums benutzen sie, um Raketentreibstoff herzustellen, aber der Rest …«

»Krieg dich wieder ein«, sagte ich. »Jedenfalls werde ich dort einbrechen und dafür sorgen, dass sich die Schmelze zu Tode schmilzt.«

»Der Laden wird verflüssigt«, ergänzte Svoboda.

»Wie willst du das schaffen?«, fragte Dale.

»Ich erhöhe die Energiezufuhr der Heizung«, erklärte ich. »Normalerweise ist das Bad neunhundert Grad Celsius heiß. Wenn ich es auf vierzehnhundert erhitze, schmilzt der Stahlbehälter. Dann entweicht das überhitzte Salzbad und zerstört alles in der Blase.«

Dad machte eine verdrossene Miene. »Was willst du mit diesem albernen Vandalismus erreichen?«

»Zuerst einmal ist es kein alberner Vandalismus. Es ist *heftiger* Vandalismus. Zweitens: Wenn die Schmelze zerstört ist, kann Sanchez keinen Sauerstoff mehr herstellen, und der Vertrag mit der Stadt ist erledigt. An diesem Punkt kommt Lene ins Spiel.«

Lene zappelte herum, als alle ihre Aufmerksamkeit auf sie richteten. »Äh, ja. Dad hat … ich habe genug Sauerstoff, um Artemis ein ganzes Jahr zu versorgen. Ich biete an, den Vertrag zu übernehmen, sobald Sanchez ihn bricht.«

»Und Ngugi wird das sofort durchwinken«, fuhr ich fort. »Sie will ebenso wenig wie wir, dass O Palácio in Artemis Fuß fasst.«

Bob schnaubte. »Warum sollte ich mich auf so etwas einlassen?«

»Bob, lass den Blödsinn«, erwiderte ich. »Ich habe keine Zeit für den Teil, in dem du dir ewig überlegst, ob du mitmachst oder nicht. Wenn du nicht begreifst, warum wir es tun müssen, dann stell dich in die Ecke, bis du es kapiert hast.«

»Du bist so ein Arschloch«, sagte Bob.

»He!« Dad bedachte Bob mit einem Blick, der den stämmigen Marinesoldaten zurückweichen ließ.

»Er hat recht, Dad. Ich bin ein Arschloch. Aber Artemis braucht gerade ein Arschloch – und ich habe das große Los gezogen.« Ich trat in die Mitte des Raumes. »In diesem Moment, genau in diesem Augenblick entscheiden wir, was für eine Stadt Artemis in Zukunft sein soll. Wir können entweder jetzt handeln oder zulassen, dass unser Zuhause mehrere Generationen lang von Verbrechersyndikaten beherrscht wird. Das ist kein theoretisches Szenario. Sie haben bereits eine Firma niedergebrannt und zwei Menschen ermordet. Es ist eine riesige Menge Geld im Spiel, und sie werden nicht von sich aus damit aufhören. Neu ist das alles auch nicht. New York, Chicago, Tokio, Moskau, Rom, Mexico-City – all diese Städte sind durch die Hölle gegangen, um die Unterwanderung durch das organisierte Verbrechen zu beseitigen. Das sind die Erfolgsgeschichten. Große Teile Südamerikas stehen heute noch unter der Kontrolle der Kartelle. Das dürfen wir nicht zulassen. Wir müssen dieses Krebsgeschwür bekämpfen, ehe es sich ausbreitet.« Einem nach dem anderen sah ich ihnen in die Augen. »Ich bitte euch nicht, es für mich zu tun. Ich bitte euch, es für Artemis zu tun. Wir dürfen nicht zulassen, dass O Palácio die Stadt übernimmt. Das ist unsere letzte Chance. Sie schicken eine Armee in die Stadt. Sobald die Vollstrecker hier sind, können wir die Sauerstoffproduktion von Sanchez nicht mehr ausschalten. Dann wird die Anlage besser bewacht sein als Fort Knox.« Ich hielt kurz inne, falls jemand Einwände erheben wollte. Niemand sagte etwas. »Hört mal, wir müssen noch eine Menge planen, also schenken wir uns all den anderen Mist. Bob, du bist ein Marine und hast dein halbes Leben damit verbracht, die Vereinigten Staaten zu beschützen. Jetzt ist Artemis deine Heimat und schwebt in Gefahr. Wirst du deine Heimat beschützen?«

Das traf seinen wunden Punkt, ich sah es ihm sofort an.

Ich ging zu meinem Vater. »Dad, tu du es, weil dies der einzige Weg ist, das Leben deiner Tochter zu retten.«

Er schürzte die Lippen. »Jasmine, das ist eine hinterhältige Taktik.«

Ich wandte mich an Dale. »Muss ich dir überhaupt erklären, warum du es tun solltest?«

Dale wich aus, indem er Billy winkte, ihm noch ein Bier zu bringen. »Jazz, du bist kein völliges Arschloch. Du hast doch hoffentlich einen Plan, der verhindert, dass den Arbeitern etwas passiert?«

Bob hob eine Hand. »Wie willst du in die Blase kommen? Auch ohne den Ganovenversand von der Erde dürften die Sicherheitsvorkehrungen sehr scharf sein.«

»Und was ist mit den Kontrollsystemen?«, fragte Svoboda. »Ich habe mir die Pläne angesehen, die dein Freund von der Erde geschickt hat. Die Schmelze hat drei unabhängige Kontrollsysteme für die Temperatur und als Absicherung noch einen Schmelzstopfen aus Kupfer.«

»Wofür brauchst du mich überhaupt?«, fragte Dad.

»Also gut, also gut.« Ich hob beide Hände. »Ich kann das alles beantworten. Aber zuerst möchte ich eines wissen: Haben wir die Überzeugungsarbeit abgeschlossen? Seid ihr alle mit an Bord?«

Schweigen breitete sich aus. Sogar Billy hörte auf, hinter dem Tresen herumzuwerkeln, und lauschte aufmerksam, wie es sich entwickelte.

»Ich bin nicht überzeugt, dass du recht hast«, erklärte Bob. »Aber ich kann nicht riskieren, dass Artemis die Zukunft bevorsteht, die du beschrieben hast. Außerdem haben sie zwei von unseren Leuten getötet. Ich bin dabei.«

Dad nickte. »Ich auch.«

»Ich sowieso!«, verkündete Svoboda. »Ich mag solche Dummheiten!«

»Ich auch«, sagte Lene. »Ich meine … dass ich dabei bin. Was die Dummheiten angeht, bin ich noch nicht sicher.«

»Einverstanden«, ließ sich Dale vernehmen. »Aber die Schuldgefühle wegen Tyler sind damit erledigt. Von diesem Stuss will ich nichts mehr hören.«

Ich runzelte die Stirn. »Ich kann nichts dagegen tun, dass ich wütend bin.«

»Aber du kannst aufhören, dich darin zu suhlen. Und du kannst mit mir reden wie mit einem normalen Menschen.« Er kippte sein Bier, ohne den Blickkontakt zu unterbrechen. »Das ist mein Preis.«

»Abgemacht«, willigte ich ein. Ich war nicht sicher, wie ich das schaffen sollte, aber um der Stadt willen musste ich meinen Stolz runterschlucken.

Bob setzte seinen massigen Körperbau und das militärische Gehabe ein, um uns einen Weg durch den Zollhafen zu bahnen. Dad und ich folgten ihm, wir schoben einen Karren voller Schweißgeräte.

Trigger stand auf seinem Parkplatz. In der letzten Zeit hatte ich ihn kaum benutzt, weil ich in all dem Chaos, das mein Leben gerade beherrschte, keine Zeit für Lieferungen gehabt hatte. Ich vermisste den kleinen Kerl. Vielleicht würde ich eine Weile einfach nur zum Spaß herumfahren, wenn das alles vorbei war.

Bob führte uns in den rückwärtigen Bereich einer riesigen Kammer, wo er provisorische Trennwände aufgestellt hatte.

Wir bogen um die Ecke und standen in einer improvisierten Werkstatt.

»Hoffentlich reicht das.« Bob deutete auf den mitten in der Werkstatt errichteten Schutzraum.

Der zylindrische Druckbehälter hatte eine einzelne manuell zu bedienende Luke und vier Lufttanks. An der Rückseite waren ein chemischer CO_2-Abscheider und die Batterien angebracht, mit denen die internen Ventilatoren betrieben wurden. Über der Luke hing ein Schild mit der Aufschrift MAX. KAPAZITÄT 4 PERSONEN – MAX. EINSATZDAUER 72 STUNDEN.

»Wo hast du den denn her?«, fragte Dad misstrauisch.

»Aus meinem Haus«, erwiderte Bob. »Das ist der Schutzraum meiner eigenen Familie.«

»Oh, Mann«, sagte ich. »Das hättest du nicht tun müssen, Bob.«

»Ammar hätte nicht gewollt, dass ich einen stehle. Außerdem kaufst du mir einen neuen.«

»Das werde ich tun.« Na, prima. Das würde mich bestimmt ein paar Tausend Motten kosten.

Dad inspizierte den Schutzraum mit kundigem Blick. Er ging einmal darum herum und begutachtete alle Einzelheiten. »Der tut es.«

»Gut, dann lasse ich euch jetzt damit allein«, erklärte Bob. »Sagt mir Bescheid, wenn ihr noch etwas braucht.«

Damit verschwand er hinter der Ecke der provisorischen Trennwand. Dad und ich sahen einander an.

Ich nahm eine Schweißmaske vom Karren. »Genau wie in alten Zeiten, was? Es ist schon eine Weile her, seit wir gemeinsam an einem Projekt gearbeitet haben.«

»Neun Jahre.« Er warf mir einen Overall zu. »Zieh die Schutzkleidung an, und zwar alles.«

»Ach, komm schon. In dem Ding ist es unerträglich heiß, und …«

Er unterbrach mich mit einem einzigen Blick. Es war, als wäre ich wieder sechzehn. Widerwillig stieg ich in den Overall und begann sofort zu schwitzen. Bäh.

»Wie gehen wir das an?«, fragte ich dann.

Er nahm einen Stapel Aluminiumplatten vom Karren. »Wir schneiden hinten ein Loch hinein. Dazu müssen wir die Batterien und die Tanks verlegen, aber das dürfte kein Problem sein.«

Ich setzte die Schweißmaske auf. »Und was dann? Wie stellen wir die Verbindung her?«

Er lehnte die Platten an den Schutzraum. »Wir schweißen sie um das Loch herum und bauen damit einen Stutzen.«

Ich nahm eine Platte in die Hand. In einer Ecke prangte der Stempel des Herstellers. »Wie ironisch, das stammt von Sanchez Aluminium.«

»Sie produzieren gutes Material«, meinte Dad.

»Landvik Aluminium wird ebenfalls gutes Material produzieren.« Ich stellte die Platte wieder weg. »Werden die Schweißnähte an den Ecken im Vakuum halten?«

Er nahm einen Filzstift und zog die Kappe ab. »Es wird keine Ecken geben. Wir weichen die Platten mit breiten Schweißflammen auf und biegen sie über die Wölbung des Druckbehälters. So entsteht ein Zylinder.« Er sah mich an. »Wie viele Platten braucht man dazu?«

Immer dieses verfluchte Quiz. »Also«, überlegte ich. »Fünf Millimeter dicke Platten sollten wir nicht stärker als mit einem

Radius von fünfzig Zentimetern biegen. Ich würde sagen, wir brauchen sechs für einen vollen Kreis.«

»Ja, sechs würden reichen«, stimmte er zu. »Aber wir benutzen acht, um auf der sicheren Seite zu sein. Gib mir mal das Bandmaß.«

Wortlos gehorchte ich. Er maß sorgfältig und markierte einige Punkte auf dem Schutzraum.

»Wann kommt nun die Predigt?«, fragte ich.

»Du bist erwachsen. Es steht mir nicht zu, dir in irgendeiner Hinsicht Vorträge zu halten.«

»Aber du wirst doch weiterhin passiv-aggressive Sticheleien loslassen, oder? Die würde ich sonst nämlich sehr vermissen.«

Er richtete sich auf. »Ich habe nie so getan, als billigte ich deine Entscheidungen, Jasmine. Dazu bin ich auch nicht verpflichtet. Aber ich versuche auch nicht, dich zu kontrollieren. Nicht mehr, seit du ausgezogen bist. Dein Leben liegt jetzt in deiner Hand.«

»Wie schön«, gab ich zurück.

»Du hast dich in eine schreckliche Situation gebracht«, fuhr er fort. »Indem ich dir helfe, wähle ich das geringere von zwei Übeln. In meinem ganzen Leben habe ich noch nie das Gesetz gebrochen.«

Ich zuckte zusammen und starrte meine Füße an. »Es tut mir wirklich leid, dass ich dich in all das hineingezogen habe.«

»Geschehen ist geschehen«, erwiderte er. »Jetzt setz die Maske auf, und gib mir den Brenner.«

Ich legte die Maske an und holte ihm das gewünschte Werkzeug vom Karren. Er steckte den Schweißkopf auf und überprüfte ihn zweimal. Dann untersuchte er ebenso gewissenhaft die Ventile und die Gasmischung. Schließlich überprüfte er noch einmal den Schneidbrenner.

»Was ist los, Dad? Du bist heute so lahm wie eine Schnecke.«

»Ich will nur gründlich arbeiten.«

»Machst du Witze? Ich habe gesehen, wie du mit einer Hand die Flamme gezündet und mit der anderen noch die Mischung eingestellt hast. Warum …«

Oh. Ich brach ab. Es war kein normaler Job. Morgen würde das Leben seiner Tochter von der Qualität dieser Schweißnähte abhängen. Allmählich dämmerte mir, dass dies für ihn das wichtigste Projekt seines Lebens war. Er würde nichts als das absolut Beste akzeptieren. Und wenn das bedeutete, dass es den ganzen Tag dauerte, dann sollte es eben so sein.

Also hielt ich mich zurück und ließ ihn arbeiten. Nach einigen weiteren gewissenhaften Überprüfungen begann er. Ich assistierte ihm und tat, was er mir sagte. Wir hatten unsere Differenzen, aber wenn es ums Schweißen ging, war er der Meister und ich die Schülerin.

Nur sehr wenige Menschen bekommen die Gelegenheit, in Zahlen auszudrücken, wie sehr ihr Vater sie liebt. Ich bekam sie. Die Arbeit hätte fünfundvierzig Minuten dauern sollen, aber Dad verwendete dreieinhalb Stunden darauf. Mein Vater liebt mich 366 Prozent mehr als alles andere.

Das ist gut zu wissen.

Ich saß auf Svobodas Bett und sah zu, wie er seine Vorbereitungen traf.

Er hatte sich wirklich große Mühe gegeben. Zusätzlich zu dem normalen Monitor auf seinem Schreibtisch hatte er noch vier weitere an der Wand montiert.

Er tippte etwas auf der Tastatur ein, und die Monitore erwachten nacheinander zum Leben.

»Ist das nicht etwas übertrieben?«, fragte ich ihn.

Er tippte weiter. »Zwei Kameras auf deinem EVA-Anzug, zwei auf Dales Anzug und ein Bildschirm für die Diagnose. Macht zusammen fünf.«

»Aber fünf Fenster auf einem Bildschirm hätten es doch auch getan, oder?«

»Pff, du Banausin.«

Seufzend kippte ich rücklings auf das Bett. »Auf einer Skala von eins bis ›Einmarsch in Russland im Winter‹, was glaubst du, wie dumm dieser Plan ist?«

»Er ist äußerst gefährlich, aber ich sehe keinen anderen Weg für dich.« Grinsend drehte er sich zu mir um. »Außerdem steht dir ein persönlicher Svoboda zur Verfügung. Wie könntest du da verlieren?«

Ich kicherte. »Habe ich denn wirklich alle Fehlerquellen bedacht?«

»Das ist sowieso unmöglich.« Er zuckte mit den Achseln. »Aber wenn es dir hilft – du hast alles bedacht, was mir einfällt.«

»Und das ist eine Menge«, sagte ich. »Du bist sehr gründlich.«

»Eines gibt es allerdings noch«, fuhr er fort.

»Verdammt. Was denn?«

»Nun, es ist vielleicht gar nicht so wichtig.« Er wandte sich wieder dem Computer zu und rief den Plan der Sanchez-Blase auf. »Die Methantanks machen mir etwas Sorgen.«

»Was meinst du damit?« Ich ging zu ihm und beugte mich vor. Meine Haare baumelten vor seinem Gesicht, was ihn nicht zu stören schien.

»Da werden Tausende Liter flüssiges Methan gelagert.«

»Wozu brauchen sie Methan?«

»Der Raketentreibstoff, den sie herstellen, besteht zu etwa einem Prozent aus Methan. Das Gas wird zur Regulierung der Verbrennung benutzt. Sie importieren es in riesigen Tanks von der Erde.«

»Na gut, und was macht dir Sorgen?«

»Es ist brennbar … genauer gesagt, ist es extrem gut brennbar.« Er deutete auf einen anderen Abschnitt des Plans. »Und da drüben ist ein riesiger Zwischenlagertank mit reinem Sauerstoff.«

Ich grinste. »Außerdem bringe ich eine Menge flüssigen Stahl dort hinein. Was könnte da schon schiefgehen?«

»Genau das ist meine Sorge«, erklärte er. »Eigentlich dürfte es kein Problem sein. Wenn der Schmelzofen schmilzt, wird niemand mehr in der Nähe sein.«

»Ja«, überlegte ich. »Und wenn der Tank leckschlägt und explodiert, ist das doch gut. Der Schaden wird umso größer.«

»So sieht es wohl aus.« Aber er war offenbar nicht überzeugt. »Es beunruhigt mich etwas, verstehst du? Es ist kein Teil des Plans. Dinge, die nicht zum Plan gehören, mag ich nicht.«

»Wenn das das Schlimmste ist, was du dir vorstellen kannst, ist doch alles in Ordnung.«

»Hm, so sieht es wohl aus«, lenkte er ein.

Ich streckte mich. »Ich frage mich, ob ich heute Nacht überhaupt schlafen kann.«

»Willst du hier übernachten?«

»Äh …«, überlegte ich. »Ngugi wird mich nicht noch einmal verraten. Habe ich eigentlich schon erwähnt, dass sie ein Miststück ist?«

»Ja, ich glaube mich zu erinnern.«

»Wie auch immer, mit dem Gizmo kann mich jetzt niemand mehr anpeilen. Also kann ich auch ein Hotelzimmer mieten. Wahrscheinlich werde ich mir trotzdem die ganze Nacht Sorgen machen. Ich will dich nicht wach halten.«

»Gut«, sagte er. Hörte ich da eine Spur Enttäuschung heraus?

Ich legte ihm die Hände auf die Schultern. Ich wusste selbst nicht genau, warum ich es tat. »Danke, dass du mich immer so unterstützt hast. Das bedeutet mir viel.«

Er verdrehte den Kopf, bis er zu mir hochblicken konnte. »Ich bin immer für dich da, Jazz.«

Wir sahen einander einen Moment lang an.

»He, hast du schon das Kondom ausprobiert?«, fragte er.

»Svoboda, nerv mich nicht!«

»Was denn, ich warte nur auf das vereinbarte Feedback.«

Ich warf beide Hände hoch und ging.

Die riesige Luke der Frachtschleuse schwang langsam auf und gab den Blick auf die trostlose Mondlandschaft frei.

Dale überprüfte die Anzeigen auf dem Steuerpult des Rovers. »Druck ist gut, Luftmischung einwandfrei, CO_2-Absorption auf Automatik.«

Ich betrachtete die Bildschirme vor meinem Sitz. »Batterien bei hundert Prozent, Antriebsdiagnose grün, Kommunikation in Ordnung.«

Er griff nach dem Steuerhebel. »Luftschleuse am Zollhafen, bitten um Erlaubnis zum Auslaufen.«

»Erlaubnis erteilt«, erwiderte Bob über Funk. »Shapiro, pass gut auf meinen Rover auf.«

»Wird gemacht.«

»Bashara, bemüh dich, es nicht zu vermasseln«, fuhr Bob fort.

»Leck mich«, knurrte ich.

Dale schlug auf den »Stumm«-Knopf und sah mich scharf an. »Weißt du was, Jazz? Bob und ich werden hinausgeworfen. Unwiderruflich. Wir riskieren hier unseren Lebensunterhalt. Könntest du bitte ein *bisschen* rücksichtsvoller sein?«

Ich reaktivierte die Übertragung. »Äh … danke, Bob. Für … für alles.«

»Verstanden«, lautete die knappe Antwort.

Dale lenkte den Rover aus der Luftschleuse auf den Regolith. Ich rechnete damit, dass es holprig wurde, aber die Federung war hervorragend. Außerdem war das Gelände direkt vor der Kuppel nach den vielen Ausfahrten im Laufe der Jahre weitgehend eingeebnet.

Bobs Rover war, kurz gesagt, der beste Rover auf dem Mond. Es war kein Strandbuggy mit unbequemen Sitzen für Passagiere, die ihre EVA-Anzüge trugen. Die geräumige Kabine stand unter normalem Druck und war mit genügend Vorräten und Energie ausgerüstet, um mehrere Tage zu überleben. Unsere EVA-Anzüge waren im hinteren Teil ordentlich in Regalen verstaut. Im Heck hatte der Rover sogar eine eigene kleine Luftschleuse, was bedeutete, dass die Kabine keinen Druck verlor, wenn jemand ausstieg.

Dale blickte beim Fahren konzentriert nach vorn und warf mir nicht einmal einen verstohlenen Seitenblick zu.

»Weißt du was?«, sagte ich schließlich. »Nicht ich bin es, sondern es ist die EVA-Gilde, die euren Lebensunterhalt bedroht. Vielleicht ist dieser protektionistische Scheiß nicht die beste Politik.«

»Ja, wahrscheinlich hast du recht. Wir sollten die Menschen ungehindert an den Luftschleusen herumfummeln lassen und blind darauf vertrauen, dass unausgebildete Leute nicht mit einem Knopfdruck die ganze Stadt vernichten.«

»Ach, bitte. Die Gilde könnte Leute abstellen, die die Luftschleusen bedienen, und dann können die Menschen EVAs unternehmen, wie es ihnen gefällt. Diese Gilde ist einfach nur ein gieriger Haufen, der ein Monopol verteidigt. Zuhälter sind schon vor langer Zeit aus der Mode gekommen.«

Wider Willen musste er kichern. »Ich habe unsere politischen Streitgespräche vermisst.«

»Ich auch.«

Ich sah auf die Uhr. Wir hatten einen eng gestrickten Zeitplan. Bisher lief es gut.

Wir bogen nach Südosten ab und hielten auf den einen Kilometer entfernten Buckel zu. Es war keine lange Fahrt, aber zu Fuß wäre es ein ausgedehnter Marsch gewesen, zumal mit dem modifizierten Schutzraum, den wir mitschleppten.

Als wir das unebene Gelände erreichten, begann der Schutzraum auf dem Dach zu klappern. Gleichzeitig sahen Dale und ich zur Quelle der Geräusche hinauf, dann wechselten wir einen Blick.

»Er ist doch gut festgezurrt, oder?«, fragte er.

»Du warst dabei, als wir ihn gesichert haben«, erwiderte ich.

Peng!

Ich zuckte zusammen. »Wenn er herunterfällt, können wir ihn wahrscheinlich aufheben. Das kostet Zeit, die wir nicht haben, aber wir könnten uns beeilen.«

»Hoffentlich geht er nicht kaputt.«

»Keinesfalls«, beruhigte ich ihn. »Dad hat die Schweißnähte gezogen. Die halten, bis die Sonne erkaltet.«

»Ja, verstehe. Aber bist du fähig, die nächsten Schweißnähte hinzukriegen?«

»Ja.«

»Und wenn nicht?«

»Dann sterbe ich. Deshalb bin ich ziemlich motiviert, keinen Fehler zu machen.«

Er bog ein wenig nach links ab. »Festhalten! Wir fahren über die Leitung.«

Die Luftpipeline, die die Frischluft von der Hütte in die Armstrong-Blase beförderte, lag offen auf dem Boden. Auf der Erde wäre niemand so verrückt gewesen, Sauerstoff unter Druck durch eine Pipeline zu transportieren. Aber auf der Mondoberfläche gibt es nichts, was brennen kann. Außerdem werden die Pipelines auf der Erde gewöhnlich eingegraben, um das System vor Witterungseinflüssen, Tieren und idiotischen Menschen zu schützen. Das ist hier nicht nötig. Warum sollten wir so etwas tun? Es gibt hier keine Witterung und keine Tiere, und die idiotischen Menschen bleiben normalerweise in der Stadt.

Dale korrigierte mit der Steuerung, als der Bug heftig auf und nieder hüpfte. Gleich danach war das Heck an der Reihe.

»Ist es wirklich ungefährlich, einfach so über eine Hochdruckleitung zu fahren?«

Er justierte die Leistung eines Radmotors. »Die Ummantelung der Leitung ist acht Zentimeter dick. Wir könnten sie nicht beschädigen, selbst wenn wir es wollten.«

»Ich habe ein Schweißgerät dabei. Ich könnte sie beschädigen.«

»Du bist ein rechthaberisches kleines Biest. Hat dir das schon mal jemand gesagt?«

»Ja.«

Ich blickte durch das Bullauge im Dach. Die Erde stand am Himmel. Halberde, wie Lenes Uhr es gesagt hatte.

Wir waren so weit von der Stadt entfernt, dass wir mittlerweile über natürliches Terrain fuhren. Dale wich einem Felsbrocken aus. »Übrigens, ich soll dich von Tyler grüßen.«

»Grüß ihn zurück.«

»Du bist ihm wirklich …«

»Nicht.«

Mein Gizmo schlug an. Ich schob es in einen Schlitz im Armaturenbrett, worauf es sich mit dem Audiosystem des Rovers verband. Natürlich hatte der Rover ein Audiosystem. Bob reiste stilvoll.

»Ja?«

»Hallo, Jazz«, sagte Svoboda. »Wo seid ihr gerade? Ich habe keinen Kamerafeed.«

»Immer noch unterwegs. Die Anzugkameras sind offline. Ist Dad bei dir?«

»Ja, direkt neben mir. Sag hallo, Ammar.«

»Hallo, Jasmine«, meldete sich Dad. »Dein Freund ist … interessant.«

»Man gewöhnt sich an ihn«, erwiderte ich. »Sag hallo zu Dale.«

»Nein.«

Dale schnaubte.

»Ruf mich an, wenn ihr die Anzüge angelegt habt«, sagte Svoboda.

»Wird gemacht. Bis später.« Ich trennte die Verbindung.

Dale schüttelte den Kopf. »Mann, dein Dad hasst mich wirklich. Das hat gar nichts mit Tyler zu tun. Er hat mich schon vorher gehasst.«

»Nicht aus den Gründen, die du dir vorstellst«, widersprach ich. »Ich weiß noch, wie ich ihm gesagt habe, dass du schwul bist. Er war gar nicht sauer, er war erleichtert. Er hat sogar gelächelt.«

»Was?«, staunte Dale.

»Sobald er wusste, dass du mich nicht vögelst, wurde er dir gegenüber viel freundlicher. Aber dann kam heraus, dass du mir meinen Freund weggenommen hast.«

»Genau.«

Wir fuhren über eine kleine Anhöhe und sahen das Flachland vor uns. Der Buckel erhob sich hundert Meter voraus. Direkt dahinter lagen die Reaktoren und die Sanchez-Hütte.

»In fünfzehn Minuten sind wir da«, bemerkte Dale, der offenbar meine Gedanken gelesen hatte. »Bist du nervös?«

»Ich mache mir in die Hosen.«

»Das ist gut«, meinte er. »Ich weiß, du glaubst, du kennst dich wie kein Zweiter mit EVAs aus, aber vergiss nicht, dass du bei der Prüfung durchgefallen bist.«

»Danke für die Aufmunterung.«

»Damit will ich nur sagen, dass bei einer EVA etwas Demut nie verkehrt ist.«

Ich starrte aus dem Seitenfenster. »Glaub mir, die letzte Woche war reichlich demütigend.«

13

Ich blickte zur silbernen Kuppel der Sanchez-Hütte. Wieder einmal.

Das letzte Mal war ich erst vor sechs Tagen hier gewesen, aber es kam mir vor wie eine Ewigkeit. Natürlich waren die Begleitumstände diesmal völlig andere. Jetzt war nur noch ein Sammler draußen unterwegs, aber das war mir egal, auf ihn hatte ich es ohnehin nicht abgesehen. Er kümmerte mich nicht.

Dale fuhr bis dicht an die Blase heran, wendete den Rover und zielte mit dem Heck auf die Wand.

»Entfernung?«, fragte er.

Ich las es vom Bildschirm ab. »Zwei Komma vier Meter.«

Auf der Erde sind die Entfernungsmesser der Fahrzeuge meist überflüssiger Schnickschnack. Auf dem Mond sind sie überlebenswichtig. Es wäre keine gute Idee, mit einem unter Druck stehenden Fahrzeug gegen etwas Hartes zu prallen. Das kann ganz unverhofft zum Tod führen.

Zufrieden zog Dale die Handbremse an. »Alles klar. Können wir in die Anzüge steigen?«

»Ja.«

Wir verließen die Sitze und krochen nach hinten.

Dann zogen wir uns bis auf die Unterwäsche aus. Was denn, hätte ich etwa in Gegenwart dieses schwulen Mannes verlegen sein sollen? Als Nächstes schlüpften wir in die Kühlkleidung. Das Sonnenlicht da draußen konnte Wasser zum Kochen bringen. EVA-Anzüge benötigen eine ausgezeichnete Kühlung.

Danach kamen die eigentlichen Druckanzüge an die Reihe. Ich half Dale in seinen, und dann half er mir. Schließlich führten wir die Drucktests durch, prüften die Tanks, die Anzeigen und einen Haufen andere Dinge.

Sobald das alles erledigt war, bereiteten wir uns auf den Ausstieg vor.

In die Luftschleuse des Rovers passten zwei Personen, aber es war recht eng. Wir quetschten uns hinein und schlossen die Luke.

»Bereit für Dekompression?«, fragte Dale über Funk.

»Ja, sobald du endlich die Luft anhältst«, erwiderte ich.

»Bitte mach keine dummen Scherze. Nicht bei der Prozedur in der Luftschleuse.«

»Meine Güte, du verpestest die ganze Atmosphäre in dieser engen Kammer, weißt du das?«

»Jazz!«

»Ja, bereit für Dekompression.«

Er öffnete das Ventil und die Luft entwich aus der Kammer ins Vakuum. Hier brauchte es kein hoch technisiertes Pumpensystem, denn der Sauerstoff war kein knappes Gut. Dank der Aluminiumhütte besaß Artemis so viel davon, dass wir gar nicht wussten, wohin damit.

Vorläufig jedenfalls. (Gehässiges Lachen.)

Endlich stieß Dale die Tür auf und stieg aus. Ich folgte ihm.

Dann kletterten wir die Leiter des Rovers hinauf und lösten auf beiden Seiten die Verankerungen, um gemeinsam den umgebauten Schutzraum auf den Boden zu hieven.

Er wog ungefähr fünfhundert Kilogramm, und wir mussten gut aufpassen, dass er sachte landete.

»Vorsicht, auf die Schürze darf kein Staub gelangen«, warnte ich Dale.

»Verstanden.«

Dad hatte sich mit dem Schutzraum wirklich Mühe gegeben. Er war kaum wiederzuerkennen. Auf der Rückseite klaffte nun ein großes Loch, auf das ringsherum eine halbmeterlange Aluminiumschürze aufgesetzt war. Das Ding sah aus wie ein Triebwerk. Manche Leute sagen, es sei keine gute Idee, ein großes Loch in einen Druckbehälter zu schneiden. Dagegen kann ich nicht viel einwenden.

Ich stieg erneut auf das Dach des Rovers und holte mein Schweißgerät. »Kannst du die Sachen annehmen?«

Dale stellte sich unten hin und hob die Arme. »Bereit.«

Ich reichte ihm die Gasflaschen, die Schweißbrenner, den Werkzeuggürtel und das andere Zubehör, das ich für den Job brauchte. Er legte alles auf den Boden. Zuletzt zog ich einen großen Sack aus einem speziellen Behälter.

»Hier kommt der aufblasbare Tunnel.« Ich stieß ihn vom Dach.

Dale fing ihn auf und legte ihn auf den Boden.

Nach getaner Arbeit sprang ich hinunter und landete neben ihm.

»Aus dieser Höhe solltest du nicht hinunterspringen«, ermahnte er mich.

»Und du solltest nicht die Freunde anderer Leute vögeln«, gab ich zurück.

»Ach, nun hör doch auf.«

»Hey, ich könnte mich womöglich sogar an unsere neue Beziehung gewöhnen«, fuhr ich fort. »Hilf mir mal, dieses Zeug zur Blase zu schleppen.«

»Jaja.«

Zusammen trugen – oder zerrten – wir die Sachen zur Außenwand.

Die aus zwei Meter großen Dreiecken zusammengesetzte Kuppel stand auf Bodenebene fast vertikal. Ich suchte mir ein einigermaßen sauberes Dreieck aus und reinigte es mit einer Drahtbürste. Auf dem Mond gibt es keine Witterung, aber statische Elektrizität. Der feine Mondstaub gerät überallhin und klebt an allem fest, was nur die leichteste Ladung besitzt.

»Das hier nehmen wir«, entschied ich. »Hilf mir, den Schutzraum in Position zu bringen.«

»In Ordnung.«

Wir bugsierten den Schutzraum zur Kuppel, pressten die Aluminiumschürze gegen die glänzende Wand und setzten ihn ab.

»Mann, Dad ist gut«, sagte ich.

»Jesus«, staunte Dale.

Die Schürze war absolut perfekt geformt. Okay, sie musste nur mit einer flachen Wand in Kontakt sein, aber du meine Güte – zwischen der Schürze und der Wand blieb weniger als ein Millimeter Spielraum.

Ich sah auf die Anzeigen an meinem Arm, die eigentlich nur ein externer Bildschirm meines Gizmo waren. Das Gizmo selbst steckte sicher im Anzug. Diese Geräte sind nicht dazu gebaut, den Belastungen des luftleeren Raums standzuhalten. Ich tippte auf ein paar Knöpfe und stellte die Verbindung her.

»Hallo, Jazz«, sagte Svoboda. »Wie läuft es denn so?«

»Bisher ganz gut. Wie sieht der Kamerafeed aus?«

»Perfekt. Ich habe deine Anzugkameras auf dem Bildschirm.«

»Seid da draußen vorsichtig«, warnte Dad.

»Bestimmt, Dad. Mach dir keine Sorgen. Dale, kannst du mithören?«

»Bestätigt«, sagte Dale.

Ich ging zu der Schürze zurück und richtete die Helmkamera darauf. »Die Fuge ist winzig. Das ist wirklich sehr gut gelungen.«

»Hm«, machte Dad. »Ich sehe da noch ein paar Lücken. Aber kleiner als die Schweißnaht, die du ziehen wirst. Also müsste alles klar sein.«

»Dad, das ist eine der präzisesten Arbeiten, die ich je …«

»Lasst uns an die Arbeit gehen«, fiel er mir ins Wort.

Ich zerrte die Sauerstoff- und die Acetylenflasche zur Hülle und setzte die Schweißdüse auf.

»Also«, sagte Dad. »Weißt du noch, wie du im Vakuum eine Flamme zündest?«

»Natürlich«, erwiderte ich. Auf keinen Fall wollte ich zugeben, dass ich es erst vor ein paar Tagen unter schwierigsten Bedingungen gelernt hatte. Ich gab viel Sauerstoff dazu, zündete und stabilisierte die Flamme.

Bei der Sabotage der Sammler hatten sehr grobe Schweißnähte ausgereicht. Sie sollten den Druck nur lange genug halten, damit alles in die Luft flog. Diese Verbindungen hier waren viel komplizierter. Für Dad wäre es eine einfache Sache gewesen, aber er kannte sich mit EVAs überhaupt nicht aus. Daher mussten wir zusammenarbeiten.

»Die Flamme sieht gut aus«, sagte Dad. »Fang ganz oben an und lass die Linse nach unten fließen. Die Oberflächenspannung hält sie im Spalt fest.«

»Und der Druck der Gasflaschen?«, gab ich zu bedenken. »Bläst die Flamme nicht die Tropfen in die Schürze?«

»Ein paar schon, aber nicht sehr viele. Im Vakuum gibt es um eine Schweißflamme herum keine Turbulenzen. Dort wirkt nur der Druck der Flamme selbst.«

Ich hielt einen Aluminiumstab an den Scheitelpunkt der Schürze und richtete die Flamme darauf. In dem EVA-Anzug fühlte ich mich ziemlich unbeholfen, aber es ging. An der Spitze entstand eine Linse aus geschmolzenem Metall, das hinabrann. Wie Dad es vorhergesagt hatte, blieb es kleben und füllte den Spalt.

Aus alter Gewohnheit zog ich die Flamme nach unten, um die Linse flüssig zu halten.

»Nicht nötig«, sagte Dad. »Das Metall bleibt länger flüssig, als du glauben würdest. Es gibt keine Luft, die die Hitze ableiten könnte. Sie kann nicht weit ausstrahlen.«

»Ich nehme dich beim Wort«, sagte ich und richtete die Flamme wieder auf den Aluminiumstab.

Dale stand ein paar Meter entfernt – bereit, mir das Leben zu retten.

Wieder schmolz ich Metall im Vakuum. Wenn ein Tropfen den EVA-Anzug durchlöcherte, lag mein Leben in Dales Händen. Wenn ich ein Leck produzierte, musste er mich in die Luftschleuse des Rovers ziehen. Ich würde es nicht aus eigener Kraft schaffen, weil ich viel zu sehr damit beschäftigt wäre, an Sauerstoffmangel zu sterben.

Stück für Stück arbeitete ich mich um die Schürze herum. Dad sagte es mir, wenn ich zu schnell oder zu langsam war. Schließlich kam ich wieder dort an, wo ich begonnen hatte.

»Mann«, schnaufte ich. »Jetzt sollten wir einen Drucktest machen.«

»Nein, das tun wir nicht«, widersprach Dad. »Zieh eine zweite Schweißnaht. Ganz herum. Und achte darauf, dass sie die erste vollständig bedeckt.«

»Machst du Witze?«, protestierte ich. »Dad, die Naht ist dicht!«

»Mach eine zweite«, erwiderte er mit fester Stimme. »Du hast es nicht eilig. Du bist nur ungeduldig.«

»Nein, ich habe es tatsächlich eilig. Ich muss das erledigen, ehe bei Sanchez die Schicht wechselt.«

»Zieh eine weitere Naht.«

Ich stöhnte wie ein Teenager (so was brachte Dad in mir zum Vorschein). »Dale, gib mir neue Schweißstäbe.«

»Nein«, sagte Dale.

»Was?«

»Solange du den Schweißbrenner hältst, lasse ich dich nicht aus den Augen, entferne mich nicht weiter als drei Meter und nehme nichts anderes in die Hand.«

Ich stöhnte erneut.

Es dauerte noch einmal zwanzig Minuten, aber endlich war unter Dads wachsamen Augen auch die zweite Schweißnaht vollendet.

»Gut gemacht«, lobte mich Dad.

»Danke.« Er hatte recht, ich hatte gut gearbeitet. Jetzt hatte ich einen Schutzraum, der perfekt an die Hülle der Sanchez-Blase angepasst war. Nun musste ich nur noch innerhalb des Schutzraums ein Loch in die Wand der Blase schneiden, um eine primitive private Luftschleuse zu bekommen.

Ich legte den Schweißbrenner in der Nähe auf einen Stein und zeigte Dale meine leeren Hände. Da ich damit seine strengen Sicherheitsanforderungen erfüllt hatte, ging er zum aufblasbaren Tunnel.

Der Ziehharmonikatunnel entsprach dem Typ, den wir zur Bekämpfung des Brandes bei Queensland Glas eingesetzt hatten. An jedem Ende befand sich ein festes Verbindungsstück zum Andocken an einer Luftschleuse. Wir packten je einen Metallreifen und entfernten uns voneinander. Ich ging nach vorn zu dem gerade angeschweißten Schutzraum, er zum Rover.

Anschließend schaffte ich die Schweißausrüstung und die Gasflaschen in den Tunnel und verband mein Ende mit dem Schutzraum. Dann kehrte ich zu Dale zurück, und wir stiegen beide in die Luftschleuse des Rovers. Gemeinsam zogen wir das Verbindungsstück des Tunnels heran.

Ich begutachtete die Röhre, die nun zu der noch geschlossenen Luke des Schutzraums führte.

»Jetzt sollten wir das wohl testen«, schlug ich vor.

Dale griff nach dem Ventil. »Pass gut auf. Nur weil wir in EVA-Anzügen stecken, sind wir noch lange nicht vor allem geschützt. Wenn wir den Tunnel falsch angeschlossen haben, steht uns eine explosive Dekompression bevor.«

»Danke für den Hinweis«, erwiderte ich. »Dann halte ich mich schon mal bereit, falls eine Druckwelle mit Schallgeschwindigkeit in meine Richtung rast.«

»Du könntest ruhig etwas weniger nervig sein.«

»Ja, könnte ich«, gab ich zu. »Aber mach dir lieber keine allzu großen Hoffnungen.«

Dale öffnete das Ventil, worauf eine dunstige Gaswolke aus dem unter Druck stehenden Rover zu uns durchschlug. Ich überprüfte die Anzeigen des Anzugs. Wir waren jetzt bei zwei Kilopascal, was etwa zehn Prozent des atmosphärischen Drucks in Artemis entsprach.

Im Rover plärrte eine Sirene.

»Verdammt, was ist das?«, fragte ich.

»Unterdruckwarnung«, erklärte Dale. »Der Rover weiß, wie viel Luft nötig ist, um die Luftschleuse zu füllen, und diesen Wert haben wir weit überschritten. Wir füllen jetzt den ganzen Tunnel.«

»Ist das ein Problem?«

»Nein. Wir haben reichlich Vorräte in den Tanks. Viel mehr, als wir brauchen. Dafür hat Bob gesorgt.«

»Das ist gut.«

Langsam füllte sich der Tunnel mit Luft. Natürlich war er absolut dicht und hielt. Genau dazu war er ja auch da – er sollte eine Luke mit einer anderen verbinden.

»Sieht gut aus«, sagte Dale. Er drehte das Handrad der Luke und öffnete die innere Luftschleuse des Rovers. Dann kletterte er in den Hauptraum und setzte sich auf den Fahrersitz. Der Rover war für einen Fahrer mit oder ohne EVA-Anzug geeignet.

Dale überprüfte die Werte. »Zwanzig Komma vier Kilopascal, hundert Prozent Sauerstoff. Ja, sieht gut aus.«

»Dann wollen wir mal.« Ich öffnete die Dichtungen meines Anzugs und atmete mehrmals tief durch. »Die Luft ist gut.«

Dale kam zu mir in den Tunnel zurück und half mir, den Anzug abzulegen.

»J-Jesus«, schauderte ich. Wenn man unter Druck stehendes Gas ausströmen lässt, wird es kalt. Als wir den Tunnel aus den Hochdrucktanks des Rovers gefüllt hatten, war ein Kühlhaus entstanden.

»Hier.« Dale reichte mir meinen Overall. So schnell hatte ich mich noch nie angezogen. Nein, halt ... einmal war es noch schneller gegangen, als die Eltern meines Jugendfreundes früher als erwartet nach Hause gekommen waren.

Obendrein gab er mir noch seinen eigenen Overall. Dale war so groß, dass mir seine Sachen bequem über meinen passten. Ich erhob keine Einwände, sondern schlüpfte sofort hinein.

»Alles klar?«, fragte er. »Deine Lippen sind blau angelaufen.«

»Schon gut«, erwiderte ich mit klappernden Zähnen. »Sobald ich den Schweißbrenner in Betrieb nehme, wird es hier drin ziemlich warm.« Ich zog mein Gizmo aus der Halterung des EVA-Anzugs und setzte mir einen Ohrstöpsel ein. »Seid ihr noch da, Leute?«

»Wir sind hier«, meldete sich Svoboda.

Da dämmerte es mir. »Hey, hast du etwa über Dales Videofeed zugesehen, wie ich mich ausgezogen habe?«

»Vielen Dank für die Show!«

»Ähem«, machte Dad im Hintergrund.

»Ach, entspannen Sie sich, Mr. B.«, meinte Svoboda. »Sie hatte doch noch die Unterwäsche an.«

»Trotzdem ...«, protestierte Dad.

»Schon gut, schon gut«, unterbrach ich. »Svoboda, betrachte das als Bezahlung für all die Gefälligkeiten, die du mir erweist. Dad, hast du vorab noch einen Rat wegen dieses Schnitts?«

»Wir sollten uns das Material anschauen.«

Ich ging durch den Tunnel zur Luftschleuse des angeschweißten Schutzraums. Dale folgte mir wie ein Schatten. Ich sah ihn an. »Willst du die ganze Zeit bei mir herumhängen?«

»Aber sicher«, bestätigte Dale. »Du trägst keinen Anzug. Wenn es ein Leck gibt, muss ich dich durch den Tunnel zum Rover schleppen. Mir bleiben drei oder vier Minuten, ehe du dauerhafte Gehirnschäden davonträgst. Also ja, ich bleibe ständig in der Nähe.«

»Aber komm mir nicht zu nahe. Ich brauche etwas Platz zum Arbeiten, und du willst sicher nicht, dass die Flamme deinen Anzug beschädigt.«

»Einverstanden.«

Ich öffnete das Ventil des Schutzraums und ließ die Luft aus dem Tunnel hineinströmen. Aufmerksam lauschten wir auf das Zischen. Wenn es aufhörte, war die Schweißnaht luftdicht. Wenn es weiterzischte, gab es irgendwo ein Leck, und wir mussten wieder nach draußen und es ausfindig machen.

Das Zischen wurde leiser und hörte schließlich ganz auf. Ich öffnete das Ventil bis zum Anschlag. Es blieb still. »Alles dicht«, berichtete ich.

»Gut gemacht«, rief Dad über Funk.

»Danke.«

»Nein, ehrlich«, bekräftigte er. »Du hast im EVA-Anzug eine drei Meter lange luftdichte Schweißnaht gezogen. Du hättest wirklich eine Meisterin werden können.«

»Dad …«, sagte ich mit einem warnenden Unterton.

»Schon gut, schon gut.«

Mein Grinsen konnte er nicht sehen. Es war wirklich eine höllisch gute Schweißnaht!

Ich öffnete die Luke und trat ein. In der metallenen Kammer war es eiskalt, an den Wänden schlug sich Kondenswasser nieder. Ich winkte Dale zu mir. Er schaltete seine Helmlampen ein und trat dicht vor die Schweißnaht, damit Dad sie durch die Kamera sehen konnte.

»Die Innenseite sieht auch gut aus«, sagte ich.

»Und ob«, stimmte Dad zu. »Aber Mr. Shapiro soll für alle Fälle in der Nähe bleiben.«

»Ich bin direkt hinter ihr«, bestätigte Dale. Er zog sich ein Stück in den Tunnel zurück.

Ich drehte mich zu ihm um. »Bist du ganz sicher, dass der Druck exakt bei zwanzig Komma vier Kilopascal liegt?«

Dale überprüfte die Anzeigen an seinem Arm. »Ja. Zwanzig Komma vier Kilopascal.«

Wir hatten den Druck auf diesen Wert und nicht auf die einundzwanzig Kilopascal eingestellt, die in Artemis der Standard sind. Warum? Weil doppelte Hüllen eben so funktionieren.

Zwischen den beiden Hüllen befindet sich zermahlenes Gestein (das wissen Sie schon). Aber dort ist auch Luft, und diese Luft steht unter einem Druck von 20,4 Kilopascal – etwa neunzig Prozent des Wertes von Artemis. Außerdem ist der Bereich zwischen den Hüllen kein riesiger leerer Raum. Er besteht aus Hunderten gleichseitigen Dreiecken von jeweils zwei Metern Größe. Jedes dieser Abteile hat einen eigenen Drucksensor.

Draußen herrscht das Vakuum, zwischen den Hüllen beträgt der Druck neunzig Prozent des Wertes von Artemis, innerhalb der Blase gilt der Standardwert. Ist die Außenhülle defekt, entweicht die Luft aus dem entsprechenden Abteil nach draußen. Ist die Innenhülle defekt, wird das Abteil dem höheren Druck aus dem Inneren der Blase ausgesetzt.

Das ist ein äußerst elegantes System. Wenn der Druck in einem Abteil sinkt, weiß man sofort, dass die Außenhülle ein Leck hat. Wenn er steigt, weiß man, dass die innere Hülle beschädigt ist.

Wir wollten aber nicht, dass während meiner Aktion ein Druckalarm anschlug. Deshalb stellten wir unseren Luftdruck auf den Wert zwischen den Hüllen ein.

Rasch inspizierte ich die Schweißdüse, um mich zu vergewissern, dass sie sich bei den Temperaturschwankungen der letzten Minuten nicht verformt hatte. Ich konnte keine Probleme entdecken.

»Dad, nach den Plänen müsste diese Hülle genauso aussehen wie die der Stadt – sechs Zentimeter Aluminium, ein Meter gemahlener Regolith und noch einmal sechs Zentimeter Aluminium.«

»Alles klar«, erwiderte Dad. »Der erste Durchbruch wird ziemlich schmutzig, weil sich dahinter so viel Material befindet. Arbeite ordentlich, und wackle nicht zu sehr. Je ruhiger die Hand, desto schneller ist das Loch geschnitten.«

Ich zog die Gasflaschen in den Schutzraum und bereitete den Schweißbrenner vor.

»Vergiss die Atemmaske nicht «, ermahnte mich Dad.

»Ich weiß, ich weiß.« Natürlich hatte ich die Maske völlig vergessen. Beim Schweißen entsteht giftiger Rauch. Normalerweise ist die Menge nicht so groß, dass es wirklich gefährlich wird, aber in einem beengten Druckbehälter braucht man Atemschutz. Hey, das wäre mir sofort wieder eingefallen, sobald ich unkontrolliert gehustet hätte!

Ich griff in meine Umhängetasche und zog die Maske heraus. Den damit verbundenen Lufttank konnte ich mir wie einen Rucksack umschnallen, sodass er mich nicht störte. Als der Atemschutz aktiv war, holte ich einige Male tief Luft, um mich zu vergewissern, dass alles funktionierte. »Ich bin bereit zum Zünden. Hast du sonst noch einen Ratschlag?«

»Ja«, sagte Dad. »Der Regolith enthält viel Eisen. Halte dich nicht zu lange an einer Stelle auf, sonst verklumpt das Eisen am Schnitt. Wenn das zu oft passiert, wird es schwierig, die Platte abzunehmen.«

»Verstanden«, erwiderte ich.

Ich setzte den Schweißhelm auf und zündete den Brenner. Dale wich noch einen Schritt zurück. So furchtlos die EVA-Meister auch waren, sie hatten wie alle Menschen einen uralten Instinkt, der ihnen sagte, dass sie das Feuer meiden mussten.

Ich grinste. Endlich konnte ich mich rächen. Es war Zeit, Sanchez ein Loch in den Bauch zu schneiden.

14

Ich stellte die Gasmischung ein, bis eine lange Flamme entstand, entschied mich für eine Stelle an der Wand und setzte an. Dabei hielt ich den Schweißbrenner so ruhig, wie ich es nur konnte. Die Hitze und die großzügige Sauerstoffversorgung fraßen das Metall förmlich weg, und das Loch wurde rasch tiefer.

Schließlich brach ich durch. Ich kann nicht genau sagen, woher ich es wusste, ich spürte es einfach. Vielleicht war es das Geräusch? Oder das Spucken der Flamme? Ich bin nicht sicher. Jedenfalls hatte ich mit dem Schnitt begonnen.

»Keine Luftströmung hin und her«, meldete ich. »Der Druck passt genau. Gut gemacht, Dale.«

»Danke.«

Langsam zog ich die Flamme weiter und schnitt einen Kreis von einem Meter Durchmesser aus der Wand. Die Ränder setzte ich schräg an, damit die Platte leichter zu mir herausfiel, wenn der Schnitt vollendet war.

»Wir liegen ein wenig im Zeitplan zurück«, sagte Dale.

»Verstanden«, erwiderte ich. Aber ich machte nicht schneller. Ich arbeitete bereits so schnell ich konnte. Wenn ich überhastet vorging, vermasselte ich nur den Schnitt, was uns am Ende noch viel mehr Zeit kosten würde.

Endlich war der Kreis fertig, und die ausgeschnittene Scheibe kippte nach vorne. Ich schaltete den Schweißbrenner aus und sprang zurück, als eine Lawine aus grauem Regolith in die Kammer stürzte.

Ich riss mir den Schweißhelm vom Kopf und presste mir die Atemmaske fester auf das Gesicht. Auf keinen Fall wollte ich diesen Staub einatmen. Es ist mir lieber, wenn ich keine gezackten tödlichen Partikel in der Lunge habe, herzlichen Dank!

Der Staub brannte mir in den Augen und Tränen liefen mir die Wangen herab. Ich zuckte vor Schmerzen zusammen.

»Alles in Ordnung?«, fragte Dale.

»Ich hätte eine Schutzbrille tragen sollen«, sagte ich mit durch die Maske gedämpfter Stimme.

Als ich den Arm hob, um mir die Augen zu reiben, hielt Dale ihn fest. »Nicht!«

»Du hast recht«, sagte ich.

Wissen Sie, was schlimmer ist, als gezackte Steinchen in den Augen zu haben? Knirschende gezackte Steinchen in den Augen zu haben, das ist schlimmer. Mit großer Mühe widerstand ich dem Impuls.

Ich wartete, bis sich der Staub legte. Dann näherte ich mich mit verschwommenem Blick dem Loch. In diesem Moment sprühten Funken.

Eher vor Überraschung als vor Schmerzen schrie ich auf.

Dale betrachtete seine Anzeigen. »Vorsicht, die Luftfeuchtigkeit liegt beinahe bei null.«

»Wieso?«

»Keine Ahnung.«

Ich machte einen weiteren Schritt nach vorne, und wieder gab es eine ganze Salve von Entladungen. »Scheiße!«

»Lernst du eigentlich nie was dazu?«, fragte Dale.

»So ein verfluchter Mist«, schimpfte ich und deutete auf den langsam wachsenden Haufen Regolith vor dem Loch. »Es liegt an dem Füllmaterial. Die Luft von Artemis wird angefeuchtet, aber die Luft in der Hülle ist knochentrocken.«

»Warum?«

»Wasser ist zersetzend und teuer. Möchtest du so etwas in der Zwischenhülle belassen? Dieser Dreck hat als Trocknungsmittel gewirkt und die ganze Feuchtigkeit aus der Luft gesogen.«

Dale löste den Wassertank von seinem Anzug, öffnete den Behälter und nahm einen viertelvollen Plastikbeutel heraus. Er riss die Ecke des Beutels ab und drückte ihn zusammen. Es ist erstaunlich, wie geschickt die EVA-Meister mit diesen unförmigen Handschuhen arbeiten können.

Dann spritzte er mir das Wasser ins Gesicht.

»Hey, was soll …«

»Lass die Augen offen und schau in den Strahl.«

Ich gehorchte. Zuerst war es schwer, aber die Erleichterung, als der Staub herausgespült wurde, half mir durchzuhalten. Schließlich sprühte er auch meine Kleidung und die Arme und Beine ein.

»Besser?«, fragte er.

»Ja, viel besser«, sagte ich und schüttelte den Kopf, um das Wasser loszuwerden.

Die feuchten Sachen verhinderten weitere Entladungen. Zumindest vorübergehend. Natürlich blieb der Staub an mir kleben und verwandelte sich in widerlichen grauen Gunk.

Einen Schönheitswettbewerb konnte ich so bestimmt nicht gewinnen, aber wenigstens fühlte ich mich besser.

Nächster Schritt: Ich musste das Füllmaterial wegschaufeln, um den Drucksensor freizulegen und – noch wichtiger – die innere Hülle zu erreichen.

Ich drückte mit dem Finger auf den Ohrstöpsel. »Svoboda und Dad; ich muss jetzt eine Weile buddeln. Ich melde mich wieder.«

»Wir laufen nicht weg«, sagte Svoboda.

»Hilf mir mal beim Graben«, sagte ich zu Dale, nachdem ich die Verbindung getrennt hatte.

Er hob eine Schaufel. »Auf dieser Welt gibt es zwei Arten von Menschen: diejenigen mit einem EVA-Anzug und diejenigen, die graben.«

Ich schnaubte. »Na gut, zuerst einmal, wenn wir schon *Zwei glorreiche Halunken* spielen, dann bin ich Clint Eastwood, und nicht du. Zweitens: Setz deinen faulen Arsch in Bewegung, und hilf mir.«

»Ich muss bereit sein, *deinen* Arsch in den Rover zu schleppen, falls etwas passiert.« Wieder hielt Dale mir die Schaufel vor die Nase. »Akzeptier deinen inneren Eli Wallach, und mach dich an die Arbeit.«

Stöhnend nahm ich die Schaufel entgegen. Es würde eine Weile dauern.

»Übrigens, wir liegen im Zeitplan zurück«, sagte er.

»Ich weiß.«

Ungefähr um diese Zeit wurde Bob zu einer Nervensäge, was bei ihm aber nichts Ungewöhnliches war. Nur, dass er es dieses Mal für mich tat, statt es mir anzutun. Natürlich bekam ich davon nichts mit, weil ich damit beschäftigt war, Dreck aus einer Wand zu schaufeln. Aber später erfuhr ich alles.

Sanchez Aluminium betrieb eine eigene Zugstrecke vom Zollhafen in Aldrin bis zur Hütte. Dreimal am Tag stiegen vierundzwanzig Angestellte in den Zug und fuhren zum Werk. Die kurze Fahrt – es war nur ein Kilometer – dauerte lediglich ein paar Minuten. Die Schichten wechselten, und die abgelösten Arbeiter kehrten mit demselben Zug nach Artemis zurück.

Ich hatte meinen kleinen Angriff so geplant, dass er mit dem Schichtwechsel zusammenfiel. Aber ich lag in der Zeit zurück. Ich musste im Inneren der Anlage sein, ehe der Zug dort eintraf, und ich hatte die innere Hülle noch nicht aufgeschnitten.

Die Arbeiter von Sanchez versammelten sich am Haltepunkt. Der Zug hatte bereits angedockt, und die Luke stand offen. Die Schaffnerin zückte ihr Gizmo, um den Fahrpreis zu kassieren. Ganz recht, Sanchez Aluminium berechnete den eigenen Angestellten die Fahrt im eigenen Zug, den sie nehmen mussten, damit sie in der eigenen Hütte arbeiten konnten. Das war wie eine Geschichte aus dem neunzehnten Jahrhundert.

Bob ging zur Schaffnerin und legte die Hand auf den Scanner. »Warte mal, Mirza.«

»Gibt es ein Problem, Bob?«, fragte sie.

»Wir inspizieren die Frachtschleuse auf Lecks. Die Sicherheitsvorkehrungen besagen, dass keine andere Luftschleuse am Hafen geöffnet werden darf, solange die Prüfung läuft.«

»Machst du Witze?«, sagte Mirza. »Muss das ausgerechnet jetzt sein?«

»Tut mir leid. Wir haben eine Anomalie entdeckt und müssen die Prüfung vor der Landung morgen durchführen.«

»Um Himmels willen, Bob.« Sie deutete auf die versammelte Mannschaft. »Hier sind vierundzwanzig Leute, die zur Arbeit müssen, und in der Hütte warten vierundzwanzig andere darauf, dass sie nach Hause können.«

»Tut mir leid. Der Test hat länger gedauert als geplant. Wir hatten gehofft, längst fertig zu sein.«

»Wie lange noch?«

»Ich bin nicht sicher. Vielleicht zehn oder fünfzehn Minuten, aber ich kann dir nichts versprechen.«

Mirza wandte sich an die Fahrgäste. »Tut mir leid, Leute. Es gibt eine Verzögerung. Macht es euch gemütlich, es könnte eine Viertelstunde dauern.«

Die Arbeiter stöhnten wie aus einem Munde.

»Ich mache mit Sicherheit keine Überstunden, um das auszugleichen«, teilte einer von ihnen grollend seinem Kollegen mit.

»Es tut mir wirklich leid«, beteuerte Bob. »Ich kann Sie aber entschädigen. Ich habe drei Tickets für die Artemis-Akrobatenshow im Playhouse. Sie gehören Ihnen. Gehen Sie mal mit Ihren Liebsten aus, und lassen Sie es sich gut gehen.«

Mirza strahlte. »Wow! In Ordnung, alles ist vergeben und vergessen.«

Diese Entschädigung war lächerlich und übertrieben, wenn Sie mich fragen. Die Tickets kosten dreitausend Motten pro Stück! Aber gut, es war Bobs Geld, nicht meines.

Nachdem ich eine Ewigkeit geschaufelt und unendlich viele Flüche ausgestoßen hatte, war der Dreck endlich aus dem

Wandabteil geräumt. Keuchend ließ ich mich auf den Rücken fallen.

»Ich glaube, du hast gerade einige neue Schimpfwörter erfunden«, sagte Dale. »Was heißt beispielsweise ›Verfickdammt‹?«

»Ich nehme doch an, das ist aus dem Kontext ziemlich deutlich geworden«, knurrte ich.

Dale beugte sich über mich. »Steh auf. Wir sind mächtig spät dran, und Bob kann den Zug nicht mehr lange aufhalten.«

Ich zeigte ihm den Stinkefinger.

Er versetzte mir einen Tritt. »Steh auf, du fauler Sack.«

Stöhnend rappelte ich mich hoch.

Den Drucksensor hatte ich gefunden, während ich das Loch bis nach China gegraben hatte. (Ja, diesen Ausdruck verwenden wir auch auf dem Mond. Ich fühlte mich, als hätte ich ein 384 000 Kilometer tiefes Loch gegraben.)

Unser kleiner Trick, um den Drucksensor zu überlisten, hatte bis jetzt funktioniert, aber wenn ich die innere Hülle durchbrach, stieg der Druck auf den Standardwert von Artemis. Und dann sagte der Sensor: »Ach, du meine Güte, einundzwanzig Kilopascal Luftdruck! Wir haben ein Loch in der inneren Hülle!«

Der Alarm würde losgehen, die Leute würden ausflippen, und die EVA-Meister würden nachsehen und uns erwischen. Sie würden Dale und Bob aus der Gilde werfen, nur dass ich nicht lange genug leben würde, um das mitzubekommen, weil die loyalen Angestellten von Sanchez mich vorher kaltgemacht hätten.

Was? Meinen Sie, ein Haufen Loser und Techniknerds aus dem Kontrollraum würden so was nicht tun? Denken Sie noch mal drüber nach. Einer von denen hatte versucht, mich mit einem Sammler umzubringen.

Der Sensor war ein Metallzylinder, der an zwei Drähten hing. Die Drähte hatten viel Spiel, was ich praktisch fand. Ich zog eine Stahldose mit einem Schraubverschluss aus der Umhängetasche. Ich hatte sie eigens für meine Zwecke präpariert. Im Deckel war eine kleine Kerbe.

Ich schob den Sensor in die Dose und drückte die Drähte in die Kerbe. Dann schraubte ich den Deckel auf. Danach kamen sechs Schichten Klebeband über die Stelle, wo die Drähte in den Deckel eindrangen. Mit diesem Teil des Plans fühlte ich mich nicht besonders wohl. Nur ein Idiot vertraut darauf, dass Klebeband ein drucksicherer Verschluss ist, aber mir blieb nichts anderes übrig. Wenigstens wäre der höhere Druck außen, sodass das Band gegen die Kerbe gepresst wurde.

»Glaubst du, das reicht?«, fragte Dale.

»Das werden wir gleich wissen. Erhöhe den Druck auf den Standardwert von Artemis.«

Dale tippte auf die Steuerung an seinem Arm. Natürlich konnte man Bobs Rover auch fernsteuern. Wenn es irgendein Luxuszubehör gab, dann konnte man sicher sein, dass Bobs Rover auch darüber verfügte.

Frische Luft strömte durch den aufblasbaren Tunnel, und es knackte in meinen Ohren, als der Druck anstieg.

Aufmerksam beobachtete ich die Dose. Das Klebeband gab ein wenig nach, hielt aber stand. Ich presste das Ohr an die Innenwand.

»Kein Alarm«, sagte ich. Dann kontaktierte ich Svoboda.

»Hier!«, meldete er sich. »Verbrecherunterstützung bereit und in Warteposition.«

»Ich weiß nicht, ob mir diese Formulierung gefällt«, warf Dad ein.

»Ich schneide jetzt die innere Hülle auf«, sagte ich. »Dad, hast du noch einen Ratschlag in letzter Minute?«

»Lass dich nicht erwischen.«

Ich klappte die Maske herunter. »Zur Sache, Schätzchen.«

Dann machte ich mich ans Werk. Die innere Hülle war genauso konstruiert wie die äußere: sechs Zentimeter dickes Aluminium. Und genau wie bei der Außenhülle dauerte es nur wenige Minuten, den Schnitt zu vollenden. Dieses Mal legte ich die Schräge so an, dass die Platte nicht in meine Richtung fiel. Bei der Außenhülle hatte ich keine Wahl gehabt, aber im Prinzip ziehe ich es vor, wenn höllisch heißes Metall von mir wegkippt.

Ich wartete, bis die Platte auf den Boden gefallen war, dann spähte ich hinein.

Die Fabrik war eine große Halbkugel voller Maschinen. Im Zentrum befand sich der Schmelzofen. Er war gut zehn Meter hoch und von Rohren, Stromkabeln und Überwachungssystemen umgeben.

Von meinem Standort aus konnte ich den Kontrollraum nicht sehen, weil die Schmelzanlage im Weg war. Das war übrigens kein Zufall. Wir hatten uns für diesen Abschnitt der Hülle entschieden, weil es hier einen blinden Fleck gab. Ganz egal, wie beschäftigt die Arbeiter waren, man konnte kaum darauf hoffen, dass vierundzwanzig Leute ein von Flammen umzüngeltes Loch in der Wand übersahen.

Ich streckte den Kopf hinaus und sah mich um. Ohne groß darüber nachzudenken, hielt ich mich an der Kante fest, um nicht das Gleichgewicht zu verlieren.

»Aua!« Ich riss die Hand zurück und wedelte sie hin und her.

»Ein Schweißbrenner erhitzt das Material«, klärte mich Dale auf.

Ich schnitt eine Grimasse und betrachtete den Schaden. Meine Handfläche war gerötet, aber sonst war nichts passiert.

»Alles klar?«

»Ja«, sagte ich. »Ich wünschte nur, du hättest das nicht gesehen.«

»Wir haben es auch gesehen«, warf Svoboda ein.

»Na, wundervoll«, knurrte ich. »Ich unterbreche jetzt die Verbindung und melde mich wieder, wenn ich fertig bin.«

Ich schaltete ab. Dann stieg ich durch die Öffnung, wobei ich gewissenhaft darauf achtete, nicht noch einmal die Kante zu berühren.

Dale reichte mir die Umhängetasche, doch als ich sie nehmen wollte, hielt er sie fest. »Hör mal«, sagte er. »Das Loch ist zu klein für mich mit dem EVA-Anzug. Wenn dir da drüben etwas passiert, kann ich dir nicht helfen.«

»Ich weiß.«

»Pass auf dich auf.«

Ich nickte und zog die Umhängetasche zu mir rüber. Dale blickte durch das Loch, während ich zum Schmelzofen schlich.

Die Anlage selbst war nicht sehr beeindruckend. Nur ein großer Klotz mit mächtigen Metallrohren, die hinein- und wieder herausführten. Ein Eimerförderband reichte bis zu einem Loch im ersten Stock empor und speiste Anorthitkies in den Fülltrichter oben auf der Maschine. Im Inneren verwandelte ein Mahlstrom aus Hitze, Elektrizität und Chemie die Steine in Metalle. Draußen war hingegen alles ruhig, die Maschine fühlte sich warm an und summte leise.

Ich setzte mich auf den Boden und spähte um die Ecke.

Vom Kontrollraum aus konnte man die ganze Fabrik überblicken. Durch die großen Scheiben sah ich, wie die Arbeiter ihren Aufgaben nachgingen. Einige saßen an Computern, andere liefen mit Tablets herum. Die ganze Rückwand war mit Monitoren ausgestattet, auf denen alle Details der Anlage und ihrer Prozesse abgebildet waren.

Eine Frau hatte ganz offensichtlich die Leitung inne. Die Leute kamen zu ihr, sprachen kurz mit ihr, und sie gab rasche Antworten. So verhielt sich eine Vorgesetzte. Ich schätzte sie auf etwa fünfzig, und der Hautfarbe nach war sie eine Latina. Sie drehte sich um und sprach mit jemandem. Erst jetzt sah ich ihr Gesicht. Es war Loretta Sanchez. Ich erkannte sie anhand der Fotos, die ich bei meinen Recherchen über die Firma online gefunden hatte.

Sie hatte Sanchez Aluminium gegründet und die ganze Anlage entworfen. Und sie war so innig mit O Palácio verbunden, als trüge sie deren Nasenring. Es war interessant, dass jemand wie sie direkt mit den Angestellten zusammenarbeitete, statt irgendwo in Aldrin in einem bequemen Büro zu sitzen.

Die anderen Arbeiter waren einfach nur … irgendwelche Leute. Keine Hörner, keine schwarzen Umhänge. Kein Knöchelknacken mit zusammengelegten Fingern. Nur eine Truppe angestellter Trottel.

Ich schlich zur anderen Seite des Schmelzofens. Weiter konnte ich nicht. Die Temperaturanzeigen waren vom Kontrollraum aus zu sehen. Ich rief Bob mit dem Gizmo an.

»Alles grün«, meldete er.

»Bin in Position. Lass den Zug fahren.«

»Verstanden.« Er legte auf.

Ich wartete hinter dem Schmelzofen. Nach einigen Minuten ungeduldigen Zappelns hörte ich endlich ein Scheppern, das sich durch die Wände fortsetzte. Der Zug war angekommen. Jetzt informierte die abgelöste Schicht die neue über den Stand der Dinge. So blieb mir ein kleines Zeitfenster – vielleicht zehn Minuten –, ehe der Zug mit dem Personal wieder abfuhr.

Ich trug nach wie vor die Atemmaske und eine Sauerstoffflasche. Nun kam noch die Schutzbrille aus der Umhängetasche hinzu. Für das, was ich als Nächstes vorhatte, war sie sehr wichtig. Ich befestigte die Maske und die Schutzbrille mit Klebeband im Gesicht. Dieses Mal brauchte ich einen luftdichten Verschluss.

Ich war jetzt also ein mit Gunk verdreckter Freak, der sich ein paar Sachen ins Gesicht geklebt hatte. Vermutlich sah ich damit aus wie eine Figur aus einem Horrorfilm. Na gut, ich wollte ja auch den Horror loslassen.

Als letztes zog ich einen Gasbehälter aus der Umhängetasche. Ehe ich nach dem Ventil griff, überprüfte ich noch einmal, ob das Klebeband wirklich dicht war. Alles in Ordnung. Jetzt das Ventil. Zuerst nur eine Vierteldrehung.

Die Druckflasche entließ reines Chlorgas in die Luft.

Chlor ist sehr gefährlich, denn es zersetzt die Lunge. Im Ersten Weltkrieg kam es als wirkungsvolle Waffe zum Einsatz. Woher ich einen Behälter mit komprimiertem tödlichem Gas hatte? Das hatte ich meinem Freund Svoboda zu verdanken. Er hatte es aus dem Chemielabor der ESA gestohlen.

Beim FFC-Cambridge-Verfahren war unter anderem eine Menge geschmolzenes Calciumchlorid im Spiel. Theoretisch war alles sicher innerhalb des versiegelten und außerordentlich heißen Schmelzofens untergebracht. Aber für den Fall, dass der Ofen fehlerhaft arbeitete, gab es in der ganzen Anlage zahlreiche Chlorgasdetektoren. Sehr empfindliche Detektoren. Lange, bevor das Giftgas einem Menschen schaden konnte, sollten sie Alarm auslösen.

Ich ließ das Ventil einen Moment lang offen und schloss es dann wieder. Binnen weniger Sekunden schlug der Chlorgasalarm an. Meine Güte, was für eine Show!

An zwanzig verschiedenen Stellen blinkten gelbe Lichter, und eine Sirene heulte in der Blase. Ich spürte einen Luftzug. Die Notumwälzung war angesprungen – sie ersetzte die gesamte Luft in der Fabrik durch frischen Sauerstoff aus einem Ersatztank.

Im Kontrollraum brachten sich die Arbeiter eilig in Sicherheit. Normalerweise müssten sie jetzt in den Schutzraum hinten in der Steuerzentrale fliehen – aber warum sollten sie das tun, wenn der Zug noch angedockt war? Es war viel besser, in einem Zug zu sitzen, der in die Stadt fuhr, als in einem Schutzraum zu hocken und auf Rettung zu warten. Sie überlegten nicht lange – innerhalb weniger Sekunden stürzten sie alle in den Zug und versiegelten die Luke.

Wahrscheinlich war es da drin ziemlich eng. Beide Schichten – insgesamt achtundvierzig Menschen – hatten sich gleichzeitig in den Zug gequetscht.

Ich warf einen kurzen Blick zum Kontrollraum und hob triumphierend die Faust, als ich feststellte, dass er leer war. Sie hatten genau das getan, was ich erwartet hatte.

Klar, dass erst alle Arbeiter verschwinden mussten, bevor ich den Ofen einschmolz. Natürlich hätte ich auch den Druckalarm auslösen können, als ich die innere Hülle aufschnitt, auch das hätte die Leute ausgesprochen nervös gemacht. Aber bei einem Druckabfall wären sofort Notfalltrupps zum Loch in der Wand gestürmt, und dort hätten sie die Augenbrauen ziemlich weit hochgezogen, wenn sie den Rover, die improvisierte Schleuse, den verlegen errötenden Dale und so weiter gesehen hätten. Der Giftgasalarm war um Längen besser. Dies war eine rein interne Angelegenheit.

Noch einmal öffnete ich das Ventil der Chlorgasflasche – aber nur ein wenig. So konnte die Lüftung das Gas nicht vollständig entfernen, und solange der Chlorgasalarm plärrte, blieben die Arbeiter im Zug.

Nun musste ich mich nicht mehr verstecken, sondern konnte vor den Schmelzofen gehen und in das Auffangbecken darunter rutschen.

Als letzte Abwehr gegen eine Schmelze befand sich unten im Tank ein kupferner Stopfen. Der Schmelzpunkt von Kupfer liegt höher als die Betriebstemperatur der Anlage, aber niedriger als der von Stahl. Wenn es also zu heiß wurde (1085 Grad Celsius, um genau zu sein), schmolz das Kupfer, und das überhitzte Salzbad lief in das Zementbecken darunter. Das wäre dann zwar eine große Sauerei, aber die Schmelzanlage selbst wäre gerettet.

Und das kam überhaupt nicht infrage!

Ich zerrte die Schweißausrüstung und die Umhängetasche in das Becken. Wieder einmal musste ich über Kopf arbeiten. Seufz. Dieses Mal verband ich Stahl mit Stahl und benutzte dabei stählerne Stäbe. Also, falls das immer noch nicht klar ist: Stahl. Wie schön. Nun ja, wenigstens trug ich dabei keinen EVA-Anzug. Sollte mich der geschmolzene Stahl treffen, würde mich das lediglich für den Rest meines Lebens entstellen, statt mich zu töten. Das war doch schon mal was.

Ich machte mich ans Werk und blieb vorsichtshalber außer Reichweite, während ich eine stabile Stahlplatte mit dem Boden des Schmelzofens verband. Zugegebenermaßen verlor ich die Linse ein paar Mal, und ein Klecks des flammenden Teufelszeugs tropfte auf den Boden, aber ich arbeitete unbeirrt weiter. Nach fünfzehn Minuten bedeckte die Platte den Kupferstopfen.

Ich war nicht sicher, aus was für einem Stahl genau die Wände des Schmelzofens gebaut waren, aber die meisten Sorten schmelzen bei oder unter 1450 Grad Celsius. Um ganz sicher zu sein, hatte ich eine Platte und einen Schweißstab mit der Kennzahl 416 gewählt, deren Schmelzpunkt bei 1530 Grad Celsius liegt. Deshalb würde der Ofen schmelzen, ehe mein Flicken nachgab. Der Flicken war dünn, die Wände des Schmelzofens waren dick, aber der Boden der Anlage würde nachgeben, ehe meine Stahlplatte ihrem Schmelzpunkt auch nur nahe kam.

Das glauben Sie mir nicht? Geben Sie Eiswasser in einen Kochtopf, und drehen Sie den Herd auf. Die Wassertemperatur wird bei null Grad Celsius bleiben, bis der letzte Eiswürfel geschmolzen ist.

Ich kroch aus dem Becken heraus und warf einen Blick zum Kontrollraum. Er war immer noch leer, aber das würde sich bald ändern. Der Zug war abgefahren.

Da sich so viel Chlorgas in der Luft befand, war es sinnvoll, die Arbeiter in die Stadt zu schicken. Sobald sie dort eintrafen, würde allerdings ein Trupp Ingenieure in Schutzanzügen zurückkehren. Etwa zehn Minuten, bis der Zug in der

Stadt war, noch einmal fünf für den Umstieg, noch einmal zehn Minuten, bis die feindliche Kavallerie eintraf. Fünfundzwanzig Minuten.

Ich rannte zur Temperatursteuerung, löste vier Schrauben und nahm die Verschlussplatte ab. Dann riss ich die ganze Steuerplatine heraus und ersetzte sie durch einen Nachbau, den ich aus der Umhängetasche fischte. Svoboda hatte den vergangenen Abend damit verbracht, das Ding zusammenzusetzen. Im Grunde war es recht einfach. Es funktionierte wie eine normale Platine, log den Computer aber in Bezug auf die Temperatur an und nannte einen zu niedrigen Wert. Ich schob die Platine in den Schlitz.

Zur Kontrolle hatte Svobodas Teil LCD-Anzeigen, die die tatsächliche und die gemeldete Temperatur angaben. Die tatsächliche Temperatur lag bei 900 Grad, die gemeldete bei 825 Grad. Der Computer glaubte nun, die Temperatur sei zu tief gesunken, und aktivierte die Hauptheizung.

Man hörte tatsächlich ein Klicken, obwohl es kein Relais gab. Die Stromleitung – übrigens die dickste, die ich je gesehen hatte – bebte einen Moment lang, als der Strom eingeschaltet wurde. Durch das Kabel floss so viel Strom, dass das dabei entstehende Magnetfeld die Leitung hin und her bog, während die Energiezufuhr weiter anstieg. Als die volle Leistung erreicht war, beruhigte sich das Kabel wieder.

Ich beobachtete Svobodas Platine. Die wahre Temperatur stieg langsam auf 901 Grad, dann erheblich schneller auf 902 Grad. Dann direkt auf 904 Grad. Gleich danach waren es schon 909 Grad.

»Ach du Scheiße«, flüsterte ich. Das ging erheblich zügiger vonstatten, als ich erwartet hatte. Anscheinend kann ein mächtiges Stromkabel, das von zwei Atomreaktoren versorgt wird, die Dinge ziemlich flott erhitzen.

Ich ließ die Verschlussplatte der Steuerung auf dem Boden liegen und rannte zu meinem privaten Hintereingang.

Dale wartete im aufblasbaren Korridor auf mich. »Und?«, fragte er.

Eilig schloss ich die Luftschleuse hinter mir. »Mission erfüllt! Der Schmelzofen heizt sich ziemlich schnell auf. Lass uns abhauen.«

Dale hob die Hand mit dem klobigen Handschuh, und ich klatschte ab, wie es sich gehört. Dann hüpfte er durch den Tunnel zum Rover.

Ich warf noch einen letzten Blick zur Luke der Luftschleuse, um mich zu vergewissern, dass sie ordentlich verriegelt war. Dann wandte ich mich ab und lief durch den Tunnel – nein, stopp!

Ich drehte mich wieder zur Luke um. Ich hätte schwören können, dass ich eine Bewegung gesehen hatte.

Die Luke hatte ein kleines Bullauge. Ich ging näher heran und blickte hindurch. Dort, auf der anderen Seite der Blase, war Loretta Sanchez und inspizierte verschiedene Apparate.

Ich schlug die Hände über dem Kopf zusammen. »Dale, wir haben ein Problem.«

15

Sanchez untersuchte jetzt die Notluftversorgung. Sie trug eine Schutzbrille und eine Atemmaske. Offenbar hatte sie keine Angst vor ein bisschen Chlorgas.

Dale, der schon halb durch den aufblasbaren Tunnel gegangen war, winkte mir. »Jetzt komm schon, Jazz. Wir müssen weg!«

»Loretta Sanchez ist da drin!«

»Was?«

Ich deutete auf das Bullauge der Luftschleuse. »Sie läuft da drin rum, als gehörte ihr der Laden.«

»Ihr gehört der Laden«, sagte Dale. »Und jetzt lass uns verschwinden.«

»Wir können sie nicht zurücklassen.«

»Sie ist eine kluge Frau. Wenn die Anlage schmilzt, wird sie fliehen.«

»Wohin denn?«

»In den Zug.«

»Der Zug ist weg.«

»Dann in den Schutzraum.«

»Der schützt sie aber nicht vor geschmolzenem Stahl.« Ich drehte mich wieder zur Luke um. »Ich muss sie sofort da rausholen.«

Dale stürmte zu mir. »Jazz, bist du verrückt? Diese Leute wollten dich umbringen!«

»Mir egal.« Ich überprüfte das Klebeband auf Maske und Schutzbrille. »Steig in den Rover, und bereite dich auf eine rasche Abfahrt vor.«

»Jazz …«

»Geh!«, fauchte ich.

Er zögerte noch eine Sekunde – wahrscheinlich überlegte er, ob er mich mit Gewalt in den Rover zerren konnte. Klugerweise entschied er sich dagegen und ging durch den Tunnel zum Fahrzeug.

Ich kurbelte am Ventil der Luke und stolperte zurück in die Anlage. Zunächst bemerkte mich Sanchez nicht, weil sie sich auf die Notluftversorgung konzentrierte. Wahrscheinlich rätselte sie, warum die Luft nicht gereinigt wurde.

Wie stellt man sich in so einer Situation vor? Ich glaube, »Einem Feind das Leben retten, während man seine Fabrik sabotiert« kommt im Knigge nicht vor. Also versuchte ich es mit einer altbewährten Methode.

»Hey!«, schrie ich.

Loretta Sanchez fuhr herum und fasste sich ans Herz. »Du meine Güte.« Dann keuchte sie einige Male, fing sich aber rasch wieder. Sie war etwas älter und verhärmter als auf den Fotos, die ich gesehen hatte, doch für eine Fünfzigjährige wirkte sie agil und gesund. »Wer, auf Gottes grauem Mond, sind Sie denn?«

»Das ist jetzt unwichtig«, sagte ich. »Es ist gefährlich hier. Kommen Sie mit.«

Sie rührte sich nicht. »Sie sind keine meiner Angestellten. Wie sind Sie hereingekommen?«

»Ich habe ein Loch in die Wand geschnitten.«

»Was?« Sie ließ den Blick über die Wände wandern, aber von ihr aus gesehen war das Loch jenseits des Schmelzofens. »Sie haben ein Loch in die Wand geschnitten? In meiner Fabrik?«

»Warum sind Sie nicht im Zug?«, schnauzte ich. »Sie sollten doch im Zug sitzen!«

»Ich wollte sehen, ob ich das Problem lösen kann. Die anderen habe ich weggeschickt, damit sie in Sicherheit sind, und …« Sie hielt inne und hob einen Finger. »Moment mal! Ich muss hier gar nichts erklären. Sie sind diejenige, die sich *mir* erklären muss!«

Ich machte einen Schritt auf sie zu. »Hören Sie mal zu, Sie Dumpfbacke. Die ganze Fabrik schmilzt. Sie müssen jetzt sofort mitkommen, verdammt noch mal!«

»Nicht in diesem Ton! Warten Sie … ich kenne Sie doch. Sie sind Jasmine Bashara.« Anklagend zeigte sie mit dem Finger auf mich. »Sie sind die Terroristin, die meine Sammler zerstört hat!«

»Ja, die bin ich. Und ich bin auch die Terroristin, die Ihre Schmelzanlage sabotiert hat. Sie wird jeden Moment hochgehen.«

»Unfug! Ich habe diese Anlage selbst entworfen. Sie ist hundertprozentig sicher.«

»Die Heizung läuft mit voller Kraft, die Temperaturregelung ist gehackt, und ich habe eine Stahlplatte unter den Notablass geschweißt.«

Loretta Sanchez blieb der Mund offen stehen.

»Wir müssen hier raus!«, sagte ich. »Kommen Sie schon!«

Sanchez sah zum Schmelzofen und dann zu mir. »Oder … ich könnte es verhindern.«

»Das wird nicht passieren«, wandte ich ein.

»Wie wollen Sie mich davon abhalten?«

Ich machte mich bereit. »Sie möchten sich bestimmt nicht mit mir anlegen, Oma. Ich bin halb so alt wie Sie und in dieser Schwerkraft aufgewachsen. Wenn ich muss, trage ich Sie hinaus.«

»Interessant«, entgegnete sie. »Und ich bin in den Straßen von Manaus aufgewachsen und habe Männer überwältigt, die doppelt so stark waren wie Sie.«

Na gut, damit hatte ich nicht gerechnet.

Sie sprang auf mich zu.

Auch damit hatte ich nicht gerechnet.

Ich duckte mich und sah zu, wie sie über mir dahinsegelte. Die Erdleute unterschätzten immer, wie weit ein Sprung sie trug. Deshalb war es leicht …

Sanchez griff nach unten, packte meine Haare und drosch meinen Kopf auf den Boden, als sie landete. Dann setzte sie sich rittlings auf meine Brust und holte aus, um mir ins Gesicht zu schlagen. Ich keilte aus, warf sie ab und kam wieder auf die Beine.

Aber ehe ich mich neu orientieren konnte, fiel sie schon wieder über mich her. Dieses Mal griff sie von hinten an und nahm mich in den Würgegriff.

Ich habe viele Fehler – Macho-Allüren gehören nicht dazu. Ich erkenne, wenn ich unterlegen bin. Wie sich gerade herausstellte, war Manaus eine härtere Stadt als Artemis. Diese Frau konnte mich in einem fairen Kampf mühelos schlagen.

Deshalb vermied ich den fairen Kampf.

Ich griff über die Schulter und zog ihr die Maske vom Gesicht. Sofort ließ Sanchez mich los und wich zurück, hielt den

Atem an und fummelte an der baumelnden Maske herum. Das gab mir den Spielraum, den ich brauchte.

Abrupt drehte ich mich, duckte mich und packte sie an den Beinen. Dann riss ich sie mit ganzer Kraft nach oben. Sie flog gut vier Meter hoch.

»Können Sie das in Manaus auch?«, rief ich.

Hilflos strampelte Sanchez in der Luft, bis sie den höchsten Punkt ihrer Flugbahn erreichte. Sobald sie wieder nach unten sank, hob ich die Acetylenflasche auf. Dem, was jetzt kam, konnte sie nicht entgehen.

Ich schlug so fest zu, wie ich nur konnte, achtete aber darauf, nicht den Kopf zu treffen – schließlich wollte ich sie nicht umbringen. So erwischte ich ihr linkes Schienbein. Sie schrie vor Schmerzen auf und brach zusammen. Allerdings, das musste ich ihr lassen, rappelte sie sich sofort auf und griff abermals an.

»Aufhören!« Ich hob eine Hand. »Das ist doch lächerlich. Ihr Schmelzofen wird immer heißer. Sie sind Chemikerin, Sanchez. Rechnen Sie sich aus, was passieren wird. Kommen Sie jetzt endlich mit?«

»Sie können doch nicht …« Sie hielt inne und drehte sich langsam zum Schmelzofen um. Die untere Hälfte glühte dunkelrot. »Oh … mein Gott …« Entsetzt fuhr sie wieder zu mir herum. »Wo war noch mal der Ausgang?«

»Dort entlang.«

Gemeinsam rannten wir zu dem Loch, aber nachdem ich gerade ihr Schienbein demoliert hatte, war sie etwas langsamer als ich. Am Loch angekommen, ließ ich ihr den Vortritt und folgte ihr sofort. Dann flohen wir durch die Luftschleuse in den Nottunnel. Hinter uns schloss ich die Luke.

»Wohin führt der Gang?«, fragte sie.

»Fort von hier«, erwiderte ich.

Wir rannten durch den Tunnel.

Dale spähte aus der Luftschleuse des Rovers. Den EVA-Anzug hatte er bereits abgelegt.

Sanchez sprang in den Rover. Ich folgte ihr auf dem Fuß und knallte die Tür des Fahrzeugs zu.

»Wir müssen den Tunnel lösen!«, sagte Dale.

»Keine Zeit«, entgegnete ich. »Dazu müssten wir die Anzüge anlegen. Fahr mit maximalem Drehmoment los, damit wir ihn zerreißen.«

»Na schön.« Dale aktivierte den Antrieb.

Als der Rover bockte, fiel Sanchez vom Sitz. Ich hielt mich am hinteren Fenster fest.

Der Rover hatte ein sensationelles Drehmoment, aber auf dem Regolith griffen die Reifen nicht sehr gut. Nach einem Meter brachte uns der Tunnel mit einem Ruck zum Stehen. Sanchez wollte sich gerade aufrichten, stürzte aber vorwärts auf Dale und hielt sich an seinen Schultern fest.

»Wir müssen hier weg«, rief sie. »Da drin sind Tanks mit Methan und Sauerstoff …«

»Ich weiß!«, sagte ich und sah aus dem Seitenfenster. Ein Felsblock mit einer steilen Seitenfläche hatte meine Aufmerksamkeit erregt. Sofort sprang ich nach vorne und kletterte auf den Beifahrersitz. »Ich habe eine Idee, Dale. Es dauert zu lange, es zu erklären. Überlass mir die Steuerung.«

Dale legte in der Mittelkonsole einen Schalter um und gab mir damit den Vorrang. Keine Widerrede, keine Fragen, er tat es einfach. EVA-Meister sind sehr gut ausgebildet und verhalten sich in Krisen äußerst rational.

Ich legte den Rückwärtsgang ein und setzte vier Meter zurück.

»Falsche Richtung«, kommentierte Sanchez.

»Mund halten!« Ich fuhr um den Felsen mit der schrägen Seitenfläche herum und legte wieder den Vorwärtsgang ein. »Haltet euch fest!«

Sanchez und Dale umklammerten einander. Ich schob den Hebel ganz nach vorn.

Wir sprangen förmlich auf den Felsen zu. Ich ließ das rechte Vorderrad darüber rollen, sodass der Rover bockte und kippte. Wir kamen mit der linken Seite auf und überschlugen uns. Der Überrollbügel musste eine ziemliche Belastungsprobe überstehen. Die Kabine drehte sich wie ein Wäschetrockner. Ich hatte Mühe, nicht zu kotzen.

Ich hatte mir das Ganze so vorgestellt: Der Ziehharmonikatunnel würde sich verdrehen, wofür er nicht vorgesehen war – also würde er reißen. Dann würde ich abwechselnd mit dem Rückwärts- und Vorwärtsgang den Riss vergrößern, bis wir frei waren.

Was tatsächlich passierte war folgendes: Der Tunnel nahm es hin wie ein Champion. Er war dafür gebaut, Menschen zu schützen, also hielt er auf Teufel komm raus. Er riss nicht. Das schwächste Glied war der Anschluss an der Luftschleuse des Rovers. Die Torsionskraft riss die Bolzen heraus.

Dann entwich die Luft aus dem Tunnel mit der Gewalt einer Explosion und schob den Rover vor sich her (Anmerkung: Mondrover sind alles andere als aerodynamisch). Wir schlitterten noch einen Meter auf der Seite weiter, bis wir polternd auf den Rädern landeten.

Aber wir waren frei.

»Heiliger Bimbam!«, rief Dale. »Das war genial!«

»Äh … ja.« Ich fuhr los.

Bumm!

Das gedämpfte Grollen dauerte nur einen Sekundenbruchteil. Es war eines dieser Geräusche, die man eher fühlt als hört.

»Das war laut«, sagte Sanchez.

»Nein, war es nicht.« Dale pflückte ihre Arme von seinen Schultern. »Ich konnte es kaum hören.«

»Nein, sie hat recht.« Auf das Gelände vor uns achtend fuhr ich weiter. »Das Geräusch hat sich durch losen Boden und die Räder hinauf bis in die Kabine fortgepflanzt. Die Tatsache, dass wir überhaupt etwas gehört haben, bedeutet, dass es unglaublich laut war.«

Ich überprüfte den Feed der hinteren Kamera. Die Blase war natürlich noch intakt. Um sie zu sprengen, hätte man schon eine Atombombe gebraucht. Am meisten überraschte mich allerdings meine Luftschleuse. Sie war noch da, wo ich sie angebracht hatte.

Ich trat auf die Bremse. »Du meine Güte! Habt ihr das gesehen? Meine Schweißnaht hat der Explosion standgehalten!«

Sanchez sah mich finster an. »Verzeihen Sie mir, wenn ich Ihnen nicht auf die Schulter klopfe.«

»Ich meine ja nur. Das ist eine *wirklich* gute Schweißnaht.«

»Hör auf damit, Jazz.« Dale übernahm wieder die Steuerung und hielt auf die Stadt zu. »Du solltest Svoboda und deinen Dad anrufen und ihnen sagen, dass uns nichts passiert ist.«

»Sie sollten auch einen Anwalt anrufen«, sagte Sanchez. »Ich werde dafür sorgen, dass Sie nach Brasilien abgeschoben und angeklagt werden.«

»Ehrlich?« Ich zückte das Gizmo und rief Svoboda an. Er antwortete nicht, die Mailbox sprang an. »Äh …«, machte ich.

»Gibt es ein Problem?«, wollte Dale wissen.

»Svoboda antwortet nicht.« Ich versuchte es noch einmal. Wieder die Mailbox.

»Vielleicht hat ihn jemand erwischt?«, überlegte Dale.

»Haben Sie noch mehr Vollstrecker in Artemis?«, fragte ich Sanchez.

»Ich sehe keinen Grund, mit Ihnen zu kooperieren.«

»Kommen Sie mir nicht so. Wenn meinem Dad oder meinem Freund etwas passiert ist, schicke ich Sie in Einzelteilen nach Brasilien.«

»Ich habe überhaupt keine Vollstrecker. Diese Typen sind mir nicht unterstellt.«

»Blödsinn«, knurrte ich. »Sie haben die Nase so tief in O Palácios Arsch, dass Sie deren Zähne von hinten sehen können.«

Sie sah mich finster an. »Das sind die Besitzer. Ich gehöre nicht dazu.«

»Sie sind *Partner*!«

»Der Aluminiummarkt war erledigt, als Artemis aufhörte, neue Blasen zu bauen. Deshalb brauchte ich neues Kapital, um weiterzumachen. O Palácio bot mir eine ausreichende Finanzierung an, und ich akzeptierte. Sie machen ihr Ding und lassen mich in Ruhe meine Hütte betreiben. Eine Aluminiumhütte, die mein Lebenswerk ist und die Sie gerade zerstört haben, Sie rücksichtsloses Exsudat!«

»Ich glaube, das schlage ich lieber nicht nach.« Ich wählte Dads Nummer und hielt mir das Gizmo ans Ohr. Jedes Freizeichen ließ meinen Blutdruck weiter steigen. »Dad antwortet auch nicht.« Ich trommelte mit den Fingern auf das Steuerpult.

Dale lenkte mit einer Hand und zog jetzt ebenfalls sein Gizmo heraus. »Versuch es bei Lene. Ich rufe Bob an.«

Ich wählte Lenes Nummer. Es klingelte und klingelte. Als die Mailbox ansprang, legte ich auf. »Nichts«, sagte ich.

»Bob antwortet auch nicht.«

Dale und ich wechselten nervöse Blicke.

»Vielleicht hat Rudy Wind von der Sache bekommen und alle verhaftet …«, überlegte ich. Ich schürzte die Lippen, meine Daumen schwebten über dem Gizmo. Ein Ding zu drehen und dabei die Polizei anzurufen war keine gute Idee. Mein Verstand riet mir, mich zurückzuhalten, bis wir wieder in der Stadt waren. Falls man die anderen verhaftet hatte, würde sich bis dahin nichts ändern. Aber ich ertrug es nicht, noch länger zu warten.

Also rief ich Rudy an. Vier Freizeichen später legte ich wieder auf. »Jesus«, stöhnte ich.

»Ehrlich?«, fragte Dale erstaunt. »Rudy antwortet auch nicht? Was ist denn da los?«

Sanchez nahm ihr Gizmo und tippte auf dem Display herum.

»Hey!« Ich griff nach dem Gerät, doch sie entzog sich, ehe ich es packen konnte. »Geben Sie das her!«

»Nein«, erwiderte sie ungerührt. »Ich muss wissen, ob meine Leute in Sicherheit sind.«

»So ein Scheiß! Sie wollen Hilfe rufen!« Ich sprang auf sie zu, wir gingen beide zu Boden.

»Hört auf damit!«, rief Dale.

Sanchez wollte nach mir schlagen, hatte aber nur eine Hand frei, weil sie in der anderen das Gizmo hielt. Ich blockte ab und versetzte ihr eine Ohrfeige. Gott, fühlte es sich gut an, einen Treffer zu landen!

»Hört sofort mit dem Unfug auf!«, schrie Dale. »Wenn ihr Idioten auf einen falschen Knopf drückt, sterben wir alle!«

»Sie haben die Sammler gesteuert, damit sie mich töten! Geben Sie es zu!« Ich schlug wieder nach ihr.

Sanchez wich seitlich aus und blockte meinen Arm ab. »Aber natürlich! Wie können Sie es wagen, mein Lebenswerk zu zerstören!«

»Jetzt reicht's!« Dale haute die Bremse rein.

Dann wurde er handgreiflich und zerrte Sanchez und mich auseinander. Trotz allem, was man in Actionfilmen und Comics sieht, steht fest, dass allein die Größe zählt. Ein eins achtzig großer Mann hat viel mehr Masse als zwei zierliche Frauen und ist ihnen weit überlegen.

»Hört mal zu, ihr blöden Zicken«, sagte er. »Ich bin zu schwul, um Frauenwrestling zu genießen. Hört auf damit, oder ich ramme eure Köpfe gegeneinander.«

»Nicht in diesem Ton!«, sagte Sanchez und wählte eine andere Nummer auf ihrem Gizmo.

»Würdest du sie bitte davon abhalten?«, verlangte ich von Dale.

»Ich wäre froh, wenn sie überhaupt irgendjemanden erreicht«, entgegnete er.

Dann ließ er uns beide los, behielt mich aber genau im Auge. Er nahm offenbar an, ich sei die Angreiferin. Nur weil ich der Pissnelke die Augen auskratzen und sie ihr in den Arsch schieben wollte.

Sanchez lauschte in ihr Gizmo und wartete auf eine Antwort. Mit jeder Sekunde wurde ihre Miene besorgter. Schließlich gab sie auf.

Dale sah mich an. »Und was jetzt?«

»Seit wann bin ich die Anführerin?«

»Die ganze Sache war deine Idee. Was tun wir jetzt?«

»Äh …« Ich schaltete auf den Rundrufkanal um. »Hier ist Jazz Bashara, ich rufe alle EVA-Meister. Kann mich jemand hören?«

Die Antwort kam sofort. »Ja! Hier ist Sarah Gottlieb. Ich bin mit Arun Gosal draußen. Wir erreichen sonst niemanden. Was ist passiert?«

Ich kannte die beiden. Sarah war Meisterin, Arun war noch in der Ausbildung. Vor ein paar Tagen hatten wir gemeinsam den Brand bei Queensland Glas bekämpft. »Das wissen wir nicht, Sarah. Ich bin mit einem Rover draußen und kann niemanden in der Stadt erreichen. Wo ist euer Standort?«

»Moltke-Berge, Sammelgebiet«, sagte sie.

Ich schaltete das Mikro stumm. »Oh, richtig. Sie beschützen den Sammler vor mir.«

»Das ist jetzt irrelevant«, warf Sanchez ein. »Aber es ist gut zu wissen, dass die EVA-Gilde den Vertrag ernst nimmt.«

Ich schaltete das Mikro wieder ein. »Könnt ihr in die Stadt zurückkehren?«

»Wir wollten mit dem Sammler zur Hütte fahren und von dort aus laufen, aber wir erreichen niemanden bei Sanchez Aluminium, damit sie die Rückfahrt veranlassen.«

»Es ist wahrscheinlich besser, wenn ihr sofort zu Fuß aufbrecht«, sagte ich und wich Sanchez' Blick dabei geflissentlich aus.

»Negativ«, erwiderte Sarah. »Das könnte ein Ablenkungsmanöver sein, um uns wegzulocken. Wir bleiben hier.«

»Verstanden.«

»Hey, Jazz … du bist noch in der Ausbildung«, sagte sie dann. »Du darfst gar nicht allein draußen sein. Ist ein Meister bei dir? Wer ist da noch?«

»Äh … Funkstörung …« Ich schaltete auf unsere private Frequenz zurück.

»Du wirst später eine Menge erklären müssen«, sagte Dale.

»Eine Baustelle nach der anderen. Lass uns zum Zollhafen fahren und sehen, was dort los ist.«

»Ja«, stimmte Sanchez zu. »Dort müsste auch der Zug mit meinen Leuten sein.«

Dale kletterte auf den Fahrersitz zurück und fuhr weiter. Sanchez und ich saßen schweigend da und vermieden für den Rest des Weges jeglichen Blickkontakt.

Mit halsbrecherischer Geschwindigkeit steuerte Dale den Rover zur Stadt. Als wir uns dem Zollhafen näherten, sahen wir, dass der Zug tatsächlich angedockt hatte.

Sanchez hob den Kopf. »Wie kommen wir da rein?«

»Normalerweise funkt man den diensthabenden EVA-Meister an der Frachtschleuse an«, sagte Dale. »Da niemand antwortet, muss ich den Anzug anlegen und die Ventile von außen manuell bedienen.«

»Halt am Zug an«, schlug ich vor. »Wir können durch die Fenster des Zuges in den Hafen schauen.«

Dale nickte und fuhr quer über das sonst so belebte Gelände. Jenseits der Frachtschleuse hielt er vor dem angedockten Zug. Die Fenster lagen ein ganzes Stück höher als unsere, von unserem Standort aus konnten wir nur die Decke des Waggons sehen.

»Warte, ich verschaffe uns einen besseren Überblick.« Dale tippte auf einige Knöpfe, und die Kabine fuhr nach oben. Wie sich herausstellte, hatte Bobs Rover ein Scherenhubfahrgestell. Natürlich hatte er es. Warum auch nicht? Er hatte ja auch sonst alle anderen Extras, die man sich nur wünschen konnte.

Als wir auf gleicher Höhe mit den Zugfenstern waren, keuchte Sanchez erschrocken auf. Ich hätte beinahe das Gleiche getan, aber diese Blöße wollte ich mir vor ihr nicht geben.

Die Fahrgäste lagen kreuz und quer in der Kabine, einige auf den Sitzen, andere übereinander im Gang. Vor dem Mund einer Frau hatte sich eine Lache Erbrochenes ausgebreitet.

»Was zum Teufel …«, presste Dale hervor.

»Meine Leute!« Hektisch drehte Sanchez sich hin und her und sah sich in dem Zug um.

Unterdessen drückte ich die Nase an die Scheibe, um mich zu vergewissern. »Sie atmen noch.«

»Wirklich?«, fragte Sanchez. »Sind Sie sicher?«

»Ja«, sagte ich. »Da, der Mann in dem blauen Hemd. Sehen Sie den Bauch?«

»Michael Mendez.« Sie entspannte sich ein wenig. »Ja, richtig. Er bewegt sich.«

»Sie sind genau dort umgefallen, wo sie gesessen haben«, fuhr ich fort. »Sie drängeln sich nicht vor der Luftschleuse oder so.«

Dale deutete auf die Luke, die den Zug mit dem Hafen verband. »Die Luftschleuse ist offen. Seht ihr die kenianische Flagge im Hintergrund?«

Ich runzelte die Stirn. »Die Luft«, sagte ich dann.

Sanchez und Dale starrten mich an.

»Es muss an der Luft liegen. Mit der Atemluft stimmt etwas nicht. Den Leuten im Zug ging es gut, bis die Schaffnerin die Luke geöffnet hat. Dann sind sie alle ohnmächtig geworden.«

Dale rang die Hände. »Genau in dem Moment, als wir die Aluminiumhütte sabotiert haben. Das kann kein Zufall sein.«

»Natürlich ist das kein Zufall!«, sagte Sanchez mit scharfer Stimme. »Aus meinem Schmelzofen führt eine Sauerstoffpipeline direkt zur Lebenserhaltung in der Armstrong-Blase. Was glauben Sie denn, woher die Luft kommt?«

Ich packte sie an den Schultern. »Aber Ihre Einspeisung hat doch Sicherungen, oder? Ventile und so.«

Sie schlug meine Hände weg. »Die Sicherungen sollen Lecks verhindern. Sie sind nicht dazu da, eine gewaltige Explosion zu überstehen.«

»Oh, verdammt, verdammt, verdammt …«, stammelte Dale. »Die Explosion fand innerhalb der Blase statt. Der Überdruck hatte keine Möglichkeit zu entweichen – deine Schweißnaht war viel zu gut. Die Luftleitung war der einzige Weg, auf dem der Druck herauskonnte. Oh verdammt!«

»Warte mal, nein«, wandte ich ein. »Nein, nein, das kann nicht sein. Die Lebenserhaltung überwacht die Luftzufuhr mit Sensoren. Sie leiten die Zufuhr doch nicht direkt in die Stadt weiter, oder?«

»Da haben Sie recht«, bestätigte Sanchez. Sie wurde etwas ruhiger. »Die Luft wird auf Kohlendioxid und Kohlenmonoxid geprüft. Außerdem auf Chlor und Methan, falls es in meiner Hütte ein Leck gibt.«

»Wie werden die Tests durchgeführt?«, fragte ich.

Sanchez ging zu einem anderen Fenster, um einmal mehr die bewusstlosen Angestellten zu betrachten. »Sie benutzen flüssige Indikatoren, die die Farbe wechseln, sobald unerwünschte Moleküle auftauchen. Und Überwachungscomputer, die sofort reagieren.«

»Also Chemie«, stellte ich fest. »Das ist doch Ihr Fachgebiet, oder? Sie sind Chemikerin, richtig? Was ist, wenn bei der Explosion in der Hütte noch etwas anderes entstanden ist? Etwas, das die Lebenserhaltung nicht entdecken kann?«

»Also …« Sie dachte nach. »Da hätten wir Calcium, Chlor, Aluminium, Silicium …«

»Methan«, fügte ich hinzu.

»Gut, wenn wir das hinzunehmen, können Chlormethan, Dichlormethan, Chlor … oh mein Gott!«

»Was denn? Was ist?«

Sie schlug die Hände vor das Gesicht. »Methan, Chlor und Wärme bringen mehrere Verbindungen hervor, von denen die meisten harmlos sind. Aber dabei entsteht auch *Chloroform*.«

Dale seufzte erleichtert, aber Sanchez presste die Hände auf den Mund und schluchzte erstickt. »Sie werden alle sterben.«

»Was reden Sie denn da?«, sagte ich. »Es ist doch nur Chloroform. K.-o.-Gas, oder?«

Sie schüttelte den Kopf. »Sie haben zu viele schlechte Filme gesehen. Chloroform ist kein harmloses Betäubungsmittel. Es ist sehr, sehr tödlich.«

»Aber die Leute atmen doch noch.«

Mit zitternder Hand wischte Sanchez sich die Tränen weg. »Sie sind sofort ohnmächtig geworden. Das bedeutet, dass die Konzentration bei mindestens fünfzehntausend Teilen pro Million liegt. Bei dieser Konzentration sterben sie binnen einer Stunde, und das ist noch optimistisch gerechnet.«

Ihre Worte trafen mich wie Hammerschläge. Ich saß da, als wäre ich zu Eis erstarrt, zitterte und unterdrückte einen Brechreiz. Alles verschwamm mir vor Augen. Mühsam holte ich Luft, das Ausatmen war ein Seufzen. Meine Gedanken rasten. »Also … gut … also … Moment …«

Auf der Habenseite: ich, Dale und ein Miststück, das ich nicht leiden konnte. Ein Rover. Zwei EVA-Anzüge. Reichlich Luftreserven, aber nicht genug, um die ganze Stadt zu versorgen. Schweißgerät. Außerdem eine weitere EVA-Meisterin und ein Auszubildender (Sarah und Arun), aber sie waren zu weit weg, um irgendwie nützlich zu sein. Uns blieb eine Stunde, um das Problem zu lösen, und die beiden konnten nicht rechtzeitig zurückkehren.

Dale und Sanchez sahen mich verzweifelt an.

Außerdem hatten wir die ganze Stadt Artemis abzüglich der bewusstlosen Bewohner.

»A-also …«, stammelte ich. »Die Lebenserhaltung ist auf Armstrong Null, ein Stück den Gang hinunter hinter den Raumfahrtbehörden. Dale, dock uns an der ISRO-Luftschleuse an.«

»In Ordnung.« Er drehte den Antrieb voll auf. Wir hüpften über das Gelände und umrundeten die Aldrin-Blase.

Unterdessen krabbelte ich zur Luftschleuse im hinteren Teil des Rovers. »Sobald ich drin bin, laufe ich zur Lebenserhaltung. In den Nottanks sind große Sauerstoffreserven. Die werde ich alle öffnen.«

»Sie können das Chloroform nicht auf diese Weise verdünnen«, warf Sanchez ein. »Die Molarität in der Luft wird sich nicht verändern.«

»Ich weiß«, erwiderte ich. »Aber die Blasen haben Überdruckventile. Wenn ich die Reservetanks öffne, steigt der Druck, und die Überdruckventile sprechen an. Die gute Luft ersetzt die schlechte.«

Sie dachte kurz darüber nach und nickte schließlich. »Ja, das könnte funktionieren.«

Direkt vor der ISRO-Schleuse machten wir eine Vollbremsung. Dale legte den Rückwärtsgang ein und führte die schnellste und geschickteste Andockprozedur durch, die ich je gesehen hatte. Als er die beiden Luftschleusen miteinander verband, bremste er kaum ab.

»Jesus, du bist wirklich gut«, sagte ich.

»Los!«, drängte er mich.

Ich setzte die Atemmaske auf. »Ihr bleibt hier. Dale, falls ich Scheiße baue oder vom Chloroform ohnmächtig werde, musst du meinen Platz einnehmen.« Dann bediente ich das Handrad der Luftschleuse. Es zischte, als der Druck in der Kabine angeglichen wurde. »Sanchez, wenn Dale scheitert, sind Sie die Nächste. Hoffentlich kommt es nicht so weit …« Ich legte den Kopf schief. »Klingt das Zischen nicht seltsam?«

Dale warf einen Blick zur Luke. »Scheiße! Die Luftschleuse des Rovers wurde beschädigt, als wir den Nottunnel abgerissen haben. Schließ das Ventil, ehe uns die Luft …«

Das Zischen war jetzt so laut, dass ich Dale nicht mehr hören konnte. Eindeutig, die Luftschleuse war beschädigt!

Erneut rasten meine Gedanken. Was würden wir als Nächstes tun, nachdem ich das Ventil geschlossen hatte? Dale und ich hatten EVA-Anzüge, also konnten wir zur ISRO-Luftschleuse gehen und sie ganz normal öffnen. Aber dazu mussten wir den Rover verlassen, und das bedeutete, dass wir die Luftschleuse des Fahrzeugs benutzen mussten. Dabei würde Sanchez umkommen. Die Alternative war, mit dem Rover durch die Frachtschleuse im Zollhafen zu fahren. Dort gab es aber niemanden, der uns reinlassen konnte. Wir mussten die Luftschleuse manuell öffnen, was ebenfalls bedeutete, dass wir den Rover verlassen mussten und Sanchez sterben würde.

Rasch entschied ich mich und drehte das Ventil ganz auf.

»Was, zum Teufel …«, sagte Dale.

Der Rover bebte, als die Luft immer schneller ins Vakuum strömte. Es knackte in meinen Ohren. Das war ein schlechtes Zeichen – die Luft entwich schneller, als der Rover sie ersetzen konnte.

»Schließ die Luke hinter mir!«, rief ich.

Vier Türen. Ich musste *vier beknackte Türen* überwinden, um nach Artemis zu gelangen. Die Luftschleuse des Rovers hatte zwei, und die ISRO-Luftschleuse hatte ebenfalls zwei. Bis zur letzten schwebte ich in Lebensgefahr. Dale und Sanchez konnte dagegen nichts mehr passieren, sobald sie die erste Tür hinter mir verschlossen hatten.

Ich öffnete Tür Nummer eins und sprang in die Rover-Luftschleuse. Tür Nummer zwei war diejenige, die uns zu töten versuchte; an den Rändern, wo ständig Luft entwich, hatte sich bereits Eis gebildet. Genau wie Dale es vermutet hatte, war die Öffnung dort, wo der aufblasbare Nottunnel angesetzt hatte, verbogen.

Ich kurbelte und riss am Griff der Außenluke. Ließ sich die kaputte Tür überhaupt öffnen? Ich betete zu Allah, Jahwe und Christus, dass sie noch funktionierte. Mindestens einer von ihnen, vielleicht sogar alle drei, erhörten mich, denn die Luke ging tatsächlich auf. Ich rackerte mich ab, bis der Spalt breit genug war, dass ich durchschlüpfen konnte. Manchmal ist es wirklich von Vorteil, wenn man klein ist. So gelangte ich in den Stutzen – das ist die ein Meter lange Verbindung zwischen zwei Luftschleusen.

Die Außentür des Rovers und der Stutzen waren stark verformt und ließen die Luft durch wie ein Sieb. Aber wenigstens gab es keine großen Löcher. Die Luftbehälter des Rovers hielten den Druck noch, auch wenn sie über kurz oder lang die Schlacht verlieren würden. Und falls Sie sich Gedanken über meine Atemmaske machen: Nein, im Vakuum nützte sie mir nichts. Sie würde mir nur Sauerstoff in das tote Gesicht blasen.

Ich entsperrte die Außenluke der ISRO-Schleuse und zog sie auf. Dann stolperte ich in die Schleusenkammer und sah zu den anderen zurück.

Ich hatte gedacht, Dale hätte die innere Luke des Rovers längst geschlossen, aber ich hatte mich geirrt. Sobald er die Luke schloss, hätte ich keine Luft mehr, bis ich in Artemis angekommen wäre. Hatte er das berücksichtigt? War dieser Idiot auf einmal edelmütig?

»Schließ endlich die Luke!«, schrie ich im heftigen Wind.

Dann sah ich es. Beide waren bleich und benommen, jetzt brach Dale sogar zusammen. Verdammt! Das Chloroform war in die ISRO-Luftschleuse eingedrungen. Dieses kleine Detail hatte ich trotz meiner gründlichen Planung in der Hitze des Augenblicks übersehen.

Also gut, eins nach dem anderen. Zunächst einmal musste ich die letzte Tür aufbekommen. Der Rover hatte einen begrenzten Luftvorrat, aber Artemis hatte eine Menge davon. Ich kurbelte an der letzten Luke und wollte sie aufstoßen, doch sie rührte sich nicht.

Natürlich nicht. Im Rover war der Luftdruck niedriger als in der Stadt, weil dort das Leck war.

»So ein Miiiiist!«, rief ich. Dann bediente ich das Hauptventil der Luftschleuse, um den Druckausgleich herzustellen. Nun kämpfte das Ausgleichsventil gegen das Leck an. Auf welcher Seite war der Luftstrom stärker? Ich wartete nicht, bis der Kampf entschieden war.

An die Außenwand der Luftschleuse gelehnt, trat ich mit beiden Beinen zugleich gegen die Luke. Bei den ersten beiden Versuchen bebte sie nur, erst beim dritten Anlauf öffnete sich die Dichtung.

Scheppernd flog die Luke auf, ein starker Luftstrom wehte in die Schleuse und den Rover. Ich schob einen Fuß in den Spalt, damit sich die Luke nicht gleich wieder schloss.

Dale und Sanchez waren in Sicherheit … mehr oder weniger. Jedenfalls, wenn man es als »Sicherheit« betrachtete, in einem leckgeschlagenen Druckbehälter Giftgas einzuatmen.

Mein Rücken tat höllisch weh. Morgen würde ich für all das büßen – sofern es noch ein Morgen gab.

Ich zog den Schuh aus und ließ ihn im Spalt stecken, damit die Luke blockiert blieb. Dann kehrte ich zum Rover zurück. Dale und Sanchez waren inzwischen tief bewusstlos. Mist! Nicht vergessen: auf keinen Fall die Maske abnehmen.

Immerhin, sie atmeten gleichmäßig. Ich verriegelte die innere Luke der Rover-Luftschleuse. Damit waren die beiden luftdicht eingeschlossen. Anschließend kehrte ich zur inneren Luke der ISRO-Schleuse zurück. Als ich sie aufstieß, ging es dieses Mal erheblich leichter, weil mein Schuh die Dichtungen daran hinderte, sich wieder zu versiegeln. Ich stürzte förmlich in das Labor rein.

Als ich den Schuh herauszog, drückte der Luftstrom die Luke zu.

Ich war drin.

Zunächst setzte ich mich auf den Boden und zog den Schuh wieder an. Dann überprüfte ich die Dichtung meiner Maske. Offenbar war alles in Ordnung. Und ich musste mich nicht übergeben und wurde nicht ohnmächtig, was wohl ein gutes Zeichen war.

Überall im ISRO-Labor lagen bewusstlose Wissenschaftler. Es war ein gespenstischer Anblick. Vier waren am Schreibtisch ohnmächtig geworden, einer lag am Boden. Ich stieg über ihn hinweg und ging auf den Korridor hinaus.

Dort sah ich auf mein Gizmo. Zwanzig Minuten, seit das Chloroform ausgetreten war. Wenn Sanchez' Schätzung zutraf, blieben mir noch vierzig Minuten, um die Luftversorgung der Stadt in Ordnung zu bringen – oder die Bewohner kamen alle um.

Und das wäre dann meine Schuld.

16

Ich brauchte Rudy. Oder genauer gesagt: Ich brauchte Rudys Gizmo.

Sie erinnern sich bestimmt, dass die Lebenserhaltung ein gesicherter Bereich ist. Dort kommt nur hinein, wer dort arbeitet. Die Türen gehen nicht auf, wenn sie das Gizmo nicht erkennen. Aber Rudys Gizmo öffnet alle Türen in der Stadt: Sicherheitszonen, Wohnungen, Badezimmer, was auch immer. Es gibt keinen Ort, den Rudy nicht aufsuchen kann.

Sein Büro auf Armstrong Plus 4 war nur ein paar Minuten Fußweg vom ISRO-Labor entfernt. Mensch, war das eine gespenstische Wanderung! Überall in den Korridoren und Räumen lagen Bewusstlose. Wie eine Szene aus der Apokalypse.

Sie sind nicht tot, sie sind nicht tot, sie sind nicht tot … Das ständig wiederholte Mantra half mir, nicht völlig auszurasten.

Ich benutzte die Rampen, um von einer Etage zur nächsten zu gelangen. Die Aufzüge waren vermutlich von ohnmächtigen Menschen blockiert.

Auf Armstrong Plus 4 gibt es direkt neben den Rampen einen offenen Bereich, den wir »Boulder-Park« nennen. Warum er so heißt? Keine Ahnung. Als ich dort vorbeikam, stolperte ich über einen Mann, der auf der Seite lag und sich an eine Touristin drängte, die ein bewusstloses Kleinkind hielt. Sie hatte sich eingekrümmt und schützend vor das Baby gelegt. Die letzte Verteidigung einer Mutter. Ich rappelte mich auf und lief weiter.

Vor Rudys Bürotür hielt ich schlitternd an und stürmte hinein. Rudy war an seinem Schreibtisch zusammengebrochen. Irgendwie wirkte er sogar ohnmächtig sehr gefasst. Ich durchsuchte seine Taschen. Das Gizmo musste dort irgendwo sein.

Irgendetwas verlangte meine Aufmerksamkeit. Etwas Beunruhigendes. Leider konnte ich es nicht ganz fassen. Es war ein Gefühl, dass irgendwo irgendetwas nicht stimmte. Aber Mann, im Moment stimmte ja rein gar nichts. Keine Zeit für unterbewussten Firlefanz! Ich musste eine Stadt retten.

Endlich fand ich Rudys Gizmo und steckte es ein. Und wieder meldete sich die innere Jazz. Es klang noch drängender als zuvor. *He, pass auf, hier stimmt was nicht!,* rief sie.

Also nahm ich mir einen Moment Zeit und sah mich in dem Raum um, konnte aber nichts Ungewöhnliches entdecken. Das kleine, spartanisch eingerichtete Büro war so, wie ich es kannte. Ich kannte es sogar sehr gut, denn ich war als jugendlicher Sargnagel Dutzende Male hier gewesen, und ich habe ein sehr gutes Gedächtnis. Nichts war verändert. Absolut nichts.

Aber dann, als ich das Büro verließ, traf es mich mit voller Wucht.

Meine Kopfhaut wurde taub, und alles verschwamm mir vor Augen, aber ich blieb bei Bewusstsein. Was auch immer mich da getroffen hatte, es hatte mich offenbar nur gestreift.

Ein paar Zentimeter weiter links, und es hätte mir den Schädel gebrochen. Ich stolperte und drehte mich zu dem Angreifer um.

Alvarez hatte ein langes Stahlrohr in einer und einen Sauerstofftank in der anderen Hand. Vom Behälter führte ein Schlauch direkt in seinen Mund.

»Machen Sie Witze?«, entfuhr es mir. »Die einzige andere Person, die wach ist, sind Sie?«

Er holte wieder aus, ich duckte mich.

Natürlich war es Alvarez. Das hatte mir mein Unterbewusstsein zu sagen versucht. Rudys Büro war so wie immer – aber Alvarez hätte im Schutzraum sitzen sollen.

Jetzt begriff ich auch, was passiert war. Der Schutzraum hatte Alvarez vor dem Chloroform bewahrt. Nachdem Rudy zusammengeklappt war, hatte der nicht mehr überwachte Mörder ein meterlanges Stück Rohr abgebrochen und es benutzt, um die Tür aufzubrechen. Gegen diese Hebelwirkung hatten das Schloss und die Kette keine Chance gehabt.

Alvarez war kein Chemiker, aber man musste wirklich kein Genie sein, um zu erkennen, dass mit der Luft etwas nicht stimmte. Entweder das, oder er hatte es bemerkt, weil er selbst beinahe ohnmächtig geworden wäre. Wie auch immer, im Schutzraum gab es Sauerstoffflaschen und Schläuche. Also hatte er sich ein Lebenserhaltungssystem gebastelt.

Und als wäre das nicht genug, hatte das Rohrstück dort, wo er es abgebrochen hatte, ein gezacktes spitzes Ende. Wie schön. Jetzt besaß er nicht nur eine Keule, sondern auch einen Speer.

»Es gibt ein Gasleck«, erklärte ich ihm. »Alle Menschen in der Stadt werden sterben, wenn ich das nicht in Ordnung bringe.«

Ohne zu zögern, griff er an. Er war ein Meuchelmörder, der einen Auftrag hatte. Man musste seine Professionalität wirklich bewundern.

»Ach, leck mich doch!«, zischte ich.

Er war größer, stärker, ein weitaus besserer Kämpfer und obendrein mit einer spitzen Metallstange bewaffnet.

Ich drehte mich um, als wollte ich weglaufen, trat dann aber nach hinten aus. Meine Hoffnung, ich könnte ihn damit abwehren, bestätigte sich. Das Rohr sauste an mir vorbei, statt mir den Schädel zu zertrümmern. Jetzt war seine Hand vor mir, und im Rücken spürte ich seinen Oberkörper. Eine bessere Möglichkeit, ihn zu entwaffnen, würde ich nicht bekommen.

Ich packte ihn mit beiden Händen am Handgelenk und drehte seinen Arm nach außen. Das war das klassische Manöver, um jemanden zu entwaffnen, und es hätte eigentlich funktionieren sollen. Leider tat es das nicht. Alvarez griff einfach nur mit der anderen Hand um mich herum und zog mir das Rohr gegen die Kehle.

Er war stark. Sehr stark. Selbst mit dem verletzten Arm konnte er mich mühelos überwältigen. Ich bekam beide Hände zwischen Rohr und Hals, aber er drückte trotzdem so fest zu, dass ich nicht mehr atmen konnte. Wenn so etwas geschieht, entwickelt sich eine ganz bestimmte Art von Panik. Ein paar Sekunden lang zappelte ich hilflos herum, dann bot ich die ganze Willenskraft auf, die ich noch besaß, um einen klaren Kopf zu bekommen.

Er würde mir das Genick sofort brechen oder mich erst erwürgen und mir danach das Genick brechen. Die Atemmaske war nutzlos, weil durch eine gewürgte Kehle keine Luft mehr strömen konnte. Aber der Lufttank an der Hüfte war vielleicht eine Hilfe. Ein massiver und stumpfer Metallgegenstand. Besser als nichts. Ich griff danach.

Schmerz!

Es war keine gute Idee, die Hand vom Rohr zu nehmen, damit hatte ich die Hälfte meiner Widerstandskraft verloren. Alvarez drückte mir die Kehle weiter zu. Jetzt gaben meine Beine nach, und ich sank auf die Knie. Er folgte meiner Bewegung, damit das Rohr an Ort und Stelle blieb.

Es wurde dunkel um mich herum. Hätte ich doch nur noch eine zusätzliche Hand gehabt.

Eine weitere Hand …

Der Gedanke hallte durch den Nebel in meinem Kopf.

Noch eine Hand.

Noch eine Hand.

Zu viele Hände.

Alvarez hatte zu viele Hände.

Was?

Ich riss die Augen auf. Alvarez hatte zu viele Hände!

Vorher hatte er das Rohr in einer und den Sauerstofftank in der anderen Hand gehabt. Jetzt hatte er beide Hände um das Rohr gelegt. Was bedeutete, dass er den Behälter auf den Boden gestellt hatte.

Ich nahm das bisschen Kraft zusammen, das ich noch hatte, spannte die Beine an und drängte nach vorn. Das Rohr grub sich noch tiefer in meinen Hals, aber das war in Ordnung – die Schmerzen halfen mir, bei Bewusstsein zu bleiben. Ich zerrte noch einmal, fester als zuvor, und brachte ihn endlich aus dem Gleichgewicht. Wir stürzten. Ich lag unten, er fiel auf mich.

Und dann vernahm ich das schönste Geräusch, das ich je gehört hatte.

Er röchelte.

Sein Griff wurde schwächer. Es gelang mir, das Kinn hinter das Rohr zu schieben. Endlich war die Kehle frei! Keuchend und rasselnd atmete ich hinter meiner Maske ein. Die schwarzen Schleier verzogen sich.

Ich hielt das Rohr mit beiden Händen fest, drückte weiter und zerrte Alvarez hinter mir her. Er hielt dagegen, aber sein Griff wurde mit jeder Sekunde schwächer.

Schließlich wand ich mich ganz heraus und drehte mich um. Er lag gekrümmt und heftig hustend am Boden.

Wie vermutet, hatte er den Tank auf den Boden gestellt, um mich zu erwürgen. Mein Ruck nach vorne hatte ihm den Luftschlauch aus dem Mund gerissen. Da hatte er sich entscheiden müssen, ob er lieber das Rohr festhalten oder nach dem Luftschlauch greifen wollte. Er hatte sich für das Rohr entschieden. Wahrscheinlich hatte er gehofft, er könnte mich erwürgen und wieder an die Luftversorgung gelangen, bevor er selbst ohnmächtig wurde.

Jetzt tastete er mit einer Hand nach dem Schlauch, doch ich packte ihn am Kragen und schleifte ihn weg. Wieder keuchte er und erbleichte. Ich bückte mich und nahm ihm das Rohr ein für alle Mal weg.

Sein Kopf sank auf den Boden, er war endgültig außer Gefecht. Ich keuchte noch einige Sekunden, dann rappelte ich mich auf.

Die Wut kochte in mir hoch. Ich trat vor und richtete das spitze Ende des Rohrs auf Alvarez. Er lag hilflos vor mir – ein überführter Mörder, der gerade versucht hatte, mich zu töten.

Ein Stoß zwischen die vierte und die fünfte Rippe … direkt ins Herz … Ich dachte darüber nach. Ich dachte ernsthaft darüber nach. Ich bin nicht stolz darauf.

Dann trat ich mit der Hacke so fest auf seinen rechten Oberarm, dass der Knochen knirschte.

Das war schon eher mein Stil.

Ich durfte keine Zeit verschwenden, aber ich musste verhindern, dass dieses Arschloch noch einmal entkam. Also zerrte ich Alvarez ins Büro, stieß Rudy zur Seite und kramte im Schreibtisch, bis ich die Handschellen gefunden hatte. Nachdem ich Alvarez' unverletzten Arm an den Griff des Schutzraums gekettet hatte, warf ich den Schlüssel in den Korridor. Gern geschehen, Rudy.

Ein Blick auf das Gizmo verriet mir, wie viel Zeit mir noch blieb: fünfunddreißig Minuten.

Es war keineswegs so, dass ich mir bis zum Ende Zeit lassen konnte. Die Zahl war nur eine Schätzung, hoffentlich mit dem Fehler auf der sicheren Seite. Trotzdem, einige der zweitausend Bewohner der Stadt würden vermutlich vorher sterben.

Ich steckte das Rohr zwischen Gürtel und Overall. Alvarez war ohnmächtig und atmete Chloroform ein, er hatte einen gebrochenen Arm und war mit Handschellen gefesselt. Dennoch wollte ich kein Risiko eingehen. Ich hatte genug von Angriffen aus dem Hinterhalt.

Dann endlich rannte ich zur Lebenserhaltung. Mein Keuchen wurde lauter, denn meine Kehle war geschwollen, und ich war wirklich sauer, weil mich der Kerl beinahe erwürgt hätte. Wahrscheinlich bekam ich einen ordentlichen Bluterguss, aber immerhin konnte ich noch atmen. Nur darauf kam es an.

Ich musste aufstoßen, aber ich hatte keine Zeit für eine Pause. Erneut überwand ich den Hindernisparcours aus liegenden Menschen. Vorsorglich stellte ich dabei den Zustrom meines Luftbehälters höher, um mehr Sauerstoff in die schmerzenden Lungen zu pumpen. Es half nicht sehr (dieser Trick funktioniert nicht, wenn die Atmosphäre sowieso schon aus reinem Sauerstoff besteht), aber der leichte Überdruck verhinderte wenigstens, dass ich die mit Chloroform angereicherte Luft aus der Umgebung ansaugte. Das war immerhin etwas.

Die Tür der Lebenserhaltung sprang mit einem Klicken auf, als ich Rudys Gizmo davor hin und her schwenkte.

Überall lagen ohnmächtige Vietnamesen. Ich sah auf die Statusbildschirme an den Wänden. Was das automatische System betraf, war alles in bester Ordnung. Guter Druck, reichlich Sauerstoff, die CO_2-Abscheidung funktionierte perfekt … was konnte man mehr verlangen, wenn man ein Computer war?

Mr. Đoàns Platz vor dem Hauptpult war verwaist. Ich setzte mich dort hin und blickte auf die Steuerung der Luftversorgung. Die Beschriftung war vietnamesisch, aber ich begriff, worum es ging. Eine gewisse Hilfe war die Übersichtskarte, die jedes Rohr und jede Luftleitung des Systems zeigte. Wie Sie sich unschwer vorstellen können, war es allerdings eine stark vereinfachte Darstellung.

Ich betrachtete die Übersicht lange und sehr intensiv. Die Notluftversorgung entdeckte ich sofort, denn da waren alle Leitungen rot markiert.

»Also gut … und wo ist das Ventil, um sie zu aktivieren?«

Mit dem Finger fuhr ich an mehreren roten Linien entlang, bis ich eine fand, die zur Lebenserhaltung führte.

Dann entdeckte ich etwas, das wie ein stilisiertes Ventil anmutete.

»Die nordwestliche Ecke …«

Der Raum war ein Wirrwarr von Rohren, Tanks und Ventilen. Inzwischen wusste ich allerdings, wo ich eingreifen musste. Das dritte Ventil von links in der nordwestlichen Ecke. Auf dem Weg dorthin kam ich an Mr. Đoàn vorbei, der am Boden lag. Allem Anschein nach hatte er versucht, zu genau diesem Ventil zu gelangen, war aber vorher ohnmächtig geworden.

Ich packte den Regler mit beiden Händen und drehte. Sofort hörte ich das scharfe Zischen der einströmenden Luft.

In diesem Moment klingelte mein Gizmo in der Tasche. Es kam so unerwartet, dass ich instinktiv das Rohr hob und mich auf einen Kampf vorbereite. Dann schüttelte ich über diese alberne Idee den Kopf, steckte die Waffe wieder weg und nahm den Anruf entgegen.

»Jazz?«, meldete sich Dale. »Alles klar bei dir? Wir waren hier kurz ohnmächtig.«

»Dale!«, rief ich. »Ja, mir geht es gut. Ich bin in der Lebenserhaltung und habe gerade das Notventil geöffnet. Ist bei dir alles in Ordnung?«

»Ich bin bei Bewusstsein, aber ich fühle mich beschissen. Außerdem habe ich keine Ahnung, warum wir überhaupt wieder aufgewacht sind.«

Im Hintergrund sagte Sanchez: »Unsere Lungen haben das Chloroform aus der Luft im Rover absorbiert. Wenn die Konzentration unter zweitausendfünfhundert ppm sinkt, betäubt es Menschen nicht mehr.«

»Ich habe den Lautsprecher eingeschaltet«, erklärte Dale mit etwas Verspätung.

»Sanchez, es freut mich sehr, dass Sie wohlauf sind«, behauptete ich wenig überzeugend.

Sie ignorierte den Sarkasmus. »Funktioniert die Durchlüftung?«

Ich rannte zu den Statusbildschirmen zurück. In jeder Blase blinkten jetzt mehrere gelbe Lichter, die ich vorher nicht gesehen hatte.

»Sieht ganz so aus«, sagte ich. »Überall blinken Warnsignale. Wenn ich richtig liege, sind das die Überdruckventile. Offenbar läuft die Durchlüftung.«

Ich stupste einen Techniker an, der neben mir auf einem Stuhl saß. Er rührte sich nicht. Natürlich hätte es auch bei vollkommen reiner Luft eine Weile gedauert, bis die Leute wieder aufwachten; immerhin hatten sie eine halbe Stunde lang ein Betäubungsmittel aus dem neunzehnten Jahrhundert geschnüffelt.

»Moment, ich probiere es mal aus«, sagte ich dann.

Für eine Sekunde nahm ich die Maske ab und atmete ganz flach ein. Sofort brach ich zusammen – ich war zu schwach, um aufrecht zu stehen. Mühsam unterdrückte ich den Brechreiz. Ich presste mir die Maske wieder vor das Gesicht.

»… nicht so gut …«, murmelte ich. »… Luft ist schlecht …«

»Jazz?«, sagte Dale. »Jazz, werd bloß nicht ohnmächtig!«

»Schon gut.« Ich kam auf die Knie hoch. Mit jedem Atemzug aus dem Sauerstofftank fühlte ich mich besser. »Es … es geht mir gut. Ich glaube, wir müssen noch etwas warten. Offenbar dauert es eine Weile, die Luft zu ersetzen. Aber es läuft – es wird schon klappen.«

Ich glaube, die Götter hörten das und lachten sich kaputt. Denn kaum hatte ich es gesagt, da hörte das Zischen auf, und eine tiefe Stille breitete sich aus.

»Äh … Leute … die Luftzufuhr hat ausgesetzt.«

»Warum?«, fragte Dale.

»Ich sehe mich mal um.« Aufmerksam betrachtete ich die Statusbildschirme. Dort war nichts Ungewöhnliches zu entdecken. Dann ging ich zum Übersichtsplan an der Wand. Da war das Hauptventil in der Lebenserhaltung. Dahinter wurde ein Vorratstank als »Leer« angezeigt.

»Äh«, stotterte ich. »Uns ist die Luft ausgegangen! Es ist nicht genug da!«

»Was?«, fragte Dale zurück. »Wie kann das sein? Die Lebenserhaltung hat Vorräte, die Monate reichen.«

»Nicht ganz«, erwiderte ich, als ich es begriff. »Sie haben genug Luft, um ein oder zwei Blasen nachzufüllen, und genug Strom in den Batterien, um das CO_2 mehrere Monate lang in Sauerstoff umzuwandeln. Aber die Vorräte reichen nicht aus, um die ganze Stadt durchzuspülen. An so etwas hat einfach niemand gedacht.«

»O Gott …«, stöhnte Dale.

»Eine Chance haben wir noch«, fuhr ich fort. »Trond Landvik hat riesige Mengen Sauerstoff gebunkert. Er ist draußen in Druckbehältern eingelagert.«

»Dieser Drecksack!«, schimpfte Sanchez. »Ich wusste doch, dass er es auf meinen Sauerstoff-Energie-Vertrag abgesehen hatte.«

Noch einmal beäugte ich das Steuerpult und entdeckte ein Wort, das nicht vietnamesisch geschrieben war. Ein Teil des Übersichtsplans war mit LANDVIK beschriftet.

»Tronds Tanks sind im Übersichtsplan verzeichnet!«, meldete ich.

»Natürlich«, sagte Sanchez. »Trond musste mit ihnen zusammenarbeiten, um seine Luftvorräte mit dem System zu verbinden.«

Ich fuhr mit dem Finger über den Plan. »Nach dieser Darstellung sind Tronds Druckbehälter tatsächlich schon mit der Anlage verbunden. Dazwischen ist eine komplizierte Ventilgruppe eingebaut, aber es gibt einen Weg.«

»Dann mach schon!«, drängte Dale.

»Die Ventile werden manuell bedient und sind draußen«, wandte ich ein.

»Was? Warum, zum Teufel, sind die manuellen Ventile draußen im Vakuum?«

»Aus Sicherheitsgründen«, sagte ich. »Trond hat es mir erzählt. Aber das spielt jetzt keine Rolle. Ich habe mir die Anordnung der Leitungen eingeprägt. Es ist ziemlich kompliziert, und ich weiß nicht, in welcher Stellung die Nebenventile sind. Wenn ich dort bin, werde ich schon sehen, was ich tun muss.«

Ich raste aus der Lebenserhaltung in die Korridore von Armstrong hinunter.

»Warte mal, willst du da raus?«, fragte Dale. »Was ziehst du an? Dein EVA-Anzug ist hier.«

»Ich laufe zur Conrad-Luftschleuse, und ich habe ein dickes Rohr dabei. Damit breche ich Bobs Spind auf und nehme seinen Anzug.«

»Die Spinde bestehen aus zwei Zentimeter dickem Aluminium. Die kannst du nicht rechtzeitig knacken.«

»Ja, guter Einwand. Äh …« Ich rannte bereits durch den Armstrong-Conrad-Verbindungstunnel und blickte rasch auf mein Gizmo. Noch fünfundzwanzig Minuten. »Dann benutze ich eine Hamsterkugel.«

»Und wie drehst du die Handräder?«

Auch wieder wahr. Die Hamsterkugeln hatten keine Arme oder Handschuhe und auch sonst absolut nichts, womit man auf die Umwelt Einfluss nehmen konnte. Sobald ich da drin steckte, konnte ich draußen nichts mehr bewegen. »Dann musst du mir mit deinen Händen helfen. Die Tanks sind im Dreieck zwischen Armstrong, Shepard und Bean. Wir treffen uns am Bean-Shepard-Verbindungstunnel. Ich brauche allerdings deine Hilfe, um in das Dreieck zu gelangen.«

»Alles klar. Ich fahre so nahe an den Verbindungstunnel heran, wie es möglich ist. Den Rest des Weges muss ich laufen.«

»Aber wie willst du aus dem Rover kommen, ohne Sanchez zu töten?«

»Das wüsste ich auch gern«, ließ sich Sanchez vernehmen.

»Ich stecke sie in deinen Anzug, ehe ich die Luftschleuse öffne«, sagte er.

»In *meinen* Anzug?«

»Jazz!«

»Ja, schon gut, meinetwegen.«

So schnell ich nur konnte, stürmte ich durch Conrad Null. In meiner Heimatblase gab es einige höchst verwirrende Korridore. Wenn man einen Haufen begabte Handwerker zusammensperrt und ihnen keine Bauvorschriften auferlegt, erweitern sie die Werkstätten, bis sie jeden Winkel und jede Nische ausfüllen. Aber hier kannte ich mich mit verbundenen Augen aus.

Natürlich war die Touristenluftschleuse vom Armstrong-Verbindungstunnel am weitesten entfernt. Ich meine, wo sonst hätte sie auch sein sollen?

Endlich kam ich dort an. Zwei EVA-Meister lagen vor sechzehn Touristen, die auf den Stühlen weggesackt waren, am Boden. Das Giftgas hatte sie mitten in der Einweisung erwischt.

»Dale, ich bin an der Luftschleuse«, meldete ich.

»Verstanden«, sagte er. Er war jetzt weit von seinem Gizmo entfernt. »Es dauert etwas, Sanchez in deinen Anzug zu bekommen. Sie ist ziemlich groß …«

»Verzeihung«, unterbrach sie ihn. »Ich bin einen Meter vierundsechzig, was genau dem Durchschnitt von Frauen entspricht. Ich bin nicht groß. Ihre Saboteurin ist vielmehr sehr klein.«

»Beulen Sie ja nicht den Anzug aus«, warnte ich sie.

»Ich werde da drin defäkieren.«

»He …«

»Sanchez, halten Sie den Mund«, unterbrach Dale. »Jazz, rette die Stadt.«

Ich stürmte in die große Luftschleuse und zog eine luftleere Hamsterkugel aus dem Fach. »Ich sage Bescheid, sobald ich draußen bin.«

Ich warf das schlaffe Plastik mit dem Reißverschluss nach oben auf den Boden, nahm ein Laufpäckchen von der Wand und legte es an. Jetzt war es Zeit für Rudys Gizmo-Magie. Ich schloss die innere Schleusentür, strich mit dem Gerät über die Steuertafel und erhielt die gewünschte Erlaubnis.

Das nächste Problem: Luftschleusen werden von EVA-Meistern bedient, die Anzüge mit Handschuhen trugen. Nun wurde es also etwas knifflig.

Als Erstes deaktivierte ich die Computersteuerung und schaltete auf manuelle Bedienung. Anschließend drehte ich das Handrad der Außentür. Wie die Türen aller Luftschleusen war auch diese eine Stopfentür. Der Luftdruck dahinter presste sie in die Dichtungen. Das Öffnen der Tür hatte ich jetzt zwar vorbereitet, aber man musste übermenschliche Kräfte haben, um sie gegen den Luftdruck aufzuziehen. Immerhin, die Riegel waren gelöst.

Ganz langsam drehte ich am Handrad des Ventils, das die Luft aus der Kammer entließ. Sobald ich das Zischen der entweichenden Luft hörte, hielt ich inne. Wenn das Ventil voll geöffnet war, strömte die gesamte Luft aus der Schleuse in weniger als einer Minute in den Weltraum. Bei der jetzigen Geschwindigkeit dauerte es etwas länger – hoffentlich lange genug, damit ich nicht starb.

Ich eilte zur Hamsterkugel und kroch hinein. Das ging nur unter Schwierigkeiten. Es war, als wollte ich in ein zusammengesunkenes Zelt eindringen, aber so funktionierten diese Dinger eben.

Als alle Reißverschlüsse zugezogen waren (aus Sicherheitsgründen gab es drei Schichten), aktivierte ich für ein paar Sekunden lang die Luftversorgung des Laufpäckchens. Die Kugel blähte sich gerade weit genug auf, damit ich mich bewegen konnte.

Normalerweise tut man das nicht, wenn die Luftschleuse gerade Luft ablässt. Man nimmt sich Zeit, pumpt das Ding auf und wartet, bis der EVA-Meister die Dichtungen überprüft hat. Auf diesen Luxus musste ich verzichten.

Der Druck in der Luftschleuse sank, und meine Kugel wuchs wie ein Ballon in einer Vakuumkammer. Das ist keine

Analogie – ich steckte tatsächlich in einer Vakuumkammer in einem Ballon.

Schließlich kroch ich vorwärts (es ist ziemlich schwer, sich in einem halb aufgeblasenen Ballon zu bewegen) und packte den Griff der Luke. Da mein Ballon noch nicht erstarrt war, konnte ich die Außenhaut weit genug biegen, um die Luke zu bedienen. Mit beiden Händen hielt ich fest, während mich die zunehmende Spannung der Hülle zurückdrängte.

Die Kugel wurde immer steifer, als die Luftschleuse immer mehr Druck verlor, sodass es mir zunehmend schwerfiel, den Griff festzuhalten. Die elastische Hülle wollte jetzt wirklich eine Kugel werden; es gefiel ihr überhaupt nicht, dass ich sie um einen Griff gewickelt hatte.

Mehrmals hätte ich fast den Halt verloren, aber ich ließ nicht locker und schaffte es – schließlich war der Druck in der Luftschleuse so weit gesunken, dass ich die Luke aufziehen konnte.

Die verbliebene Luft schoss hinaus, und meine Kugel wurde völlig steif. Der plötzliche Widerstand riss meine Hände so heftig von dem Griff weg, dass ich mich buchstäblich auf den Hintern setzte. Aber das spielte keine Rolle. Ich steckte wohlbehalten in der Hamsterkugel, und die Luftschleuse war offen.

Als ich mich wieder aufrichtete, kratzte etwas an meinem Bein. Es war das Rohr, das ich Lefty abgenommen hatte. In der Aufregung hatte ich es völlig vergessen. Ganz allgemein gesprochen, ist es keine gute Idee, einen spitzen Gegenstand in ein aufblasbares Lebenserhaltungssystem mitzunehmen, aber es war zu spät, daran jetzt noch etwas zu ändern. Ich schnallte den Gürtel enger, um sicher zu sein, dass das Rohr gut festgeklemmt war. Es sollte auf keinen Fall herausrutschen.

Dann überprüfte ich das Laufpäckchen. Alles in Ordnung. Diese Geräte waren eigens für die Benutzung durch Touristen konstruiert und erledigten ihre Aufgaben vollautomatisch.

Schließlich wagte ich mich raus auf die Oberfläche.

Trotz all ihrer Beschränkungen ist eine Hamsterkugel ein großartiges Hilfsmittel, wenn man auf dem Mond rennen will. Keine klobigen Stiefel, keine dicken Anzugbeine, mit denen man herumstolpert, keine hundert Kilogramm Ausrüstung auf dem Buckel. Nichts dergleichen. Nur ich in normaler Kleidung mit einem nicht zu schweren Rucksack.

Ich nahm Fahrt auf und rollte über das Gelände. Wenn ich auf eine Unebenheit traf, hüpfte ich in die Luft (nun ja, nicht wirklich in die Luft, aber Sie wissen schon, was ich meine). Es gab einen guten Grund dafür, dass die Touristen einen Haufen Motten für dieses Erlebnis bezahlten. Unter anderen Begleitumständen hätte es richtig Spaß gemacht.

Ich rollte um die Conrad-Blase herum, bis Bean in Sicht kam, und hielt in gerader Linie darauf zu, dann umrundete ich auch diese Blase.

Unterwegs tippte ich auf den Ohrstöpsel, um ihn einzuschalten. »Wie läuft's, Dale?«

»Sanchez steckt im Anzug. Ich bin zum Shepard-Bean-Verbindungstunnel gefahren und bereit, den Rover zu verlassen. Wie weit bist du?«

»Bin fast da.«

Nachdem ich um Bean herumgerollt war, kam Shepard in Sicht. Ich folgte der Außenwand bis zum Verbindungstunnel. Dale stand schon dort und winkte, als er mich bemerkte.

Bobs Rover war gleich in der Nähe geparkt. Durch die Fenster konnte ich Sanchez erkennen, die in meinem Anzug unbehaglich herumsaß. Während ich den Verbindungstunnel ansteuerte, sah ich auf mein Gizmo. Noch fünfzehn Minuten.

Dale ging in die Hocke und schob beide Arme unter meinen Ballon. »Auf drei«, sagte er.

Ich bückte mich und war bereit für den Sprung.

Unser Timing war perfekt. Ich sprang einen Sekundenbruchteil los, bevor er den Ballon mit aller Kraft nach oben warf. Ich stieß mich ab, schoss hoch, und Dale warf die Hamsterkugel, damit sie meiner Bewegung folgte. Mühelos flog ich über den Verbindungstunnel. Natürlich hüpfte ich herum wie eine Idiotin, als ich auf der anderen Seite ankam.

Dale benutzte die zahlreichen Handgriffe und schwang sich geübt über den Tunnel. Er landete neben mir, als ich mich aufrappelte.

Bean und Shepard befanden sich nun hinter uns, und wir blickten in Richtung der kleineren Armstrong-Blase. Dort standen die externen Tanks nebeneinander, teilweise verborgen hinter dem komplizierten Durcheinander aus Leitungen und Ventilen.

»Mein Gesicht juckt«, sagte Sanchez über Funk.

»Es ist nicht schön, Sie zu sein«, erwiderte ich. Dale und ich machten uns auf den Weg zu den Tanks.

»Der Anzug ist sehr unbequem«, fuhr Sanchez fort. »Kann ich nicht einfach die Luke des Rovers schließen, den Druck aufbauen und bequemer auf Sie warten?«

»Nein«, sagte Dale. »Der Rover muss bereit sein, damit wir schnell zurückkehren können. So halten wir es hier.«

Sanchez brummte irgendetwas, quengelte aber nicht weiter.

Ich rollte zu den vorderen Leitungen. Drei große, hoch aufragende Druckbehälter dominierten die Anlage. Auf der Seite der Tanks stand LANDVIK.

Ich deutete auf eines der vier Ventile im ersten Rohr. »Dreh dieses Ventil ganz zu.«

»Zu?«, fragte Dale.

»Ja, es muss geschlossen sein. Vertrau mir. Die Leitungen haben Ablassventile, Reinigungszugänge und eine Menge andere Dinge, die alles sehr kompliziert machen.«

»Verstanden.« Mit den dicken Handschuhen packte er das Handrad und drehte.

Ich zeigte auf ein weiteres Ventil, das drei Meter über dem Boden in eine Leitung eingelassen war. »Jetzt öffne das dort bis zum Anschlag.«

Dale sprang hoch, stützte sich mit beiden Händen auf die Leitung und hüpfte rittlings zu dem Ventil. Dort angekommen, setzte er die Füße auf zwei niedriger verlaufende Leitungen und drehte. Er grunzte vor Anstrengung. »Es klemmt!«

»Die Ventile wurden nie bewegt«, erklärte ich. »Wir sind die Ersten, die sie benutzen.«

Endlich gab das Handrad nach, und Dale schnaufte erleichtert.

»Gut, jetzt hier unten.« Ich deutete auf ein Gewirr aus Leitungen mit vier Ventilen. »Schließ sie alle, nur das dritte muss voll geöffnet sein.«

Während Dale arbeitete, sah ich auf das Gizmo. Noch zehn Minuten. »Sanchez, wie genau ist Ihre Schätzung bezüglich der einstündigen Frist für die tödliche Wirkung von Chloroform?«

»Ziemlich genau. Einige Leute müssten schon jetzt in einem kritischen Zustand sein.«

Dale legte sich ins Zeug. »Okay! Was jetzt?«

»Nur noch eins«, sagte ich und führte ihn von dem Rohrgewirr weg zu einem Ablassrohr von einem halben Meter Durchmesser. Dort deutete ich auf ein Ventil, das den Luftstrom regelte. »Dreh das voll auf, dann sind wir fertig.«

Er packte das Rad und zog. Es rührte sich nicht.

»Dale, du musst es öffnen.«

»Was meinst du, was ich gerade versuche?«

»Gib dir mehr Mühe!«

Er drehte sich um, fasste mit beiden Händen zu und stemmte sich mit den Beinen gegen den Boden. Das Rad rührte sich nicht.

»Verdammt!«, fluchte Dale.

Mein Herz drohte zu zerspringen. Ich betrachtete meine nutzlosen Hände. In der Hamsterkugel, die mich rundherum einhüllte, hatte ich keine Möglichkeit, das Ventil zu packen. Ich konnte nur hilflos zusehen.

Unterdessen strengte sich Dale weiter an. »Ver…dammt … noch…mal.«

»Gibt es im Rover eine Werkzeugkiste?«, fragte ich. »Ein Schraubenschlüssel oder so etwas könnte helfen.«

»Nein«, knirschte er mit zusammengebissenen Zähnen. »Ich habe alles rausgenommen, um für den Nottunnel Platz zu schaffen.«

Das bedeutete, dass der nächste Schraubenschlüssel in der Stadt war. Viel zu weit, um von Nutzen zu sein.

»Was ist mit mir?«, fragte Sanchez über Funk. »Kann ich irgendwie helfen?«

»Das bringt nichts«, erwiderte Dale. »Es dauert Stunden, bis man gelernt hat, mit einem EVA-Anzug zu klettern. Ich müsste Sie holen und hierhertragen. Außerdem sind Sie nicht sehr kräftig. Sie wären sowieso keine große Hilfe.«

Das war es dann. Wir kamen nicht weiter. Ein Ventil vom Sieg entfernt. Zweitausend Menschen würden sterben. Konnten wir vielleicht in die Stadt zurückkehren und ein paar von ihnen retten, indem wir sie in die Schutzräume zerrten? Wahrscheinlich nicht. Bis wir dort ankamen, waren sie alle tot.

Ich sah mich nach irgendetwas um, das uns helfen konnte, aber die Umgebung von Artemis ist der Inbegriff von »gar nichts«. Jede Menge Regolith und Staub. Nicht einmal ein paar nette Steine, die man gegen das Handrad hätte schlagen können. Absolut nichts.

Dale sank auf die Knie. Durch das Visier konnte ich sein Gesicht nicht erkennen, aber ich hörte ihn über Funk schluchzen.

Mein Magen war inzwischen ein dicker Knoten, beinahe hätte ich mich übergeben. Die Tränen quollen mir in die Augen, und ich schluckte schwer, was die Schmerzen in der Kehle verstärkte. Das Rohr hatte mich bereits verletzt, und jetzt …

Und jetzt …

… wusste ich, was ich zu tun hatte.

Die Erkenntnis hätte mich in Panik versetzen sollen. Ich weiß nicht, warum es nicht dazu kam. Stattdessen erfüllte mich eine tiefe Gelassenheit. Das Problem war gelöst.

»Dale«, sagte ich leise.

»O Gott«, keuchte er.

»Dale, du musst etwas für mich tun.«

»Was denn?«

Ich zog das Rohr aus dem Gürtel. »Du musst allen sagen, dass es mir leidtut. Ich bereue unendlich, was ich getan habe.«

»Was redest du da?«

»Und du musst Dad sagen, dass ich ihn liebe. Ja, das ist das Wichtigste. Sag Dad, dass ich ihn liebe.«

»Jazz.« Er richtete sich auf. »Was hast du mit dem Rohr vor?«

»Wir brauchen einen Hebel.« Ich ergriff das Rohr mit beiden Händen und zielte mit der Spitze nach vorne. »Und ich habe einen. Wenn dieses Ding das Ventil nicht bewegt, dann kann man es überhaupt nicht bewegen.«

Ich rollte dicht an das Handrad heran.

»Aber das Rohr ist innerhalb deines Hamster … o nein!«

»Wahrscheinlich lebe ich nicht lange genug, um den Griff zu drehen. Du musst das Rohr packen und die Sache für mich beenden.«

»Jazz!« Er streckte die Hand nach mir aus.

Jetzt oder nie. Dale hatte die Übersicht verloren. Das konnte ich ihm nicht vorwerfen. Es ist schwer, wenn man zusehen muss, wie die beste Freundin stirbt, auch wenn es dem Gemeinwohl dient.

»Ich verzeihe dir, mein Freund. Ich verzeihe dir alles. Leb wohl.«

Energisch stieß ich das spitze Ende des Rohrs durch die Hülle meiner Kugel. Sofort entwich die Luft durch das Rohr – ich hatte dem Vakuum gerade einen Strohhalm gegeben, um sie herauszusaugen. Das Rohr wurde eiskalt. Ich stieß fester und schob das Rohr in die Speichen des Handrades.

Die Hamsterkugel dehnte sich und riss direkt neben dem Loch, das ich hineingestoßen hatte. Mir blieb höchstens noch ein Sekundenbruchteil.

Mit aller Kraft drückte ich das Rohr zur Seite und spürte, wie das Handrad nachgab.

Und dann schlug die Physik erbarmungslos zu.

Die Kugel platzte. In einem Moment drückte ich noch gegen das Rohr, im nächsten flog ich durch die Leere.

Sofort brachen alle Geräusche ab. Grelles Sonnenlicht drang mir in die Augen, ich blinzelte vor Schmerzen. Die Luft entwich aus meiner Lunge. Ich keuchte, wollte atmen. Den Brustkorb konnte ich dehnen, aber es kam nichts herein. Ein seltsames Gefühl.

Mit dem Gesicht voran landete ich auf dem Boden. Hände und Nacken brannten, während der Rest meines Körpers, der von der Kleidung geschützt war, langsamer röstete. Das Gesicht schmerzte von dem erbarmungslosen Licht. Vor meinem Mund und meinen Augen platzten Bläschen. Im Vakuum verkochten die Körperflüssigkeiten.

Dann wurde es schwarz um mich herum, ich verlor das Bewusstsein. Die Schmerzen hörten auf.

Liebe Jazz,
laut den letzten Nachrichten stimmt irgendetwas in Artemis nicht. Es heißt, die ganze Stadt sei offline. Es gibt überhaupt keinen Kontakt mehr. Kaum vorstellbar, dass ausgerechnet meine E-Mail eine Ausnahme sein sollte, aber ich muss es trotzdem versuchen.

Bist du noch da? Geht es dir gut? Was ist passiert?

17

Ich erwachte im Dunklen.

Moment mal, ich erwachte?

»Warum bin ich nicht tot?«, wollte ich sagen.

»Wm bn ch nch t?«, war das, was tatsächlich herauskam.

»Tochter?« Das war Dads Stimme. »Kannst du mich hören?«

»Mpf.«

Er nahm meine Hand. Es fühlte sich nicht gut an, beinahe wie taub.

»K… kann nichts … sehen …«

»Du hast Verbände über den Augen.«

Ich versuchte, seine Hand zu drücken, aber es tat weh.

»Nein, halt die Hände ruhig«, sagte er. »Sie sind verletzt.«

»Sie dürfte gar nicht wach sein.« Die Stimme einer Frau. Es war Doc Roussel. »Jazz? Können Sie mich hören?«

»Wie schlimm ist es?«, fragte ich sie.

»Sie sprechen Arabisch«, erwiderte sie. »Das verstehe ich nicht.«

»Sie hat gefragt, wie schlimm es ist«, übersetzte Dad.

»Es wird eine schmerzvolle Erholungsphase, aber Sie werden überleben.«

»N…nicht ich … die Stadt. Wie schlimm?«
Ich spürte einen Nadelstich im Arm.
»Was tun Sie da?«, fragte Dad.
»Sie sollte nicht wach sein«, bekräftigte Doc Roussel.
Und schon war ich nicht mehr wach.

Einen ganzen Tag lang kam ich immer wieder kurz zu mir und wurde gleich wieder ohnmächtig. An einige Bruchstücke hier und dort kann ich mich erinnern. Reflextest, jemand wechselte den Verband, Injektionen und so weiter. Aber ich war höchstens halb wach, solange sie an mir herumfummelten, und dann stürzte ich wieder in die Leere.

»Jazz?«

»Häh?«

»Jazz, sind Sie wach?« Das war Doc Roussel.

»… ja …«

»Ich nehme jetzt den Verband von den Augen.«

»Gut.«

Ich spürte ihre Hände an meinem Kopf. Die Watte auf meinem Gesicht wurde abgeschält, und endlich konnte ich wieder etwas sehen. Ich zuckte zusammen, als mich das grelle Licht blendete. Sobald sich die Augen umgestellt hatten, konnte ich den Raum erkennen.

Ich befand mich in einer Art kleinem Krankenzimmer. Es war kein richtiges, weil Artemis kein Krankenhaus hat. Es gibt nur Doc Roussels Praxis. Ich lag irgendwo in einem hinteren Zimmer.

Meine Hände waren noch verbunden. Sie fühlten sich schrecklich an.

Doc Roussel, eine Frau von über sechzig Jahren mit grauem Haar, leuchtete mir mit einer Taschenlampe in die Augen. Dann hob sie drei Finger. »Wie viele Finger sind das?«

»Ist die Stadt gerettet?«

Sie wackelte mit der Hand. »Eins nach dem anderen. Wie viele Finger?«

»Drei?«

»Gut. Woran erinnern Sie sich?«

Ich blickte an mir hinab. Offenbar war noch alles da. Ich trug einen Patientenkittel und lag in einem Bett. »Ich weiß noch, dass ich eine Hamsterkugel geknackt habe und damit gerechnet habe zu sterben.«

»Ja, eigentlich hätte das auch passieren müssen«, sagte sie. »Aber Dale Shapiro und Loretta Sanchez haben Sie gerettet. Nach allem, was ich hörte, hat er Sie über den Armstrong-Shepard-Verbindungstunnel geworfen. Sanchez war auf der anderen Seite, zerrte Sie in den Rover und setzte ihn unter Druck. Insgesamt waren Sie drei Minuten lang im Vakuum.«

Ich betrachtete meine eingepackten Hände. »Und das hat mich nicht umgebracht?«

»Der menschliche Körper kann ein paar Minuten im Vakuum überleben. Der Luftdruck in Artemis ist so niedrig, dass Sie nicht die Dekompressionskrankheit bekommen haben. Die größte Gefahr ist der Sauerstoffentzug, ähnlich wie beim Ertrinken. Die beiden haben Sie gerade noch rechtzeitig gerettet. Eine Minute länger und Sie wären jetzt tot.« Sie legte mir die Finger an den Hals und beobachtete eine Uhr an der Wand. »Sie haben Verbrennungen zweiten Grades an den Händen, am Rücken und am Hals. Ich nehme an,

Sie sind direkt mit der Oberfläche in Berührung gekommen. Im Gesicht haben Sie einen hübschen Sonnenbrand. Wir müssen Sie für eine Weile jeden Monat auf Hautkrebs untersuchen, aber Sie kommen sicher wieder auf die Beine.«

»Was ist mit der Stadt?«

»Darüber müssen Sie mit Rudy sprechen. Er wartet draußen. Ich schicke ihn rein.«

Ich hielt sie am Ärmel fest. »Aber ...«

»Jazz, ich bin Ihre Ärztin, deshalb werde ich mich gut um Sie kümmern. Aber wir sind keine Freundinnen. Lassen Sie mich los.«

Ich gehorchte. Sie öffnete die Tür und ging hinaus.

Im nächsten Raum sah ich Svoboda. Er verrenkte sich den Hals, um hereinzublicken. Dann versperrte Rudys massiger Körper die Sicht.

»Hallo, Jazz«, sagte Rudy. »Wie geht es dir?«

»Ist jemand gestorben?«

Er schloss die Tür hinter sich. »Nein, niemand ist gestorben.«

Erleichtert schnaufend ließ ich den Kopf zurück auf das Kissen sinken. Erst da wurde mir bewusst, wie verkrampft ich war. »Gott sei Dank!«

»Du steckst trotzdem in gewaltigen Schwierigkeiten.«

»Das dachte ich mir schon.«

»Wäre es woanders passiert, hätte es Tote gegeben.« Er verschränkte die Arme hinter dem Rücken. »Anscheinend hat sich aber vieles zu unseren Gunsten ausgewirkt. Wir haben keine Autos, also ist niemand gefahren, als es passiert ist. Und dank der niedrigen Schwerkraft hat sich niemand verletzt, als er zu Boden ging. Ein paar Kratzer und Prellungen, mehr ist nicht passiert.«

»Dann ist ja alles in Butter.«

Er sah mich scharf an. »Drei Leute haben durch die Chloroformvergiftung einen Herzinfarkt erlitten. Alle drei waren schon älter und hatten Herzprobleme.«

»Aber jetzt geht es ihnen wieder gut, oder?«

»Ja, aber das war reines Glück. Sobald die Leute wieder zu sich gekommen sind, haben sie nach ihren Nachbarn gesehen. Würden wir nicht so gut zusammenhalten, dann wäre diese Hilfe ausgeblieben. Außerdem ist es in unserer Schwerkraft leicht, einen Bewusstlosen zu tragen. Und kein Stadtteil ist wirklich weit von Doc Roussel entfernt.« Er nickte in Richtung Tür. »Sie ist übrigens nicht sehr angetan von dir.«

»Das ist mir auch schon aufgefallen.«

»Sie nimmt die öffentliche Gesundheitsvorsorge sehr ernst.«

»Ja.«

Er schwieg für einen Moment, dann sagte er: »Könntest du mir verraten, wer dir dabei geholfen hat?«

»Nein.«

»Ich weiß, dass Dale Shapiro mit von der Partie war.«

»Ich weiß nicht, worauf du hinauswillst«, erwiderte ich. »Dale war nur zufällig da draußen unterwegs, als es passiert ist.«

»In Bob Lewis' Rover?«

»Sie sind befreundet und leihen sich gegenseitig, was sie so brauchen.«

»Zusammen mit Loretta Sanchez?«

»Hm, vielleicht läuft da ja was zwischen ihnen.«

»Shapiro ist schwul.«

»Vielleicht ist er nicht sehr gut darin.«

»Verstehe … Kannst du mir erklären, warum Lene Landvik heute Morgen eine Million Motten auf dein Konto überwiesen hat?«

Ah, gut zu wissen! Aber ich ließ mir nichts anmerken. »Ein kleines geschäftliches Darlehen. Sie investiert in meine EVA-Touren-Agentur.«

»Du bist bei der EVA-Prüfung durchgefallen.«

»Es ist eine langfristige Investition.«

»Das ist eindeutig eine Lüge.«

»Von mir aus. Ich bin müde.«

»Dann lasse ich dich ausruhen.« Er ging zur Tür. »Die Administratorin will dich sprechen, sobald du wieder auf den Beinen bist. Pack dir schon mal ein paar leichte Sachen ein. In Saudi-Arabien ist gerade Sommer.«

Svoboda huschte herein, als Rudy ging.

»Hey, Jazz!« Er zog sich einen Stuhl heran und setzte sich neben das Bett. »Doc Roussel sagt, du machst dich gut!«

»Hallo, Svobo. Das mit dem Chloroform tut mir leid.«

»Ach was, kein Problem.« Er zuckte mit den Achseln.

»Ich nehme an, die anderen Einwohner sind nicht ganz so nachsichtig.«

»Die Leute sind nicht sonderlich wütend, wenn du das meinst. Na ja, einige schon. Aber nicht viele.«

»Ehrlich?«, fragte ich. »Ich habe doch die ganze Stadt eingeschläfert.«

Er wedelte mit einer Hand. »Du warst es nicht allein. Es gab auch eine Menge technische Fehler. Da wäre etwa die Frage: Warum gibt es in der Luftleitung keine Sensoren, die komplexe Giftstoffe entdecken? Warum hat Sanchez Methan, Sauerstoff und Chlor in einem Raum gelagert, in dem ein

Schmelzofen steht? Warum hat die Lebenserhaltung keine eigene Luftversorgung, die gewährleistet, dass sie dort wach bleiben, wenn der Rest der Stadt ein Problem hat? Warum hat man die Lebenserhaltung zentralisiert, statt in jeder Blase eine eigene Überwachung einzurichten? Das sind so die Fragen, die sich die Leute stellen.« Er legte mir die Hand auf den Arm. »Weißt du, ich bin wirklich froh, dass du wohlauf bist.«

Ich tat das Gleiche bei ihm. Wegen des Verbands wirkte es nicht ganz so überzeugend.

»Wie auch immer«, sagte er dann. »Diese Sache hat mir die Gelegenheit verschafft, mich mit deinem Vater anzufreunden.«

»Ehrlich?«

»Ja! Sobald wir aufgewacht waren, haben wir ein Zweimannteam gebildet und nach den Nachbarn gesehen. Das war nett. Er hat mir danach ein Bier ausgegeben.«

Ich riss die Augen weit auf. »Dad hat … ein Bier gekauft?«

»Für mich, ja. Er hat Saft getrunken. Wir haben eine Stunde über Metallurgie geredet. Er ist wirklich ein klasse Typ.«

Ich versuchte, mir vorzustellen, wie Dad und Svoboda zusammen abhingen. Es gelang mir nicht.

»Ein klasse Typ«, wiederholte Svoboda etwas leiser. Das Lächeln verflog.

»Svobo?«, sagte ich.

Er schlug die Augen nieder. »Gehst du … musst du weg, Jazz? Schieben sie dich ab? Das würde mir nicht gefallen.«

Ich legte ihm die gepolsterte Hand auf die Schulter. »Mir wird schon nichts passieren. Ich gehe nicht weg.«

»Bist du sicher?«

»Ja, ich habe einen Plan.«

»Einen Plan?« Er machte eine besorgte Miene. »Deine Pläne sind … äh … sollte ich mich irgendwo verstecken?«

Ich lachte. »Dieses Mal nicht.«

»Na gut …« Er war offenbar nicht ganz überzeugt. »Aber wie willst du aus dieser Klemme herauskommen? Ich meine, du hast die ganze Stadt weggehauen.«

Ich lächelte ihn an. »Keine Sorge, das kriege ich schon hin.«

»Also gut.« Er beugte sich vor und küsste mich auf die Wange, als wäre ihm das spontan eingefallen. Ich hatte keine Ahnung, was da in ihn gefahren war. Ehrlich gesagt, hätte ich ihm so etwas nicht zugetraut. Seine Tapferkeit war allerdings nicht von Dauer. Als ihm bewusst wurde, was er gerade getan hatte, zeigte seine Miene blankes Entsetzen. »Oje! Es tut mir leid! Das war gedankenlos …«

Ich lachte. Der Blick in den Augen des armen Kerls – ich konnte nicht anders. »Immer mit der Ruhe, Svobo. Das war nur ein Schmatz auf die Wange. Wegen so was musst du nicht gleich zappelig werden.«

»R…richtig. Ja.«

Ich legte ihm die Hand in den Nacken, zog ihn an mich und küsste ihn auf die Lippen. Es war ein langer, schöner Kuss ohne jede Zweideutigkeit. Als wir uns voneinander lösten, war er hoffnungslos verwirrt.

»So«, sagte ich. »*Das* war etwas, damit du zappelig wirst.«

Ich wartete in einem leeren grauen Gang neben einer Tür mit der Aufschrift CM2-5186. Conrad Minus 2 war ein wenig komfortabler als das, was sonst in Conrad unter der Oberfläche lag, aber groß war der Unterschied nicht. Ein Arbeiterviertel, nur ohne den Geruch der Verzweiflung, der auf den unteren Ebenen vorherrschte.

Immer wieder öffnete und schloss ich die Hände. Die Verbände war ich los, aber ich hatte überall rote Blasen, mit denen ich aussah wie eine Leprakranke. Oder wie eine Nutte, die ausschließlich Leprakranke per Hand bediente.

Dad kam um die Ecke, sein Gizmo hatte ihn hierhergeführt. Es dauerte einen Moment, bis er mich bemerkte. »Ah, da bist du ja.«

»Danke, dass du dich mit mir triffst, Dad«, sagte ich.

Er nahm meine rechte Hand und beäugte sie. Als er die Verletzungen sah, zuckte er zusammen. »Wie geht es dir? Tut das weh? Wenn es wehtut, musst du zu Doc Roussel gehen.«

»Schon gut. Es sieht schlimmer aus, als es sich anfühlt.« Da hatten wir es schon wieder – ich log meinen Dad an.

»Nun, da bin ich also.« Er deutete auf die Tür. »CM2-5186. Was ist das?«

Ich fuhr mit dem Gizmo über die Steuertafel und öffnete die Tür. »Komm rein.«

Die Metallwände der großen, fast leeren Werkstatt waren kahl. Unsere Schritte hallten laut, als wir eintraten. In der Mitte stand eine Werkbank mit verschiedenen Geräten. Weiter hinten waren Gasflaschen an der Wand montiert, von denen aus Leitungen durch den ganzen Raum führten. In einer Ecke war ein Standardschutzraum.

»Hunderteinundvierzig Quadratmeter«, verkündete ich. »Früher war das eine Bäckerei. Absolut brandsicher und von der Stadt für hohe Temperaturen zugelassen. Abgeschirmte eigene Luftfilterung, und der Schutzraum nimmt vier Personen auf.« Ich ging zu den Tanks. »Die habe ich gerade erst installieren lassen. Zentrale Versorgung mit Acetylen. Neon ist überall in der Werkstatt verfügbar. Die Druckflaschen sind natürlich voll.« Ich deutete auf die Werkbank. »Fünf Brennerköpfe, zwanzig Meter Einspeiseleitung, vier Zünder. Außerdem drei komplette Schutzmonturen, fünf Masken und drei Filtersätze.«

»Jasmine«, hob Dad an. »Ich …«

»Unter dem Tisch liegen dreiundzwanzig Aluminiumschweißstäbe, fünf Stahlstäbe und ein Kupferstab. Ich weiß nicht, warum du früher immer einen Kupferstab hattest, aber du hattest einen, also ist hier auch einer. Die Miete ist für ein Jahr im Voraus bezahlt, und die Türsteuerung ist bereits auf dein Gizmo eingestellt.« Ich zuckte mit den Achseln und ließ die Arme sinken. »Also … das müsste alles sein, was ich damals zerstört habe.«

»Dein idiotischer Freund hat es zerstört.«

»Ich war dafür verantwortlich.«

Er fuhr mit der Hand über die Werkbank. »Das war bestimmt sehr teuer.«

»Es waren genau 416 922 Motten.«

Er runzelte die Stirn. »Jasmine, hast du das etwa mit Geld bezahlt, das …«

»Dad, bitte … nun sei doch …« Ich ließ die Schultern hängen und setzte mich auf den Boden. »Mir ist klar, dass es dir nicht gefällt, woher ich das Geld habe, aber …«

Er verschränkte die Hände hinter dem Rücken. »Mein Vater – dein Großvater – hatte schwere Depressionen. Er beging Selbstmord, als ich acht war.«

Ich nickte. Ein dunkler Punkt in der Familiengeschichte. Dad sprach nicht oft darüber.

»Auch als er noch lebte, war er nicht wirklich lebendig. Im Grunde bin ich ohne Vater aufgewachsen. Ich weiß nicht einmal, wie es ist, einen Vater zu haben. Also habe ich mein Bestes gegeben, um …«

»Dad, du bist kein schlechter Vater. Ich bin bloß eine beschissene Tochter.«

»Lass mich zu Ende reden.« Er kniete sich vor mich, dann setzte er sich auf die Hacken. Seit sechzig Jahren betete er fünfmal am Tag in dieser Stellung. Er wusste, wie man in dieser Stellung bequem sitzen konnte. »Du weißt, ich musste oft improvisieren. Für meine Vaterrolle hatte ich kein Vorbild. Keine Blaupause. Ich habe für uns ein schweres Leben gewählt. Wir sind Einwanderer in einer Stadt im Grenzland.«

»Ich kann mich nicht beklagen«, erwiderte ich. »Ich bin lieber eine schwer arbeitende arme Frau in Artemis als eine reiche Frau auf der Erde. Ich bin hier zu Hause …«

Mit erhobener Hand unterbrach er mich. »Ich habe versucht, dich auf die Welt vorzubereiten. Ich war streng mit dir, weil die Welt einem Kind voller Unversöhnlichkeit begegnet, und ich wollte, dass du gewappnet bist. Natürlich haben wir uns manchmal gestritten … zeige mir Eltern und Kinder, die das nicht tun. Und es gibt sicher einige Aspekte deines Lebens, die ich missbillige. Aber im Großen und Ganzen bist du eine starke und unabhängige Frau geworden, und ich bin stolz auf dich. Und deshalb bin ich auch stolz auf mich selbst, weil ich dich erzogen habe.«

Meine Unterlippe bebte ein wenig.

»Ich bin mein Leben lang den Lehren Mohammeds gefolgt«, fuhr er fort. »Ich versuche, bei allen meinen Entscheidungen ehrlich und wahrhaftig zu sein. Aber wie jeder Mann habe auch ich meine Fehler. Ich begehe Sünden. Wenn der Preis für deinen Seelenfrieden ein kleiner Makel auf meiner Seele ist, dann soll es so sein. Ich kann nur hoffen, dass ich bei Allah genug Nachsicht erworben habe, sodass er mir vergibt.« Er nahm mich bei den Händen. »Jasmine, ich akzeptiere deine Wiedergutmachung, obwohl ich weiß, dass die Quelle unlauter ist. Und ich verzeihe dir.«

Ich drückte ihm fest die Hand, und damit war es besiegelt.

Nein, nicht wirklich. Ich brach in seinen Armen zusammen und weinte wie ein Kind. Aber darüber will ich jetzt nicht reden.

Der große Moment war gekommen. Ich wartete vor Ngugis Tür. In den nächsten Minuten würde sich entscheiden, ob ich bleiben durfte oder gehen musste.

Lene Landvik humpelte auf ihren Krücken heraus. »Oh, hallo, Jazz. Ich habe vor ein paar Tagen das Geld überwiesen.«

»Das habe ich gesehen, danke.«

»Heute Morgen hat mir O Palácio Sanchez Aluminium verkauft. Es wird Wochen dauern, die Verträge aufzusetzen, aber wir haben uns auf einen Preis geeinigt und können loslegen. Loretta entwirft bereits den neuen Schmelzofen. Sie hat sich einige Verbesserungen ausgedacht. Die neue Anlage wird vor allem auf die Siliciumausbeute abzielen und …«

»Willst du Loretta Sanchez wirklich behalten?«

»Ah«, sagte sie. »Ja.«

»Bist du verrückt?«

»Ich habe gerade eine halbe Milliarde Motten für eine Hütte bezahlt, die funktionsuntüchtig ist. Ich brauche jemanden, der sie wiederaufbauen kann. Wer könnte das besser als Sanchez?«

»Aber sie ist der Feind!«

»Jeder, der dir beim Geldverdienen hilft, ist dein Freund«, widersprach Lene. »Das habe ich von Dad gelernt. Außerdem hat sie vor gerade mal vier Tagen dabei mitgeholfen, dir das Leben zu retten. Könnte man vielleicht sagen, dass ihr quitt seid?«

Ich verschränkte die Arme vor der Brust. »Das wirst du bereuen, Lene. Man kann ihr nicht vertrauen.«

»Oh, ich vertraue ihr auch nicht. Ich brauche sie einfach. Das ist ein großer Unterschied.« Sie nickte in Richtung Tür. »Ngugi sagt, die KSC will die Sauerstoffproduktion möglichst schnell wieder in Gang bringen. Bei den Sicherheitsvorkehrungen wird die Stadt nicht allzu streng sein. Ist das nicht seltsam? Man sollte doch meinen, dass sie strenger und nicht nachlässiger werden.«

»Sanchez als Verantwortliche …« Ich seufzte. »Das ist nicht das, was mir vorschwebte, als ich mir meinen Plan ausgedacht habe.«

»Na ja, du wolltest auch nicht die ganze Stadt ausknocken. Pläne verändern sich.« Sie sah auf die Uhr. »Ich muss zu einer Online-Konferenz. Viel Glück da drin, und lass es mich wissen, wenn ich helfen kann.«

Sie humpelte davon. Ich sah ihr einen Moment lang nach. Es kam mir so vor, als wäre sie gewachsen. Aber vielleicht lag es auch am Licht.

Ich holte tief Luft und betrat Ngugis Büro.

Sie saß am Schreibtisch und funkelte mich über die Brillenränder hinweg an. »Setzen Sie sich.«

Ich schloss die Tür und setzte mich ihr gegenüber auf den Stuhl.

»Jasmine, ich glaube, Sie wissen, was ich jetzt tun muss. Es fällt mir nicht leicht.« Sie schob ein Blatt Papier über den Schreibtisch. Ich erkannte das Formular, denn ich hatte es ein paar Tage vorher in Rudys Büro gesehen. Ein förmlicher Abschiebebefehl.

»Ja, ich weiß, was Sie tun müssen«, sagte ich. »Sie müssen sich bei mir bedanken.«

»Das soll wohl ein Witz sein.«

»Danke, Jazz«, fuhr ich fort. »Danke, dass Sie O Palácio daran gehindert haben, alles zu übernehmen. Danke, dass Sie einen überholten Vertrag beseitigt haben, der einem Wirtschaftsboom im Weg gewesen wäre. Danke, dass Sie sich selbst geopfert haben, um Artemis zu retten. Hier ist Ihre Medaille.«

»Jasmine, Sie kehren nach Saudi-Arabien zurück.« Sie tippte auf den Abschiebebefehl. »Wir werden keine Anklage erheben, und wir übernehmen Ihren Lebensunterhalt, bis Sie sich an die Erdschwerkraft gewöhnt haben. Mehr ist leider nicht drin.«

»Nach allem, was ich für Sie getan habe, schmeißen Sie mich einfach raus wie den Müll von vorgestern?«

»Glauben Sie nicht, dass ich es tun *will*, Jasmine. Ich *muss* es tun. Wir müssen uns als Gemeinschaft präsentieren, die sich an die Gesetze hält. Das ist jetzt wichtiger denn je, weil die DAGL-Industrie kommt. Wenn die Leute befürchten müssen, ihre Investitionen könnten einfach in die Luft gejagt werden, ohne dass der Täter vor Gericht gestellt wird, tätigen sie hier überhaupt keine Investitionen.«

»Den Investoren wird nichts anderes übrigbleiben«, wandte ich ein. »Wir sind die einzige Stadt auf dem Mond.«

»Wir sind nicht unersetzlich. Wir sind lediglich eine bequeme Möglichkeit«, erklärte sie. »Wenn die DAGL-Hersteller glauben, sie können uns nicht trauen, dann gründen sie eine eigene Stadt. Eine, die die ansässigen Firmen verteidigt. Für das, was Sie getan haben, bin ich dankbar, aber zum Wohl der Stadt muss ich Sie opfern.«

Daraufhin zog ich ein eigenes Blatt hervor und schob es ihr hinüber.

»Was ist das?«, fragte sie.

»Mein Geständnis«, sagte ich. »Beachten Sie bitte, dass dort weder Sie noch die Landviks oder sonst jemand erwähnt werden. Es geht nur um mich. Ich habe unten unterschrieben.«

Verwirrt sah sie mich an. »Wollen Sie mir helfen, Sie abzuschieben?«

»Nein. Ich gebe Ihnen eine Möglichkeit, mich jederzeit ohne Federlesens loszuwerden. Sie stecken das in Ihre Schublade und bewahren es für den Notfall auf.«

»Aber ich lasse Sie jetzt sofort abschieben.«

»Nein, das tun Sie nicht.« Ich lehnte mich zurück und schlug die Beine übereinander.

»Warum nicht?«

»Anscheinend vergessen es alle immer wieder, aber ich bin eine Schmugglerin. Keine Saboteurin, keine Actionheldin, keine Stadtplanerin. Eine *Schmugglerin*. Ich habe hart gearbeitet, um meine Operation aufzuziehen, und sie läuft reibungslos. Am Anfang hatte ich Konkurrenz. Das ist jetzt nicht mehr der Fall. Ich habe die Konkurrenz vertrieben, weil ich niedrigere Preise und einen besseren Service hatte und mir den Ruf erworben habe, immer Wort zu halten.«

Ngugi kniff die Augen zusammen. »Sie wollen damit bestimmt auf irgendetwas hinaus, aber ich verstehe noch nicht, auf was.«

»Haben Sie jemals Waffen in Artemis gesehen? Ich meine, abgesehen von der in Ihrem Schreibtisch?«

Sie schüttelte den Kopf. »Nein.«

»Und wie ist es mit harten Drogen? Heroin, Opium und so weiter?«

»Nicht in großem Maßstab. Manchmal erwischt Rudy einen Touristen, der einen persönlichen Vorrat mitgebracht hat, aber das kommt nur selten vor.«

»Und haben Sie sich mal gefragt, warum dieser Dreck nicht in die Stadt kommt?« Ich deutete auf mich selbst. »Weil ich ihn nicht hineinlasse. Keine Waffen, keine Drogen. Und ich habe noch eine Reihe weiterer Regeln. Ich beschränke brennbare Stoffe auf ein Minimum. Und keine lebenden Pflanzen. Wir wollen schließlich keinen Schimmelbefall.«

»Ja, Sie arbeiten sehr ethisch, aber …«

»Was passiert, wenn ich weg bin?«, unterbrach ich sie. »Glauben Sie, das Schmuggeln hört auf? Nein. Es wird ein kurzes Machtvakuum geben, und dann wird jemand anders einsteigen. Ich habe keine Ahnung, wer das sein könnte, aber wird er genauso viel Rücksicht auf die Gemeinschaft nehmen wie ich? Wahrscheinlich nicht.«

Sie zog eine Augenbraue hoch. Ich sprach sofort weiter: »Diese Stadt wird bald einen DAGL-Boom erleben. Es wird viele neue Jobs geben, es wird gebaut, neue Arbeiter werden einwandern. Jedes Geschäft in der Stadt wird neue Kunden gewinnen. Neue Firmen werden gegründet, um die zunehmende Nachfrage zu bedienen. Die Bevölkerung wird schnell wachsen. Sie haben sicher schon Schätzungen vorgenommen, oder?«

Sie beäugte mich einen Moment lang. »Ich denke, es könnten binnen eines Jahres zehntausend Einwohner sein.«

»Das ist der springende Punkt! Mehr Menschen erhöhen die Nachfrage nach Schmuggelgut. Tausende Menschen, die Drogen wollen. Ein großer Haufen Geld ist im Umlauf, was bedeutet, dass es mehr Verbrechen gibt. Die Kriminellen wollen Waffen. Sie werden versuchen, sie hereinzuschmuggeln und über den Schwarzmarkt einzuschleusen, der dann existiert. Was für eine Art Stadt soll Artemis Ihrer Ansicht nach werden?«

Sie massierte ihr Kinn. »Das ist … ein sehr guter Einwand.«

»Also gut. Sie haben mein Geständnis. Das sorgt dafür, dass ich nicht über die Stränge schlage. Das Gleichgewicht der Macht und so weiter.«

Sie dachte für mein Empfinden ungemütlich lange darüber nach. Ohne den Blickkontakt zu unterbrechen, nahm sie den Abschiebebefehl und steckte ihn in eine Schublade.

Ich seufzte erleichtert.

»Wir müssen aber immer noch über eine Bestrafung nachdenken …« Sie beugte sich über ihre altmodische Tastatur und tippte etwas ein. Dann fuhr sie mit dem Finger über den

Bildschirm. »Nach diesen Daten verfügen Sie über ein Guthaben von 585 966 Motten.«

»Ja … warum?«

»Ich dachte, Lene hat Ihnen eine Million bezahlt.«

»Woher wissen Sie … egal! Ich habe eine alte Schuld beglichen. Warum ist das wichtig?«

»Ich halte eine Art von Entschädigung für angebracht. Oder eine Geldstrafe, wenn man es so nennen will.«

»Was?« Ich fuhr auf. »In Artemis gibt es keine Geldstrafen.«

»Dann nennen Sie es einen freiwilligen Beitrag für die Finanzen der Stadt.«

»Daran ist überhaupt nichts Freiwilliges.«

»Aber sicher doch.« Ngugi lehnte sich zurück. »Sie können auch das ganze Geld behalten und sich abschieben lassen.«

Bäh. Nun ja, immerhin ein Fortschritt. Ich konnte jederzeit wieder Geld verdienen, aber die Abschiebung war unwiderruflich. Und natürlich hatte sie recht – wenn sie mich nicht bestrafte, konnte jedes Arschloch das Gleiche tun wie ich und durfte darauf hoffen, damit durchzukommen. Also musste ich irgendeine Art von Strafe auf mich nehmen. »Also gut. Wie viel?«

»Fünfhundertfünfzigtausend Motten müssten angemessen sein.«

Ich keuchte. »Wollen Sie mich veräppeln?«

Sie grinste selbstgefällig. »Es ist so, wie Sie gesagt haben. Ich brauche Sie, um den Schmuggel zu kontrollieren. Wenn Sie einen Haufen Geld haben, könnten Sie in den Ruhestand gehen, und wie stünde ich dann da? Es ist besser, wenn Sie hungrig bleiben.«

Rein logisch betrachtet, konnte ich nichts dagegen einwenden. Außerdem hatte ich mein Gewissen erleichtert. Aber trotzdem, die Aussicht, dass mein Konto von sechs auf fünf Stellen schrumpfen sollte, tat mir geradezu körperlich weh.

»Oh!« Sie lächelte, als ihr das bewusst wurde. »Und vielen Dank, dass Sie sich Artemis als unbezahlte inoffizielle Importüberwachung zur Verfügung stellen. Natürlich mache ich Sie für alle gefährlichen Schmuggelgüter in der Stadt verantwortlich, ganz egal, wie sie hereingekommen sind. Falls also ein anderer Schmuggler auftaucht und Waffen oder Drogen hereinbringt, können Sie sich auf ein Schwätzchen mit mir gefasst machen.«

Ich starrte sie fassungslos an. Sie starrte zurück.

»Ich erwarte die Überweisung bis zum Ende des Tages«, fuhr sie fort.

Meine Großmäuligkeit war dahin. Ich stand auf und ging zur Tür. Als ich die Hand zum Türgriff ausstrecken wollte, hielt ich noch einmal inne. »Worauf läuft es jetzt hinaus? Was geschieht als Nächstes, wenn die DAGL-Firmen die Produktion aufnehmen?«

»Der nächste große Schritt sind Steuern.«

»Steuern?«, schnaubte ich. »Die Leute kommen hierher, weil sie keine Steuern zahlen wollen.«

»Sie zahlen bereits Steuern – in Form von Miete an die KSC. Wir müssen zu einem Eigentums- und Steuermodell wechseln, damit der Wohlstand der Stadt unmittelbar mit der Wirtschaft verknüpft ist. Aber das wird noch eine Weile dauern.« Sie nahm die Brille ab. »Das ist alles Teil des Lebenszyklus einer Volkswirtschaft. Zuerst herrscht der gesetzlose Kapitalismus, bis er das Wachstum behindert. Dann kommen Vorschriften, Gesetzeshüter und Steuern. Danach öffentliche Wohltaten und Sozialleistungen. Am Schluss stehen übermäßige Ausgaben und der Zusammenbruch.«

»Warten Sie mal – der Zusammenbruch?«

»Ja, genau. Eine Volkswirtschaft gleicht einem Lebewesen. Sie wird voller Kraft geboren und stirbt, sobald sie erstarrt und verbraucht ist. Dann zerfallen die Menschen aus reiner Notwendigkeit in kleinere ökonomische Gruppen, und der Zyklus beginnt von Neuem, aber zunächst mit vielen kleinen Volkswirtschaften. Mit Baby-Volkswirtschaften wie der von Artemis im Moment.«

»Häh?«, machte ich. »Wenn Sie Babys machen wollen, muss irgendjemand gefickt werden.«

Ngugi lachte. »Ich glaube, wir werden uns gut verstehen, Jasmine.«

Ich ging ohne ein weiteres Wort. Keine Sekunde länger wollte ich einer Wirtschaftswissenschaftlerin in den Kopf blicken. Da drin war es dunkel und ungemütlich.

Ich brauchte ein Bier.

Ich war nicht das beliebteste Mädchen in der Stadt. Auf den Korridoren warfen mir einige Leute ziemlich gemeine Blicke zu. Aber einige zeigten mir auch den erhobenen Daumen. Hoffentlich ließ die Aufregung mit der Zeit nach. Ich wollte nicht berühmt sein. Am liebsten war es mir, wenn mich die Leute überhaupt nicht bemerkten.

Als ich das Hartnell's betrat, war ich nicht sicher, worauf ich mich gefasst machen musste. Die Stammgäste saßen auf ihren gewohnten Plätzen, sogar Dale war da.

»He, da ist Jazz!«, rief Billy.

Und auf einmal spielten alle Gäste ohnmächtig. Mit lächerlichen Darbietungen wetteiferten sie darin, möglichst spektakulär das Bewusstsein zu verlieren. Einige ließen die Zungen heraushängen, andere schnarchten und pfiffen laut beim Ausatmen, ein paar lagen, alle viere von sich gestreckt, reglos am Boden.

»Haha«, kommentierte ich die Aufführung. »Sehr witzig.«

Nachdem ich ihn zur Kenntnis genommen hatte, war der Streich auch schon vorbei. Alle kehrten wieder zu ihren Plätzen zurück und tranken stumm weiter. Ab und zu hörte man noch ein gedämpftes Kichern.

»Hey«, sagte Dale. »Da du mir verziehen hast, dachte ich, ich kann jetzt jederzeit hier auftauchen und dir Gesellschaft leisten.«

»Ich habe dir nur verziehen, weil ich den Tod vor Augen hatte«, erwiderte ich. »Aber meinetwegen. Ich will das nicht zurücknehmen.«

Billy stellte mir ein frisches, eiskaltes Bier auf den Tresen. »Die Gäste haben abgestimmt. Diese Runde geht auf dich. Du weißt schon, um sie zu entschädigen, weil du sie alle beinahe umgebracht hättest.«

»Ach, wirklich?« Ich ließ den Blick durch die Bar streifen. »Da kann man wohl nichts machen. Schreib es auf meinen Deckel.«

Billy schenkte sich selbst ein halbes Pint ein und hob das Glas. »Auf Jazz, weil sie die Stadt gerettet hat!«

»Auf Jazz!«, stimmten die anderen Gäste ein und hoben die Gläser. Sie prosteten mir natürlich gern zu, wenn ich das Bier bezahlte. Immerhin ein Anfang.

»Wie geht es deinen Händen?«, wollte Dale wissen.

»Verbrennungen und Blasen, und sie tun höllisch weh.« Ich trank einen Schluck. »Übrigens, danke, dass du mir das Leben gerettet hast!«

»Kein Problem. Vielleicht solltest du dich auch bei Sanchez bedanken.«

»Bestimmt nicht.«

Er zuckte mit den Achseln und trank ebenfalls einen Schluck. »Tyler hat sich deinetwegen wirklich Sorgen gemacht.«

»Hm.«

»Er möchte dich irgendwann mal sehen. Vielleicht gehen wir drei mal essen? Ich bezahle natürlich.«

Ich verkniff mir die böse Bemerkung, die mir schon auf der Zunge lag. Natürlich wäre es ein Hammer geworden. »Ja, in Ordnung«, quetschte ich stattdessen heraus.

Mit dieser Reaktion hatte er sicher nicht gerechnet. »Wirklich? Weil … warte mal, ehrlich?«

»Ja.« Ich sah ihn an und nickte. »Ja, das können wir machen.«

»Mann«, staunte er. »Sch-schön! Hey, willst du vielleicht diesen Svoboda mitbringen?«

»Svobo? Warum sollte ich ihn mitbringen?«

»Ihr seid doch zusammen, oder? Er ist auf jeden Fall verrückt nach dir, und du warst auch ein bisschen …«

»Nein! Ich meine … so ist das nicht.«

»Oh, dann seid ihr bloß Freunde, ja?«

»Äh …«

Dale grinste. »Verstehe.«

Wir tranken schweigend. Nach einer Weile sagte er: »Du wirst diesen Typen auf jeden Fall vögeln.«

»Ach, halt den Mund!«

»Tausend Motten, dass ihr euch innerhalb eines Monats an die Wäsche geht.«

Ich funkelte ihn an. Er erwiderte ungerührt meinen Blick.

»Na?«, sagte er.

Ich trank mein Glas aus. »Ich wette nicht.«

»Ha!«

Lieber Kelvin,

entschuldige die verspätete Antwort. Aus den Nachrichten hast du sicher schon alles über den Chloroformaustritt erfahren. Die Leute hier nennen es das »Nickerchen«. Todesfälle oder schwere Verletzungen gab es nicht, aber ich schreibe dir rasch eine E-Mail, um dir zu sagen, dass es mir gut geht.

Ich habe drei Minuten lang ohne Raumanzug auf der Mondoberfläche geköchelt. Das war ein atemberaubendes Erlebnis (ein netter Vakuumwitz, was?). Außerdem weiß jeder, dass ich für das Nickerchen verantwortlich war.

Das führt zu meinem nächsten Problem. Ich bin pleite. Schon wieder. Die Stadt hat mir den größten Teil meines Geldes weggenommen, um mich für meine Eskapaden zu bestrafen, und leider hatte ich diesen Monat noch nicht deinen Anteil an unserem Gewinn überwiesen, also muss ich dir etwas schuldig bleiben. Ich zahle dich aus, sobald ich kann, das verspreche ich dir.

Jetzt habe ich eine Aufgabe für dich. Es gibt einen Kerl namens »Jin Chu« (der Name könnte falsch sein), der gerade zur Erde zurückfliegt. Er sagte, er käme aus Hongkong, was vermutlich sogar stimmt. Er arbeitet für eine chinesische Materialforschungsfirma. Ich weiß nicht, wie sie heißt.

Er wurde aus Artemis ausgewiesen, weil er sich nicht gut benommen hat. Vor ein paar Tagen haben sie ihn weggeschickt, also muss er an Bord der *Gordon* sein. Das bedeutet, dass dir vier Tage bleiben, ehe er in der KSC eintrifft. Heuer einen Detektiv oder sonst jemanden an, der herausfinden kann, wo er arbeitet. Wir müssen den Namen der Firma erfahren.

Kelvin, alter Freund, das ist die Chance unseres Lebens. Diese Firma wird Milliarden verdienen. Ich will dort investieren, so viel ich kann, und ich rate dir, das Gleiche zu tun.

Das muss für den Moment reichen, ich schicke dir später noch eine ausführliche Erklärung.

Davon abgesehen, laufen die Geschäfte weiter wie gehabt. Schick die Lieferungen wie gewohnt. Außerdem werden wir bald das Volumen erhöhen. In Artemis wird es eine Bevölkerungsexplosion geben. Noch mehr Kunden, die etwas von uns haben wollen!

Junge, wir werden reich. Stinkreich.

Ach ja, und wenn das passiert ist, musst du mich mal besuchen kommen. In der letzten Zeit habe ich eine Menge darüber gelernt, wie wichtig Freunde sind, und du bist einer der besten Freunde, die ich je hatte. Ich würde dich gern persönlich kennenlernen. Außerdem, wer will nicht mal Artemis besuchen?

Es ist die großartigste kleine Stadt im ganzen Universum.

Danksagung

Die Menschen, denen ich danken möchte:

David Fugate, meinem Agenten, ohne den ich meine Geschichten immer noch abends und an Wochenenden im Blog veröffentlichen würde.

Julian Pavis, meinem Lektor, der mich immer genau im richtigen Augenblick genervt hat.

Dem ganzen Team bei Crown und bei Random House für die harte Arbeit und die Unterstützung. Ihr seid eine Armee und zu viele, um euch alle einzeln zu nennen, aber ihr sollt wissen, dass ich unendlich dankbar bin, weil es so viele kluge Menschen gibt, die an meine Arbeit glauben und dafür sorgen, dass sie in die Welt da draußen gelangen kann.

Besonders erwähnen möchte ich meine langjährige Publizistin Sarah Breivogel, deren Einsatz ganz wesentlich dazu beigetragen hat, dass ich in den letzten paar Jahren bei Verstand geblieben bin.

Für das kluge Feedback zu verschiedenen Bereichen, aber besonders zu der Herausforderung, eine Geschichte aus der Perspektive einer weiblichen Hauptfigur zu schreiben, danke ich Molly Stern (Verlegerin), Angeline Rodriguez (Julians

Assistentin), Gillian Green (meiner Lektorin im Vereinigten Königreich), Ashley (meiner Freundin), Mahvash Siddiqui (einer Freundin, die mir auch dabei half, den Islam richtig darzustellen) und Janet Tuer (meiner Mutter).

Andy Weir

BONUSMATERIAL

Ein Gespräch mit Andy Weir

Man kann seine Karriere eigentlich nur als kometenhaften Aufstieg bezeichnen. Im Jahr 2009 stellte Andy Weir die ersten Kapitel seines Debütromans »Der Marsianer« online, der Roman wurde ein Überraschungserfolg im Netz, kurz darauf sicherte sich ein Verlag die Rechte – und »Der Marsianer« stand monatelang auf den internationalen Bestsellerlisten. Spätestens seit der spektakulären Verfilmung des Stoffes durch Ridley Scott gehört Andy Weir zu den ganz Großen im Literaturgeschäft. Mit »Artemis« hat er nun seinen zweiten Roman veröffentlicht und sich die Zeit genommen, ein paar Fragen zu beantworten.

Mr. Weir, Ihr erster Roman spielte auf dem Mars und löste einen regelrechten Hype um den roten Planeten aus. Was hat Sie dazu bewogen, Ihren zweiten Roman *Artemis* auf dem Mond anzusiedeln?

Ich wollte eine Geschichte über die erste menschliche Stadt schreiben, die sich nicht auf der Erde befindet, und ich denke der Mond ist der realistischste Ort dafür. Er ist schließlich der Himmelskörper, der der Erde am nächsten ist, und vor allem – und das spielte eine unheimlich wichtige Rolle bei meinen Überlegungen –, ist er nahe genug, dass zwischen Erde und Mond ein florierender Handel und auch Tourismus möglich wäre.

Was glauben Sie, wie wird sich die Raumfahrt in den nächsten Jahren entwickeln? Denken Sie, dass es eine Stadt wie Artemis tatsächlich eines Tages geben wird?
Ja, ich denke schon. Ich glaube, dass die privaten, wirtschaftlich orientierten Raumfahrtagenturen den Preis für Flüge in den Erdorbit früher oder später so weit drücken werden, dass sich jeder normale Mittelklassebürger eine Reise ins Weltall leisten kann. Und wenn es soweit ist, wird ein völlig neuer Wirtschaftszweig entstehen – der Weltraumtourismus.

Ihre beiden Romane *Der Marsianer* und *Artemis* spielen Ende des 21. Jahrhunderts. Könnten Sie sich vorstellen, einmal ein Buch zu schreiben, das in der fernen Zukunft spielt?
Nein, ich denke eher nicht. Ich muss gestehen, dass ich ein richtiger Wissenschaftsfreak bin, und darin liegt auch meine Stärke. Ich liebe Geschichten, in denen wissenschaftliche Fakten eine große Rolle spielen, und ich versuche, so viel wie möglich davon in meine eigenen Romane miteinzubauen. Deshalb liegen mir Geschichten in der nahen Zukunft eher, als welche, die Tausende von Jahren in der Zukunft spielen.

In *Der Marsianer* ist Ich-Erzähler Mark Watney die Hauptfigur. Mit Jazz Bashara haben Sie für *Artemis* eine weibliche Protagonistin und Erzählstimme gewählt. War es für Sie anders – oder vielleicht sogar schwieriger – aus der Perspektive einer Frau zu schreiben?
Ich war zu Beginn sehr nervös, was die weibliche Erzählstimme anging. Ich habe mir permanent Sorgen gemacht, dass Jazz nicht glaubwürdig genug rüberkommen könnte. Aber ich habe versucht, mein Bestes zu geben. Ich habe jede Frau, die ich kenne, dazu verdonnert, das Manuskript zu lesen und mir dann ihre Meinung zu sagen. Ein bisschen burschikos ist Jazz zugegebenermaßen schon, aber sie ist immerhin auch in einer rauen Umgebung aufgewachsen, in der es auch mal etwas härter zugeht. Deswegen denke ich, dass es schon in Ordnung geht, wenn sie ab und an ein wenig maskulin daherkommt.

Wenn Sie die Chance bekämen, einen Tag auf dem Mond oder dem Mars zu verbringen, würden Sie es tun?
Auf gar keinen Fall. Ich verdiene zwar meinen Lebensunterhalt damit, über tapfere und mutige Menschen zu schreiben, aber ich gehöre definitiv nicht dazu. Ich bleibe lieber auf der guten alten Erde.

Wenn Sie die Möglichkeit hätten, einen Ihrer Lieblingsautoren zu treffen – egal ob tot oder lebendig –, wen würden Sie treffen wollen und was würden Sie ihn oder sie fragen?
Ich wäre gerne Terry Pratchett begegnet, der absolut großartig war. Ihn würde ich gerne fragen, wie er es schafft, dass seine Figuren so unglaublich komisch und gleichzeitig so tiefgründig sind.

Welche Autoren und Romane waren sonst noch für Sie prägend?

Ich bin mit der klassischen Science-Fiction der 1950er- und 1960er-Jahre groß geworden – das hat mich stark beeinflusst. Robert A. Heinlein, Arthur C. Clarke und Isaac Asimov zählen zu meinen Lieblingsautoren. Und wenn Sie mich nach meinem absoluten Lieblingsbuch fragen – das ist *Ich, der Roboter* von Isaac Asimov.

Vielen Dank für das Gespräch!

ANDY WEIR

DER MARSIANER

LESEPROBE

1

Logbuch: Sol 6

Ich bin so was von im Arsch.

Das ist meine wohlüberlegte Meinung.

Im Arsch.

Sechs Tage nach Beginn der vermeintlich großartigsten zwei Monate meines Lebens setzte der Albtraum ein.

Ich weiß nicht, wer dies hier überhaupt lesen wird. Vermutlich wird es irgendwann einmal jemand finden. Vielleicht in hundert Jahren.

Für die Akten: Ich bin nicht an Sol 6 gestorben. Die anderen Crewmitglieder dachten dies sicherlich, und das kann ich ihnen nicht zum Vorwurf machen. Vielleicht gibt es einen nationalen Trauertag für mich, und auf meiner Wikipediaseite kann man es nachlesen: »Mark Watney ist der einzige Mensch, der je auf dem Mars gestorben ist.«

Wahrscheinlich wird das sogar zutreffen, denn ich sterbe ganz bestimmt hier – aber mein Todestag ist nicht Sol 6, wie alle anderen annehmen.

Mal sehen, wo fange ich an?

Das Ares-Programm. Die Menschen greifen nach dem Mars und schicken zum ersten Mal Astronauten auf einen anderen Planeten, um den Horizont der Menschheit unermesslich zu erweitern, blabla. Ares 1 hat seinen Beitrag geleistet, die Crewmitglieder sind als Helden zurückgekehrt. Ihnen zu Ehren gab es Aufmärsche, sie waren berühmt, die Herzen aller Menschen flogen ihnen zu.

Ares 2 tat das Gleiche an einem anderen Ort auf dem Mars. Bei ihrer Rückkehr bekamen sie einen kräftigen Händedruck und eine Tasse heißen Kaffee.

Ares 3, das war meine Mission. Na gut, nicht meine allein. Commander Lewis war meine Vorgesetzte. Ich war einfach nur ein Mitglied ihrer Crew Genau genommen war ich sogar das Besatzungsmitglied mit dem niedrigsten Rang. Ich hätte nur dann das Kommando der Mission übernommen, wenn ich der einzige Überlebende auf dem Mars gewesen wäre.

Was soll ich sagen? Ich habe das Kommando.

Ich frage mich, oh dieses Logbuch entdeckt wird, ehe der Rest der Crew an Altersschwäche stirbt. Vermutlich sind sie gut nach Hause gekommen. Leute, wenn ihr das hier lest: Es war nicht eure Schuld. Ihr habt getan, was ihr tun musstet. Ich an eurer Stelle hätte genau das Gleiche getan. Ich mache euch keine Vorwürfe, und ich bin froh, dass ihr überlebt habt.

Für den Fall, dass ein Laie dies liest, sollte ich vielleicht erst einmal erklären, wie die Marsmissionen ablaufen. Zuerst steigen wir auf herkömmliche Weise in eine Erdumlaufbahn auf und erreichen mit einem gewöhnlichen Raumschiff die *Hermes*. Alle Ares-Missionen benutzen die *Hermes*, um zum Mars und wieder zurück zu gelangen. Es ist ein sehr großes Schiff, das eine Menge Geld gekostet hat. Daher hat die NASA nur ein einziges gebaut.

Nachdem wir die *Hermes* erreicht hatten, brachten uns vier weitere unbemannte Missionen den Treibstoff und die Vorräte, während wir uns auf die Reise vorbereiteten. Als schließlich alles klar war, starteten wir zum Mars. Aber nicht sehr schnell. Die Zeiten des starken Schuhs mit chemischen Triebwerken bis in den Mars-Orbit sind vorbei.

Die *Hermes* hat Ionentriebwerke. Aus dem Heck des Schiffs schleudern sie mit hoher Geschwindigkeit Argon ins Weltall, um einen winzigen Schub zu erzeugen. Dazu braucht man keine große Reaktionsmasse, sodass ein wenig Argon (und dazu ein Atomreaktor, der die Energie liefert) ausreichen, um uns ständig leicht zu beschleunigen. Sie würden staunen, wie schnell Sie werden, wenn Sie beharrlich mit geringem Schuh beschleunigen.

Ich konnte Ihnen jetzt in aller Ausführlichkeit schildern, wie vergnüglich unsere Schiffsreise war, aber das schenke ich mir, denn ich habe keine Lust, mir das noch einmal selbst vor Augen zu führen. Es soll reichen zu sagen, dass wir nach 124 Tagen den Mars erreichten, ohne uns gegenseitig die Gurgeln durchgeschnitten zu haben.

Von dort aus flogen wir mit dem MLM (Marslandemodul) zur Oberfläche hinunter. Das MLM ist im Grunde nur eine große Blechdose mit ein paar kleinen Steuertriebwerken und Fallschirmen. Seine einzige Aufgabe besteht darin, sechs Menschen aus der Umlaufbahn auf die Marsoberfläche zu befördern, ohne sie umzubringen.

Jetzt kommen wir zum eigentlichen Clou der Marserkundung: Unser ganzes Zeug wurde im Voraus geliefert.

Insgesamt vierzehn unbemannte Missionen hatten alles, was wir für die Erforschung der Oberfläche brauchten, schon vorher dorthin gebracht. Die NASA hatte sich bemüht, alle Versorgungssonden in derselben Gegend zu landen, und es ziemlich gut hinbekommen. Die Vorräte sind nicht annähernd so empfindlich wie Menschen und können recht hart aufschlagen. Allerdings hüpfen sie dann ein wenig umher.

Natürlich haben sie uns erst zum Mars geschickt, als klar war, dass alle Vorräte die Oberfläche erreicht hatten und die Behälter nicht zerbrochen waren. Alles in allem dauert eine Marsmission etwa drei Jahre. Als die Crew von Ares 2 auf dem Heimweg war, flogen schon die ersten Vorräte für Ares 3 zum Mars.

Der wichtigste Bestandteil der vorab geschickten Güter war natürlich das MRM, das Marsrückkehrmodul. Damit sollten wir nach Abschluss der Bodenoperationen wieder zur Hermes hinauffliegen. Im Gegensatz zu den übrigen unsanft mit Ballons abgeworfenen Vorräten wurde das MRM sehr behutsam abgesetzt. Natürlich stand es jederzeit mit Houston in Funkverbindung, und falls es irgendein Problem damit gab, sollten wir am Mars vorbeifliegen und nach Hause zurückkehren, ohne überhaupt zu landen.

Das MRM ist ein ziemlich cooler Apparat. Dank einiger raffinierter chemischer Reaktionen mit der Marsatmosphäre kann man aus jedem Kilogramm Wasserstoff, das man mitbringt, dreizehn Kilogramm Treibstoff gewinnen. Allerdings ist das ein langwieriger Prozess. Es dauert vierundzwanzig Monate, den Tank zu füllen. Deshalb wird das MRM schon lange vor der Ankunft der Crew hergeschickt.

Sie werden verstehen, wie enttäuscht ich war, als ich entdeckte, dass das MRM verschwunden war.